AINSI PARLAIT ZARATHOUSTRA

FRÉDÉRIC NIETZSCHE

Ainsi parlait Zarathoustra

Un livre pour tous et pour personne

TRADUIT, PRÉSENTÉ ET COMMENTÉ
PAR GEORGES-ARTHUR GOLDSCHMIDT

LE LIVRE DE POCHE

Georges-Arthur Goldschmidt, né en 1928 à Hambourg émigre en France en 1939. Professeur d'allemand, il collabore à « Allemagnes d'aujourd'hui », « La Quinzaine littéraire », la « Frankfurter Rundschau », le « Merkur ». Il a traduit la plupart des œuvres de Peter Handke. Il est l'auteur de trois romans, *Un Corps dérisoire* et *Le Fidibus* (Julliard), *Le Miroir quotidien* (Le Seuil), de deux essais : *Molière ou la Liberté mise à nu* (Julliard) et *Rousseau ou l'esprit de solitude* (Phébus).

PRÉFACE

Le Midi et l'Eternité

Il arrive que la pensée se fasse à ce point impérieuse, à ce point irrésistible qu'elle fait éclater toutes les formes où elle s'est jusque-là exprimée. Sa « voix », son intensité, au risque de ne pas toujours trouver l'issue, comptent seules. Elle se fait alors si puissante qu'il lui faut basculer en une sorte de chant, d'hymne triomphal, ou bien se ramasser au contraire en formulations denses, compactes, si justes qu'elles en sont impénétrables et lumineuses à la fois.

Nietzsche s'est tout au long de sa vie trouvé pris entre ces deux moments. *Ainsi parlait Zarathoustra*, au croisement du trop-plein et de la précision, traduit ce débordement de la pensée mais canalisé par une expression rigoureuse. Jacques Derrida décrit ce croisement *pathétique* au sein de la philosophie dans « Cogito et histoire de la folie » (*in L'écriture et la différence*).

Nietzsche, peut-être, du fait même de la force de sa pensée, s'est aussi trouvé plus que quiconque confronté au problème de la forme. Ce qu'il avait à dire prenait tout naturellement place à l'intérieur de la philosophie dont il ne pouvait pourtant pas emprunter la langue et pas davantage les « idées ». Or, l'ardeur philosophique ne fut, en son temps, plus grande chez aucun autre. Philosophe comme personne, il ne peut pour cette raison rien emprunter à la philosophie de son temps, figée dans une langue épaisse dont il ne cesse de combattre la lourdeur.

La philosophie en Allemagne ne se soucie guère du style, à plusieurs reprises Nietzsche parle dans ses fragments de la « misérable grisaille » de Hegel ou du « Kanzleideutsch », de l'allemand de bureaucrate de Kant. Et, en effet, entre la langue enchevêtrée de Kant et la violence pierreuse de l'allemand de Heidegger, Nietzsche occupe avec Wittgenstein une place presque unique. Il est l'un des très grands prosateurs de la langue allemande, à côté de Henrich Heine (qu'il admirait entre tous) et Adalbert Stifter; seul peut-être Peter Handke écrit aujourd'hui une langue aussi claire.

Or, plus l'intensité de pensée est grande, plus Nietzsche tente d'y répondre par l'adéquation du style, ce style qui, au fil des années, devient sa préoccupation majeure, au point qu'il lui a fallu, pour ainsi dire, aboutir à un moment ou à un autre, à cette expression totale où la poussée subjective et l'élan intérieur puissent s'écouler. Or, loin de chercher en avant, de tenter donc d'inventer un langage nouveau, loin de vouloir comme Mallarmé ou Joyce créer une langue par-delà la langue en usage mais qui permettrait précisément d'atteindre une expression absolue, Nietzsche, lui, — et toute la prouesse est là — tente de retourner à une sorte de jeunesse de la parole, à une forme d'expression quasi archaïque.

La pensée de Nietzsche n'a jamais rien d'abstrait, de calculé, de construit, on n'y trouvera jamais aucun édifice théorique, mais elle est tout entière faite de « motions », comme le disait le français du XVII⁺ siècle, de fulgurances subjectives dont l'expression écrite est toujours la manifestation mais non pas le contenu. Le « système » de Nietzsche, c'est Nietzsche lui-même. Sa philosophie, c'est lui, mais aussi chacun de ses lecteurs. On ne peut pour cette raison résumer sa pensée, la réduire à telle ou telle formulation, prétendre qu'il a dit ceci ou cela car ce qui compte seul, c'est la musicalité de ce qui est écrit, la phrase ne vaut que par son parcours, par son rythme qui lui donnent aussi tout son « sens »; ce qu'elle dit se déroule selon ce fil. La pensée et la phrase se moulent, se plient l'une à l'autre, indétachables.

Dans *Ecce Homo*, où Nietzsche raconte avec précision la naissance de *Zarathoustra*, il écrit : « On est peut-être en droit de ranger le *Zarathoustra* tout entier dans la musique. » Dans une autre partie d'*Ecce Homo* (« Pourquoi je suis si sage »), il écrit : « Tout mon *Zarathoustra* est un dithyrambe à la solitude, ou si l'on m'a compris à la pureté. » Le dithyrambe était un chant liturgique en l'honneur de Dionysos, dieu du Vin et de la Vie.

Ce terme que Nietzsche emploie à propos de son *Zarathoustra* est le fil tendu à travers tout ce qu'il écrit et l'on voit *Ainsi parlait Zarathoustra* rejoindre, comme le fait remarquer Giorgio Colli, ses premiers essais sur le théâtre grec et le rôle du chœur. Dans *La Naissance de la tragédie*, le chœur représente le dionysiaque, l'unité première, telle qu'elle s'oppose au « principe d'individuation ». L'ivresse dionysiaque et le désir apollinien sont le signe de cette fusion originelle rompue mais qui reste cependant présente malgré la séparation, la refente (*Spaltung*) qui parcourt la Création.

Toute la philosophie depuis ses origines — et la philosophie est cela par essence — se définit par la « contradiction entre nécessité et liberté » (Schelling), donc entre subjectivité et objectivité. C'est ce conflit que la pensée de Nietzsche voudrait abolir, mais le langage au moyen duquel elle tente de le faire est déjà lui-même infléchi et impropre puisqu'il est, en tant que langage, par le « sens » qui lui est inhérent, le véhicule de cette séparation. En somme, l'homme ne parle que parce qu'il n'est plus au paradis. Aussi la langue, si elle veut faire entendre, doit-elle s'approcher au plus près de la musique.

La musicalité, le flux sonore de la lecture à haute voix tracent le déroulement d'*Ainsi parlait Zarathoustra*, comme l'écho de cette voix qui n'a pas besoin de signification. Mais cette musique est

d'avance perdue, inaccessible. Nietzsche est peut-être
à cet égard marqué par l'influence de Schiller et de
l'essai *Sur la poésie naïve et sentimentale* qu'il lisait
d'ailleurs, semble-t-il, au moment où il écrivait ses
essais sur le théâtre grec. Retrouver, ou plutôt constituer cet état à la fois originel et postérieur (la nature
est ce que nous fûmes, elle est ce que nous voulons
redevenir), c'est cela que Nietzsche a voulu dire au
moyen des idées de surhumain et d'éternel retour,
intimement, d'ailleurs, liées l'une à l'autre. Il voulait
les réunir dans le titre *Le Midi et l'Eternité* qu'il
avait un moment songé à donner à *Ainsi parlait
Zarathoustra.*

Le surhumain est plus une allégorie qu'un type :
il n'est personne et personne ne sera jamais lui.
Il représente l'affranchissement de toutes les
contraintes : je suis de n'être rien; si toutes les
« valeurs » se trouvent dénoncées tour à tour, ce n'est
pas pour leur en substituer d'autres, mais pour affir-
mer que jamais rien n'est arrêté, définitif, certain;
tout n'est que stade provisoire. Dans le domaine
moral surtout, il n'est personne pour détenir la
morale de personne : telle est la raison pour laquelle
Zarathoustra ne cesse à la fois d'accueillir et de rejeter ses disciples; il n'a rien à leur dire vers quoi ils
ne puissent aller eux-mêmes. C'est aussi pour cette
raison que Nietzsche a choisi ce personnage — ce
fondateur de religion orientale aux VIIe et VIe siècles
av. J.-C. — il échappe à toute doctrine fixe, c'est un
nom, il n'en reste rien : il est à la fois très neuf et très

ancien. De lui on pourrait dire ce que Paul Valéry a dit de Goethe : « Il traverse la vie, les passions, les circonstances, *sans consentir jamais que quelque chose vaille tout ce qu'il est.* » Car Zarathoustra, et on ne l'a pas toujours assez signalé, n'est pas si loin du Faust de Goethe qui lui non plus n'adhère jamais, ne se rend pas et reste irréductible à tout ordre, à toute abdication.

Le surhumain n'existe pas : toujours futur, c'est celui qui « va par-delà, celui qui s'en va de l'homme tel qu'il fut mais qui s'en va où ? » car, et tout le problème de la pensée est peut-être là : il faut aussi penser Nietzsche à travers ceux qui se sont le plus lourdement trompés. Cette question en effet est posée par Heidegger (*Qu'appelle-t-on penser ?* 1, VIII) dont l'adhésion provisoire mais jamais démentie au nazisme compromet peut-être toute la pensée et qui, pourtant, écrit sur Nietzsche le livre essentiel.

Il n'y a pas d'erreur pire que de vouloir s'abriter derrière Nietzsche, jamais sa pensée — et c'est ce qui fait qu'elle est pensée — ne pourra « servir », jamais elle ne donnera raison à qui s'autorise d'elle et il n'est pas de pire contresens que d'avoir voulu rapprocher Nietzsche de l'immondice raciste. Il n'est peut-être aucune pensée européenne de l'époque — nul ne le comprit mieux qu'Albert Camus — aussi loin justement, aussi irréconciliable à l'infamie nazie que celle de Nietzsche. Ne fut-il pas, en effet, le plus moral des moralistes ?

L'éternel retour, le « mythe » fondamental de la

pensée de Nietzsche dans *Ainsi parlait Zarathoustra*
est lié dans sa formulation même à un terme très
particulier et très courant de la langue allemande, le
mot *die Ahnung* : le pressentiment — souvenir, la
reconnaissance anticipée de ce qui n'est pas encore :
comme si tout, en effet, avait déjà eu lieu. L'éternel
retour c'est le « encore une fois » sans cesse recom-
mencé, le toujours neuf du très ancien. Dans *Histoire
du crayon*, Peter Handke écrit : « Retrouver chaque
jour la gravité du commencement; l'incertitude du
commencement; l'acquittement du commencement; le
plantin du commencement (avec son épi d'un blanc
tendre dressé vers le ciel). »

L'éternel retour est une sorte d'intuition impossible
à figurer verbalement et qui prélude peut-être à un
bouleversement total de la notion de temps telle que
Bergson l'inaugure quatre ans seulement après la
parution de *Zarathoustra*.

Le rapprochement, ici, entre Bergson et Nietzsche
— encore qu'il puisse à première vue paraître inat-
tendu — s'impose pourtant d'autant plus que le flux
de la langue est semblable; l'un et l'autre se sont
efforcés de retrouver dans leur pensée jusqu'au *timbre* de l'allemand ou du français. La rigueur, la précision et la simplicité du vocabulaire sont très compa-
rables. Chez l'un et l'autre philosophes la pensée se
déploie comme un *récit*.

On en revient ainsi au style d'*Ainsi parlait Zarathoustra*, puisque, aussi bien, il est impossible de parler de Nietzsche sans être ramené, à tout instant, à la

question de la langue — dans sa netteté et sa voix. Il
n'est pas un chapitre de *Zarathoustra* qui ne soit en
effet plein de citations, sinon de versets entiers de
telle ou telle partie de la Bible de Luther. Nietzsche
est pénétré de cet allemand riche, souple et rugueux,
au point de faire entièrement siens à la fois le vocabulaire et le « tempo » du texte de Luther.

La pensée de Nietzsche se décèle parfaitement
dans son vocabulaire simple et intemporel : la philosophie ici parle le langage le plus quotidien, pas un
seul terme qui ne soit universellement compréhensible. Nietzsche, sciemment, tel Pascal, n'emploie
jamais de mots « savants » — et cela pour que le
lecteur soit davantage pris par le déploiement philosophique du texte, par ce « quelque chose de subtil,
de très léger et de presque aérien qui fuit quand on
s'en approche », dont Bergson parle à propos de Spinoza dans *La Pensée et le Mouvant*.

Bergson et Nietzsche, tous deux « incontour-
nables », tous deux victimes de consternantes conspi-
rations inverses, le premier accusé de n'avoir rien dit
par ceux-là mêmes qui accusent Nietzsche d'en avoir
trop dit, mais qui n'ont lu ni l'un ni l'autre.

Nietzsche voué — est-ce là l'essence même de sa
pensée ? — aux malentendus, du fait de son temps,
du fait des autres, est un philosophe qui n'apporte nul
réconfort, ce qu'il dit n'est jamais rassurant. Toute
certitude est, comme telle, toujours remise en cause.
Sa pensée refuse toujours tout accommodement.
Nietzsche garde les yeux ouverts et ne « refoule

rien », en cela il est le grand prédécesseur de Freud, lequel est inexplicable, incompréhensible sans une lecture attentive de Nietzsche. Tout ce qu'a écrit Nietzsche est présent chez Freud (et jusqu'au vocabulaire).

Penseur indocile et solitaire, il n'est certes pas, et bien heureusement, un penseur « positif » et c'est pourquoi il a tant à nous apprendre.

Enfin, il ne faut pas oublier que personne ne condamna l'Allemagne et ses prétentions politiques autant que Nietzsche. Il fut à son époque, l'un de ceux qui combattirent avec le plus de véhémence et d'acharnement l'antisémitisme qu'il voyait monter autour de lui. Ce n'est pas pour rien qu'Erich Heller a écrit de lui : « Nietzsche fut à coup sûr l'anti-antisémite le plus radical de la littérature allemande depuis Lessing. » Nietzsche ne prit jamais non plus l'Allemagne pour le pays de la pensée. Ce n'est pas pour rien qu'il a écrit : « Je lis *Zarathoustra* : mais comment ai-je bien pu jeter de la sorte mes perles aux Allemands ? » (*Fragments posthumes*, éd. Colli-Montinari, automne 1887, 9 [190]).

Georges-Arthur GOLDSCHMIDT.

PREMIÈRE PARTIE

PROLOGUE DE ZARATHOUSTRA

1

QUAND Zarathoustra eut atteint l'âge de trente ans, il quitta son pays natal et le lac de son pays et alla dans les montagnes. Là, il se délecta de son esprit et de sa solitude et ne s'en fatigua pas, dix ans durant. Mais enfin son cœur se transforma et un matin il se leva aux premières lueurs du soleil, se présenta devant lui et lui parla ainsi :

« Grand astre, que serait ton bonheur si tu n'avais pas ceux que tu éclaires ?

Dix ans durant, tu es monté à hauteur de ma caverne : tu en aurais eu assez, un jour, de ta lumière et de ton trajet, sans moi, mon aigle et mon serpent.

Mais, chaque matin nous t'attendions, te déchargions du superflu et t'en rendions grâces.

Vois ! Je suis las de ma sagesse, comme l'abeille qui a butiné trop de miel, j'ai besoin des mains qui se tendent.

J'aimerais prodiguer et distribuer, jusqu'à ce que les sages parmi les hommes, à nouveau, se réjouissent de leur folie et que les pauvres soient heureux de leur richesse.

Pour cela je dois descendre dans les profondeurs : comme tu fais le soir, quand tu t'en vas par-derrière la mer et que tu apportes ta lumière au monde d'en bas, oh! toi astre riche à profusion.

Tout comme toi je dois *décliner,* comme disent les hommes, ceux vers qui je veux descendre.

Bénis-moi donc, ô œil calme, toi qui peux voir un bonheur par trop grand sans être jaloux.

Bénis le calice prêt à déborder, que l'eau s'en écoule dorée et qu'elle porte partout le reflet de ton allégresse.

Vois, ce calice aspire à se vider et Zarathoustra veut redevenir homme. »

Ainsi commença le déclin de Zarathoustra.

2

Zarathoustra descendit seul de la montagne et il ne rencontra personne. Mais lorsqu'il parvint aux forêts, il trouva tout à coup devant lui un vieillard qui avait quitté sa sainte cabane pour chercher des racines dans la forêt. Et le vieillard alors dit à Zarathoustra : « Ce voyageur ne m'est pas étranger, il passa ici il y a maintes années, il s'appelait Zarathoustra; mais il s'est transformé.

En ce temps-là tu portais tes cendres à la montagne : veux-tu aujourd'hui porter ton feu dans les vallées. Ne crains-tu pas les peines promises aux incendiaires?

Oui, je reconnais Zarathoustra. Pur est son œil et sa bouche n'est pas marquée par le dégoût. Ne marche-t-il pas comme un danseur?

Zarathoustra est transformé, Zarathoustra est devenu enfant, Zarathoustra est un homme éveillé : or que veux-tu auprès de ceux qui dorment?

Tu vécus dans la solitude comme dans la mer et la mer te porta. Malheur, veux-tu accoster? Malheur, tu veux à nouveau toi-même traîner ton propre corps? »

Zarathoustra, répondit : « J'aime les hommes.

— Pourquoi donc, dit le saint, suis-je parti dans la forêt et la solitude? N'était-ce pas parce que j'aimais par trop les hommes?

Maintenant j'aime Dieu : les hommes je ne les aime pas.

L'homme, pour moi, est une chose par trop imparfaite. L'amour pour l'homme me tuerait. »

Zarathoustra répondit : « Qu'ai-je parlé d'amour, j'apporte aux hommes un présent!

— Ne leur donne rien, dit le saint, décharge-les plutôt de quelque chose et porte-le avec eux, c'est ce qui leur fera le plus de bien : du moins si cela t'en fait à toi-même aussi!

Et si tu veux leur donner, ne leur donne pas plus

qu'une aumône et encore laisse-la-leur mendier!

— Non, répondit Zarathoustra, je ne fais pas d'aumônes. Je ne suis pas assez pauvre pour cela. »

Le saint rit de Zarathoustra et parla ainsi : « Tâche de leur faire accepter tes trésors! Ils se méfient des ermites et ne croient pas que nous venions pour donner.

Nos pas rendent, à leur gré, un son par trop solitaire à travers les ruelles. Et quand la nuit dans leurs lits ils entendent un homme marcher, longtemps avant que le soleil ne se lève, ils se demandent certainement : où veut donc aller le voleur?

Ne vas pas auprès des hommes, reste dans la forêt! Mieux vaut encore aller avec les animaux. Pourquoi ne veux-tu être comme moi — un ours parmi les ours, un oiseau parmi les oiseaux?

— Et que fait le saint dans la forêt? » demanda Zarathoustra.

Le saint répondit : « Je fais des chansons et je les chante et quand je fais des chansons, je ris, je pleure et je grogne : c'est ainsi que je loue Dieu!

En chantant, pleurant, riant et grognant, je loue le dieu qui est mon dieu. Mais toi que nous apportes-tu en présent? »

Lorsque Zarathoustra eut entendu ces mots, il salua le saint et dit : « Qu'aurai-je donc à vous donner? Mais vite, laissez-moi partir que je ne vous prenne rien! » — Et ainsi ils se séparèrent, le vieillard et l'homme, en riant, tout à fait comme rient deux jeunes garçons.

Mais quand Zarathoustra fut seul, il parla ainsi à son cœur : « Serait-ce donc possible! Ce vieux saint dans sa forêt, il ne l'a donc pas encore appris que Dieu est *mort*!*»

3

Lorsque Zarathoustra arriva à la ville voisine située au bord des forêts il y trouva un grand rassemblement de gens sur la place du marché : car il avait été proclamé que l'on verrait un danseur de corde.

Et Zarathoustra parla ainsi au peuple :

« *Je vous enseigne le surhumain*.**

L'homme est quelque chose qui doit être surmonté. Qu'avez-vous fait pour le surmonter?

Tous les êtres, jusqu'ici, ont créé quelque chose au-delà d'eux-mêmes : et vous voulez être le reflux de cette grande marée et vous préférez retourner à l'animal plutôt que de surmonter l'homme?

Qu'est-ce que le singe pour l'homme? Un objet de risée ou une honte douloureuse. Et c'est exactement cela que l'homme doit être pour le surhomme : un objet de risée ou une honte douloureuse.

Vous avez fait le chemin du ver de terre à l'homme et bien des choses en vous sont encore ver. Jadis vous étiez des singes et aujourd'hui encore l'homme est plus singe que n'importe quel singe.

Mais même le plus singe d'entre vous, celui-là n'est

* Voir les notes en fin de volume.

qu'un assemblage disparate et divisé de la plante et
du fantôme. Mais est-ce que je vous dis de devenir
des plantes ou des fantômes?

Voyez, je vous enseigne le surhumain.

Le surhumain est le sens de la terre. Que votre
volonté dise : que le surhumain *soit* le sens de la
terre[*]!

Je vous en conjure, mes frères, *restez fidèles à la terre*
et ne croyez pas ceux qui vous parlent d'espérances
supraterrestres! Ce sont des empoisonneurs qu'ils le
sachent ou non.

Ils méprisent la vie, ce sont des mourants, eux-
mêmes empoisonnés dont la terre est fatiguée : alors
qu'ils s'en aillent, donc!

Jadis le blasphème contre Dieu était le blasphème
le plus grand, mais Dieu mourut et alors ces blasphémateurs moururent eux aussi. Blasphémer la terre
et attacher plus de prix aux entrailles de l'impéné-
trable qu'au sens de la terre, voilà ce qui maintenant
est ce qu'il y a de plus effroyable.

Jadis l'âme regardait le corps avec mépris : et en ce
temps-là ce mépris était ce qu'il y avait de plus
haut — l'âme voulait le corps maigre, hideux,
affamé. C'est ainsi qu'elle pensait lui échapper à lui
et à la terre.

Ô! cette âme, elle était elle-même encore maigre,
hideuse et affamée : et la cruauté était la volupté de
cette âme.

Mais vous aussi, mes frères, dites-moi : votre corps
qu'annonce-t-il de votre âme? Votre âme n'est-elle

pas pauvreté et saleté et n'est-elle pas un misérable bien-être.

En vérité l'homme est un fleuve malpropre. Il faut être un océan pour pouvoir recueillir un fleuve malpropre sans se salir soi-même.

Voyez, je vous enseigne le surhumain : c'est lui, cet Océan, en lui peut s'abîmer votre grand mépris.

Quel est le plus grand moment que vous puissiez vivre? C'est l'heure du grand mépris. L'heure où votre bonheur aussi devient dégoût tout comme votre raison et votre vertu.

L'heure où vous dites : « Que m'importe mon bonheur! Il est pauvreté et ordure et un misérable bien-être. Or mon bonheur devrait, à lui seul, justifier l'existence entière! »

L'heure où vous dites : « Que m'importe ma raison! A-t-elle faim de savoir comme le lion a faim de nourriture? Elle est pauvreté et ordure et un misérable bien-être. »

L'heure où vous dites : « Que m'importe ma vertu! Elle ne m'a pas encore fait délirer. Que je suis fatigué de mon bien et de mon mal! Tout cela est pauvreté, ordure et un pitoyable bien-être! »

L'heure où vous dites : « Que m'importe ma justice, je ne sache pas que je suis l'incandescence et le charbon. Or, le juste est l'incandescence et le charbon. »

L'heure où vous dites : « Que m'importe ma pitié. N'est-elle pas pitié cette croix, où l'on cloue celui qui aime les hommes! Mais ma pitié n'est pas une crucifixion. »

Avez-vous déjà parlé ainsi? Avez-vous déjà crié ainsi? Ah! si seulement je vous avais entendu crier ainsi!

Ce n'est pas votre péché, c'est votre fragilité qui clame vers le ciel, votre avarice même au sein du péché, c'est elle qui clame vers le ciel!

Où donc est l'éclair, qu'il vous lèche de sa langue? Où est la folie qu'il faudrait vous inoculer?

Voyez! je vous enseigne le surhumain : c'est lui, cet éclair, c'est lui cette folie! »

Lorsque Zarathoustra eut parlé ainsi, quelqu'un s'exclama dans la foule : « Nous en avons assez entendu sur le danseur de corde; maintenant faites-nous-le voir. » Et toute la foule rit de Zarathoustra. Mais le danseur de corde, qui croyait que c'est de lui qu'on parlait, se mit à l'œuvre.*

4

Mais Zarathoustra regarda la foule et s'étonna. Puis il parla ainsi :

« L'homme est une corde tendue entre l'animal et le surhumain — une corde par-dessus un abîme.

Un franchissement dangereux, un chemin dangereux, un regard en arrière dangereux, un frisson et un arrêt dangereux.

Ce qui est grand dans l'homme c'est qu'il est un pont et non un but : ce que l'on peut aimer dans l'homme, c'est qu'il est une *transition* et qu'il est un *déclin*.

J'aime ceux qui ne savent vivre, à moins qu'ils ne vivent dans le déclin et le franchissement.

J'aime ceux qui sont pleins d'un grand mépris, parce que ce sont eux qui vénèrent et qu'ils sont des flèches du désir d'aller vers l'autre rive.

J'aime ceux qui ne vont pas tout d'abord chercher par-delà les étoiles une raison pour décliner et être des victimes : mais ceux qui se sacrifient à la terre, afin que la terre soit un jour celle du surhumain.

J'aime celui qui vit afin de connaître et celui qui veut connaître afin qu'un jour vive le surhumain. Ainsi il veut son déclin.

J'aime celui qui travaille et invente afin de bâtir la demeure du surhumain et préparer pour lui terre, bête et plante : car ainsi il veut son déclin.

J'aime celui qui aime sa vertu car la vertu est volonté de déclin et une flèche du désir.

J'aime celui qui ne garde pas pour lui une seule goutte d'esprit, mais qui veut être entièrement l'esprit de sa vertu : c'est ainsi qu'en tant qu'esprit, il franchit le pont.

J'aime celui qui veut faire de sa vertu son penchant et sa fatalité : c'est ainsi qu'il veut encore vivre au nom de sa vertu et qu'il ne veut plus vivre.

J'aime celui qui ne veut pas avoir trop de vertus. Une vertu est davantage vertu que deux, parce qu'elle est davantage nœud auquel se pend la fatalité.

J'aime celui dont l'âme se prodigue, qui ne veut pas de gratitude et qui ne rend rien : car il donne toujours et ne veut point se réserver lui-même.

J'aime celui qui a honte quand le dé tombe à son avantage et qui demande alors : suis-je donc un tricheur? — Car il veut son déclin.

J'aime celui qui fait précéder ses actes de paroles d'or et qui tient toujours plus qu'il ne promet : car il veut son déclin.

J'aime celui qui justifie ceux qui viendront dans l'avenir et qui délivre ceux qui sont venus dans le passé : car il veut périr de ceux qui sont présents aujourd'hui.

J'aime celui qui châtie son dieu parce qu'il aime son dieu : car il faut périr de la colère de son dieu.

J'aime celui dont l'âme est profonde même dans la blessure et qui peut aussi périr d'une chose insignifiante : ainsi il franchit volontiers le pont.

J'aime celui dont l'âme déborde, de sorte qu'il s'oublie lui-même et que toutes choses soient en lui : toutes choses ainsi deviennent son déclin.

J'aime celui qui est libre de cœur et d'esprit : sa tête, ainsi, ne sert que d'entrailles à son cœur mais son cœur le mène à son déclin.

J'aime tous ceux qui sont comme de lourdes gouttes tombant, une à une, du nuage sombre suspendu au-dessus des humains : ils annoncent la venue de la foudre et périssent, annonciateurs.

Voyez, je suis un annonciateur de la foudre et une

lourde goutte est tombée du nuage : cette foudre a pour nom le surhumain. »

5

Lorsque Zarathoustra eut prononcé ces paroles, il contempla de nouveau la foule et garda le silence : « Regarde-les, dit-il à son cœur, regarde-les rire : ils ne me comprennent pas, je ne suis pas la bouche qu'il faut à ces oreilles.

Faut-il leur briser les oreilles pour qu'ils apprennent à écouter avec les yeux?

Faut-il faire un bruit de timbales ou de frères prêcheurs? Ou ne croient-ils que ceux qui bredouillent?

Ils ont quelque chose dont ils sont fiers. Comment le nomment-ils donc ce qui les rend si fiers? Ils appellent ça la culture, c'est ce qui les distingue des chevriers.

C'est pourquoi ils n'aiment pas entendre à leur propos le mot « mépris ». Aussi vais-je parler à leur fierté.

Je veux donc leur parler de ce qu'il y a de plus méprisable : or c'est *le dernier homme*. »

Et Zarathoustra parla ainsi à la foule :

« Le moment est venu que l'homme se fixe son but. Le moment est venu pour l'homme de planter le germe de son espoir le plus haut.

Son sol est encore assez riche pour cela. Mais ce

sol, un jour, sera pauvre et amendé, et il ne pourra plus y pousser de grand arbre.

Ô malheur! Il vient, le temps où l'homme ne projette plus la flèche de son désir par-dessus l'homme et où la corde de son arc a désappris à vibrer.

Je vous le dis : il faut encore porter du chaos en soi pour pouvoir donner naissance à une étoile dansante. Je vous le dis : vous portez encore du chaos en vous.

Malheur, voici venir le temps où l'homme ne donnera plus naissance à nulle étoile! Malheur, voici venir le temps de l'homme le plus méprisable, qui ne peut plus se mépriser lui-même.

Voyez, je vous montre *le dernier* homme.

« Qu'est l'amour? Qu'est-ce que la création? Qu'est le désir? Qu'est une étoile? » — Voilà ce que demande le dernier homme et il cligne de l'œil.

La terre alors sera devenue petite et le dernier homme y sautillera qui rend toute chose petite. Son espèce est indestructible, comme le puceron des bois; le dernier homme, c'est lui qui vivra le plus long-temps.

« Nous avons inventé le bonheur », disent les derniers humains et ils clignent des yeux.

Ils ont quitté les contrées où il est dur de vivre : car l'on a besoin de chaleur. On aime encore le voisin et l'on se frotte à lui, car l'on a besoin de chaleur.

Devenir malade et éprouver de la méfiance leur paraît relever du péché : on marche avec précaution.

Fou donc celui qui trébuche encore sur des pierres ou des humains.

Un peu de poison par-ci par-là : cela donne des rêves agréables. Et beaucoup de poison, pour finir : cela donne une mort agréable.

On travaille encore car le travail est un divertissement. Mais on prend soin que le divertissement ne soit pas trop fatigant.

On ne devient plus ni riche, ni pauvre, l'un et l'autre sont trop pénibles. Qui veut encore gouverner? qui veut encore obéir, l'un et l'autre sont trop pénibles.

Point de berger et *un* troupeau. Chacun veut la même chose : chacun sera pareil, celui qui sentira les choses autrement, ira volontairement à l'asile d'aliénés.

« Jadis tout le monde était fou », disent les plus finauds et ils clignent des yeux.

On est malin et l'on sait tout ce qui s'est passé : ainsi on n'en finit pas de se moquer. On se querelle encore mais on se réconciliera bientôt — sinon ça abîme l'estomac.

On a son petit plaisir pour le jour et son petit plaisir pour la nuit : mais l'on révère la santé.

« Nous avons inventé le bonheur », disent les derniers hommes et ils clignent des yeux. »

Et sur ces mots s'acheva le premier discours de Zarathoustra, discours que l'on appelle aussi « le prologue » : car à cet endroit les cris et la joie de la foule interrompirent Zarathoustra : « Donne-nous ce der-

nier homme, ô Zarathoustra, s'écrièrent-ils, fais-nous
devenir ce dernier homme! Et nous te faisons grâce du
surhomme! » Et toute la foule jubilait et claquait de la
langue. Mais Zarathoustra devint triste et il dit à son
cœur :

« Ils ne me comprennent pas, je ne suis pas la bouche qu'il faut à ces oreilles. J'ai vécu par trop longtemps dans les montagnes, j'ai trop écouté les ruisseaux et les arbres : or me voici en train de leur
faire des discours pour chevriers.

Mon âme est immobile et limpide comme la montagne au matin. Mais ils trouvent que je suis froid et me
prennent pour un railleur aux farces sinistres.

Et les voici qui me regardent et qui rient : et tout en
riant ils me haïssent encore; il y a de la glace dans leur
rire. »

6

Alors arriva quelque chose qui rendit toutes les
bouches muettes et tous les regards fixes. Entre-temps,
en effet, le danseur de corde s'était mis à l'ouvrage :
il était sorti par une petite porte et marchait sur la
corde tendue entre deux tours, de sorte à passer au-
dessus du marché et de la foule. Juste comme il était
à mi-chemin, la petite porte s'ouvrit encore une fois et
un luron bariolé semblable à un bouffon en sortit
d'un bond et suivit le premier d'un pas rapide. « Avance, eh! traînard, cria une voix terrible, avance

paresseux, trafiquant au petit pied, face blême, avance,
que je ne te chatouille de mon talon. Que fais-tu ici
entre les tours? C'est dans la tour qu'est ta place, on
devrait t'y enfermer, tu barres la route à un meilleur
que toi! » — A chaque mot il se rapprochait; quand il
ne fut plus qu'à un pas de lui, il arriva cette chose
terrible qui rendit toutes les bouches muettes et tous
les regards fixes — il poussa un cri diabolique et sauta
par-dessus celui qui lui barrait la route. Mais celui-ci
voyant vaincre son rival en perdit la tête et la corde;
il jeta son balancier et tomba plus vite encore que celui-
ci dans le vide, un tourbillon de bras et de jambes. Le
marché et la foule ressemblaient à la mer quand la
tempête s'y engouffre : tout le monde se dispersa, en
tout sens, pêle-mêle et surtout à l'endroit où le corps
allait s'écraser sur le sol.

Zarathoustra ne bougea pas et c'est juste à côté de
lui que vint tomber le corps, en piètre état, brisé mais
pas mort encore. Après quelque temps le blessé reprit
conscience et il vit Zarathoustra agenouillé à côté de
lui : « Que fais-tu là, dit-il enfin, depuis longtemps
je savais que le diable me ferait un croc-en-jambe.
Maintenant il me traîne en enfer : comptes-tu l'en
empêcher?

— Sur mon honneur, ami, répondit Zarathoustra,
cela n'existe pas, ce dont tu parles : il n'existe ni diable, ni enfer. Ton âme sera plus vite morte encore que
ton corps : ne crains plus rien maintenant. »

L'homme leva les yeux avec méfiance. « Si tu dis la
vérité, dit-il alors, je ne perds rien en perdant la vie.

Je ne suis guère plus qu'un animal à qui l'on a appris à danser au moyen de coups de bâton et d'une maigre pitance.

— Non pas, dit Zarathoustra, du danger, tu as fait ton métier, il n'y a rien là qu'il y ait lieu de mépriser. Tu péris maintenant de ton métier : pour cela je veux t'ensevelir de mes propres mains. »

Lorsque Zarathoustra eut dit cela, le mourant ne répondit plus rien; mais il remua la main comme s'il cherchait la main de Zarathoustra pour le remercier.

7

Pendant ce temps le soir était venu et la place du marché était enveloppée d'obscurité : alors la foule se dispersa, car même la curiosité et l'effroi se lassent. Mais Zarathoustra était assis à côté du mort sur le sol, plongé dans ses pensées : il en oubliait le temps. Enfin la nuit se fit et un vent froid souffla sur le solitaire et il dit à son cœur :

« En vérité, Zarathoustra aujourd'hui a fait une belle pêche! Il n'a pas pris d'être humain certes, mais un cadavre.

Effrayante est la vie humaine, encore et toujours dépourvue de sens : un pitre peut lui être fatale.

Je veux apprendre aux hommes le sens de leur existence : qui est le surhumain, la foudre issue du sombre nuage humain.

Mais je suis encore loin d'eux et le sens de mes pen-

sées ne parle pas à leur sens. Pour les humains je suis
encore à mi-chemin entre le fou et le cadavre.

Sombre est la nuit, sombre la route de Zarathoustra !
Viens, compagnon glacé et raidi ! Je vais t'emporter à
l'endroit où je t'enterrerai de mes propres mains. »

8

Quand Zarathoustra eut dit cela à son cœur, il char-
gea le cadavre sur son dos et se mit en route. Il n'avait
pas encore fait cent pas qu'un homme s'approcha de
lui et lui parla à l'oreille – et voyez ! Celui qui parlait,
c'était le pitre de la tour : « Pars de cette ville, ô Zarathoustra, dit-il, trop nombreux sont ici ceux qui te
haïssent. Te détestent les bons et les justes, et ils t'appellent leur ennemi et leur contempteur, te haïssent les
croyants, ceux qui ont la vraie foi, et ils t'appellent
un danger pour le peuple. Ta chance, ce fut qu'on
se rît de toi : et c'est vrai, tu parles comme un pitre.
Ta chance, ce fut de t'associer à ce chien mort ; de
t'être ainsi abaissé t'a sauvé pour aujourd'hui. Mais
pars de cette ville – ou sinon demain, d'un bond, je
sauterai par-dessus, toi, un vivant par-dessus un mort. »

Et quand il eut dit cela, l'homme disparut ; mais
Zarathoustra continua son chemin par les ruelles
sombres.

A la porte de la ville, il rencontra les fossoyeurs :
ils lui éclairèrent le visage de leur torche, reconnurent Zarathoustra et se moquèrent beaucoup de

lui. « Zarathoustra emporte le chien mort, c'est bien, ça, Zarathoustra, de faire le fossoyeur! Car nos mains sont trop propres pour une telle pâture. Zarathoustra veut sûrement voler son gibier au diable! Eh bien, bon courage! Et bonne chance pour ce repas! Pourvu que le diable ne soit pas meilleur voleur que Zarathoustra! — il les déroberait et les dévorerait tous deux! » Ils riaient de concert, rapprochant leurs têtes.

Zarathoustra ne dit pas un mot et passa son chemin. Quand il eut marché deux heures longeant forêts et marécages, il avait trop entendu les hurlements des loups affamés et il avait faim lui-même. Aussi s'arrêta-t-il près d'une maison isolée, où une lumière brûlait.

« La faim m'assaille, dit Zarathoustra, comme un brigand. Au milieu des forêts et des marécages ma faim m'assaille, et en pleine nuit.

Ma faim a d'étranges lubies. Souvent ce n'est qu'après le repas qu'elle me vient, aujourd'hui, de toute la journée elle n'est pas venue : où se tenait-elle donc? »

Et sur ces mots Zarathoustra frappa à la porte de la maison. Un vieil homme parut; il portait la lumière : « Qui vient vers moi et vers mon mauvais sommeil?

— Un vivant et un mort, dit Zarathoustra. Donnez-moi à manger et à boire, j'ai oublié de le faire de la journée. Celui qui nourrit l'affamé, rassasie sa propre âme : ainsi parle la sagesse. »

Le vieux s'en fut mais revint tout de suite et offrit à Zarathoustra du pain et du vin. « C'est une mé-

chante contrée pour ceux qui ont faim! dit-il; c'est
pourquoi j'habite ici. Animaux et gens viennent à
moi, l'ermite. Mais dis aussi à ton compagnon de
manger et de boire, il est plus fatigué que toi. »
Zarathoustra répondit : « Mon compagnon est mort,
il me sera malaisé de l'en convaincre.

— Cela ne me regarde pas, dit le vieillard avec
mauvaise humeur, qui frappe à ma porte doit prendre
ce que je lui offre. Mangez et portez-vous bien! »

Là-dessus Zarathoustra marcha deux heures encore, se fiant au chemin et à la lumière des étoiles :
car il était habitué à marcher de nuit et il aimait
regarder en plein visage tout ce qui dort. Quand
l'aube se mit à poindre, Zarathoustra se trouva au
cœur d'une profonde forêt et plus aucun chemin ne
s'offrait à ses yeux. Alors il déposa le mort dans un
arbre creux, au-dessus de lui — car il voulait le pro-
téger des loups — et lui-même s'étendit à même le
sol, sur la mousse. Et il s'endormit aussitôt, le corps
fatigué mais l'âme en paix.

9

Zarathoustra dormit longtemps et non seulement
l'aurore passa sur son visage mais aussi la matinée.
Mais enfin ses yeux s'ouvrirent : étonné Zarathoustra
regarda la forêt et le silence, étonné Zarathoustra
regarda en lui-même. Puis, il se leva vite, comme un
marin qui tout à coup voit la terre ferme et il exulta :

car il voyait une vérité nouvelle. Et il s'adressa alors en ces termes à son cœur :

« La lumière s'est faite en moi : c'est de compagnons dont j'ai besoin et de compagnons vivants, — non pas de morts et de cadavres que j'emporte où je veux.

C'est des compagnons vivants qu'il me faut qui me suivent parce qu'ils veulent se suivre eux-mêmes, — pour aller là où je veux.

La lumière s'est faite en moi : ce n'est pas à la foule que Zarathoustra doit parler mais à des compagnons. Zarathoustra ne doit pas devenir le berger et le chien d'un troupeau.

En détourner beaucoup du troupeau, — c'est à cette fin que je suis venu. Que la foule et le troupeau soient en colère contre moi : ce que veut Zarathoustra, c'est que les bergers l'appellent brigand.

Bergers, dis-je, mais eux-mêmes ils se nomment les bons et les justes. Bergers dis-je : mais eux-mêmes ils se nomment les croyants de la vraie foi.

Voyez les bons et les justes! Qui haïssent-ils le plus? Celui qui brise les tables de leurs valeurs, le destructeur, le criminel — mais celui-là c'est le créateur.

Voyez les croyants de toute foi! Qui haïssent-ils le plus? Celui qui brise les tables de leurs valeurs, le destructeur, le criminel, — mais celui-là, c'est le créateur.

Des compagnons, voilà ce que cherche le créateur et non pas des cadavres et non pas des troupeaux et des croyants.

Ceux qui créent avec lui c'est eux que le créateur cherche, ceux qui inscrivent des valeurs neuves sur des tables neuves.

Des compagnons voilà ce que cherche le créateur, qui puissent moissonner avec lui, car chez lui, tout est prêt pour la récolte. Mais ce sont les cent faucilles qui lui manquent : aussi doit-il arracher les épis à poignées et il s'en irrite.

Des compagnons, voilà ce que cherche le créateur, et de ceux qui savent affûter leurs faucilles. On les appellera destructeurs et détracteurs du bien et du mal. Mais ce sont eux les moissonneurs, ce sont eux qui célèbrent les fêtes.

Des compagnons, voilà ce que cherche Zarathoustra pour créer, moissonner, célébrer les fêtes : qu'a-t-il à faire de troupeaux, de bergers et de cadavres?

Et toi, mon premier compagnon, repose en paix! Je t'ai bien enseveli dans ton arbre creux, je t'ai bien mis à l'abri des loups.

Mais je te quitte, ce temps est passé. Entre l'aurore et l'aurore suivante une vérité nouvelle m'est venue. Je ne dois être ni berger, ni fossoyeur. Je ne veux plus désormais parler à la foule; c'est la dernière fois que j'ai parlé à un mort.

C'est au créateur, au moissonneur, à celui qui célèbre des fêtes que je veux me joindre : c'est l'arc-en-ciel que je veux leur montrer et tous les échelons qui mènent au surhumain.

Je chanterai ma chanson à l'ermite et à ceux qui se sont retirés à deux dans la solitude; et celui qui a

encore des oreilles pour entendre des choses inouïes,
à celui-là je remplirai le cœur du poids de mon
bonheur.

Je veux aller à mon but, je marche à mon pas;
je sauterai à pieds joints par-dessus les hésitants et
ceux qui tâtonnent. Que mon chemin, soit leur
déclin. »

10

Voilà ce que Zarathoustra avait dit à son cœur,
quand le soleil fut au zénith : il regarda, interrogateur, vers le ciel car il entendait au-dessus de lui le
cri strident d'un oiseau. Et voyez! Un aigle traçait
de vastes cercles dans l'air et un serpent était accroché à lui, non comme une proie mais comme un
ami : car il se tenait enroulé autour de son cou.

« Ce sont mes animaux, dit Zarathoustra, se réjouissant de tout cœur.

L'animal le plus fier qu'il y ait sous le soleil et
l'animal le plus rusé sous le soleil — ils sont partis
en reconnaissance.

Ils veulent savoir si Zarathoustra est encore en vie.
En vérité est-ce que je vis encore?

J'ai trouvé plus de danger parmi les hommes que
parmi les animaux, Zarathoustra parcourt des chemins dangereux. Que mes animaux veuillent bien
me conduire! »

Quand Zarathoustra eut dit cela il pensa, aux paroles du saint dans la forêt, il soupira et parla ainsi à son cœur :

« Si je pouvais être plus malin ! Si je pouvais être malin par nature, à l'égal de mon serpent !

Mais c'est l'impossible que je demande là : aussi demandé-je à ma fierté de toujours aller de pair avec mon discernement.

Et si un jour mon discernement me quitte — ah ! il aime à s'envoler — qu'alors ma fierté puisse encore voler de compagnie avec ma folie ! »

Ainsi commença le déclin de Zarathoustra.

LES DISCOURS DE ZARATHOUSTRA

DES TROIS MÉTAMORPHOSES

« Je vous énonce trois métamorphoses de l'esprit :
comment l'esprit se mue en chameau, le chameau en
lion et le lion, enfin, en enfant.

Il y a beaucoup de pesants fardeaux pour l'esprit
robuste, aimant à porter de lourdes charges et que le
respect habite : c'est à un pesant fardeau qu'aspire sa
force, au fardeau le plus lourd.

Qu'est-ce qui est lourd? demande l'esprit habitué
aux lourdes charges, et le voici qui s'agenouille, pareil
au chameau, il veut qu'on le charge bien.

Qu'est-ce qui est le plus lourd, ô héros? interroge
l'esprit habitué aux charges pesantes, que je m'en
charge, moi, et que je me réjouisse de ma force.

N'est-ce pas cela : s'abaisser pour faire souffrir son
orgueil? N'est-ce pas cela : faire éclater sa folie pour
se moquer de sa sagesse?

Ou bien est-ce cela : abandonner notre cause quand
elle fête sa victoire? Monter sur de hautes montagnes
pour tenter le tentateur?

Ou bien cela : se nourrir des glands et de l'herbe de la connaissance et avoir faim dans son âme de l'amour de la vérité?

Ou bien cela : être malade, renvoyer les consolateurs et se lier d'amitié avec des sourds, qui jamais n'entendent ce que tu veux?

Ou bien cela : descendre dans de l'eau sale quand c'est l'eau de la vérité et ne pas écarter de soi les grenouilles froides et les crapauds fiévreux?

Ou bien cela : aimer ceux qui nous méprisent et tendre la main au fantôme quand il vient nous effrayer?

C'est de tout ceci, de tout ce qu'il y a de plus pesant dont se charge l'esprit qui aime à porter les fardeaux : tout pareil au chameau qui, une fois chargé se hâte vers le désert, lui aussi se hâte vers son désert.

Mais dans le désert le plus reculé se fait la seconde métamorphose : l'esprit ici se change en lion, il veut conquérir sa liberté et être le maître dans son propre désert.

Son dernier maître, il le cherche ici : il veut devenir son ennemi et l'ennemi de son dernier dieu, il veut se battre pour la victoire contre le grand dragon.

Quel est ce grand dragon que l'esprit ne veut plus appeler ni maître, ni dieu? « Tu dois », tel est le nom du grand dragon.

Mais l'esprit du lion, lui, dit : « Je veux. »

« Tu dois » l'attend au bord du chemin, couvert

d'écailles, dorées, miroitantes et sur chaque écaille
étincelle en lettres d'or : « Tu dois. »

Des valeurs millénaires brillent sur ces écailles et
ainsi parle le plus puissant de tous les dragons :
« Toute valeur de toute chose, — elle brille sur moi. »

Toute valeur a déjà été créée et toute valeur créée,
c'est moi. En vérité, il ne doit plus y avoir de « Je
veux ! » Ainsi parle le dragon.

Mes frères, pourquoi est-il besoin du lion de l'esprit? L'animal de bât ne suffit-il donc pas, lui qui
renonce et qui est plein de respect?

Créer des valeurs nouvelles — le lion lui-même n'en
est pas encore capable, — mais conquérir la liberté
pour des créations nouvelles — voilà ce que peut la
puissance du lion.*

Créer sa liberté et opposer même au devoir le
« non » sacré : à cette fin, mes frères, il est besoin du
lion.

Prendre le droit de créer des valeurs nouvelles —
c'est la conquête la plus terrible pour un esprit
accoutumé aux fardeaux et au respect. A la vérité
cela lui paraît être de la rapine et l'affaire de bêtes
de proie.

Il aimait jadis, comme son bien le plus sacré, le
« Tu dois » : or le voilà obligé de trouver illusion et
arbitraire jusqu'au cœur de ce qu'il y a de plus
sacré, afin d'arracher sa liberté à son amour : c'est
le lion qu'il faut pour un tel rapt.

Mais dites, mes frères, de quoi l'enfant est donc
capable dont ne le fut pas le lion? Pourquoi

faut-il donc que le lion féroce devienne un enfant?

L'enfant est innocence et oubli, un recommencement, un jeu, une roue roulant d'elle-même, un premier mouvement, un « oui » sacré.

Oui, pour le jeu de la création, mes frères, il est besoin d'un « oui » sacré : c'est *sa* volonté que l'esprit veut à présent, c'est *son* propre monde que veut remporter celui qui est perdu au monde.

Je vous ai dit trois métamorphoses de l'esprit : comment l'esprit devient chameau, le chameau lion, et le lion enfin enfant. »

Ainsi parlait Zarathoustra. Et en ce temps il séjournait dans une ville appelée : « la Vache multicolore* ».

DES CHAIRES DE VERTU

On vantait à Zarathoustra un sage sachant bien parler du sommeil et de la vertu : il était très vénéré et comblé de récompenses, disait-on, et tous les jeunes gens se pressaient au pied de la chaire où il enseignait. Zarathoustra alla auprès de lui et il était assis avec tous les jeunes gens devant sa chaire. Et le sage parla ainsi :

« Honneur et respect au sommeil! Voilà la première chose! Écartez-vous de tous ceux qui dorment mal et veillent la nuit! Même le voleur a honte face au sommeil : il se glisse toujours furtivement à travers la nuit. Mais le veilleur de nuit n'éprouve nulle gêne, sans pudeur, il porte son cor.

Dormir n'est pas un petit tour de force : il faut, d'ores et déjà y veiller tout le jour durant.

Dix fois par jour tu dois te surmonter toi-même : cela donne une bonne fatigue et c'est le pavot de l'âme.

Dix fois il te faut te réconcilier avec toi-même : car le triomphe sur soi-même est amertume, et celui qui n'est pas réconcilié dort mal.

Dix vérités dans la journée, c'est ce qu'il te faut trouver : sinon la nuit, encore, tu chercheras la vérité et ton âme resterait sur sa faim.

Dix fois, le jour, tu dois rire et rester gai : sinon ton estomac te dérangera pendant la nuit, ce père du chagrin.

Peu nombreux sont ceux qui le savent : mais il faut posséder toutes les vertus pour bien dormir.

Ferai-je un faux témoignage, vais-je commettre l'adultère? Convoiterai-je la servante du voisin? Tout cela se concilierait mal avec un bon sommeil.

Et même si l'on possède toutes les vertus il faut encore s'entendre à une chose : envoyer même les vertus dormir au bon moment.

Afin qu'elles ne se chamaillent pas entre elles, ces sages donzelles! Et à ton propos, encore malheureux que tu es!

Paix avec dieu et avec le prochain : voilà ce que veut le bon sommeil. Et paix aussi avec le diable du voisin! Sinon, la nuit, c'est à toi qu'il en aura.

Honneur et obéissance aux autorités et honneur aussi aux autorités tortueuses! Voilà ce que veut le bon sommeil. Qu'y puis-je si le pouvoir aime à se promener sur des jambes torses?

Celui-là sera toujours, à mon gré, le meilleur berger qui mène sa brebis au plus vert pâturage : voilà qui va bien avec un bon sommeil.

Je ne veux ni beaucoup d'honneurs, ni grands trésors : cela échauffe la bile. Mais on dort mal, cependant sans bon renom et sans trésor modeste.

Petite compagnie m'est plus chère que mauvaise : qu'elle s'en aille et arrive cependant à l'heure voulue : voilà qui va bien avec un bon sommeil.

Me plaisent aussi beaucoup les pauvres en esprit : ils favorisent le sommeil. Bienheureux sont-ils, surtout si on leur donne toujours raison.

C'est ainsi que s'écoule la journée pour l'homme de vertu. Quand vient la nuit, je me garde bien d'appeler le sommeil. Il ne veut pas qu'on l'appelle, le sommeil, qui est le maître des vertus!

Mais je pense au contraire à ce que j'ai fait et pensé pendant la journée. Ruminant, je m'interroge, aussi patient qu'une vache : quelles ont donc été les dix occasions où tu t'es surmonté toi-même?

Et quelles furent les dix réconciliations et les dix vérités et les dix éclats de rire qui te réjouirent le cœur?

Examinant ces choses et bercé par quarante pensées, tout à coup, le sommeil s'empare de moi, lui celui qu'on n'appelle pas, le maître de toute vertu.

Le sommeil frappe à ma paupière : alors elle s'alourdit. Le sommeil me touche la bouche : alors elle reste ouverte.

En vérité, il vient d'un pas léger, le voleur qui m'est le plus cher et il me vole mes pensées : et me voilà debout là aussi stupide que cette chaire.

Mais je ne reste pas debout longtemps : me voilà bientôt affalé. »

Quand Zarathoustra entendit parler le sage ainsi, il se mit à rire dans son cœur : car une lumière s'était faite en lui. Et il parla en ces termes à son cœur :

« Ce sage me semble un bouffon avec ses quarante pensées : mais je crois que pour ce qui est de dormir, il s'y entend.

Bienheureux déjà celui qui vit à proximité de ce sage ! Un tel sommeil est contagieux, il reste contagieux même à travers le mur le plus épais.

Un charme habite même cette chaire et ce n'est pas en vain que les jeunes gens étaient assis devant le prêcheur de vertu.

Sa sagesse dit : veiller pour bien dormir. Et en vérité, si la vie n'avait pas de sens et si je devais faire choix de quelque chose d'extravagant, ceci me paraîtrait à moi aussi l'extravagance la plus digne d'être choisie.

Je comprends maintenant, en toute clarté, ce que l'on cherchait jadis quand on cherchait des professeurs de vertu. C'est un bon sommeil que l'on cherchait et des vertus où fleurit le pavot.

Pour tous ces sages tant vantés des chaires de vertu, la sagesse c'était un sommeil sans rêves : ils ne connaissaient pas de meilleur sens à la vie.

Aujourd'hui, certes, il en existe encore quelques-uns comme ce prêcheur de la vertu : mais pas toujours aussi honnêtes : mais leur temps est révolu. Et ils ne resteront plus debout longtemps : les voilà déjà couchés.

Bienheureux sont ces ensommeillés : car ils s'assoupiront bientôt. »

Ainsi parlait Zarathoustra.

DES PRÊCHEURS D'ARRIÈRE-MONDES

Jadis Zarathoustra aussi avait projeté son illusion par-delà l'humanité, comme tous les prêcheurs d'arrière-mondes.

« Le monde alors me paraissait l'œuvre d'un dieu souffrant et torturé.

Le monde alors me semblait un rêve, et l'œuvre poétique d'un dieu; fumée colorée devant les yeux d'un insatisfait divin.

Bien et mal, et joie et peine et toi et moi. Tout cela me semblait être quelque vapeur colorée devant des yeux créateurs. Le créateur voulut détourner son regard de lui-même — alors il créa le monde.

C'est une joie enivrante pour celui qui souffre de détourner les yeux de sa souffrance et de s'oublier. Joie enivrante et oubli de soi-même, voilà ce que jadis le monde me parut être. Ce monde éternellement imparfait, reflet d'une contradiction perpétuelle — une joie enivrante pour son créateur, c'est ce que me parut être le monde.

Donc moi aussi, jadis, je projetais mon illusion par-delà l'homme, comme tous ceux que fascine l'au-delà. Par-delà l'homme, en vérité?

Hélas! mes frères, ce dieu que j'ai créé était œuvre humaine, comme tous les dieux! Il était homme, et seulement un pauvre fragment d'homme et de moi-même : ce fantôme est issu de ma propre cendre et de ma propre incandescence et, en vérité, ce n'est pas de l'au-delà qu'il m'est venu!

Qu'arrivera-t-il mes frères? Je me suis surmonté moi-même, moi qui souffrais, j'ai porté ma cendre à la montagne, je me suis inventé une flamme plus claire. Et voyez! Le fantôme *recula* devant moi!

Ce serait souffrance et tourment pour moi de croire en de tels fantômes : ce serait pour moi un tourment et un abaissement maintenant. Voilà comme je parle aux hallucinés de l'arrière-monde. Souffrance et inaptitude — ce furent elles qui créèrent tous ces arrière-mondes et cette courte folie du bonheur que connaît seul celui qui souffre le plus.

Une fatigue qui *d'un* bond veut accéder à l'ultime, d'un bond mortel, une pauvre fatigue ignorante qui

ne veut même plus vouloir : c'est elle qui a créé tous
les dieux et tous les arrière-mondes.

Croyez-moi, mes frères! Ce fut le corps qui déses-
péra du corps, qui tâtonna avec les doigts d'un esprit
envoûté le long des murailles ultimes.

Croyez-moi, mes frères! Ce fut le corps qui déses-
péra de la terre — qui entendit lui parler le ventre de
l'être.

Et alors, tête en avant, il voulut se jeter à travers
les derniers murs et passer le corps entier et pas seulement la tête dans « l'autre monde ».

Mais cet « autre monde » est soigneusement caché à
l'homme, ce monde d'où l'homme est absent, ce
monde inhumain, qui n'est qu'un néant céleste; et le
ventre de l'être ne parle pas du tout à l'homme,
à moins que ce ne soit en tant qu'homme lui-
même.

En vérité, tout l'être est difficile à démontrer et difficile à faire parler. Dites-moi, mes frères, la plus
étrange des choses n'est-elle pas celle qui est le mieux
démontrée?

Oui, ce moi dans toute la contradiction et la confusion de ce moi c'est encore lui qui parle avec le plus
de probité de son être, ce moi créateur, ce moi qui
veut, ce moi qui jauge les choses, qui en donne la
mesure et la valeur.

Et cet être le plus probe, ce moi — il parle du corps
et veut encore le corps, même quand il rêve et s'exalte
et volette de ses ailes brisées.

Il apprend à parler avec toujours plus de probité,

ce moi : et plus il apprend, plus il trouve des mots pour honorer le corps et la terre.

C'est une nouvelle fierté que m'a enseignée mon moi, c'est elle que j'enseigne aux hommes : je leur enseigne à ne plus mettre la tête dans le sable des choses célestes, mais de la porter haute, une tête terrestre qui donne son sens à la terre.

C'est une nouvelle volonté que j'enseigne aux hommes : vouloir ce chemin que l'homme a parcouru aveuglément et le trouver bon et ne plus s'en détourner furtivement comme le font les malades et les moribonds.

Malades et moribonds furent ceux qui méprisèrent le corps et la terre et qui inventèrent les choses célestes et les gouttes de sang rédemptrices : et qui plus est ces doux et sombres poisons, c'est dans le corps et la terre qu'ils les puisèrent !

Ils voulaient échapper à leur malheur et ils trouvaient les étoiles trop lointaines. Alors ils se mirent à soupirer : « Oh ! s'il existait seulement des chemins célestes pour se glisser dans une autre existence et un autre bonheur ! » C'est alors qu'ils inventèrent leurs petites ruses et leurs petits breuvages sanglants.

Ils se croyaient désormais délivrés de ce corps et de cette terre, ces ingrats. Et pourtant à qui devaient-ils le sursaut et la félicité de leur délivrance ? A leur corps et à cette terre.

Zarathoustra est indulgent aux malades. En vérité, il ne s'irrite pas de leurs façons de se consoler ou d'être ingrats. Puissent-ils devenir des convalescents,

puissent-ils être de ceux qui surmontent et puissent-
ils se créer un corps d'essence supérieure. Zarathoustra ne s'irrite point non plus contre le convalescent
qui tendrement suit son illusion des yeux et à minuit
se glisse près de la tombe de son dieu : mais ses
larmes, pour moi, ne sont rien d'autre que maladie
et corps malade.

Il y eut toujours une foule de malades parmi ceux
qui rêvent et désirent Dieu; ivres de colères ils haïssent celui qui accède à la connaissance, ils haïssent
avec fureur la plus jeune de toutes les vertus, qui se
nomme : probité.

Ils ne cessent de regarder en arrière vers des temps
obscurs : alors, certes, illusion et foi étaient autre
chose; le délire de la raison rendait semblable au dieu,
et le doute était péché.

Je les connais par trop bien ceux-là, semblables à
Dieu : ils veulent qu'on croie en eux, ils veulent que le
doute soit péché. Je sais trop bien, aussi, ce en quoi
ils croient le plus.

En vérité, ce n'est pas aux mondes de l'au-delà ni
aux gouttes de sang rédemptrices qu'ils croient : mais
c'est au corps qu'eux aussi croient le plus, et leur
propre corps ils le considèrent comme leur chose en
soi.

Mais il leur paraît un objet malade : et volontiers
ils sortiraient de leur propre peau. C'est pourquoi ils
écoutent les prédicateurs de la mort et c'est pourquoi
eux-mêmes se font prédicateurs des mondes de l'au-
delà.

Écoutez plutôt, mes frères, la voix du corps sain :
c'est une voix plus probe et plus pure.

Le corps sain parle avec plus de pureté et de probité, lui qui est parfait, lui qui est bâti au cordeau et
qui parle du sens de la terre. »

Ainsi parlait Zarathoustra.

DES CONTEMPTEURS DU CORPS

Je veux dire leur fait aux contempteurs du corps.
Ce qu'ils doivent, à mon sens, ce n'est ni changer leur
façon d'apprendre, ni d'enseigner; ce qu'ils doivent
c'est dire adieu à leur corps – et donc devenir muets.

« Je suis corps et âme », voilà ce que dit l'enfant. Et
pourquoi ne devrait-on pas parler comme les enfants?

Mais celui qui est éveillé, celui qui sait, dit : « Je suis
corps de part en part, et rien hors cela; et l'âme ce
n'est qu'un mot pour quelque chose qui appartient au
corps. »

Le corps est raison, une grande raison, une multipli-
cité qui a *un* seul sens, une guerre et une paix, un troupeau et un berger.

Ta petite raison, elle aussi, mon frère, que tu appel-
les « esprit » est un outil de ton corps, un petit outil,
un petit jouet de ta grande raison.

« Moi », dis-tu, et tu es fier de ce mot. Mais ce qui

est bien plus grand, en quoi tu ne veux pas croire
— ton corps et sa grande raison : il ne dit pas « moi »
mais il le fait.

Ce que le sens perçoit, ce que l'esprit reconnaît, n'a
jamais de fin en soi. Mais le sens et l'esprit aimeraient
se convaincre qu'ils sont la fin de toute chose : telle est
leur fatuité.

Sens et esprit ne sont qu'outils et jouets : derrière
eux il y a encore le soi. Le soi cherche aussi avec les
yeux des sens, il écoute aussi avec les oreilles de
l'esprit.

Toujours le soi écoute et cherche : il compare, sou-
met, conquiert, détruit. Il règne et il est aussi le maître
qui règne sur l'esprit.

Derrière tes pensées et ses sentiments, mon frère,
se tient un maître impérieux, un sage inconnu — il
s'appelle soi. Il habite ton corps, il est ton corps.

Il y a plus de raison dans ton corps que dans ta
meilleure sagesse. Et qui donc sait pourquoi, ton
corps a justement besoin de la meilleure sagesse ?

Ton soi rit de ton moi et de ses bonds pleins de
fierté. « Que sont donc pour moi ces bonds et ces
envolées de l'esprit ? se dit-il : un détour sur le
chemin qui va vers mon but, je tiens le moi en
lisière et c'est moi qui lui souffle ses idées. »

Le soi dit au moi : « Souffre, maintenant. » Et il
souffre et réfléchit pour savoir comment il pourrait
ne plus souffrir — et c'est à cette fin, justement, qu'il
doit penser.

Le soi dit au moi : « Éprouve du plaisir, maintenant. » Et il se réjouit et réfléchit pour savoir comment il pourrait encore souvent se réjouir — et c'est à cette fin, justement, qu'il *doit* penser.

Aux contempteurs du corps, je veux leur dire leur fait.

Leur mépris fait leur estime. Qu'est-ce donc qui fit l'estime, le mépris et la valeur et la volonté?

C'est le soi créateur qui s'est créé estime et mépris, c'est lui qui s'est créé l'esprit comme une main de sa volonté.

Dans votre folie et votre mépris, vous les contempteurs du corps, vous servez encore votre soi. Je vous le dis : votre soi veut mourir et se détourne de la vie.

Il ne peut plus faire ce qu'il aimerait le mieux : créer par-delà lui-même. C'est ce qu'il veut le plus, c'est cela toute sa ferveur.

Mais il est maintenant trop tard pour cela, — aussi votre soi veut-il son déclin, vous autres contempteurs du corps.

C'est son déclin que veut votre soi et c'est pourquoi vous êtes devenus les contempteurs du corps! Car vous n'êtes plus aptes à créer par-delà vous-mêmes.

Et c'est pourquoi, maintenant, vous êtes irrités contre la terre et la vie. Il y a une envie inconsciente dans le regard oblique de votre mépris.

Je ne suis pas votre route, contempteurs du corps. Pour moi, vous n'êtes pas des ponts vers le sur-humain! »

Ainsi parlait Zarathoustra.

DES JOIES ET DES PASSIONS

« Mon frère, si tu possèdes une vertu et qu'elle est ta vertu à toi, alors tu ne l'as en commun avec personne.

Certes, tu veux l'appeler par son nom et tu veux la cajoler; tu veux lui tirer l'oreille et t'amuser avec elle.

Et vois! Son nom, dès lors, tu l'as en commun avec la foule et par ta vertu tu es devenu foule et troupeau.

Tu ferais mieux de dire : « Indicible et sans nom est ce qui fait le tourment et les délices de mon âme et ce qui est la faim de mes entrailles. »

Que ta vertu soit trop élevée pour l'intimité des noms : et si tu dois en parler n'aie pas honte d'en balbutier.

Parle donc et balbutie : « Ceci est *mon* bien, je l'aime, il me plaît ainsi, tout à fait, c'est ainsi, seulement, que *je* veux le bien. »

Je ne le veux pas comme la loi d'un dieu, je ne le veux pas comme précepte et comme nécessité humaine : il ne doit pas être pour moi le poteau indicateur vers des terres supraterrestres et vers des paradis.

C'est une vertu terrestre, celle que j'aime : il y a peu de discernement en elle, et ce dont il y a le moins c'est la raison commune.

Mais cet oiseau a construit son nid chez moi : c'est pourquoi je l'aime et le caresse, — et le voilà couvant chez moi ses œufs d'or.

C'est en ces termes que tu dois balbutier et louer ta vertu.

Jadis, tu avais des passions et tu les appelais mauvaises. Mais maintenant tu ne possèdes plus que tes vertus : elles sont issues de tes passions.

Ton but suprême tu l'as placé au cœur de ces passions, alors elles sont devenues tes vertus et tes joies.

Et que tu sois de l'espèce des colériques ou de celle des jouisseurs ou des fanatiques de la foi ou de celle des rancuniers :

A la fin toutes tes passions sont devenues des vertus et tous tes démons des anges.

Autrefois tu avais des chiens sauvages dans ta cave : mais à la fin ils se sont métamorphosés en oiseaux et en aimables chanteuses.

Tu t'es distillé un baume à partir de tes poisons : tu as trait ta vache Chagrin, — et tu bois maintenant le doux lait de son pis.

Et plus rien de mal ne pourra désormais être issu de toi, si ce n'est le mal issu du combat de tes vertus.

Mon frère, si tu as de la chance, tu as *une* seule vertu et pas plus : ainsi tu franchiras plus aisément le pont.

C'est une distinction d'avoir beaucoup de vertus, mais c'est un destin difficile; et plus d'un est allé dans le désert et s'est tué parce qu'il était fatigué d'être la bataille et le champ des vertus.

Mon frère, la guerre et la bataille sont-elles un mal? Mais ce mal est nécessaire, mais l'envie est nécessaire et la défiance et la calomnie sont nécessaires entre les vertus.

Vois, comme chacune de tes vertus est désireuse du plus haut : elle veut ton esprit tout entier, qu'il soit *son* héraut, elle veut ta force entière dans la colère, la haine et l'amour.

Chaque vertu est jalouse de l'autre, et chose effroyable est la jalousie. Même les vertus peuvent périr de la jalousie.

Celui qu'entoure la flamme de la jalousie, celui-là en fin de compte, pareil au scorpion, tourne contre lui-même son dard empoisonné.

Hélas! mon frère n'as-tu jamais vu encore une vertu se calomnier et se poignarder elle-même?

L'homme est quelque chose qui doit être surmonté : et c'est pourquoi il te faut aimer tes vertus — car c'est d'elles que tu vas périr. »

Ainsi parlait Zarathoustra.

DU CRIMINEL BLÊME

« Vous ne voulez pas tuer, juges et sacrificateurs que vous êtes, avant que l'animal n'ait hoché la tête? Voyez, le blême criminel a hoché la tête : dans son regard parle le grand mépris.

« Mon moi est quelque chose, qui doit être surmonté : mon moi, est, pour moi, le grand mépris de l'homme. » Voilà ce que dit ce regard.

Qu'il se soit jugé lui-même, voilà qui fut son instant suprême : ne laissez pas celui qui est très haut redescendre à sa bassesse!

Il n'y a point de délivrance pour qui souffre à ce point de lui-même, à moins d'une mort rapide.

Tuer, pour vous, juges, doit être un acte de pitié et non une vengeance. Et lorsque vous tuez prenez soin de justifier vous-mêmes la vie!

Il ne suffit pas de vous réconcilier avec celui que vous tuez. Que votre tristesse soit amour du surhumain : ainsi vous justifierez le fait que vous viviez encore!

« Ennemi » devez-vous dire, mais non pas « canaille »; « malade » devez-vous dire, mais non « vaurien »; « fou » devez-vous dire, mais non pas « pécheur ».

Et toi, juge rouge, si tu voulais dire à haute voix, tout ce que tu as déjà fait en pensée : alors chacun de s'écrier : « Débarrassez-nous de cette ordure et de ce serpent venimeux! »

Mais la pensée est une chose et l'action en est une autre, et une autre encore l'image de l'action. Entre elles ne passe pas la roue de la causalité.

Une image fit blêmir cet homme. Il était à la hauteur de son action quand il la fit : mais une fois qu'il l'eut faite il ne put en supporter l'image.

Il ne cessait désormais de se voir comme l'auteur

d'*une* seule action. Ceci, je le nomme folie : l'exception chez lui, est devenue son être, elle s'est muée en son essence.

La ligne tracée hypnotise la foule; le méfait qu'il a commis a hypnotisé sa pauvre raison — ceci je le nomme la folie *après* l'action.

Écoutez, vous autres juges. Il existe encore une autre folie : et celle-là est *avant* l'action. Ah! vraiment, à mon sens, vous ne vous êtes pas assez enfoncés dans cette âme.

Ainsi parle le juge rouge : « Qu'avait donc à vouloir assassiner, ce meurtrier? Il voulait voler. » Mais moi je vous dis : c'est du sang que son âme voulait et non un butin : il avait soif du bonheur du couteau.

Mais sa pauvre conscience ne put comprendre cette folie et elle parla plus haut que cette dernière. « Quel intérêt peut avoir le sang! le convainquit-elle, ne veux-tu pas au moins te livrer en même temps à la rapine? prendre une revanche? »

Et il écouta sa pauvre raison : son discours pesait sur lui comme du plomb — alors il se livra à la rapine quand il commit son meurtre. Il ne voulait pas avoir honte de sa folie.

Et maintenant, de nouveau, le plomb de sa faute pèse sur lui et, de nouveau, sa pauvre raison est si roide, si engourdie, si pesante.

Si seulement il pouvait secouer la tête, alors son fardeau roulerait jusqu'au sol : mais qui donc secoue cette tête?

Qu'est cet homme? Un amoncellement de maladies

qui à travers l'esprit s'étendent et s'emparent du monde : elles veulent y faire leur butin.

'Qu'est cet homme? Un nœud de serpents sauvages qui rarement, entre eux, connaissent le repos — alors ils s'en vont chacun de leur côté et cherchent leur proie dans le monde.

Voyez ce pauvre corps! tout ce qu'il a souffert et dont il a été avide, cette pauvre âme l'a interprété à sa façon — elle l'a interprété comme étant un plaisir meurtrier et comme le désir effréné du bonheur du couteau.

Celui qui tombe maintenant malade, celui-là le mal l'assaille, le mal actuel : il veut faire souffrir avec ce qui le fait souffrir. Mais il a existé d'autres temps et d'autres formes du bien et du mal.

Jadis le mal c'était le doute et la volonté d'être soi. En ce temps-là le malade devenait un hérétique et un sorcier : il souffrait en tant qu'hérétique et en tant que sorcier et comme tel il voulait faire souffrir.

Mais ceci ne veut pas entrer dans vos oreilles : vous dites que cela nuirait à vos gens de bien. Mais que peuvent bien m'importer vos gens de bien!

Bien des choses me dégoûtent chez vos gens de bien, et certes ce n'est pas le mal en eux. J'aimerais qu'ils aient eux aussi leur folie dont ils périraient, tout comme ce criminel blême!

En vérité, j'aimerais que leur folie s'appelât vérité ou fidélité ou justice : mais ils ont leur vertu pour vivre longtemps dans un bien-être pitoyable.

Je suis un parapet le long du fleuve : que me sai-

sisse celui qui peut me saisir! Mais je ne suis pas votre
béquille. »

Ainsi parlait Zarathoustra.

LIRE ET ÉCRIRE

« De tout ce qui est écrit, je ne lis que ce que quelqu'un écrit avec son sang. Écris avec ton sang : et tu
verras que le sang est esprit.

Il n'est guère facile de comprendre le sang d'autrui :
je hais les oisifs qui lisent.

Celui qui connaît le lecteur, celui-là ne fait plus
rien pour le lecteur. Encore un siècle de lecteurs — et
l'esprit lui-même va se mettre à puer.

Que tout un chacun ait le droit d'apprendre à lire,
voilà qui à la longue va gâter non seulement l'écriture
mais aussi la pensée.

Jadis l'esprit était dieu, puis il s'est fait homme et
maintenant il se fait même plèbe.

Celui qui écrit avec du sang et en aphorismes,
celui-là ne veut pas être lu mais être appris par cœur.

Dans la montagne le plus court chemin va de cime
en cime mais pour cela il te faut avoir de longues
jambes. Les proverbes doivent être des cimes : et ceux
à qui on les adresse doivent être grands et élancés.

L'air léger et pur, le danger proche et l'esprit plein

d'une joyeuse méchanceté : voilà qui va bien ensemble.

Je veux avoir des gnomes autour de moi, car je suis courageux. Le courage qui chasse les fantômes, se crée ses propres gnomes — le courage aime à rire.

Je ne ressens plus les choses comme vous : ce nuage que je vois en dessous de moi, cette noirceur, cette lourdeur dont je ris — c'est cela justement votre nuée d'orage.

Vous levez les yeux lorsque vous aspirez à vous élever et moi je baisse le regard car je suis déjà en haut.

Qui d'entre vous peut à la fois rire et être sur la cime?

Celui qui gravit les plus hautes montagnes, celui-là se rit de toutes les tragédies qu'elles soient réelles ou jouées.

Courageux, insouciants, moqueurs, brutaux — c'est ainsi que nous veut la sagesse : elle est femme et elle n'aime jamais qu'un guerrier.

Vous me dites : « La vie est lourde à porter. » Mais à quelle fin auriez-vous vu le midi votre fierté et le soir votre soumission?

La vie est lourde à porter : mais ne faites donc pas vos délicats! Nous sommes tous, tant que nous sommes, des ânes bien jolis et qui aiment à porter des fardeaux.

Qu'avons-nous en commun avec le bouton de rose qui tremble parce qu'une goutte de rosée lui pèse sur le corps?

Il est vrai : nous aimons la vie, non parce que nous sommes habitués à la vie, mais parce que nous sommes habitués à aimer.

Il y a toujours un peu de folie dans l'amour. Mais il y a toujours aussi un peu de raison dans la folie.

Et à moi aussi qui aime ce qui vit, il me semble que les papillons ou les bulles de savon et les êtres humains qui leur ressemblent sont ceux qui en savent le plus du bonheur.

Voir voleter ces âmes légères, un peu folles, fragiles et mobiles — voilà qui donne à Zarathoustra envie de larmes et de chansons.

Je ne croirai qu'en un dieu qui s'entendrait à danser. Et lorsque je vis mon diable, je le trouvai grave, minutieux, profond, solennel; c'était l'esprit de pesanteur — par lui toutes choses tombent.

On ne tue pas par la colère, mais on tue par le rire. Allons, tuons l'esprit de pesanteur!

J'ai appris à marcher : depuis ce temps je me laisse courir. J'ai appris à voler : depuis je n'attends plus qu'on me pousse pour changer de place.

Maintenant je suis léger, maintenant je vole, maintenant je m'aperçois en dessous de moi-même, maintenant un dieu danse en moi. »

Ainsi parlait Zarathoustra.

DE L'ARBRE SUR LA MONTAGNE

Il n'avait pas échappé au regard de Zarathoustra qu'un jeune homme cherchait à l'éviter. Et comme il allait un soir seul de par les montagnes entourant la ville appelée « la Vache multicolore », voyez, il trouva ce jeune homme assis appuyé à un arbre, jetant sur la vallée un regard fatigué. Zarathoustra entoura des bras le tronc de l'arbre à côté duquel était assis le jeune homme, et parla ainsi :

« Si je voulais secouer cet arbre-là de mes mains, je ne le pourrais pas.

Mais le vent que nous ne voyons pas, le tourmente et le plie dans le sens qui lui plaît. Ce sont des mains invisibles qui nous plient et nous tourmentent le plus. »

Alors le jeune homme se leva troublé et dit : « J'entends Zarathoustra et je pensais justement à lui. » Zarathoustra répondit :

« Pourquoi t'en effraies-tu? Mais il en va de l'homme comme de l'arbre. Plus il veut s'élever vers les hauteurs et la clarté, plus ses racines plongent dans la terre, vers le bas, dans les ténèbres et les profondeurs, — dans le mal.

— Oui, dans le mal! s'écria le jeune homme. Comment est-il possible que tu aies découvert mon âme? »

Zarathoustra sourit et dit : « Certaines âmes, on ne les découvrira jamais, à moins qu'on ne les invente d'abord.

— Oui, dans le mal! s'écria encore une fois le jeune homme. Tu as dit vrai, Zarathoustra. Je n'ai plus confiance en moi depuis que je veux m'élever et plus personne n'a confiance en moi, — comment cela se fait-il donc?

Je me transforme trop vite : mon aujourd'hui réfute mon hier. Souvent je saute les marches quand je monte, — pas une marche ne me le pardonne.

Suis-je en haut, je m'y trouve toujours tout seul, personne ne parle avec moi, le frimas de la solitude me fait grelotter. Que viens-je chercher dans les hauteurs?

Mon mépris et mon désir croissent de pair; plus je m'élève, plus je méprise celui qui monte. Que cherche-t-il donc dans les hauteurs?

Comme j'ai honte de ma façon de monter et de trébucher! Comme je me moque de ma respiration haletante! Comme je hais celui qui vole! Comme je suis fatigué sur les cimes! »

Ici, le jeune homme se tut. Et Zarathoustra contempla l'arbre près duquel ils se tenaient et parla ainsi :

« Cet arbre croît ici, solitaire dans la montagne; il s'est élevé loin au-dessus des humains et des animaux.

Et s'il voulait parler, personne ne pourrait le comprendre : si grande est la hauteur à laquelle il s'est élevé.

Or le voici qui attend et attend, — qu'attend-il donc? Il habite trop près du siège des nuages : il attend certainement la foudre prochaine! »

Lorsque Zarathoustra eut dit cela, le jeune homme s'écria, en faisant de grands gestes : « Oui, Zarathoustra, tu dis vrai. C'est à mon déclin que j'aspirais, lorsque je voulais m'élever dans les hauteurs, et tu es la foudre que j'attendais! Vois, que suis-je donc encore depuis que tu nous es apparu? C'est ma *jalousie* à ton égard qui m'a détruit. » C'est ainsi que parla le jeune homme et il pleura amèrement. Mais Zarathoustra mit son bras autour de ses épaules et l'emmena avec lui.

Et lorsqu'ils eurent marché quelque temps, Zarathoustra se mit à parler en ces termes :

« Cela me déchire le cœur. Mieux que tes mots, tes yeux me disent tous les dangers que tu cours.

Pour l'instant tu n'es pas libre encore, tu *cherches* encore ta liberté. Ta recherche t'a rendu insomniaque et trop éveillé.

Tu veux monter vers les hauteurs libres, ton âme a soif d'étoiles. Mais tes mauvais instincts eux aussi ont soif de liberté.

Tes chiens sauvages veulent être libres; ils en aboient d'envie dans leur cave, quand ton esprit se propose d'ouvrir toutes les prisons.

Tu es encore, ce me semble, un prisonnier qui s'imagine la liberté; ah! l'âme de tels prisonniers se fait ingénieuse, mais rusée aussi et mauvaise.

Il faut encore que se purifie celui dont l'esprit s'est

libéré. Beaucoup de prison et de croupissure reste
encore en lui comme un dépôt : il faut que son
regard aussi devienne pur.

Moi, je connais le danger que tu cours. Mais sur
mon amour et sur mon espoir je t'en conjure : ne
jette ni ton amour ni ton espoir.

Tu te sens encore noble et les autres aussi se
sentent nobles, eux qui t'en veulent et t'adressent des
regards méchants. Sache qu'à tous un être noble
barre la route.

Aux hommes de bien un être noble aussi barre le
chemin : même s'ils le nomment un homme de bien,
il n'empêche qu'ils veulent l'écarter.

Celui qui est noble veut créer quelque chose de
nouveau et une nouvelle vertu. L'homme de bien
veut du vieux et que les vieilles choses soient
maintenues.

Mais le danger que court celui qui est noble ce
n'est pas de devenir un homme de bien, mais au
contraire un railleur, un destructeur.

Ah ! j'en connus des esprits nobles qui ont perdu
leur espoir le plus élevé. Et les voilà qui se mirent
à calomnier tout espoir.

Ils vécurent, dès lors, insolents dans de brefs plaisirs, et c'est à peine s'ils projetaient le but d'un jour
sur le lendemain.

« L'esprit c'est aussi une volupté », voilà ce qu'ils
disaient. Alors les ailes de leur esprit se brisèrent :
et maintenant il se traîne et souille tout autour de
lui en rongeant.

Autrefois, ils pensaient devenir des héros : ils sont devenus des jouisseurs. Le héros leur fait horreur et les effraie.

Mais sur mon amour et mon espoir je t'en conjure : ne regrette pas le héros qui est dans ton âme! Que ton espoir le plus haut soit pour toi une chose sainte! »

Ainsi parlait Zarathoustra.

DES PRÉDICATEURS DE LA MORT

« Il y a des prédicateurs de la mort et la terre est pleine de gens à qui il faut prêcher de se détourner de la vie.

La terre est pleine de gens superflus, la vie est gâchée par ceux qui sont beaucoup trop nombreux. Qu'on les détourne de la vie, ces gens, au moyen de la « vie éternelle »!

« Jaunes » : c'est ainsi que l'on nomme les prédicateurs de la mort, ou « noirs ». Mais, moi, je veux vous les montrer sous d'autres couleurs.

Il y a ceux qui sont terribles, qui promènent en eux la bête de proie et n'ont pas le choix, à moins que ce ne soient les plaisirs ou la mortification.

Ils ne sont pas même devenus des humains, ceux-ci qui sont terribles : qu'ils prêchent donc qu'il faut se détourner de la vie et qu'ils s'en aillent eux-mêmes.

Il y a les phtisiques de l'âme : à peine sont-ils nés qu'ils commencent déjà à mourir et se languissent des doctrines de la fatigue et de la renonciation.

Ils veulent bien mourir et nous devrions approuver leur désir! Gardons-nous d'éveiller ces morts et de blesser ces cercueils!

Rencontrent-ils un malade, un vieillard ou un cadavre, aussitôt ils se disent : « La vie est réfutée. »

Mais eux seuls sont réfutés et leur œil qui ne voit dans l'existence que ce seul visage.

Enveloppés d'épaisse mélancolie et désireux de petits hasards, qui apportent la mort : c'est comme cela qu'ils attendent en serrant les dents.

Mais encore : ils allongent le bras pour prendre des sucreries et en même temps se moquent de leur propre enfantillage : ils s'accrochent à leur fétu de paille de vie et se moquent d'eux-mêmes de rester encore accrochés à un brin de paille.

Leur sagesse parle en ces termes : « Un fou celui qui reste en vie, mais cette folie est nôtre! Et c'est cela justement ce qu'il y a de plus insensé dans la vie! »

« La vie n'est que souffrance », voilà ce que d'autres disent et ils ne mentent pas : tâchez donc, *vous,* de cesser d'être. Tâchez donc de faire cesser la vie, puisqu'elle n'est que souffrance!

Et que la doctrine de votre vertu s'exprime en ces termes : « Tu dois te tuer toi-même! Tu dois disparaître, t'effacer! »

« La jouissance est péché, disent les uns qui

prêchent la mort, allons, écartons-nous et n'engendrons pas d'enfants! »

« Engendrer est pénible, disent les autres, pourquoi encore engendrer? De toute façon on n'engendre que des malheureux! » Et eux aussi sont des prédicateurs de la mort.

« La pitié, voilà ce qu'il nous faut, c'est ce que disent les troisièmes. Prenez ce que j'ai! Prenez ce que je suis! C'est d'autant moins pour me relier à la vie! »

Seraient-ils foncièrement compatissants, alors ils gâcheraient la vie à leurs prochains. Être méchants ce serait leur véritable bonté.

Mais ils veulent se défaire de la vie : que leur importe alors d'y attacher plus solidement encore les autres avec leurs chaînes et leurs cadeaux!

Et vous aussi pour qui la vie est un travail et une agitation échevelés : n'êtes-vous pas fatigués de la vie? N'êtes-vous pas mûrs pour le prêche de la mort?

Vous tous qui aimez le travail acharné et tout ce qui va vite, tout ce qui est neuf et inconnu, — vous vous supportez mal, votre assiduité n'est que malédiction et volonté de vous oublier vous-mêmes.

Si vous croyiez davantage à la vie, vous vous donneriez moins à l'instant. Mais pour attendre vous n'avez pas en vous suffisamment de contenu — et vous n'en avez pas même assez pour la simple paresse!

Partout on entend la voix de ceux qui prêchent la mort : et la terre est pleine de ceux à qui il convient de prêcher la mort.

Ou bien la « vie éternelle » : pour moi c'est la même chose —, pourvu seulement qu'ils y aillent bien vite. »

Ainsi parlait Zarathoustra.

DE LA GUERRE ET DES GUERRIERS[*]

« Nous ne voulons pas être ménagés ni par nos meilleurs ennemis, ni par ceux que nous aimons du fond du cœur. Donc laissez-moi vous dire la vérité!

Mes frères dans la guerre! Je vous aime du fond de l'âme, je suis et j'étais semblable à vous. Et je suis aussi votre meilleur ennemi. Aussi laissez-moi donc vous dire la vérité.

Je connais la haine et l'envie qui habitent votre cœur. Vous n'êtes pas assez grands pour ne pas connaître la haine et l'envie. Soyez donc assez grands pour ne pas en avoir honte!

Et si vous ne pouvez être des saints de la connaissance, soyez-en au moins les guerriers. Ce sont eux en effet les compagnons et les prédécesseurs d'une telle sainteté!

Je vois beaucoup de soldats : j'aimerais voir beaucoup de guerriers! « Uniforme », appelle-t-on ce qu'ils portent : puisse ne pas être uni-forme ce qu'ils cachent en dessous!

Pour moi, vous devez être de ceux dont l'œil est toujours à la recherche d'un ennemi, — de *votre* ennemi. Et chez quelques-uns d'entre vous, on voit la haine au premier regard.

C'est votre ennemi que vous devez chercher, c'est votre guerre que vous devez faire, et pour vos pensées! Et si votre pensée succombe, alors votre probité doit néanmoins chanter son triomphe!

Vous devez aimer la paix comme un moyen pour d'autres guerres. Et vous devez mieux aimer une paix courte qu'une paix longue.

Vous, je ne vous conseille pas le travail mais la lutte. Vous, je ne vous conseille pas la paix mais la victoire. Que votre travail soit un combat, que votre paix soit une victoire!

On ne peut que se taire et rester coi quand on a arc et flèche : sinon on bavarde et l'on se querelle. Que votre paix soit une victoire!

Vous dites, c'est la bonne cause qui sanctifie même la guerre! Moi je vous dis : c'est la bonne guerre qui sanctifie toute cause.

La guerre et le courage ont fait plus de grandes choses que l'amour du prochain. Ce n'est pas votre pitié, c'est votre vaillance qui, jusqu'à présent, a sauvé les victoires.

« Qu'est-ce qui est bien? » demandez-vous. Être vaillant est bien. Laissez discourir les petites filles :· « Est bien ce qui est joli et touchant à la fois. »

On vous dit sans cœur : mais votre cœur est vrai et

j'aime la pudeur de votre cordialité. Vous, vous avez
honte de votre flux et d'autres ont honte de leur
reflux.

Vous êtes laids! Soit, mes frères! Alors entourez-
vous du sublime, le manteau de la laideur :

Et quand votre âme grandit, elle devient aussi présomptueuse, et dans votre noblesse il y a de la méchanceté. Je vous connais.

Dans la méchanceté, le présomptueux rencontre le
faible. Mais ils ne se comprennent pas. Je vous
connais.

Vous ne devez avoir d'ennemis que haïssables mais
non pas d'ennemis à mépriser. Vous devez être fiers
de vos ennemis : alors les succès de votre ennemi
sont aussi vos succès.

L'insurrection, — ça c'est la noblesse de l'esclave.
Que votre noblesse à vous soit obéissance! Que votre
commandement soit lui-même obéissance.*

Pour un bon guerrier « tu dois » sonne plus agréablement que « je veux ». Et tout ce qui vous est cher,
faites en sorte qu'on vous l'ordonne.

Que votre amour de la vie soit amour de votre
espoir le plus haut : et que votre espoir le plus haut
soit la pensée la plus haute de la vie.

Mais votre plus haute pensée c'est de moi que vous
devez en recevoir l'ordre, — la voici : l'homme est
quelque chose qui doit être surmonté.

Vivez donc votre vie d'obéissance et de guerre! Que
peut vous importer une longue vie! Quel guerrier
veut qu'on l'épargne?

Je ne vous épargne pas; je vous aime du fond du cœur, mes frères dans la guerre! »

Ainsi parlait Zarathoustra.

DE LA NOUVELLE IDOLE*

« Il y a quelque part encore des peuples et des troupeaux, mais pas chez nous cependant, chez nous, mes frères : il y a des États.

L'État? qu'est-ce que c'est? Allons! Maintenant ouvrez vos oreilles, car je vais vous dire ce que j'ai à vous dire de la mort des peuples.

L'État c'est ainsi que s'appelle le plus froid des monstres froids et il ment froidement, et le mensonge que voici sort de sa bouche : « Moi, l'État, je suis le peuple. »

C'est un mensonge! Des créateurs, ce furent ceux qui créèrent les peuples et qui accrochèrent une foi et un amour au-dessus d'eux : c'est ainsi qu'ils servirent la vie.

Des destructeurs sont ceux qui tendent des pièges pour des multitudes et les appellent l'État : ils suspendent au-dessus d'eux un glaive et cent appétits.

Là où le peuple existe encore, il ne comprend pas l'État et il le hait comme un mauvais œil et comme un péché contre les coutumes et les droits.

Je vous donne le signe que voici : chaque peuple parle sa langue quant au bien et au mal : le voisin ne la comprend pas. Sa langue, il se l'est inventée dans les coutumes et le droit.

Mais l'État, lui, ment dans tous les idiomes du bien et du mal; et quoiqu'il dise, il ment — et ce qu'il possède, il l'a volé.

Tout est faux en lui; il mord avec des dents volées, lui qui mord si volontiers. Fausses sont même ses entrailles.

Confusion des langues du bien et du mal : ce signe, je vous le donne comme signe de l'État. A la vérité, c'est la volonté de mort qu'indique ce signe! En vérité, il appelle les prédicateurs de la mort.

Il naît beaucoup trop d'humains : pour ceux qui sont en trop, on a inventé l'État!

Regardez donc comme il les attire, ces trop-nombreux! Comme il les ingurgite, et mâche et remâche!

« Sur terre il n'est rien de plus grand que moi : je suis le doigt qui crée l'ordre, le doigt de Dieu », voilà ce que hurle le monstre. Et ce ne sont pas seulement ceux qui ont les oreilles longues et la vue courte qui tombent à genoux[*]!

Hélas, en vous aussi, ô grandes âmes, il susurre ses sombres mensonges! Hélas, il devine les cœurs riches qui aiment à se dépenser!

Oui, vous aussi il vous devine, vous, vainqueurs du dieu ancien! Vous vous êtes fatigués au combat et maintenant votre fatigue, de plus, sert à la nouvelle idole.

Elle aimerait disposer autour d'elle héros et hommes d'honneur, la nouvelle idole. Il aime à se chauffer au soleil des bonnes consciences — ce monstre froid!

Elle veut tout *vous* donner pourvu que *vous* l'adoriez, la nouvelle idole : aussi achète-t-elle l'éclat de vos vertus et le fier regard de vos yeux!

Elle veut se servir de vous pour appâter ceux qui sont en surnombre! Oui, il est vrai, on a fait là une trouvaille d'une diabolique habileté : un cheval de mort, tout cliquetant des oripeaux d'honneurs divins.

Oui, l'on a inventé là une mort pour les multitudes, une mort qui se vante d'être la vie : en vérité, un fier service rendu à tous les prédicateurs de mort!

J'appelle État le lieu où sont tous ceux qui boivent du poison, qu'ils soient bons ou mauvais; État, l'endroit où ils se perdent tous, les bons et les méchants; État, le lieu où le lent suicide de tous s'appelle — « la vie* ».

Regardez-les-moi, ces superflus, ils volent les œuvres des inventeurs et les trésors des sages : leur vol, ils l'appellent culture — et tout leur devient maladie et revers!

Regardez-les-moi, ces superflus! Toujours ils sont malades, ils vomissent leur bile et c'est ce qu'ils appellent leurs journaux. Ils s'entre-dévorent et ne sont pas même capables de se digérer.

Regardez-les-moi donc, ces superflus! Ils acquièrent des richesses et en deviennent plus pauvres. Ils veulent´ la puissance et avant tout le levier de la puissance, ils veulent beaucoup d'argent, ces impuissants!

Regardez-les grimper, ces singes agiles! Ils grimpent les uns par-dessus les autres et ainsi s'entraînent dans la boue et l'abîme.

Tous, ils veulent accéder au trône : c'est leur folie — comme si le bonheur était assis sur le trône! C'est souvent la boue qui est sur le trône — et souvent aussi le trône sur la boue.

Tous, ils m'apparaissent des fous, des singes qui grimpent, des surexcités. Leur idole sent mauvais, ce monstre froid : tous tant qu'ils sont, ils sentent mauvais, ces idolâtres.

Mes frères, voulez-vous donc étouffer dans les émanations de leurs gueules et de leurs appétits? Brisez plutôt les fenêtres et sautez dehors, à l'air libre.

Écartez-vous donc de la mauvaise odeur. Fuyez l'idolâtrie des superflus!

Écartez-vous donc de la mauvaise odeur! Fuyez donc les vapeurs de ces sacrifices humains!

Pour de grandes âmes, la terre est encore à leur disposition. Bien des endroits sont encore vides pour que viennent s'y établir les ermites, seuls ou à deux; l'odeur de mers tranquilles les entoure.

Une vie libre est encore ouverte aux grandes âmes. En vérité, celui qui possède peu est d'autant moins possédé : louée soit la petite pauvreté.

Là où cesse l'État, c'est là que commence l'homme, celui qui n'est pas superflu : là commence le chant de ce qui est nécessaire, la mélodie unique et irremplaçable.

Là où *cesse* l'État, — regardez donc, mes frères! Ne les voyez-vous pas, l'arc-en-ciel et les ponts du surhumain? »

Ainsi parlait Zarathoustra.

DES MOUCHES DU MARCHÉ

« Fuis dans ta solitude, mon ami! Je te vois assourdi par le bruit des grands hommes et déchiré par les aiguillons des petits.

Dignes, forêt et rocher savent se taire en ta compagnie. Sois de nouveau semblable à l'arbre que tu aimes, celui aux larges branches : silencieux, aux écoutes, suspendu au-dessus de la mer.

Où cesse la solitude commence le marché; et où commence le marché, commence aussi le vacarme des grands comédiens et le bourdonnement des mouches venimeuses.

Dans le monde, les choses les meilleures ne valent rien sans quelqu'un pour les mettre en scène : le peuple appelle ces metteurs en scène : de grands hommes.

Le peuple comprend bien peu ce qui est grand, c'est-à-dire : ce qui est créateur, mais il a un flair pour tous les metteurs en scène et pour tous les comédiens des grandes causes.

C'est autour des inventeurs de valeurs nouvelles que tourne le monde, — il tourne de façon invisible. Mais la foule et la gloire tournent autour des comédiens : tel est le cours du monde.

Le comédien a de l'esprit, mais un esprit sans conscience morale. Il croit toujours à ce qui lui permet le plus d'imposer sa façon de croire, — à lui même.

Demain, il croira en une chose nouvelle et après-demain en une autre, plus nouvelle encore.

Il a l'esprit prompt, tout comme la foule et il est d'humeur versatile.

Renverser, — il appelle cela « prouver ». Rendre fou, — c'est ce qu'il appelle « persuader ». Et de toutes les raisons, le sang lui semble la meilleure.

Une vérité qui ne se glisse que dans les oreilles fines, il l'appelle « mensonge » et « néant ». En vérité, il ne croit qu'en des dieux qui font grand tapage dans le monde.

La place du marché est pleine de bouffons solennels — et la foule se glorifie de ses grands hommes! Ils sont pour elle, les maîtres du moment.

Mais le temps les presse : aussi te pressent-ils : et de toi, ils veulent savoir si c'est oui ou si c'est non. Malheur à toi, veux-tu placer ta chaise entre le pour et le contre?

Ne sois pas jaloux de ces intransigeants qui te pressent, toi qui aimes la vérité! Jamais encore la vérité ne s'est accrochée au bras d'un intransigeant.

A cause de ces esprits hâtifs, retourne à ta sécurité :

ce n'est qu'au marché que l'on est assailli par oui ou par non!

Longues sont les expériences que font les puits profonds : il leur faut attendre longtemps jusqu'à ce qu'ils sachent, *ce* qui tombe dans leurs profondeurs.

C'est à l'écart du marché et de la gloire que se passe tout ce qui est grand : c'est à l'écart de la place du marché et de la gloire qu'ont, de tout temps, habité les inventeurs de valeurs nouvelles.

Fuis dans ta solitude : je te vois harcelé par les mouches venimeuses. Fuis, vers les contrées où souffle un air rude et fort!

Fuis dans ta solitude! Tu as vécu trop près des petits et des pitoyables. Fuis leur vengeance invisible! Contre toi, ils ne sont rien que vengeance.

Ne lève plus le bras contre eux! Ils sont innombrables et ce n'est pas ta destinée d'être un chasse-mouches.

Ils sont innombrables, ces petits et ces pitoyables; et il y a de nobles architectures que des gouttes de pluie et de mauvaises herbes suffisent à ruiner.

Tu n'es pas une pierre, mais déjà toutes ces gouttes t'ont creusé. Tu vas te briser et tu vas éclater à force de gouttes.

Je te vois fatigué par des mouches venimeuses; je te vois égratigné en cent endroits; et ta fierté ne veut pas même s'en irriter.

En toute innocence, c'est ton sang qu'ils te réclament, c'est de sang que leurs âmes exsangues ont

soif, — et c'est pourquoi ils te piquent en toute innocence.

Mais toi qui es profond, tu souffres trop profondément de petites blessures; et avant même que tu ne
sois guéri le même ver empoisonné s'est mis à ramper
sur ta main.

Tu es trop fier pour tuer ces gloutons. Mais prends
garde que cela ne te devienne fatal de supporter toute
leur fielleuse injustice!

Ils bourdonnent autour de toi en te louant. Ils
veulent la proximité de ta peau et ton sang.

Ils te flattent comme un dieu ou comme un diable :
ils geignent devant toi comme devant un dieu ou un
diable. Qu'est-ce que cela peut bien te faire? Ce sont
des flagorneurs et des geignards, pas plus.

Souvent aussi ils font les aimables avec toi. Mais
cela ce fut toujours l'astuce des lâches. Oui, les
lâches sont malins!

Ils pensent beaucoup à toi en leur âme étroite — tu
leur es toujours un motif de suspicion! Tout ce à
quoi on pense beaucoup finit par devenir suspect.

Ils te punissent pour toutes tes vertus. Ils ne te pardonnent par principe que tes bévues.

Parce que tu es doux et d'âme juste, tu dis : « Ils
sont innocents de leur petite existence. » Mais leur
âme étroite pense : « Tout ce qui existe de grand est
coupable. »

Même si tu leur es indulgent, ils se sentent encore
méprisés par toi; et ils te rendent les bienfaits par des
méfaits cachés.

Ta fierté muette n'est jamais de leur goût; ils jubilent quand, pour une fois, tu es suffisamment modeste pour être vaniteux.

Ce que nous reconnaissons dans un homme nous l'enflammons aussi. Alors, méfie-toi des petits!

Devant toi, ils se sentent petits et leur bassesse rougoie et brûle contre toi en une vengeance invisible.

N'as-tu pas remarqué que souvent ils sont devenus muets quand tu t'approchais d'eux, et que leur force les quittait comme la fumée s'échappe d'un feu qui s'éteint?

Oui, mon ami, tu es la mauvaise conscience de tes prochains : car ils sont indignes de toi. C'est pourquoi ils te haïssent et aimeraient bien te sucer le sang.

Tes prochains seront toujours des mouches venimeuses; ce qu'il y a de grand en toi, — cela même doit les rendre plus venimeux et les rendre toujours plus semblables à des mouches.

Mon ami, fuis dans ta solitude et là où souffle un air rude et fort. Ce n'est pas ta destinée d'être chasse-mouches. »

Ainsi parlait Zarathoustra.

DE LA CHASTETÉ

« J'aime la forêt. On vit mal dans les villes : il y a trop d'humains en rut.

Ne vaut-il pas mieux tomber aux mains d'un meurtrier que dans les rêves d'une femme en chaleur?

Regardez-les-moi, ces hommes : leur œil le dit bien — ils ne connaissent rien de meilleur sur terre que de coucher avec une femme.

La fange recouvre le fond de leur âme; et malheur, si leur fange, en plus, a de l'esprit!

Si vous étiez tout au moins des animaux accomplis. Mais l'innocence fait partie de l'animal.

Vous conseillé-je de tuer vos sens? Je vous conseille l'innocence des sens.

Vous conseillé-je la chasteté? La chasteté est chez quelques-uns une vertu, mais chez beaucoup, elle est presque un vice.

Ces derniers, sans doute, se contiennent : mais la chienne Sensualité transparaît, remplie de jalousie, dans tout ce qu'ils font. Jusque dans les hauteurs de leur vertu et jusque dans la froideur de l'esprit, la bête les poursuit et les inquiète.

Et avec quelle gentillesse, la chienne Sensualité sait mendier un morceau d'esprit quand on lui refuse un morceau de chair.

Vous aimez les tragédies et tout ce qui brise le

cœur? Mais, moi, je me méfie de votre chienne.

Vous avez, je trouve, des yeux par trop cruels, et vous regardez voluptueusement ceux qui souffrent. Votre lubricité ne s'est-elle pas simplement travestie pour prendre le nom de pitié?

Et je vous propose cette image : il en est beaucoup qui voulant chasser leur démon sont devenus eux-mêmes des pourceaux.

Celui à qui la chasteté est difficile, il faut la lui déconseiller : qu'elle ne devienne pas le chemin de l'enfer, c'est-à-dire fange et lubricité de l'âme.

Parlé-je de choses sales? Ce n'est pas pour moi ce qu'il y a de plus grave.

Ce n'est pas quand elle est sale que celui qui accède à la connaissance répugne à descendre dans l'eau de la vérité, c'est quand elle est peu profonde.

En vérité, il existe des hommes foncièrement chastes : ils ont le cœur plus doux et ils rient plus volontiers et plus souvent que vous.

Ils rient aussi de leur chasteté et demandent : « Qu'est-ce qui est la chasteté?

La chasteté n'est-elle pas folie? Mais cette folie est venue à nous, ce n'est pas nous qui sommes allés à elle.

Nous avons offert à cet hôte le gîte et le cœur : maintenant il habite chez nous, — qu'il reste aussi longtemps qu'il lui plaira. »

Ainsi parlait Zarathoustra.

DE L'AMI

« Il y en a toujours un de trop auprès de moi, ainsi pense l'ermite. Toujours une fois un, — à la longue ça fait deux! »

Je et moi sont toujours en train de converser avec trop d'ardeur : comment pourrait-on y tenir s'il n'y avait un ami?

Toujours pour l'ermite l'ami est le tiers : le tiers est le bouchon qui empêche la conversation de ces deux-là de sombrer dans les profondeurs!

Ah! il y a par trop de profondeurs pour tous les ermites. C'est pourquoi ils désirent tellement un ami et sa hauteur.

Notre foi en autrui trahit ce que nous aimerions bien être, notre foi en nous-mêmes. Notre désir d'un ami est le traître qui nous révèle.

Et bien souvent on ne veut avec l'amour que sauter par-dessus la jalousie. Et souvent l'on attaque et l'on se fait un ennemi, pour cacher que l'on est soi-même vulnérable.

« Sois au moins mon ennemi », — c'est ainsi que parle le véritable respect qui n'ose solliciter l'amitié.

Si l'on veut avoir un ami, il faut aussi vouloir faire la guerre pour lui : et pour faire la guerre, il faut *pouvoir* être ennemi.

Il faut encore honorer l'ennemi dans l'ami. Peux-tu

t'approcher tout près de ton ennemi, sans passer de son côté?

On doit avoir dans son ami son meilleur ennemi. C'est quand tu le combats que ton cœur doit être le plus près de lui.

Tu ne veux pas être vêtu devant ton ami ? Ton ami doit se sentir honoré que tu te donnes à lui tel que tu es? Mais pour cela, il te voue à tous les diables!

Celui qui ne fait pas mystère de lui, indigne : c'est pourquoi vous avez de bonnes raisons de craindre la nudité! Oui, si vous étiez des dieux, alors vous auriez le droit d'avoir honte de vos vêtements!

Tu ne peux t'habiller assez bien pour ton ami : car tu dois être pour lui une flèche et un désir vers le surhumain.

As-tu déjà vu dormir ton ami — afin que tu apprennes quel aspect il a? Qu'est sinon le visage de ton ami? C'est ton propre visage dans un miroir rugueux et imparfait.

As-tu déjà vu dormir ton ami? N'as-tu pas été effrayé de lui voir cet aspect-là? Oh, mon ami, l'homme est quelque chose qu'il faut surmonter.

L'ami doit être passé maître dans l'art de deviner et dans l'art de se taire : tu ne dois pas vouloir tout voir. Ton rêve doit te révéler ce que ton ami fait à l'état de veille.

Que ta pitié soit divinatrice : que tu saches d'abord si ton ami veut de la pitié. Peut-être aime-t-il en toi l'œil vif encore et le regard de l'éternité.

Que ta pitié pour l'ami se cache sous une rude

écorce, tu dois t'y casser les dents. Ainsi elle aura sa finesse et sa douceur.

Es-tu pour ton ami, air pur, solitude et pain et médicament? Il en est qui ne peuvent se libérer de leurs propres chaînes et pourtant ils sont des libérateurs pour leurs amis.

Es-tu un esclave? Alors tu ne peux être ami. Es-tu un tyran? Ainsi tu ne peux avoir d'amis.

Par trop longtemps un esclave et un tyran se dissimulaient dans la femme. C'est pourquoi la femme n'est pas encore capable d'amitié : elle ne connaît que l'amour.

Dans l'amour de la femme il y a de l'injustice et de l'aveuglement à l'égard de tout ce qu'elle n'aime pas. Et même dans l'amour éclairé de la femme, il y a encore guet-apens, éclair et nuit à côté de la lumière.

La femme n'est pas encore capable d'amitié : les femmes sont encore chattes, des oiseaux. Au meilleur cas, des vaches.

La femme n'est pas encore capable d'amitié. Mais dites-moi, vous les hommes, lequel d'entre vous est capable d'amitié?

Oh! malheur à votre pauvreté, vous les hommes, malheur à votre avarice d'âme! Ce que vous donnez à l'ami, je veux même le donner à mon ennemi et cela ne m'en rendra pas plus pauvre.

Il existe de la camaraderie : puisse-t-il exister de l'amitié! »

Ainsi parlait Zarathoustra.

DES MILLE ET UN BUTS

Zarathoustra a vu beaucoup de pays et beaucoup de peuples : c'est ainsi qu'il découvrit le bien et le mal de beaucoup de peuples. Zarathoustra ne trouva pas de puissance plus grande sur terre que le bien et le mal.

« Aucun peuple ne pourrait vivre sans d'abord fixer des valeurs; mais s'il veut subsister il ne doit pas juger comme juge le voisin.

Bien des choses jugées bonnes par ce peuple-ci, étaient jugées par un autre comme honteuses et méprisables.

Voilà ce que j'ai trouvé. J'ai vu bien des choses appelées mauvaises en un endroit et vêtues de la pourpre des honneurs ailleurs.

Jamais personne n'a compris son voisin : toujours son âme s'est étonnée de la folie ou de la méchanceté du voisin.

Une table des lois est suspendue au-dessus de chaque peuple. Vois, c'est la table de toutes ses victoires sur lui-même, c'est la voix de sa volonté de puissance.

Louable est tout ce qui, pour lui, est réputé difficile; ce qui est indispensable et difficile, voilà qui s'appelle bien; et ce qui, en outre, délivre encore de la détresse la plus extrême, ce qu'il y a de rare, ce qu'il y a de plus difficile — il le nomme sacré.

Ce qui fait, qu'il règne et vainc et resplendit, à la grande horreur jalouse du voisin : voilà qui pour lui est ce qu'il y a d'élevé, de primordial, la mesure, le sens de toute chose.

En vérité, mon frère, si tu as reconnu la pressante détresse d'un peuple et sa contrée, et ses voisins et son ciel : alors tu as deviné aussi la loi de ses victoires sur lui-même et pourquoi il monte vers ses espérances sur cette échelle.

« Toujours tu dois être le premier et surpasser les autres : ton âme jalouse ne doit aimer personne; excepté ton ami », — ceci faisait tressaillir l'âme d'un Grec et le conduisait sur le sentier de sa propre grandeur.

« Dire vrai et bien manier l'arc et la flèche », — voilà ce qui fut à la fois cher et difficile au peuple dont mon nom est issu, ce nom qui à la fois m'est cher et lourd à porter.

« Honorer père et mère et être à leur service jusqu'à la racine même de l'âme » : c'est cette table-là de la victoire sur soi qu'un autre peuple suspendit au-dessus de lui et cela le fit puissant et éternel.

« Être fidèle et pour l'amour de la fidélité attacher son honneur et son sang même à des causes dangereuses » : se donnant cette doctrine un autre peuple s'est vaincu lui-même, et se dominant ainsi lui-même, il est devenu gravide et lourd de grandes espérances.

En vérité, les hommes se sont donné tout leur bien et leur mal.

En vérité, ils ne le prirent pas, ils ne le trouvèrent pas, ils ne le reçurent pas comme une voix tombée du ciel. Ce n'est que l'homme qui a donné une valeur aux choses, afin de se conserver, — c'est lui qui a donné aux choses leur sens, un sens d'humain. C'est pourquoi il se nomme « l'humain », c'est-à-dire, celui qui évalue*.

Évaluer, c'est créer : écoutez-vous les créateurs? L'évaluation, c'est le trésor et le joyau de toutes les choses évaluées.

Ce n'est que par l'évaluation que se fixe la valeur : et sans l'évaluation l'existence serait une noix creuse. Écoutez-le, vous, les créateurs.

Le changement des valeurs, — c'est le changement des créateurs. Celui qui doit être un créateur, celui-là détruit toujours.

Les créateurs, ce furent d'abord les peuples, et bien plus tard seulement des individus; en vérité l'individu lui-même est la plus récente des créations.

Les peuples jadis suspendirent les tables du bien au-dessus de leurs têtes. Ce furent l'amour qui veut régner et l'amour qui veut obéir qui, ensemble, ont créé de telles tables.

Le plaisir du troupeau est plus ancien que le plaisir du moi : et aussi longtemps que la bonne conscience se nommera troupeau, seule la mauvaise conscience dira : Moi.

En vérité, le moi malin, le moi sans amour, qui

veut trouver son avantage dans l'avantage du plus grand nombre : il n'est pas l'origine du troupeau, il en est le déclin.

Ils étaient aimants et créateurs, ceux qui créèrent le bien et le mal. Le feu de l'amour et le feu de la colère brûlent dans les noms de toutes les vertus.

Zarathoustra a vu beaucoup de pays et beaucoup de peuples : Zarathoustra n'a pas trouvé de puissance plus grande sur terre que les œuvres de ceux qui aiment : « bien » et « mal », tel est leur nom.

En vérité la puissance de ces louanges et de ces blâmes est un monstre. Dites-moi, mes frères, qui en viendra à bout ? Dites qui enchaînera les mille nuques de cet animal ?

Il y eut mille buts jusque-là, car il existe mille peuples. Il ne manque plus que la chaîne pour les mille nuques, il manque ce but *unique* ! Pour l'instant encore l'humanité n'a pas de but.

Mais dites-moi, mes frères, si le but fait encore défaut à l'humanité, ne fait-elle pas alors encore défaut elle-même ? »

Ainsi parlait Zarathoustra.

DE L'AMOUR DU PROCHAIN

« Vous vous pressez autour de votre prochain et vous avez pour cela de belles paroles. Mais moi, je vous dis : votre amour du prochain n'est que votre mauvais amour pour vous-mêmes.

Vous vous réfugiez auprès du prochain pour vous fuir vous-mêmes et vous voudriez vous en faire une vertu : mais je perce à jour votre « désintéressement ».

Le toi est plus vieux que le moi; on a sanctifié le toi mais pas encore le moi : c'est ainsi que l'homme se presse vers son prochain.

Vous conseillé-je l'amour du prochain? Je préfère plutôt vous conseiller de fuir votre prochain et d'aimer le plus lointain!

Plus haut que l'amour du prochain est l'amour du lointain et du futur; plus haut que l'amour des hommes est l'amour des choses et des fantômes.

Ce fantôme qui court devant toi, mon frère, il est plus beau que toi; pourquoi ne lui donnes-tu pas ta chair et tes os? Mais tu as peur et tu cours te réfugier auprès de ton prochain.

Vous ne pouvez vous supporter vous-mêmes et vous ne vous aimez pas suffisamment : or vous voulez détourner le prochain vers l'amour et vous dorer de son erreur.

J'aimerais que la compagnie de prochains de toutes

sortes et de leurs voisins vous devienne intolérable;
vous seriez bien obligés de tirer de vous-mêmes votre
ami et son cœur débordant.

Vous invitez un témoin quand vous voulez dire du
bien de vous-mêmes; et quand vous l'avez induit à
bien penser de vous, alors vous pensez du bien de
vous-mêmes.

Ne ment pas seulement celui qui parle contre sa
conscience, mais surtout celui qui parle contre sa
nescience. Et ainsi vous parlez de vous dans votre
commerce quotidien et trompez le voisin en même
temps que vous-même.

Voici ce que dit le bouffon : « Le commerce des
hommes gâte le caractère surtout lorsqu'on n'en a
pas. »

L'un va auprès de son prochain, parce qu'il se
cherche lui-même, et un autre parce qu'il aimerait se
perdre. Votre mauvais amour pour vous-même fait
pour vous de la solitude une prison.

Ce sont ceux qui sont plus au loin qui paient votre
amour du prochain; et déjà quand vous êtes cinq
ensemble, il faut toujours qu'il y en ait un sixième
qui meure.

Je n'aime pas non plus vos fêtes : j'y ai trouvé trop
de comédiens, et les spectateurs eux aussi se sont
souvent comportés en acteurs.

Ce n'est pas votre prochain que je vous enseigne,
mais l'ami. Que l'ami vous soit une fête de la terre
et un pressentiment du surhumain.

Je vous enseigne l'ami et son cœur débordant. Mais

il faut savoir être une éponge quand on veut être aimé
par un cœur débordant.

Je vous enseigne l'ami, en qui le monde est tout
prêt, il est une enveloppe du bien. Je vous enseigne
l'ami qui a toujours un monde à prodiguer.

Et de la façon dont le monde s'est déroulé pour lui,
il s'enroule de nouveau, concentriquement, comme le
devenir du bien à travers le mal, comme le devenir
des fins à travers le hasard.

L'avenir et ce qu'il y a de plus lointain, que ce soit
pour toi la cause de ton aujourd'hui : dans ton ami,
tu dois aimer le surhumain comme la cause de toi-
même.

Mes frères, je ne vous conseille pas l'amour du prochain : je vous conseille l'amour du plus-lointain. »

Ainsi parlait Zarathoustra.

DE LA VOIE DU CRÉATEUR

« Mon frère, veux-tu t'isoler? Veux-tu chercher le
chemin qui mène à toi-même? Tarde donc encore un
instant et écoute-moi.

« Celui qui cherche, celui-là se perd facilement lui-
même, tout isolement est faute », — voilà ce que dit
le troupeau. Et longtemps tu as fait partie du troupeau. En toi aussi va encore retentir la voix du trou-

peau. Et quand tu diras : « Je ne partage plus *une* conscience avec vóus », alors ce ne sera qu'une seule plainte et une seule douleur.

Vois, cette douleur elle-même est née de cette conscience une : et le dernier reflet de cette conscience brille encore dans ton chagrin.

Mais tu veux suivre le chemin de ta tristesse, qui est le chemin vers toi-même? Alors montre-moi que tu en as le droit et la force!

Es-tu une force et un droit nouveaux? Un premier mouvement? Une roue roulant par elle-même? Peux-tu aussi forcer les étoiles à graviter autour de toi?

Hélas! il existe tant de voluptueuse convoitise tendue vers les sommets! Il y a tant de ces convulsions des ambitieux! Montre moi que tu n'es pas de ces voluptueux et que tu n'es pas de ces ambitieux!

Hélas! il y a tant de grandes pensées, elles n'agissent pas plus qu'un soufflet : elles se gonflent et soufflent du vide.

Tu te dis libre? Je veux entendre ta pensée maîtresse et non pas apprendre que tu t'es délivré d'un joug.

Es-tu l'un de ceux qui *eurent le droit* d'échapper à un joug? Il en est qui ont perdu leur dernière valeur en rejetant leur état de servitude.

Libre de quoi? Qu'importe à Zarathoustra? Mais que ton œil clair m'annonce : libre *pour quoi*?

Peux-tu te donner à toi-même ton bien et ton mal et suspendre ta volonté au-dessus de toi comme une loi? Peux-tu être ton propre juge et le vengeur de ta loi?

Il est terrible d'être seul avec le juge et le vengeur de sa propre loi. C'est ainsi qu'une étoile est jetée dans l'espace vide et désolé et l'haleine glacée de la solitude.

Aujourd'hui encore tu souffres du grand nombre, toi qui es un : aujourd'hui encore tu as tout ton courage et tes espérances.

Mais un jour la solitude te fatiguera, un jour ta fierté se courbera, et ton courage grincera des dents. Un jour tu crieras : « Je suis seul. »

Un jour tu ne verras plus tes hauteurs mais tu verras de par trop près ce qui est bas; ce qu'il y a en toi de noblesse se remplira de crainte comme un fantôme. Tu crieras un jour : « Tout est faux! »

Il y a des sentiments qui veulent tuer le solitaire; s'ils n'y parviennent pas, c'est eux-mêmes qui doivent mourir! Mais es-tu capable d'être meurtrier?

Connais-tu déjà, le mot « mépris », mon frère? Et le tourment de ta justice, qui te fait être juste avec ceux qui te méprisent?

Tu en forces beaucoup à se déjuger à ton propos; et de cela ils t'en veulent terriblement. Tu es venu près d'eux et tu as cependant passé ton chemin : cela ils ne te le pardonneront jamais.

Tu vas par-delà eux-mêmes; mais plus tu t'élèves, plus tu apparais petit à l'œil de la jalousie. Mais c'est celui qui vole qu'on déteste le plus.

« Comment voudriez-vous être justes à mon égard! — dois-tu dire, — je choisis votre injustice comme la part qui est à ma mesure. »

Ils jettent injustice et ordure contre le solitaire : mais, mon frère, si tu veux être une étoile, il te faut néanmoins les éclairer autant!

Et méfie-toi des bons et des justes, ils aiment à crucifier ceux qui s'inventent leur propre vertu — ils haïssent le solitaire.

Méfie-toi aussi de la sainte ingénuité. Tout ce qui n'est pas ingénu lui est impie; elle aime à jouer aussi avec le feu — des bûchers.

Et méfie-toi aussi des accès de ton amour! Par trop vite le solitaire tend la main à celui qu'il rencontre.

A certains hommes tu ne dois pas donner la main, mais seulement la patte : et je veux que ta patte ait aussi des griffes.

Mais l'ennemi le pire que tu puisses rencontrer, tu le seras toujours toi-même; tu te guettes toi-même dans les cavernes et les forêts.

Solitaire, tu parcours la route vers toi-même! Et ton chemin passe devant toi-même, et tes sept diables.

Tu seras hérétique à toi-même et sorcière et devin et bouffon et douteur et impie et mécréant.

Il faut que tu veuilles brûler dans ta propre flamme : comment voudrais-tu redevenir neuf si tu n'es pas d'abord devenu cendre?

Solitaire, tu parcours le chemin du créateur : tu veux te créer un dieu à partir de tes sept diables!

Solitaire, tu parcours le chemin de ceux qui aiment, tu t'aimes toi-même et c'est pourquoi tu te méprises comme ne se méprisent que ceux qui aiment.

Celui qui aime veut créer, parce qu'il méprise! Que sait de l'amour celui qui ne fut point obligé de mépriser ce qu'il aimait!

Va dans ta solitude avec ton amour et avec ta création, mon frère; et ce n'est que tard que la justice te suivra en clopinant.

Va dans ta solitude avec mes larmes. J'aime celui qui veut créer par-delà lui-même et qui périt ainsi. »

Ainsi parlait Zarathoustra.

DES PETITES VIEILLES ET DES PETITES JEUNES

« Pourquoi te faufiles-tu si timidement à travers l'obscurité, Zarathoustra? Et que caches-tu, avec tant de précautions sous ton manteau?

Est-ce un trésor qu'on t'a donné en présent? Ou un enfant qui t'est né? Ou suis-tu maintenant toi-même le chemin des voleurs, toi l'ami des méchants?

— En vérité, mon frère, dit Zarathoustra, c'est un trésor dont on m'a fait cadeau : c'est une petite vérité que je porte.

Mais elle est indocile comme un jeune enfant; et si je ne lui tiens pas la bouche, elle crie trop fort.

Comme je passais aujourd'hui, solitaire, mon chemin, à l'heure où le soleil sombre, je rencontrai une petite vieille qui parla ainsi à mon âme :

« Zarathoustra nous a dit beaucoup de choses, à nous les femmes aussi; cependant, jamais il ne nous a parlé de la femme.* »

Et je lui répondis : « De la femme on ne doit parler qu'à des hommes.

— Parle-moi aussi de la femme, dit-elle, je suis suffisamment vieille pour oublier tout de suite ce que tu diras. »

Et j'accédai au désir de la petite vieille et lui parlai ainsi :

« Tout, dans la femme, est énigme, et tout dans la femme a une solution : elle s'appelle grossesse.

L'homme pour la femme est un moyen : le but, c'est toujours l'enfant. Mais qu'est la femme pour l'homme ?

L'homme véritable veut deux choses : le danger et le jeu. C'est pourquoi il veut la femme comme le jouet le plus dangereux.

Il faut que l'homme soit éduqué pour la guerre et la femme pour le repos du guerrier : tout le reste est sottise.

Des fruits par trop doux, — le guerrier ne les aime pas. C'est pourquoi il aime la femme; amère est la femme la plus douce.

Mieux qu'un homme, la femme comprend les enfants, mais l'homme est plus enfantin que la femme.

Dans l'homme véritable est caché un enfant qui veut jouer. Allons, les femmes, découvrez-le cet enfant dans l'homme !

Que la femme soit un jouet, pure et fine, pareille à

la pierre précieuse, illuminée par les vertus d'un monde qui n'existe pas encore.

Que le rayon d'une étoile brille dans votre amour. Que votre espérance dise : « Oh! puissé-je donner le jour au surhumain! »

Que votre amour soit plein de vaillance! Fortes de votre amour portez-vous contre celui qui vous inspire de la crainte.

Que votre amour soit plein de votre honneur! D'habitude la femme ne s'y entend guère à l'honneur. Mais que ceci soit votre honneur de toujours aimer plus qu'on ne vous aime et de ne jamais être les secondes.

Que l'homme craigne la femme quand elle aime : elle fait alors tous les sacrifices et toute autre chose lui semble alors sans valeur.

Que l'homme craigne la femme quand elle hait, car l'homme au fond de l'âme est simplement méchant, la femme, elle, au fond de l'âme, est mauvaise.

Qui la femme hait-elle le plus? — Ainsi parle le fer à l'aimant : « C'est toi que je hais le plus, parce que tu attires et parce que tu n'es pas assez fort pour tirer à toi. »

Le bonheur de l'homme dit : « Je veux. » Le bonheur de la femme dit : « Il veut. »

« Regarde, c'est maintenant à peine que le monde est accompli! », — voilà ce que pense toute femme quand elle obéit de tout son amour.

Et il faut que la femme obéisse et qu'elle trouve une profondeur pour sa surface. L'âme de la femme est toute surface, une pellicule mobile, agitée, sur une eau peu profonde.

Mais l'âme de l'homme est profonde, son fleuve mugit dans des grottes souterraines : la femme devine sa force mais ne la comprend pas.

Alors la petite vieille me répondit : « Zarathoustra a dit de fort aimables choses et surtout pour celles qui sont assez jeunes pour cela.

C'est étrange, Zarathoustra connaît peu les femmes et pourtant il a raison! Serait-ce parce que rien n'est impossible chez la femme?

Et maintenant, en remerciement, accepte une petite vérité! Je suis assez vieille pour te la dire!

Enveloppe-la bien et tiens-lui la bouche : sinon elle crie trop fort, cette petite vérité.

— Donne-moi ta petite vérité, femme! » dis-je. Et ainsi parla la petite vieille :

« Tu vas voir des femmes? N'oublie pas ton fouet! »

Ainsi parlait Zarathoustra.

DE LA MORSURE DE LA VIPÈRE

Un jour, comme il faisait chaud, Zarathoustra s'était endormi sous un figuier et il avait mis ses bras sur la figure. Vint une vipère qui le mordit au cou. Zarathoustra en cria de douleur. Lorsqu'il eut enlevé

le bras de son visage, il regarda le serpent : celui-ci
alors reconnut les yeux de Zarathoustra, se tordit
maladroitement et voulut s'échapper. « Non pas,
dit Zarathoustra; je ne t'ai pas encore remercié! Tu
m'as réveillé au moment voulu, ma route est encore
longue. — Ta route n'est que courte, dit tristement
la vipère; mon poison tue. » Zarathoustra sourit.
« Quand donc un dragon est-il mort du poison d'un
serpent? dit-il. Mais reprends ton poison! Tu n'es
pas assez riche pour m'en faire cadeau. »

Alors le serpent, derechef, s'enroula autour de son
cou et lui lécha sa blessure.

Comme Zarathoustra racontait ceci un jour à ses
disciples, ils demandèrent : « Et quelle est la morale
de cette histoire, ô Zarathoustra? » Zarathoustra leur
répondit :

« Les bons et les justes m'appellent le destructeur :
mon histoire est amorale.

Quand vous avez un ennemi, ne lui rendez pas le
bien pour le mal : car cela lui ferait honte. Mais
prouvez-lui plutôt qu'il vous a fait du bien.

Plutôt vous mettre en colère que d'humilier. Et si
l'on vous maudit, il ne me plaît pas que vous vouliez
bénir, allez-y plutôt à votre tour de vos malédictions.

Et s'il vous a été fait une grave injustice, ajoutez-en
vite cinq petites. Il est horrible à voir, celui qui est
seul à être écrasé par l'injustice.

Le saviez-vous? Une injustice partagée est déjà à
moitié justice. Et que celui qui peut porter l'injustice,
que celui-là s'en charge.

Une petite vengeance est plus humaine que pas de vengeance du tout. Et si la punition n'est pas aussi un droit et un honneur pour celui qui transgresse, alors je n'aime plus votre façon de punir.

Il est plus noble de se donner tort que d'avoir raison, surtout lorsqu'on a raison. Seulement, il faut être assez riche pour cela.

Je n'aime pas votre froide justice; et dans l'œil de vos juges je vois toujours le regard du bourreau et son couperet froid.

Dites, où trouve-t-on la justice, qui est amour avec les yeux ouverts?

Inventez-le-moi, cet amour qui ne porte pas seulement tous les châtiments mais aussi toute faute!

Inventez-la-moi, cette justice qui acquitte tout le monde, excepté celui qui juge.

Voulez-vous encore entendre ceci? Pour celui qui veut être foncièrement juste, pour celui-là, même le mensonge sera amitié pour les hommes.

Mais comment serais-je foncièrement juste? Comment puis-je donner à chacun son dû? Que ceci me suffise : je donne à chacun ce qui est mien.

Enfin, mes frères, gardez-vous de commettre une injustice à l'égard d'aucun ermite! Comment un ermite pourrait-il oublier? Comment pourrait-il se venger?

Un ermite est comme un puits profond. Il est facile de jeter une pierre dedans, mais si elle est tombée au fond, dites, qui ira l'en retirer?

Gardez-vous d'offenser le solitaire! Mais si vous l'avez fait, tuez-le par-dessus le marché! »

Ainsi parlait Zarathoustra.

DE L'ENFANT ET DU MARIAGE

« J'ai une question pour toi seul, mon frère : comme une sonde, je la jette dans ton âme afin de savoir quelle est sa profondeur.

Tu es jeune et tu souhaites enfant et mariage. Mais moi je te demande : Es-tu un homme qui *a le droit de* souhaiter avoir un enfant?

Es-tu le victorieux, le dominateur de toi-même, le maître de tes sens, le seigneur de tes vertus? Voilà ce que je te demande.

Ou est-ce l'animal et le besoin animal qui parlent dans ton souhait? Ou bien l'esseulement ou la discorde avec toi-même?

Je veux que ta victoire et ta liberté désirent un enfant. Tu dois ériger des monuments vivants à ta victoire et à ta libération.

Tu dois construire par-delà toi-même. Mais d'abord il faut que toi-même tu sois construit au cordeau, d'âme et de corps.

Tu ne dois pas seulement procréer, mais surcréer. Que le jardin du mariage t'aide à cette fin!

Tu dois créer un corps supérieur, un premier mouvement, une roue roulant par elle-même, — c'est un créateur que tu dois créer.

Mariage : c'est ainsi que je nomme la volonté de créer à deux l'un qui est davantage que ceux qui le créèrent. J'appelle le mariage respect mutuel de ceux qui veulent une telle volonté.

Que ceci soit le sens et la vérité de ton mariage. Mais ce que les trop-nombreux, ces superflus appellent mariage — ah! comment vais-je bien appeler cela?

Ah! cette pauvreté de l'âme à deux. Ah! cette saleté de l'âme à deux. Ah! ce misérable bien-être à deux.

Ils appellent tout cela mariage; et ils disent que leurs unions ont été conclues au ciel.

Or, je ne l'aime pas ce ciel des superflus! Non, je ne les aime pas, ces animaux emmêlés dans les filets célestes.

Que le dieu qui s'approche en claudiquant pour bénir ce qu'il n'a point uni, reste loin de moi!

Ne riez pas de telles unions! Quel enfant n'aurait pas lieu de pleurer à cause de ses parents?

Cet homme me paraît digne et mûr pour le sens de la terre, mais lorsque je vis sa femme, la terre me parut une maison de fous.

Oui, j'aimerais que la terre fût secouée de spasmes, quand s'accouplent un saint et une oie.

Celui-là, tel un héros, s'en alla à la quête de vérités et ce qu'il captura au bout du compte ce fut un petit mensonge endimanché. Il appelle cela son mariage.

Tel autre était réticent dans ses fréquentations et attentif à ses choix. Mais soudain, il a gâté à jamais sa compagnie : c'est ce qu'il appelle son mariage.

Tel autre cherchait une servante douée des vertus d'un ange. Mais soudain, il est devenu la servante d'une femme et il serait bon, maintenant, qu'il devînt lui-même ange, de surcroît. J'ai trouvé tous les acheteurs circonspects et tous ont des yeux rusés. Mais même le plus rusé achète sa femme chat en poche.

Beaucoup de courtes folies, — c'est ce qui, chez vous, se nomme l'amour. Et votre mariage finit beaucoup de courtes folies, en *une* longue bêtise.

Votre amour pour la femme et l'amour de la femme pour l'homme : ah ! que n'est-il pas compassion pour des dieux souffrants et voilés ! Mais la plupart du temps, seulement, il n'y a que deux animaux qui se devinent.

Mais même votre meilleur amour n'est qu'un symbole extatique et une incandescence douloureuse. Il est une torche qui doit vous indiquer de sa lumière des chemins plus élevés.

Vous devez, un jour, aimer par-delà vous-mêmes ! Donc apprenez d'abord à aimer ! Et c'est pourquoi vous devez boire le calice amer de votre amour.

L'amertume est aussi dans le calice de l'amour le meilleur : ainsi donne-t-elle le désir du surhumain, ainsi elle te donne soif, à toi, le créateur !

Soif du créateur, flèche et désir du surhumain, dis-moi, mon frère, est-ce cela ta volonté de mariage ?

Qu'une telle volonté, qu'un tel mariage me soient à jamais sacrés. »

Ainsi parlait Zarathoustra.

DE LA MORT VOLONTAIRE

« Il en est beaucoup qui meurent trop tard, et quelques-uns trop tôt. Le précepte qui dit : « Meurs à temps », nous est encore étranger.

Meurs à temps; voilà ce qu'enseigne Zarathoustra.

Certes, comment celui qui n'a jamais vécu à temps, comment celui-là pourrait-il mourir à temps? Ah! si seulement il n'était jamais né! — Voilà ce que je conseille aux superflus.

Mais même les superflus font encore les importants avec leur mort et même la noix la plus creuse veut qu'on la casse.

Tous prennent la mort au sérieux : mais la mort n'est pas encore une fête. Les hommes n'ont pas encore appris comment on consacre les plus belles fêtes.

Ce que je vous montre c'est la mort accomplissement, qui devient, pour les vivants, un aiguillon et une promesse.

Celui qui accomplit, meurt sa mort victorieusement, entouré de ceux qui espèrent et promettent.

C'est ainsi que l'on devrait apprendre à mourir; et il ne devrait pas y avoir de fête sans qu'un tel mourant ne consacrât les serments des vivants.

Donc, mourir c'est le mieux; ce qu'il faut en deuxième lieu : c'est mourir au combat et prodiguer une grande âme.

Mais à celui qui combat, comme à celui qui est victorieux, votre mort grimaçante est odieuse, elle qui s'approche en se faufilant comme un voleur — et vient pourtant en maître.

Je vous vante ma mort, la mort volontaire, qui me vient parce que je veux *moi*.

Et quand voudrai-je? — Celui qui a un but et un héritier, celui-là veut la mort en temps voulu pour but et héritier.

Et, par respect pour le but et l'héritier, il ne suspendra plus de guirlandes fanées dans le sanctuaire de la vie.

En vérité, je ne veux pas ressembler aux cordiers : ils étirent leur fil et ce faisant vont toujours en reculant.

Il en est qui sont même trop vieux pour leurs vérités et leurs victoires; une bouche édentée n'a plus droit à toute vérité.

Et chacun qui veut avoir de la gloire doit à temps prendre congé de l'honneur et pratiquer l'art difficile, de s'en aller en temps voulu.

Il faut cesser de se laisser manger quand on est le plus savoureux; c'est ce que savent ceux qui veulent qu'on les aime longtemps.

Certes, il existe des pommes sures, dont le destin est qu'elles attendent jusqu'au dernier jour de l'automne : et en même temps elles mûrissent, jaunissent et se racornissent.

Chez les uns le cœur vieillit d'abord, chez d'autres c'est d'abord l'esprit. Il en est quelques-uns qui sont

vieillards pendant la jeunesse; mais être jeune tard,
maintient jeune longtemps.

Il en est qui manquent leur vie : un ver empoisonné
leur ronge le cœur. Alors qu'ils s'efforcent au moins
de réussir mieux leur mort.

Il en est plus d'un qui ne s'adoucit jamais et pourrit
déjà en été. C'est la lâcheté qui le fait s'accrocher à sa
branche.

Il en vit beaucoup trop et il en est beaucoup trop
d'accrochés à leurs branches. Ah! que vienne une
tempête pour secouer tout ceci de pourri et de vermoulu de l'arbre!

Ah! que viennent des prédicateurs de la mort *rapide*.
Voilà quels seraient les vrais ouragans, pour secouer
les arbres de vie!

Mais je n'entends que prêcher la mort lente et la patience pour tout ce qui est « terrestre ».

Ah! vous prêchez la patience pour ce qui est terrestre? C'est ce terrestre qui a trop de patience avec
vous, gueules à blasphème que vous êtes.

Il est vrai, cet Hébreu est mort trop tôt que vénèrent
les prédicateurs de la mort lente : il en est beaucoup
pour qui sa mort précoce est devenue fatale.

Il ne connaissait encore que les larmes et la mélancolie de l'Hébreu, en même temps que la haine des
bons et des justes — alors le désir de la mort prit
subitement l'Hébreu Jésus.*

Que n'est-il resté dans le désert, honni des bons et
des justes! Peut-être aurait-il appris à vivre et à aimer
la terre — et à rire, par surcroît.

Croyez-moi, mes frères! il est mort trop tôt; lui-même aurait renié son enseignement, s'il était parvenu jusqu'à mon âge! il était suffisamment noble pour un tel reniement!

Mais il n'était pas encore mûr. Le jeune homme aime de façon immaturée et c'est de façon immaturée qu'il hait l'homme et la terre.

Son âme et les ailes de son esprit lui sont encore liées et lourdes.

Mais dans l'homme il y a davantage d'enfant que dans le jeune homme et moins de mélancolie : il sait mieux ce qui est vie et ce qui est mort.

Libre pour la mort et libre dans la mort, un néga-teur sacré, quand il n'est plus temps de dire oui : c'est ainsi qu'il sait ce qui est vie et ce qui est mort.

Que votre mort ne soit pas un blasphème contre l'homme et la terre, mes amis, c'est ce que j'implore du miel de votre âme.

Dans votre mort, doivent encore luire votre esprit et votre vertu, pareils à la rougeur du couchant autour de la terre : ou sinon, alors, votre mort ne réussira pas.

C'est ainsi que je veux moi-même mourir, pour que vous, amis, aimiez davantage la terre à cause de moi; et je veux redevenir terre pour que j'aie le repos en celle qui m'a enfanté.

En vérité, Zarathoustra avait un but, il jeta sa balle : maintenant, c'est vous, amis, qui êtes les héritiers de mon but, c'est à vous que je jette la balle d'or.

Ce que j'aime par-dessus tout, amis, c'est vous voir

jeter la balle d'or! Et c'est ainsi que je m'attarde encore un peu sur terre, pardonnez-le-moi! »

Ainsi parlait Zarathoustra.

DE LA VERTU QUI PRODIGUE

1

Lorsque Zarathoustra eut pris congé de la ville que son cœur aimait et qui s'appelle « la Vache multicolore », — beaucoup le suivirent qui se disaient ses disciples, ils l'accompagnèrent. Ainsi, ils arrivèrent à un carrefour : là, Zarathoustra leur dit vouloir maintenant aller seul; car il était un ami des marches solitaires. Mais ses disciples, en lui disant adieu, lui donnèrent un bâton à la poignée d'or duquel un serpent s'enroulait autour du soleil. Zarathoustra fut heureux de ce bâton et s'y appuya; puis il parla ainsi à ses disciples :

« Dites-moi donc : comment l'or s'est-il acquis la valeur suprême? C'est parce qu'il est rare et inutile et brillant et que son éclat est doux; il ne cesse de se prodiguer.

Ce n'est que comme image de la vertu la plus haute que l'or s'est acquis la valeur la plus haute. Le regard de celui qui donne, brille comme de l'or. L'éclat de l'or fait la paix entre la lune et le soleil.

La vertu la plus haute est peu commune et inutile, elle est brillante et son éclat est doux : une vertu qui donne est la plus haute vertu.

En vérité, je vous devine, mes disciples, vous aspirez, comme moi, à la vertu qui donne. Qu'auriez-vous de commun avec les chats et avec les loups ?

C'est cela votre soif : devenir vous-mêmes des offrandes et des présents : et c'est pourquoi vous avez soif d'accumuler toutes les richesses dans votre âme.

Insatiable, votre âme aspire à des trésors et à des joyaux, parce que votre vertu est insatiable dans sa volonté de donner.

Vous forcez toutes les choses à venir à vous et en vous, de sorte qu'elles rejaillissent de votre fontaine comme dons de votre amour.

En vérité, il faut qu'un tel amour prodigue fasse main basse sur toutes les valeurs ; mais je vous le dis, un tel égoïsme est saint et sacré.

Il existe un autre égoïsme par trop pauvre, affamé, qui veut toujours dérober, cet égoïsme des malades, l'égoïsme malade.

Il regarde avec l'œil du voleur tout ce qui brille ; avec l'avidité de qui a faim, il jauge celui qui a beaucoup à manger ; et toujours il se faufile à la table de ceux qui donnent.

C'est la maladie et une invisible dégénérescence qui s'expriment à travers une telle avidité ; c'est du corps malade que parle l'avidité voleuse de cet égoïsme.

Dites-moi, mes frères : qu'est-ce qui est pour nous ce qu'il y a de mauvais et de plus mauvais ? N'est-ce pas la *dégénérescence*? — Et c'est toujours la dégénérescence que nous devinons là où manque l'âme qui donne.

Notre chemin est un chemin qui monte, de l'espèce vers la sur-espèce. Mais l'esprit de dégénérescence qui dit : « Tout pour moi », nous fait horreur. Notre esprit est un esprit qui prend son vol vers les hauteurs : ainsi il est une image de notre corps, image d'une élévation. Les images de telles élévations, ce sont les noms des vertus.

Ainsi le corps traverse l'histoire, un devenant et un combattant. Et l'esprit, — que lui est-il? Il est le héraut de ses combats et de ses victoires, il en est le compagnon et l'écho.

Tous les noms du bien et du mal sont des symboles : ils n'expriment pas, ils font seulement signe. Un fou, celui qui veut obtenir d'eux le savoir.

Faites attention à chaque heure, mes frères, où votre esprit veut parler par images : c'est là l'origine de votre vertu. Alors votre corps est élevé et ressuscité; de son allégresse il ravit l'esprit, qu'il en devienne créateur et connaisseur et amant et bienfaiteur de toutes choses.

Quand votre cœur est large et plein tel un fleuve, une bénédiction et un danger pour les riverains, alors naît votre vertu.

Quand vous vous êtes élevés au-dessus de la louange et du blâme et que votre volonté veut commander toutes choses, comme la volonté d'un homme qui aime : alors naît votre vertu.

Quand vous méprisez ce qui est agréable et le lit douillet et que vous ne trouvez jamais votre lit assez loin des douillets : alors naît votre vertu.

Quand vous êtes ceux qui veulent *une* volonté et que ce tournant de toute nécessité devient pour vous la nécessité même : alors naît votre vertu.

En vérité, elle est un nouveau bien et un nouveau mal! En vérité elle est une rumeur grondante et nouvelle, la voix d'une source nouvelle!

Elle est puissance, cette vertu nouvelle; elle est une pensée dominatrice qui entoure une âme pleine de discernement : un soleil d'or qu'entoure le serpent de la connaissance. »

2

Ici Zarathoustra se tut quelques instants et regarda ses disciples avec amour. Puis il continua à parler ainsi, — et sa voix s'était transformée :

« Restez fidèles à la terre, mes frères, avec la puissance de votre vertu. Que votre amour prodigue et que votre connaissance serve le sens de la terre. Je vous en prie et vous en conjure.

Ne la laissez pas s'envoler du terrestre et cogner des ailes contre des murs éternels! Hélas, il y a toujours eu tant de vertu envolée.

Ramenez, comme moi, la vertu envolée à la terre — au corps et à la vie : pour qu'elle donne son sens à la terre, un sens humain!

L'esprit, tout comme la vertu, s'est dispersé et s'est mépris jusque-là de cent manières diverses. Hélas! dans notre corps, habitent encore toutes ces illusions et toutes ces méprises : elles y sont devenues corps et volonté.

L'esprit, tout comme la vertu, s'est essayé et s'est égaré de cent façons différentes. Oui, l'homme était un essai. Hélas! beaucoup d'ignorance et d'erreurs se sont incarnées en nous!

Ce n'est pas seulement la raison millénaire qui se manifeste en nous mais aussi la folie millénaire. Il est dangereux d'être héritier.

Pour l'instant encore nous luttons pied à pied avec le géant nommé Hasard et sur l'humanité entière a régné, jusque-là, ce qui est insensé, ce qui a perdu le sens.

Que votre esprit et votre vertu servent le sens de la terre, mes frères : et que vous établissiez pour toute chose une valeur nouvelle! c'est pourquoi vous devez être des combattants! C'est pourquoi vous devez être des créateurs!

Par le savoir, le corps se purifie; en faisant des tentatives avec science, il s'élève; tous les instincts se sanctifient en celui qui accède à la connaissance; l'âme de celui qui s'est élevé devient joyeuse.

Médecin, aide-toi, toi-même : ainsi tu aideras ton malade de surcroît. Que ce soit son aide la meilleure, qu'il voie de ses yeux celui qui se guérit lui-même.

Il existe mille chemins qui n'ont encore jamais été empruntés, mille santés, mille îles secrètes de la vie. L'homme et la terre de l'homme ne sont toujours pas épuisés et toujours pas découverts.

Veillez et écoutez, vous les solitaires! Il vient de l'avenir des souffles de vent aux secrets battements d'ailes et, pour qui a l'ouïe fine, il y a de bonnes nouvelles.

Vous, les solitaires d'aujourd'hui, vous qui vous retirez à l'écart, vous serez un peuple un jour : de vous qui vous êtes vous-mêmes élus, naîtra un peuple élu, — et de lui naîtra le surhumain.

En vérité, c'est un lieu de guérison que doit devenir la terre! Déjà une nouvelle odeur l'entoure, une odeur salutaire, — et un espoir nouveau! »

3

Lorsque Zarathoustra eut dit ces paroles, il se tut comme quelqu'un qui n'a pas dit son dernier mot; longuement il soupesa son bâton d'un air hésitant. Enfin, il parla ainsi, et sa voix s'était transformée :

« Je vais maintenant aller seul, mes disciples! Vous aussi vous allez vous en aller et chacun seul! Je le veux ainsi.

En vérité, je vous le conseille : éloignez-vous de moi et défendez-vous de Zarathoustra! Et mieux encore, ayez honte de lui! Peut-être vous a-t-il trompés.

L'homme de la connaissance ne doit pas seulement aimer ses ennemis, mais il doit aussi pouvoir haïr ses amis.

On paie mal un maître en ne restant toujours que l'élève. Et pourquoi ne voulez-vous pas effeuiller ma couronne?

Vous me vénérez? Mais qu'arrivera-t-il si votre

vénération, un jour, tombe et se renverse? Méfiez-vous de ne pas vous faire écraser par une statue!

Vous dites que vous croyez en Zarathoustra. Mais qu'importe Zarathoustra? Vous êtes mes croyants : mais qu'importent tous les croyants!

Vous ne vous étiez pas encore cherchés : alors vous m'avez trouvé. C'est ce que font tous les croyants; c'est pourquoi toute foi compte si peu.

Maintenant, je vous ordonne de me perdre et de vous trouver; et ce n'est que quand vous m'aurez tous renié, que je veux revenir parmi vous.

En vérité, alors, mes frères, avec d'autres yeux, je chercherai ceux que j'ai perdus; c'est d'un autre amour que je vous aimerai alors.

Et un jour vous serez redevenus mes amis et les enfants d'*un* espoir : alors pour la troisième fois, je serai parmi vous pour fêter avec vous le grand midi.

Et le grand midi c'est le moment où l'homme se trouve à mi-voie entre l'animal et le surhomme et où il fête le chemin qui conduit au soir comme son espoir le plus haut : car c'est le chemin vers un nouveau matin.

Alors celui qui décline se bénira lui-même d'être celui qui franchit, et le soleil de sa connaissance alors sera pour lui à son zénith.

Tous les   dieux sont morts; nous voulons à présent que le surhumain vive, — que ceci soit au grand midi, notre volonté dernière. »

Ainsi parlait Zarathoustra.

DEUXIÈME PARTIE

« ... et ce n'est que quand vous m'aurez tous
renié, que je veux revenir parmi vous.
En vérité, alors, mes frères, avec d'autres yeux
je chercherai ceux que j'ai perdus; c'est d'un
autre amour que je vous aimerai alors. »

Zarathoustra (De la vertu qui prodigue).

L'ENFANT AU MIROIR*

LÀ-DESSUS, Zarathoustra retourna dans les montagnes et dans la solitude de sa caverne et il s'éloigna des hommes : attendant tel un semeur qui a répandu sa semence. Mais son âme se remplit d'impatience et d'avidité pour ceux qu'il aimait : car il avait encore beaucoup à leur donner. Ceci, en effet, est le plus difficile : fermer par amour la main ouverte et garder la pudeur tout en étant celui qui prodigue les présents.

Ainsi les mois et les années passèrent pour le solitaire; mais sa sagesse croissait et le faisait souffrir par sa plénitude.

Mais un matin il s'éveilla déjà avant le lever du soleil, réfléchit longtemps étendu sur sa couche et dit enfin à son cœur :

« Pourquoi me suis-je ainsi effrayé dans mon rêve, au point de m'en être éveillé? Un enfant qui portait un miroir ne s'est-il pas approché de moi?

« O Zarathoustra, me dit l'enfant, regarde-toi dans ce miroir! »

Mais lorsque je regardai le miroir, je poussai un cri et mon cœur fut bouleversé : car ce n'est pas moi que j'y vis, mais le masque grotesque et le rire sardonique d'un diable.

En vérité, je comprends trop bien ce que signifie ce rêve et quel avertissement il contient : *mon enseignement est en danger,* l'ivraie veut se faire passer pour du froment!

Mes ennemis sont devenus puissants et ont défiguré l'image de ma doctrine, de sorte que mes bien-aimés sont obligés d'avoir honte des dons que je leur ai faits.

J'ai perdu mes amis; voici qu'est venue l'heure de chercher ceux que j'ai perdus. »

Sur ces mots, Zarathoustra se leva d'un bond, mais non comme quelqu'un d'effrayé qui cherche à reprendre son souffle, mais bien plutôt comme un voyant et un chanteur dont l'esprit s'empare. Son aigle et son serpent le regardèrent, étonnés : car pareil à l'aurore, un bonheur qui venait s'exprimait dans son visage.

« Que m'est-il donc arrivé, mes animaux? dit Zarathoustra. Ne suis-je pas transformé? Mon allégresse ne m'est-elle pas venue comme une bourrasque?

Mon bonheur est insensé et il va dire des choses insensées : il est encore trop jeune, — aussi soyez patients avec lui!

Je suis blessé par mon bonheur : que tous ceux qui souffrent soient mes médecins!

Je peux maintenant redescendre auprès de mes

amis et aussi de mes ennemis! Zarathoustra, de nouveau, peut parler et prodiguer ses dons et faire aux bien-aimés le plus de bien!

Mon amour impatient déborde à flots, il veut descendre, s'épandre, s'abîmer. Des montagnes silencieuses et des orages de la souffrance mon âme descend en mugissant vers les vallées.

J'ai trop longtemps désiré et regardé dans le lointain. Trop longtemps j'ai appartenu à la solitude : ainsi j'ai désappris à me taire.

Je ne suis plus que bouche, le mugissement d'un torrent tombant d'un haut rocher : je veux précipiter mon discours dans les vallées.

Et que mon fleuve d'amour se jette dans le non-frayé! Comment un fleuve, au bout du compte, n'aboutirait-il pas à la mer!

Certes, un lac est en moi, un lac solitaire, qui se suffit à lui-même, mais le fleuve de mon amour l'emporte avec lui — vers la mer!

Je suis de nouvelles voies, il me vient un art nouveau du discours; je me suis fatigué, comme tous les créateurs, des langues anciennes. Mon esprit ne veut plus cheminer sur des sandales éculées.

Je trouve que tous les discours s'écoulent trop lentement, — je saute dans ton char, tempête! Et même toi, je veux encore te fouailler de ma méchanceté.

Je veux passer sur des mers lointaines comme un cri et une clameur joyeuse, jusqu'à ce que je trouve les îles bienheureuses où séjournent mes amis :

Et mes ennemis parmi eux! Comme j'aime doréna-

vant chacun, quel qu'il soit, pourvu que je puisse lui
parler! Mes ennemis eux aussi font partie de ma félicité.

Et quand je veux monter sur mon cheval le plus
impétueux, c'est mon javelot qui m'y aide le mieux :
il est le valet toujours prêt pour mon pied :

Le javelot que je lance sur mes ennemis! Que je
suis reconnaissant à mes ennemis de pouvoir enfin le
lancer.

Trop grande était la tension dans mon nuage : entre
les éclats de rire des éclairs, je veux projeter dans l'abîme des averses de grêle.

Ma poitrine, alors, se soulèvera, formidable, elle
soufflera sa tempête par-dessus les montagnes : c'est
ainsi qu'elle se soulagera.

En vérité, mon bonheur et ma liberté viennent
pareils à une tempête. Mais il faut que mes ennemis
croient que c'est *le Malin* qui fait rage au-dessus de
leurs têtes.

Oui, vous aussi, mes amis, vous serez effrayés par
mon impétueuse sagesse sauvage; et peut-être vous
enfuirez-vous pêle-mêle avec mes ennemis.

Ah! que j'aimerais savoir vous ramener en soufflant la flûte du berger! Ah! que ma lionne Sagesse
apprenne à rugir tendrement! Nous avons déjà appris
tant de choses ensemble!

Ma sagesse sauvage devint gravide sur les monts
solitaires; elle a enfanté sur des pierres rêches son
enfant le plus jeune.

La voilà qui court comme une folle à travers le

désert aride et elle cherche, cherche sans cesse de
l'herbe tendre, — ma vieille sagesse sauvage!

Sur l'herbe tendre de vos cœurs, mes amis! — sur
votre amour, elle aimerait coucher ce qu'elle a de
plus cher. »

Ainsi parlait Zarathoustra.

SUR LES ÎLES BIENHEUREUSES

« Les figues tombent des arbres, elles sont bonnes
et sucrées; et en tombant leur pelure rouge éclate.
Je suis un vent du nord pour les figues mûres.

Ainsi, pareils à des figues, ces préceptes tombent
à vos pieds, mes amis : buvez-en le jus, mangez-en la
chair sucrée! C'est l'automne tout alentour et le ciel
est pur et c'est l'après-midi.

Voyez quelle abondance autour de nous! Et il est
beau de regarder du sein de la profusion vers des
mers lointaines.

Jadis on disait Dieu, en regardant vers des mers
lointaines; maintenant, je vous apprends à dire : le
surhumain.

Dieu est une conjecture; mais moi je veux que vos
conjectures n'aillent pas plus loin que votre volonté
créatrice.

Pourriez-vous *créer* un dieu? — alors cessez donc

de parler des dieux quels qu'ils soient! Mais vous pourriez, certes, créer le surhumain.

Peut-être pas vous-mêmes, mes frères! Mais vous pourriez vous transformer en pères et en ancêtres du surhumain : et que ceci soit le meilleur de votre œuvre!

Dieu est une conjecture : mais moi je veux que votre faculté de conjecturer se tienne dans les limites du pensable.

Pouvez-vous *penser* un dieu? — mais alors voyez votre volonté de vérité dans la transformation de toutes choses en choses pensables, visibles et sensibles pour l'homme! Vous devez pousser votre pensée jusqu'au bout de vos propres sens!

Et ce que vous appeliez monde, il faut que vous commenciez par le créer : il doit devenir votre raison, votre image, votre volonté, votre amour! Et ceci pour votre félicité, ô! vous qui accédez à la connaissance.

Et comment voudriez-vous supporter la vie sans cet espoir, vous qui accédez à la connaissance! De naissance vous n'avez pu être situés ni dans l'inconcevable, ni dans le déraisonnable.

Mais que je vous ouvre mon cœur tout à fait mes amis : s'il existait des dieux, comment supporterais-je ne pas être un dieu? *Donc,* il n'existe pas de dieux. Telle est la conclusion que j'ai tirée, or c'est elle maintenant qui me tire.

Dieu est une conjecture; mais qui pourrait épuiser tous les tourments de cette conjecture sans en

mourir? Veut-on enlever sa foi au créateur et
à l'aigle son vol qui plane dans des lointains
d'aigle?

Dieu est une pensée qui rend tordu tout ce qui
est droit et qui fait tourner tout ce qui se tient
ferme. Comment? Les temps seraient révolus et tout
ce qui est périssable, ne serait que mensonge?

Penser cela donne le tournis et le vertige à la car-
casse humaine et donne à l'estomac l'envie de vomir :
en vérité, j'appelle faire de telles conjectures la maladie du tournis.

J'appelle mauvaises et inhumaines : toutes ces doctrines sur l'Un plein, immobile, rassasié et impérissable! Tout ce qui est impérissable — n'est que parabole! Et les poètes mentent trop.

Mais c'est du temps et du devenir que doivent parler les paraboles les meilleures : elles doivent être
louange et justification de tout ce qui est périssable.

Créer, — voilà la grande délivrance de la souffrance,
voilà ce qui rend la vie légère. Mais pour qu'existe
celui qui crée il faut beaucoup de souffrance et de
métamorphose.

Oui, vous qui créez, il faut qu'il y ait beaucoup de
mort amère au sein de votre vie! Ainsi vous êtes les
intercesseurs et les justificateurs de tout ce qui est
périssable.

Pour que le créateur soit lui-même l'enfant nouveau-né, il lui faut aussi vouloir être la parturiente et
la douleur qu'éprouve la parturiente.

En vérité, j'ai suivi mon chemin à travers cent âmes

et cent berceaux et cent douleurs de l'enfantement.
J'ai déjà maintes fois dit adieu, je connais ces dernières heures qui vous brisent le cœur.

Mais c'est ainsi que le veut ma volonté créatrice,
mon destin. Ou pour vous le dire avec plus de fran-
chise un tel destin justement, — ma volonté le veut.

Tout ce qui sent, souffre en moi et est emprisonné
en moi : mais mon vouloir vient toujours à moi
comme mon libérateur, comme celui qui m'apporte
la joie.

Vouloir libère : telle est la véritable leçon de la
volonté et de la liberté, — c'est elle que Zarathoustra
vous enseigne.

Ne-plus-vouloir et ne-plus-jauger et ne-plus-créer,
que cette grande lassitude-là reste à tout jamais loin
de moi!

Même dans l'accès à la connaissance, je sens le
plaisir qu'a ma volonté d'engendrer et de devenir;
et s'il y a de l'innocence dans mon accès à la connaissance, alors c'est parce qu'en elle il y a de la
volonté d'engendrer.

Cette volonté m'attira loin de Dieu et des dieux;
qu'y aurait-il donc à créer s'il y avait des dieux?

Mais mon ardente volonté de création me ramène
sans cesse à l'homme; de la même façon le marteau
se trouve entraîné vers la pierre.

Ah! vous les hommes, je trouve qu'une image dort
dans la pierre, l'image de mes images! Ah! pourquoi
faut-il qu'elle dorme dans la pierre dure, dans la
pierre la plus laide!

Or, voici que mon marteau frappe cruellement aux murs de sa prison. Des éclats de pierre s'envolent . que m'importe?

Je veux achever l'image : car une ombre est venue jusqu'à moi — ce qu'il y a en toutes choses de plus léger et de plus silencieux m'a un jour visité!

La beauté du surhumain est venue à moi comme une ombre. Ah! mes frères! Que peuvent bien m'importer encore les dieux! »

Ainsi parlait Zarathoustra.

DES COMPATISSANTS

« Mes amis, un propos moqueur est venu aux oreilles de votre ami : « Regardez-le, Zarathoustra! Ne se promène-t-il pas parmi nous comme si nous étions des animaux? »

Mais il est mieux de dire : « Celui qui accède à la connaissance quand il se promène au milieu des hommes, il se promène réellement au milieu d'animaux. »

Mais l'homme lui-même, pour celui qui accède à la connaissance se nomme : l'animal qui a des joues rouges.

Mais pourquoi a-t-il les joues rouges? N'est-ce pas parce que trop souvent il lui a fallu avoir honte?

Oh! mes amis! Ainsi parle celui qui accède à la

connaissance : honte, honte, honte, — telle est l'histoire de l'homme!

Et c'est pourquoi l'homme noble s'impose de ne pas faire honte : il s'impose la honte devant tous ceux qui souffrent.

En vérité, je ne les aime pas les compatissants, qui sont bienheureux dans leur pitié : il leur manque par trop la honte.

Si je dois être compatissant, du moins je ne veux pas qu'on me le dise; et si je le suis, alors que ce soit de loin.

J'aime aussi me voiler la face et m'enfuir avant que l'on ne m'ait reconnu : et je vous conseille de faire de même, mes amis!

Fasse mon destin que je ne rencontre jamais sur ma route que des gens qui ne souffrent pas, tels que vous, des gens avec qui je puisse partager l'espérance, et le repas et le miel.

En vérité, pour ceux qui souffrent, j'ai fait ceci ou cela : mais il me semble m'être toujours fait davantage de bien en apprenant à me réjouir mieux.

Depuis qu'il existe des hommes, l'homme s'est trop peu réjoui : cela seul, mes frères, c'est notre péché originel!

En apprenant à mieux nous réjouir, nous oublions d'autant mieux à faire du mal à d'autres et à nous imaginer comment faire mal.

C'est pourquoi je me lave la main qui a aidé celui qui souffre et c'est pourquoi même je m'essuie l'âme.

Car d'avoir vu souffrir celui qui souffre, j'en ai eu

honte pour sa pudeur même; et quand je l'aidai, j'ai gravement attenté à sa fierté.

Avoir de grandes obligations à l'égard de quelqu'un ne crée pas la reconnaissance, mais le désir de vengeance; et si le petit bienfait n'est pas oublié il en sortira un petit ver rongeur.

« Soyez sobres dans vos acceptations! faites de votre acceptation une faveur que vous accordez! » — voilà ce que je conseille à ceux qui ne peuvent rien donner.

Mais moi je suis de ceux qui donnent : j'aime faire des cadeaux en ami aux amis. Mais que les étrangers et les pauvres viennent eux-mêmes cueillir les fruits de mon arbre : cela fait moins honte.

Mais les mendiants, il faudrait les supprimer complètement! En vérité on s'irrite de leur donner et on s'irrite de ne pas leur donner.

Il en va de même pour les pécheurs et les mauvaises consciences! Croyez-moi, mes amis, quand la conscience mordille cela apprend à mordre.

Mais le pire ce sont les pensées petites. En vérité, mieux vaut encore avoir fait du mal que d'avoir pensé petit!

Certes vous dites : « Le plaisir donné par de petites méchancetés, nous épargne mainte action grave! » Mais c'est là justement qu'on ne devrait pas songer à l'épargne.

La mauvaise action est comme un abcès : elle démange et lance et puis elle crève, — elle parle loyalement.

« Voyez, je suis maladie », — voilà ce que dit la mauvaise action; c'est cela sa loyauté.

Mais la pensée petite est pareille à la moisissure : elle rampe et se tapit et prétend n'être nulle part — jusqu'à ce que le corps entier soit tout pourri et flétri de petits champignons.

Mais à celui qui est possédé du diable, je lui dis ceci à l'oreille : « Il vaut mieux encore élever ton diable, qu'il devienne grand! Pour toi aussi il existe encore un chemin vers la grandeur! »

Ah! mes frères! on sait toujours quelque chose de trop de chacun! Il en est même qui deviennent transparents, mais il s'en faut encore de beaucoup pour que nous puissions les transpercer. Il est difficile de vivre avec les humains, parce qu'il est difficile de se taire.

Et ce n'est pas à l'égard de celui qui nous répugne que nous sommes le plus intraitables, mais c'est à l'égard de celui qui ne nous regarde en rien.

Mais si tu as un ami qui souffre, alors sois un lieu de repos pour sa souffrance, mais sois un lit dur, un lit de camp : c'est ainsi que tu lui seras le plus utile.

Et si un ami te fait une vilenie, alors dis : « Je te pardonne ce que tu m'as fait; mais que tu te le sois fait à *toi* — comment pourrais-je le pardonner! »

Ainsi parle tout grand amour : il surmonte même le pardon et la compassion.

Il faut retenir son cœur, car si on le laissait aller, combien vite, alors, on perdrait la tête!

Où donc, hélas, de plus grandes sottises ont-elles

été commises au monde que chez les compatissants?
Et qu'est-ce qui a créé plus de souffrance dans le
monde que les sottises des compatissants?

Malheur à tous ceux qui aiment et qui n'ont pas en
outre une hauteur qui soit au-dessus de leur pitié!

Un jour, le diable me parla ainsi : « Dieu aussi a
son enfer : c'est son amour pour les hommes. »

Et il y a peu, je l'entendis dire ce mot : « Dieu est
mort, Dieu est mort de sa compassion pour les
hommes. »

Ainsi gardez-vous de la pitié : *de là* viendra encore
un lourd nuage pour les hommes! En vérité, je m'entends aux signes des intempéries!

Mais remarquez bien aussi cette parole : tout grand
amour est encore bien au-dessus de toute la pitié
qu'il pourrait avoir : car l'objet de son amour, il veut
d'abord le créer.

« Moi-même, je m'offre à mon amour, et j'offre
mon prochain comme moi-même. » Tels sont les propos
de tous ceux qui créent.

Mais tous ceux qui créent sont durs. »

Ainsi parlait Zarathoustra.

DES PRÊTRES

Et un jour Zarathoustra fit signe à ses disciples et leur dit ces mots :

« Voici des prêtres : et même s'ils sont mes ennemis, passez votre chemin, l'épée au fourreau!

Même parmi eux il y a des héros, beaucoup d'entre eux ont trop souffert : — ainsi, ils veulent faire souffrir les autres.

Ils sont des ennemis pleins de malignité : rien n'a davantage soif de vengeance que leur humilité. Et celui qui les attaque, se souille facilement.

Mais mon sang est apparenté au leur; et je veux de plus qu'on honore mon sang jusque dans le leur. »

Et lorsqu'ils furent passés, la douleur prit Zarathoustra; et il n'avait pas lutté longtemps avec sa douleur qu'il se mit à parler ainsi :

« Ces prêtres me font de la peine. Ils vont aussi contre mon goût; mais voilà bien la chose qui m'importe le moins depuis que je suis parmi les hommes.

Mais je souffre et j'ai souffert avec eux : ils sont, je trouve, des prisonniers, ils sont marqués. Celui qu'ils nomment le sauveur les a jetés aux fers :

Aux fers de valeurs fausses et de mots illusoires. Ah! s'il se trouvait quelqu'un pour les sauver de leur sauveur!

Ils crurent jadis accoster sur une île, quand la mer

les ballottait en tous sens; mais voyez, c'était un monstre endormi.

Les valeurs fausses et les paroles illusoires, voilà les pires monstres pour des mortels, — le destin dort et attend longtemps en eux.

Mais il vient enfin, et il s'éveille et mange et dévore tous ceux qui bâtissaient des cabanes sur lui.

Regardez-les-moi, ces cabanes que ces prêtres se sont édifiées! Ils appellent églises leurs cavernes embaumées.

Oh! cette lumière truquée, cet air épaissi! Ici où l'âme n'est pas en droit de s'envoler vers ses propres hauteurs!

Mais voilà ce qu'ordonne leur foi : « Montez l'escalier sur vos genoux, pécheurs que vous êtes! »

En vérité, je préfère encore voir ceux qui n'ont pas de pudeur, que les yeux révulsés de honte et de ferveur dévote.

Qui donc s'est fait de telles cavernes et de tels escaliers expiatoires? N'étaient-ils pas de ceux qui voulaient se cacher et qui avaient honte face au ciel pur?

Et ce n'est que lorsque le ciel pur, à nouveau, regardera à travers des voûtes effondrées l'herbe et le pavot rouge le long de murs brisés, — c'est alors seulement que je tournerai à nouveau mon cœur vers les demeures de ce dieu.

Ils appelèrent dieu ce qui les contrecarrait et leur faisait mal : et en vérité, il y avait beaucoup d'héroïsme dans leur adoration!

Et ils ne surent pas aimer leur dieu autrement qu'en clouant l'homme à la croix!

Ils pensèrent vivre en cadavres et ils ont drapé de noir leur cadavre; et même dans leurs discours, je sens encore l'odeur nauséabonde des chambres mortuaires.

Et qui vit près d'eux, vit près d'étangs noirs où le crapaud chante sa chanson douce et d'une profonde mélancolie.

Il faudrait qu'ils me chantent des chansons meilleures pour que je croie en leur sauveur : il faudrait pour cela que ses disciples aient davantage l'air délivré!

J'aimerais les voir tout nus : car seule la beauté devrait avoir le droit de prêcher la pénitence. Mais qui cette application emmitouflée peut-elle bien convaincre?

En vérité, leurs sauveurs eux-mêmes ne sont pas issus de la liberté et du septième ciel de la liberté. En vérité, eux-mêmes n'ont jamais marché sur les tapis de la connaissance.

L'esprit de ces sauveurs était fait de lacunes; mais au centre de chaque lacune, ils avaient mis leurs illusions, leur pénitent de remplissage qu'ils appelaient Dieu.

Leur esprit s'était noyé dans leur compassion et quand ils enflaient, enflaient à en éclater de compassion, ce qui surnageait toujours, c'était une grande folie.

Avec zèle et force cris ils faisaient passer leur troupeau par leur passerelle, comme s'il n'y avait qu'*une* passerelle pour mener à l'avenir. En vérité, ces bergers eux-mêmes faisaient encore partie des moutons!

Ces bergers avaient de petits esprits et des âmes vastes : mais mes frères, quels pays exigus sont même les âmes les plus vastes!

Ils ont jalonné de signes sanglants le chemin qu'ils suivaient, et leur folie leur enseignait que l'on prouve la vérité avec du sang.

Mais le sang est le plus mauvais témoin de la vérité : le sang empoisonne même la doctrine la plus pure du venin de la folie et de la haine des cœurs.

Et quand il est quelqu'un prêt à se jeter au feu pour sa doctrine — qu'est-ce que cela prouve donc? En vérité, quand de l'incandescence propre surgit la doctrine propre, alors il y a quelque chose de plus!

Le cœur lourd et la tête froide : là où ces deux choses se rencontrent, se déchaîne le vent nommé « le Sauveur »!

Il en fut de plus grands en vérité, de naissance plus haute que ceux que le peuple surnomme sauveurs, ces vents qui emportent tout avec eux!

Et, mes frères, il vous faudra être délivrés de ceux qui sont plus grands que ne le furent tous les sauveurs, si vous voulez trouver le chemin de la liberté!

Il n'a encore jamais existé de surhumain. J'ai vu nus l'homme le plus grand et l'homme le plus petit.

Ils sont par trop semblables encore. En vérité, même le plus grand, je le trouvai encore — trop humain. »

Ainsi parlait Zarathoustra.

DES VERTUEUX

« Il faut parler à coups de tonnerre et à coups de
feux d'artifice célestes aux sens avachis et endormis.

Mais la voix de la beauté parle bas : elle ne se faufile que dans les âmes les plus éveillées.

Mon bouclier aujourd'hui a frémi et ri doucement;
c'est le rire sacré et le frémissement sacré de la
beauté.

C'est de vous, gens vertueux, qu'a ri aujourd'hui
ma beauté. Et sa voix est venue à moi et m'a dit : « Et
en plus ils veulent encore — être payés. »

Vous voulez encore être payés, vous, les gens vertueux! Vous voulez avoir un salaire pour votre
vertu, le Ciel en récompense de la terre et l'éternité
pour votre aujourd'hui?

Et maintenant vous êtes en colère contre moi parce
que j'enseigne qu'il n'existe pas d'agent payeur-
comptable des récompenses! Et en vérité, je n'enseigne pas même que la vertu est à elle-même sa propre
récompense.

C'est cela qui fait ma désolation : on a tissé le mensonge de la récompense et de la punition au fil même
des choses, — et jusque dans le fond même de vos
âmes, vertueux que vous êtes.

Mais pareil à la hure du sanglier, ma parole va
déchirer le fond de vos âmes; je veux être pour vous
un soc de charrue.

Tout ce qui reste secret au fond de vous doit venir au grand jour et quand vous serez étendus au soleil, vidés, pantelants, votre mensonge et votre vérité alors se sépareront d'eux-mêmes.

Car telle est votre vérité : vous êtes *trop propres* pour la souillure des mots vengeance, punition, récompense, rétribution.

Vous aimez votre vertu comme la mère son enfant; mais a-t-on déjà entendu qu'une mère veuille être payée pour son amour?

Votre vertu, c'est vous, c'est votre vous-même le plus cher. Il y a en vous la soif de l'anneau; c'est pour s'atteindre lui-même que tout anneau s'enroule et tourne.

Toute œuvre de votre vertu est pareille à l'étoile qui s'éteint : sa lumière fait encore route, elle est encore en chemin, — et quand ne sera-t-elle plus en route?

Ainsi la lumière de votre vertu est-elle encore en route, même lorsque l'œuvre a été accomplie. Qu'elle soit oubliée ou morte : son rayon fait de lumière vit encore et voyage.

Que votre vertu soit votre vous-même et non pas étrangère, une peau, un revêtement : c'est la vérité qui vient du fond de votre âme, vous les gens vertueux!

Mais, à coup sûr, il en est pour qui la vertu est le sursaut sous les coups de fouet : et vous avez par trop écouté les cris qu'ils poussent.

Et il en est d'autres qui nomment vertu la paresse qui gagne leurs vices; et quand leur haine et leur

jalousie rendent les armes, alors leur « justice »
devient guillerette et frotte ses yeux endormis.

Et il en est d'autres qui sont tirés vers le bas : ce
sont leurs diables qui les tirent. Mais plus ils s'enfoncent, plus leurs yeux brillent et plus ils brûlent
du désir de leur dieu.

Hélas, même les cris poussés par ceux-ci sont parvenus jusqu'à vos oreilles, gens vertueux : « Ce que
je *ne* suis *pas*, c'est ce que j'appelle et dieu et
vertu ! »

Et il en est d'autres qui arrivent lourdement avec
de grands craquements, pareils à des fardiers qui
descendent chargés de pierres : ils parlent beaucoup
de dignité et de vertu, — leur sabot de frein, ils le
nomment vertu !

Et il en est d'autres pareils à des réveille-matin
qu'on remonte ; ils font leur tic-tac et veulent qu'on
appelle vertu ce tic-tac.

En vérité, ceux-là me donnent bien du plaisir : partout où je trouverai de pareilles horloges je les
remonterai par ma moquerie ; et je compte bien
qu'elles en ronronneront de plaisir, de surcroît.

Et il en est d'autres qui sont fiers de ce peu de
justice dont ils ont plein la bouche et au nom de
laquelle ils blasphèment toutes choses : de sorte que
le monde se noie dans leur injustice.

Ah ! de quelle répugnante façon le mot « vertu »
leur coule de la bouche ! Et disent-ils : « Je suis juste »
on croit toujours entendre : « Je me suis fait justice. »

Avec leur vertu, ils veulent arracher les yeux à leurs

ennemis et ils ne s'élèvent que pour abaisser les autres.

Et il en est d'autres encore, assis dans leur marécage et dont on entend la voix sortir d'entre les roseaux et dire : « La vertu, — c'est de se tenir tranquille dans son marécage.

Nous ne mordons personne et nous nous écartons de la route de celui qui veut mordre; et en toutes choses nous avons l'avis que l'on nous donne. »

Et, il en est d'autres encore qui aiment les attitudes et croient que la vertu est une sorte d'attitude. Leurs genoux ne cessent de se fléchir pour adorer et leurs mains se joignent à la louange de la vertu, mais leur cœur n'en sait rien.

Et il en est d'autres encore qui croient vertueux de dire : « La vertu est nécessaire »; mais au fond la seule chose à laquelle ils croient c'est à la nécessité de la police.

Et certains qui ne peuvent voir ce qu'il y a d'élevé en l'homme appellent vertu le fait de voir de trop près ce qu'il y a de bas en lui : ainsi appellent-ils vertu leur regard malveillant.

Et il en est qui veulent être édifiés et redressés et ils nomment cela vertu; et il en est d'autres qui veulent qu'on les renverse et ils appellent aussi cela vertu.

De telle sorte que presque tous croient participer à la vertu; tout au moins chacun veut-il être un connaisseur pour ce qui relève du « bien » et du « mal ».

Mais Zarathoustra n'est pas venu pour dire à tous ces menteurs et à tous ces bouffons : « Que savez-

vous de la vertu? Que *pourriez*-vous en savoir? »

Mais pour que vous vous fatiguiez des vieux mots
que vous ont appris des bouffons et des menteurs :
pour que vous vous fatiguiez des mots « récompense »,
« rétribution », « punition », « vengeance en toute
justice ».

Pour que vous vous fatiguiez de dire : « Ce qui
fait qu'une action est bonne, c'est qu'elle est désin-
téressée. »

Ah! mes amis que votre moi tout entier soit dans
l'action comme la mère est dans l'enfant : cela doit
être, à mon sens, *votre* mot de la vertu.

En vérité, je vous ai bien pris cent mots et les
jouets les plus chers à votre vertu; et maintenant
vous êtes fâchés contre moi comme sont fâchés des
enfants.

Ils jouaient au bord de la mer, — vint une vague
qui leur arracha leur jouet et l'emporta dans l'abîme :
les voici maintenant qui pleurent.

Mais cette même vague leur apportera de nouveaux jouets et répandra devant eux de nouveaux coquillages multicolores!

Ainsi ils seront consolés, et pareils à eux, mes
amis, vous allez aussi avoir vos consolations — et de
nouveaux coquillages multicolores. »

Ainsi parlait Zarathoustra.

DE LA CANAILLE

« La vie est une source vive de plaisir; mais là où la canaille boit aussi, tous les puits sont empoisonnés.

Je suis ami de tout ce qui est pur; mais je n'aime pas voir les gueules ricanantes et la soif des impurs.

Ils ont jeté leur regard jusqu'au fond du puits et maintenant leur ignoble sourire remonte vers moi.

Ils ont empoisonné l'eau sacrée de leur lubricité et lorsqu'ils baptisèrent du nom de plaisir leurs rêves malpropres, ils ont même empoisonné les mots.

La flamme se fait rétive quand ils approchent leurs cœurs humides du feu; l'esprit lui-même bouillonne et fume partout où la canaille s'approche du feu.

Dans la main de la canaille, les fruits deviennent blets et douceâtres, leur regard dépouille la cime des arbres fruitiers et rend leurs branches cassantes.

Et plus d'un qui s'est détourné de la vie, s'est seulement détourné de la canaille : il ne voulait pas partager le puits, la flamme et le fruit avec la canaille.

Et plus d'un qui est allé au désert et a souffert de la soif avec les bêtes de proie, simplement ne voulait pas être assis autour de la citerne avec les chameliers malpropres.

Et plus d'un, venu comme un destructeur et comme un orage de grêle qui dévaste tous les champs

ne voulait que fourrer son pied dans le gosier de la
canaille pour lui boucher la gorge.

Et le morceau qui me fut le plus dur à avaler ne fut
pas de savoir que la vie elle-même a besoin d'inimitié,
de mort et des croix des martyrs :

Mais je demandai un jour, et ma question m'étouffa
presque : « Comment la vie a-t-elle aussi *besoin* de la
canaille?

Faut-il des puits empoisonnés et des feux nauséa-
bonds et des rêves souillés et des asticots dans le pain
de vie? »

Ce n'est pas ma haine, mais c'est mon dégoût qui
a rongé avec avidité ma vie. Hélas, souvent je me suis
fatigué de l'esprit lorsque je trouvai aussi la canaille
spirituelle.

Et j'ai tourné le dos aux maîtres de l'heure lorsque
je vis ce qu'ils appellent maintenant gouverner :
trafiquer et marchander le pouvoir, — avec la
canaille!

J'ai habité parmi des peuples de langue étrangère, les
oreilles bouchées : pour que je n'entende pas la langue
de leur marchandage et de leur trafic pour le pouvoir.

Me bouchant le nez, je passai de mauvais gré à
travers tout ce qui est d'hier et d'aujourd'hui : en
vérité tout ce qui est d'hier et d'aujourd'hui sent la
mauvaise odeur de la canaille qui écrit!

J'ai vécu longtemps tel un infirme devenu sourd et
aveugle et muet : j'ai vécu longtemps ainsi pour ne
pas vivre avec la canaille au pouvoir, la canaille qui
écrit et la canaille de la débauche.

A grand-peine mon esprit a gravi les escaliers, il les a gravis avec prudence; son réconfort ce furent les aumônes du plaisir; au rythme de son bâton la vie a défilé devant l'aveugle.

Pourtant, que m'est-il arrivé? Comment me suis-je délivré du dégoût? Qui a rajeuni mon regard? Comment ai-je pu voler jusqu'aux hauteurs où la canaille ne se tient plus auprès des puits?

Mon dégoût m'a-t-il lui-même donné des ailes et des forces qui me rapprochent des sources? En vérité, il a fallu que je m'envole aux hauteurs les plus extrêmes pour retrouver la source de la joie!

Oh! je l'ai trouvée, mes frères! C'est ici, au plus haut, que coule pour moi la source de joie! Et il existe une vie où l'on peut boire sans la canaille!

Tu coules presque trop fort, source de joie! souvent tu vides la coupe en voulant la remplir!

Et il me faut encore apprendre à m'approcher de toi avec plus de modestie : mon cœur va au-devant de toi avec trop d'impétuosité.

Mon cœur où brûle mon été, mon été bref, brûlant, mélancolique, et ivre de bonheur : oh! combien mon cœur d'été désire ta fraîcheur!

C'en est fini de l'affliction hésitante de mon printemps! C'en est fini de la malignité de mes flocons de neige en juin! Je suis tout entier devenu été et midi de l'été!

Un été, au plus haut, avec des sources froides et un silence bienheureux : oh! venez mes amis, pour que la béatitude du silence soit plus grande encore.

Car ceci est *notre* hauteur et notre pays, notre demeure; nous habitons trop haut, au-dessus de pentes bien trop abruptes pour tous les impurs et leur soif.

N'hésitez pas mes amis, jetez vos regards dans le puits de ma joie! Comment s'en trouverait-il? Il doit, au contraire, vous renvoyer le rire de *sa* pureté.

Nous bâtissons notre nid sur l'arbre nommé avenir; les aigles dans leurs becs, nous apportent de la nourriture, à nous solitaires!

En vérité, ce n'est pas une nourriture dont pourraient aussi manger les malpropres! Ils croiraient bouffer du feu et ils se brûleraient la gueule.

En vérité, nous ne tenons pas de demeures prêtes pour les malpropres! Pour leurs corps et leurs esprits notre bonheur serait une caverne de glace!

Et nous voulons vivre au-dessus d'eux comme des vents forts, voisins des aigles, voisins de la neige, voisins du soleil : c'est ainsi que vivent les grands vents.

Et je veux, un jour, pareil au vent, souffler parmi eux et par mon esprit couper le souffle à leur esprit : c'est ainsi que le veut mon avenir.

En vérité, Zarathoustra est un grand vent pour tous les bas-fonds et il conseille à ses ennemis et à tout ce qui crache et crachotte : « Gardez-vous de cracher *contre* le vent! »

Ainsi parlait Zarathoustra.

DES TARENTULES

« Regarde! Voici la tanière de la tarentule! Veux-tu la voir elle-même? Voici sa toile : touche-la, elle frémira.

La voici qui s'empresse : sois la bienvenue, tarentule! Sur ton dos est inscrit en noir ton triangle, ton emblème; et je sais aussi ce qui habite ton cœur.

La vengeance habite ton cœur : tout ce que tu mords se recouvre d'une croûte noirâtre; le poison de ta vengeance fait tournoyer l'âme!

Je vous parle donc par paraboles, qui vous feront tournoyer l'âme, prédicateurs de *l'égalité** que vous êtes! Vous n'êtes que des tarentules et, en secret, vous êtes assoiffés de vengeance!

Mais je veux révéler vos cachettes au grand jour : c'est pourquoi je vous ris à la figure, de tout mon rire venu des hauteurs.

C'est pourquoi je tire sur votre toile, pour que votre rage vous fasse sortir de votre tanière de mensonge et que votre vengeance jaillisse derrière votre mot : « justice ».

Car *que l'homme soit délivré de la vengeance* : voilà, à mon sens, le pont vers la plus haute espérance et un arc-en-ciel après de longues intempéries.

Mais, certes, les tarentules veulent qu'il en soit autrement : « Que le monde soit submergé par les

intempéries de notre vengeance, voilà, justement, ce
que nous nommons justice », — c'est ainsi que les
tarentules parlent entre elles.

« Nous voulons exercer notre vengeance sur tous
ceux qui ne sont pas semblables à nous et les couvrir
de nos injures », — voilà ce que se promettent, en
leur for intérieur, les cœurs de tarentules.

Et : « volonté d'égalité », — tel devra, désormais,
être le nom de la vertu, et nous voulons élever nos
criailleries contre tout ce qui a le pouvoir ! »

Vous, prédicateurs de l'égalité, la folie tyrannique
de l'impuissance réclame à cor et à cri chez vous
l' « égalité » : vos plus secrètes convoitises de tyrannie
s'emmitouflent donc de paroles de vertu.

L'infatuation hargneuse, la jalousie contenue peuvent être la fatuité et la jalousie de vos pères : tout
cela éclate et flamboie en vous dans la folie de la
vengeance.

Ce que le père a tu s'exprime dans les paroles du
fils ; et souvent j'ai vu les fils être le secret dévoilé du
père.

Ils sont pareils aux enthousiastes : mais ce n'est pas
le cœur qui les enthousiasme mais la vengeance. Et
quand ils deviennent fins et froids, ce n'est pas
l'esprit, — mais l'envie, qui les rend fins et froids.

Leur jalousie les conduit aussi sur les sentiers des
penseurs ; et c'est la marque de leur jalousie, — ils
vont toujours trop loin : si loin qu'en fin de compte
leur fatigue les fait s'endormir sur la neige.

Chacune de leurs plaintes rend un son de vengeance, dans chacune de leurs louanges il y a l'intention de faire mal; et être juge leur semble une félicité.

Je vous donne donc ce conseil, mes amis : méfiez-vous de tous ceux en qui l'instinct de punir est puissant!

C'est une mauvaise engeance, et de mauvaise ascendance; dans leur visage on voit parler le bourreau et le chien policier.

Méfiez-vous de tous ceux qui parlent beaucoup de leur justice! En vérité ce n'est pas seulement de miel que manque leur âme.

Et s'ils s'appellent eux-mêmes « les bons et les justes », n'oubliez pas que pour être des pharisiens il ne leur manque qu'une seule chose, — le pouvoir!

Mes amis, je ne veux point être mêlé, ni confondu avec d'autres. Il en est qui prêchent ma doctrine de la vie : et en même temps ils sont des prêcheurs d'égalité et des tarentules.

Ces araignées venimeuses, elles disent du bien de la vie, tout en restant tapies dans leur tanière, à l'écart de la vie; c'est parce qu'ainsi elles peuvent faire mal.

Elles veulent ainsi faire mal à ceux qui détiennent, à présent le pouvoir : car c'est chez ces derniers que la prédication de la mort est le mieux installée.

S'il en était autrement, les tarentules répandraient un enseignement autre : et c'est elles justement qui excellèrent jadis à dénigrer le monde et à brûler les hérétiques.

Je ne veux pas que l'on me mêle à ces prêcheurs
de l'égalité et que l'on me confonde avec eux. Car
c'est ainsi que la justice me parle *à moi* : « Les
hommes ne sont pas égaux. »

Et il ne faut pas non plus qu'ils le deviennent!
Qu'en serait-il de mon amour du surhumain, si je
tenais un autre langage?

Qu'ils se précipitent vers l'avenir par mille et
mille ponts et passerelles et que l'on mette toujours
plus de guerre et d'inégalité entre eux : voilà
comment me fait parler mon grand amour.

Qu'ils deviennent des inventeurs d'images et de
fantômes dans leurs inimitiés et qu'ils se battent au
sein du combat suprême à coups d'images et de
fantômes!

Bien et mal, riche et pauvre, haut et de peu de
prix et tous les noms des valeurs : autant d'armes et
d'emblèmes cliquetants montrant que la vie ne doit
pas cesser de se surmonter elle-même.

Elle veut être sa propre ascension, la vie, à force
de piliers et de marches : elle veut regarder vers des
horizons lointains et découvrir des beautés bienheureuses, — *c'est pourquoi* il lui faut de la hauteur.

Et parce qu'elle a besoin de hauteur, il lui faut des
marches et la résistance qu'opposent les degrés à ceux
qui les gravissent! La vie veut s'élever et se surmonter
elle-même en s'élevant.

Et regardez, mes amis, ici où se trouve la tanière de
la tarentule se dressent les ruines d'un ancien
temple, — regardez-les, les yeux illuminés!

En vérité, celui qui un jour ici a, de pierre en pierre, empilé sa pensée et l'a fait s'élever, il en savait autant du secret de la vie que le plus sage!

Que le combat et que les choses inégales existent aussi dans la beauté et la lutte pour la puissance et pour la suprématie, c'est ce qu'il nous enseigne ici dans la plus claire des paraboles.

De quelle divine façon se brisent ici les arcs et les voûtes dans leur lutte : comme ils font assaut de lumière et d'ombre dans leur effort divin.

Ainsi, de la même façon sûre et belle, soyons ennemis mes amis! Élançons-nous divinement les uns *contre* les autres!

Oh! Douleur, voici que m'a mordu la tarentule, ma vieille ennemie! Elle m'a mordu au doigt avec une assurance et une beauté quasi divines!

« Il faut qu'il y ait punition et justice, — pense-t-elle : il ne chantera pas ici pour rien ses chansons en l'honneur de l'inimitié! »

Oui, elle s'est vengée! Et malheur! voilà qu'elle va de surcroît faire tournoyer mon âme de désir de vengeance!

Mais pour que je *ne* tourne *pas*, mes amis, liez-moi solidement à cette colonne! Je préfère encore être un saint à la colonne plutôt qu'un tourbillon de rancune.

En vérité, Zarathoustra n'est qu'un tourbillon, qu'une trombe; et s'il est un danseur, il n'est pas, à coup sûr, un danseur de tarentelle! »

Ainsi parlait Zarathoustra.

DES SAGES ILLUSTRES

« Vous, tous les sages illustres, vous avez été les serviteurs du peuple et de la superstition du peuple, — et *non* les serviteurs de la vérité. Et c'est précisément pourquoi on vous payait le tribut du respect.

Et c'est pourquoi aussi l'on a supporté votre incrédulité, parce qu'elle était une plaisanterie et un détour ramenant au peuple. C'est ainsi que le maître laisse faire ses esclaves et qu'il s'égaie même de leur exubérance.

Mais celui qui est haï du peuple comme un loup l'est des chiens : c'est l'esprit libre, l'ennemi des liens, celui qui ne vénère pas, celui qui habite les forêts.

Le chasser de son refuge, — cela a toujours paru au peuple être le « sens de ce qui est juste » : et il ne cesse d'exciter contre lui ses chiens aux dents les plus acérées.

« Car la vérité est là : puisque le peuple est là! Malheur, malheur à celui qui cherche! » C'est ce que l'on a pu entendre clamer depuis toujours.

Vous vouliez, sages illustres, justifier, pour votre peuple, l'objet de sa vénération; c'est ce que vous appeliez « volonté de vérité »!

Et votre cœur n'a cessé de se dire : « Je suis venu du peuple, c'est du peuple aussi que m'est venue la voix de Dieu. »

La nuque roide, endurants et malins, pareils à l'âne, vous avez toujours été les avocats du peuple.

Et maint puissant qui voulait rester en bons termes avec le peuple et faire route avec lui, attela devant ses chevaux, de surcroît, un ânon, un sage illustre.

Et maintenant je voudrais, sages illustres, que vous rejetiez enfin loin de vous le pelage du lion!

Le pelage tacheté et les touffes de poils du fauve qui cherche, explore, conquiert.

Ah! pour que je puisse croire en votre « véracité », il faut d'abord que vous brisiez votre volonté de vénération.

J'appelle véridique, celui qui s'en va dans des déserts d'où Dieu est absent et qui a brisé son cœur vénérateur.

Dans le sable jaune, brûlé par le soleil, il louche, assoiffé, vers les îles aux sources abondantes où des êtres vivants se reposent sous des arbres sombres.

Mais sa soif ne parvient pas à le convaincre de devenir comme ces satisfaits par le bien-être : car là où il y a des oasis, il y a aussi des idoles.

Affamé, violent, solitaire, sans-dieu : c'est ainsi que se veut la volonté du lion.

Délivrée du bonheur des valets, délivrée des dieux et des adorations, sans crainte et terrible, grande et solitaire : telle est la volonté de celui qui est véridique.

Depuis toujours les véridiques, les esprits libres ont habité le désert, maîtres du désert; mais dans les villes habitent les sages illustres, bien nourris, les animaux de trait.

En effet, ils ne cessent de tirer, en ânes, la carriole du *peuple*.

Non pas que je leur en veuille pour cela : mais, à mon gré, ils restent des domestiques, des attelés, même s'ils brillent de harnais dorés.

Et souvent, ils furent de bons serviteurs, dignes de louanges. Car la vertu parle en ces termes : « Si tu dois être serviteur, alors recherche celui à qui tes services seront le plus utile!

L'esprit et la vertu de ton maître doivent croître de ce que *tu* es son serviteur : ainsi tu grandis toi-même avec son esprit et sa vertu! »

Et en vérité, sages illustres, serviteurs du peuple, vous-mêmes vous avez grandi avec l'esprit et les ver-tus du peuple, — et le peuple à travers vous! Et je dis cela à votre honneur!

Mais peuple, vous le restez, encore dans vos vertus, peuple aux yeux stupides, — peuple, qui ne sait pas ce qu'est *l'esprit*.

L'esprit est la vie qui taille elle-même au vif de la vie; son propre savoir s'accroît de sa propre souf-france, — le saviez-vous, cela?

Et le bonheur de l'esprit, c'est ceci : être oint et consacré à force de larmes comme bête désignée pour le sacrifice, — le saviez-vous, cela?

Et la cécité de l'aveugle et sa recherche et son tâtonnement eux-mêmes porteront témoignage de la puissance du soleil qu'il regardait jadis, — le saviez-vous, cela?

Et que celui qui accède à la connaissance apprenne

à *bâtir* avec des montagnes! C'est bien peu de choses
que l'esprit déplace des montagnes — le saviez-vous,
cela?

Vous ne connaissez que les étincelles de l'esprit :
mais vous ne voyez pas l'enclume qu'il est, ni la
cruauté de son marteau!

En vérité, vous ne connaissez pas la fierté de l'esprit!
Mais vous supporteriez moins encore la modestie de
l'esprit, si un jour elle voulait se mettre à parler!

Et jamais vous ne seriez en droit de jeter votre
esprit dans une fosse pleine de neige : vous n'êtes
pas assez brûlants pour cela! Aussi ne connaissez-
vous pas les délices de sa froideur.

En toutes choses vous faites, à mon gré, trop les fa-
miliers de l'esprit; et de la sagesse, vous en avez souvent fait un asile et un hôpital pour mauvais poètes.

Vous n'êtes pas des aigles : aussi n'avez-vous pas
appris le bonheur dans l'effroi de l'esprit. Et celui
qui n'est point un oiseau ne doit point s'établir
au-dessus des abîmes.

Vous êtes des tièdes : mais le flot de toute connaissance profonde est glacé. Les sources les plus profondes de l'esprit sont froides comme la glace : elles
délassent les mains chaudes de ceux qui agissent.

Vous vous tenez là, honorables, raides et le dos
droit, sages illustres, aucun grand vent, aucune grande
volonté ne vous pousse.

N'avez-vous jamais vu passer les voiles sur la mer,
gonflées, arrondies, tremblantes sous la violence du
vent impétueux?

Pareille à la voile tremblante sous le vent impétueux, ma sagesse passe sur la mer, — ma sagesse sauvage!

Mais vous, serviteurs du peuple, sages illustres, — comment *pourriez*-vous aller avec moi? »

Ainsi parlait Zarathoustra.

LE CHANT NOCTURNE

« Il fait nuit : à cette heure toutes les fontaines jaillissantes parlent plus haut. Et mon âme aussi est une fontaine jaillissante.

Il fait nuit : c'est à cette heure seulement que s'éveillent tous les chants de ceux qui aiment. Et mon âme aussi est chant d'un être qui aime.

Il y a quelque chose en moi d'assoiffé, que rien ne peut apaiser; cela veut élever la voix.

Il y a en moi un désir avide d'amour, il parle lui-même le langage de l'amour.

Je suis lumière, ah! si je pouvais être nuit! Mais ma solitude c'est d'être ceint de lumière.

Ah! que ne suis-je sombre et nocturne! Oh! comme je me désaltérerais aux seins de la lumière!

Et vous, petites étoiles scintillantes et petits vers luisants, là-haut! comme je vous bénirais et comme je me réjouirais de vos présents de lumière.

Mais je vis dans ma propre lumière, je bois les flammes qui jaillissent de moi.

Je ne connais point le bonheur de ceux qui reçoivent, et souvent je rêvais que la félicité de voler était plus grande encore que celle de recevoir.

C'est là ma pauvreté, jamais ma main ne se repose de prodiguer ; c'est là ma jalousie, de voir des yeux qui attendent et les nuits illuminées du désir.

Ô, malheur de tous ceux qui donnent à profusion ! Ô, obscurcissement de mon soleil ! Ô, avidité avide d'avidité ! Ô, faim inextinguible au cœur de la satiété !

Ils prennent ce que je leur donne : mais touché-je encore leur âme ? Il y a un abîme entre donner et recevoir ; et c'est l'abîme le plus petit qu'on ne peut recouvrir qu'en dernier.

Une faim croît de ma beauté : j'aimerais faire mal à ceux que j'éclaire, j'aimerais piller ceux à qui j'ai prodigué des cadeaux, — c'est ainsi que j'ai faim de méchanceté. Retirant la main quand déjà la main se tend vers elle ; hésitant comme la cascade qui hésite encore dans sa chute, — ainsi j'ai faim de méchanceté.

Voilà la vengeance que s'imagine ma profusion : voilà la perfidie qui sourd de ma solitude.

Mon bonheur de donner s'est éteint en donnant, ma vertu s'est elle-même fatiguée de sa surabondance !

Celui qui donne toujours court le danger de perdre la pudeur ; à force de donner, le cœur et la main finissent par se couvrir de callosités.

Mes yeux ne débordent plus de larmes sur la honte de ceux qui mendient; ma main s'est faite trop dure pour le tremblement des mains pleines.

Où s'en sont allées les larmes de mes yeux et le duvet de mon cœur? Ô solitude de tous ceux qui prodiguent! ô mutisme de ceux qui éclairent!

Beaucoup de soleils tracent leurs cercles dans l'espace désolé : ils parlent à tout ce qui est sombre par leur lumière, — pour moi, ils se taisent.

Ô, ceci est l'inimitié de la lumière pour ce qui éclaire, impitoyable, elle va sa route!

Pleins d'hostilité au fond du cœur contre tout ce qui éclaire, glacés pour d'autres soleils, — ainsi gravitent tous les soleils.

Pareils à une tempête, les soleils tracent leurs orbites, c'est là leur route. Ils suivent leur volonté inexorable, c'est là leur froideur.

Ô, c'est vous, seulement, êtres sombres, êtres nocturnes qui créez la chaleur de ce qui éclaire! Ô, ce n'est que vous qui buvez le lait et le réconfort aux mamelles de la lumière!

Ah! la glace vous entoure, ma main se brûle à ce qui est glacé! Ah! la soif est en moi, assoiffée de votre soif!

Il fait nuit : hélas! pourquoi me faut-il être lumière! et soif de ce qui est nocturne! et solitude!

Il fait nuit : or voici que mon désir impérieux jaillit de moi, impérieux telle une source, mon désir impérieux de parler.

Il fait nuit : voici que les jets de toutes les fontaines parlent plus fort. Et mon âme aussi est une fontaine jaillissante.

Il fait nuit : voici que s'éveillent les chants de tous ceux qui aiment. Et mon âme aussi est le chant d'un être qui aime. »

Ainsi chantait Zarathoustra.

LE CHANT DE LA DANSE

Un soir Zarathoustra passait avec ses disciples à travers la forêt et, cherchant une fontaine, voici qu'il arriva à une verte prairie qu'entouraient des arbres et des buissons silencieux. Des jeunes filles y dansaient entre elles. Aussitôt que les jeunes filles reconnurent Zarathoustra, elles cessèrent de danser; mais Zarathoustra s'approcha d'elles dans une attitude amicale et dit les mots que voici :

« Ne cessez point vos danses, charmantes jeunes filles! Ce n'est pas un trouble-fête avec un regard mauvais qui est venu, ce n'est pas un ennemi des jeunes filles.

Je suis l'avocat de Dieu auprès du diable : or celui-ci est l'esprit de pesanteur. Comment pourrais-je, être de légèreté, être ennemi de danses divines? ou ennemi de pieds de jeunes filles aux chevilles gracieuses?

Certes, je suis forêt et ténèbres d'arbres obscurs : pourtant qui ne craint point ma nuit trouvera aussi des roseraies sous mes cyprès.

Et il trouvera aussi le petit dieu, le préféré des jeunes filles : il est couché à côté de la fontaine, en silence, les yeux fermés.

En vérité, il s'est endormi en plein jour, le fainéant! A-t-il trop poursuivi les papillons?

Ne vous irritez pas contre moi, belles danseuses, si je corrige un peu le petit dieu! il va crier et pleurer, — mais il prête à rire même quand il pleure.

Et les larmes aux yeux, il va vous demander de lui accorder une danse; et moi-même je veux accompagner sa danse d'une chanson :

Une chanson à danser qui raille l'esprit de pesanteur, mon diable très-haut et très-puissant dont ils disent qu'il est le « maître du monde ».

Et voici la chanson que chanta Zarathoustra lorsque Cupidon et les jeunes filles dansèrent ensemble :

« Naguère, j'ai plongé mon regard dans tes yeux, ô vie! Et il me sembla sombrer alors dans l'insondable.

Mais tu m'en retiras à l'aide de ta canne à pêche dorée et tu eus un rire moqueur lorsque je te nommais insondable.

« C'est ainsi que parlent tous les poissons, as-tu dit, ce qu'*ils* ne parviennent pas à sonder est insondable. Mais je ne suis que changeante et sauvage et femme en toutes choses, mais sans vertus :

Bien que pour vous, les hommes, je sois « la

profonde » ou « la fidèle », « l'éternelle » ou « la mystérieuse ».

Pourtant, vous, les hommes, vous ne cessez de nous gratifier de vos propres vertus, ô vertueux que vous êtes ! »

Ainsi riait-elle, l'incroyable ; mais je ne la crois jamais et je ne crois pas son rire, quand elle dit du mal d'elle-même.

Et comme je parlai, entre quatre yeux, avec ma sagesse sauvage, elle me dit, pleine de colère : « Tu veux, tu désires, tu aimes, c'est uniquement pourquoi tu *loues* la vie ! »

J'étais sur le point de lui répondre vertement et de lui dire ses vérités à elle qui était en colère ; et l'on ne peut répondre plus vertement qu'en disant « la vérité » à sa sagesse.

C'est ainsi que les choses se passent entre nous trois. Fondamentalement, je n'aime que la vie, — et en vérité, surtout, quand je la hais !

Mais que je sois bon avec la sagesse et souvent trop bon : cela vient de ce qu'elle me rappelle tant la vie.

Elle a son regard, son rire et même sa petite canne à pêche dorée : qu'y puis-je, si elles se ressemblent tant toutes deux ?

Et lorsqu'un jour la vie me demanda : « Qui est-ce donc, la sagesse ? » j'ai répondu avec empressement : « Eh ! oui, la sagesse !

On a soif d'elle et on ne se rassasie point, on regarde à travers des voiles, on tente de l'attraper à l'aide de filets.

Est-elle belle? Est-ce que je sais! Mais elle appâte encore les carpes les plus vieilles.

Elle est changeante et entêtée; souvent je l'ai vue se mordre les lèvres et se peigner à rebrousse-poil.

Peut-être est-elle méchante et perfide et en toutes choses une vraie femme, mais c'est quand elle dit le plus de mal d'elle-même qu'elle est le plus séduisante. »

Comme je dis ceci à la vie, elle eut un rire méchant et ferma les yeux. « De qui parles-tu donc? dit-elle, de moi, n'est-ce pas?

Et même si tu avais raison, — me dit-on *cela,* ainsi en face! Et maintenant, vas-y, parle donc aussi de ta sagesse! »

Ah! et voici que tu rouvris les yeux, ô vie bien-aimée! Et il me sembla de nouveau sombrer dans l'insondable. »

Ainsi chantait Zarathoustra. Mais quand la danse eut pris fin et que les jeunes filles se fussent en allées, il devint triste.

« Le soleil est couché depuis longtemps, dit-il enfin; les prés sont humides et un air frais vient des forêts.

Quelque chose d'inconnu m'entoure qui regarde pensivement. Quoi! Tu es encore en vie, Zarathoustra?

Pourquoi, à quelle fin? par quoi? vers où? comment? N'est-ce pas folie que de vivre encore?

Ah! mes amis, c'est le soir dont les questions sont ainsi issues de ma bouche. Pardonnez ma tristesse!

Le soir est venu : pardonnez-moi que le soir soit venu! »

Ainsi parlait Zarathoustra.

LE CHANT DU TOMBEAU

« Voici, là-bas, l'île aux tombeaux, la silencieuse; là sont aussi les tombeaux de ma jeunesse. Je veux y porter une couronne de vie toujours verte. »

Prenant cette résolution dans mon cœur, je traversai la mer.

Ô vous, visions et apparitions de ma jeunesse! ô vous tous, les regards d'amour, instants divins! Comme vous êtes morts rapidement! Je pense à vous aujourd'hui comme à mes défunts.

De vous, morts qui m'êtes les plus chers, me vient un doux parfum, un parfum qui fait fondre le cœur et fait couler les larmes. En vérité, il ébranle et attendrit le cœur du navigateur solitaire.

Je suis encore le plus riche et le plus enviable, — moi le plus solitaire! Car je vous *avais* et vous m'avez encore : dites-moi pour qui, comme pour moi, de telles pommes rouges sont-elles tombées de l'arbre?

Je suis encore l'héritier et le royaume terrestre de votre amour, fleurissant en mémoire de vous de vertus multicolores à la croissance foisonnante, ô vous les plus aimés !

Oui ! nous étions faits pour rester proches les uns des autres, ô vous merveilles inconnues et douces ; vous êtes venues à moi, à mon désir avide non comme des oiseaux timides, — mais confiants vers qui faisait confiance !

Oui, faits pour la fidélité comme moi, et pour une tendre éternité : dois-je, à présent, vous donner le nom qui convient à votre infidélité, ô vous, regards, ô vous, instants divins : je n'ai pas encore appris à vous donner d'autre nom.

En vérité, vous êtes morts trop tôt, fugitifs. Pourtant vous ne m'avez pas fui et moi je ne vous ai pas fuis non plus : nous sommes innocents, les uns et les autres, au sein de notre infidélité.

C'est pour me tuer *moi* que l'on vous a étranglés, oiseaux chanteurs de mes espérances ! Oui, la méchanceté a toujours tiré des flèches vers vous, mes bien-aimés, — pour atteindre mon cœur !

Et elle le toucha ! N'avez-vous pas toujours été ce que j'avais de plus cher, ce que je possédais, ce qui me possédait : *c'est pourquoi* il vous fallut mourir jeunes et par trop tôt.

On tira des flèches vers ce que je possédais de plus vulnérable : c'était vous dont la peau était pareille à un duvet, pareille au sourire qui meurt d'un regard.

Mais je veux dire le mot que voici à mes ennemis : que peuvent bien être tous les meurtres auprès de ce que vous m'avez fait !

Vous m'avez fait un mal plus grand que ne l'est tout meurtre d'un homme; vous m'avez pris ce que rien ne saurait me rendre, — c'est ce que je veux vous dire mes ennemis!

N'avez-vous pas assassiné les visions de ma jeunesse et ses merveilles les plus chères! Vous m'avez pris mes compagnons de jeux, les esprits bienheureux! Je dépose à leur mémoire cette couronne et cette malédiction.

Cette malédiction contre vous, mes ennemis! N'avez-vous pas rendu brève mon éternité, comme un son s'évanouit dans la nuit froide! Je l'ai vu étinceler, le temps d'un clin d'œil divin, — le temps d'un clin d'œil!

Ainsi parlait un jour ma pureté, à l'heure favorable : « Que tous les êtres soient divins pour moi. » Alors vous m'avez assailli de fantômes malpropres; hélas! où s'est donc enfuie cette heure favorable?

« Que tous les jours soient sacrés pour moi », — voilà ce que dit un jour la sagesse de ma jeunesse : en vérité c'était le discours d'une sagesse joyeuse!

Mais alors, vous mes ennemis, vous m'avez volé mes nuits et vous les avez vendues au tourment et à l'insomnie : où s'est donc enfuie cette joyeuse sagesse?

Jadis, je désirais des oiseaux d'heureux présage : alors vous avez fait passer sur mon chemin un hibou monstrueux, ignoble. Hélas! où s'est donc enfuie ma tendre avidité?

Je promis jadis de renoncer à tout dégoût : alors vous avez changé mes prochains et mes proches en cloques de pus. Où a donc fui mon vœu le plus noble?

Jadis je suivais en aveugle des routes bienheureuses; alors vous avez jeté des ordures sur la route de l'aveugle : et voici que le vieux chemin d'aveugle lui répugne.

Et lorsque je fis ce qu'il y avait pour moi de plus difficile et que je fêtais les victoires que j'avais remportées sur moi-même : alors vous fîtes en sorte que ceux qui m'aimaient s'écrient que je leur faisais le plus mal.

En vérité vous avez toujours agi ainsi : vous m'avez gâté mon miel le meilleur et gâché le travail de mes abeilles les meilleures.

Vous avez toujours envoyé à ma bienfaisance les mendiants les plus insolents; autour de ma pitié vous avez toujours fait se presser les impudents incorrigibles. Ainsi vous avez blessé mes vertus dans leur foi.

Et quand j'offrais ce que j'avais de plus sacré en holocauste : aussitôt votre « piété » y ajoutait à la hâte ses offrandes les plus grasses : de sorte que ce que j'avais de plus sacré fût étouffé sous les relents de votre graisse.

Et un jour, je voulus danser comme jamais je n'avais dansé : je voulais franchir tous les cieux en dansant. Alors vous avez circonvenu mon chanteur préféré.

Et le voici qui entonna un air lugubre et sourd; hélas! il a corné à mes oreilles comme quelque cor sinistre!

Chanteur meurtrier, instrument de la méchanceté, toi le plus innocent! Déjà j'étais prêt pour la meilleure des danses, alors tu assassinas de tes sons mon extase!

Je ne sais dire les symboles des choses les plus hautes qu'au moyen de la danse, — et voici que mon symbole suprême est resté inexprimé dans mes membres.

Mon espoir suprême est resté inexprimé, emprisonné! Et toutes les visions et les consolations de ma jeunesse sont mortes!

Comment le supportai-je? Comment ai-je enduré et surmonté de telles blessures? Comment mon âme a-t-elle pu ressusciter de tels tombeaux?

Oui, il y a en moi quelque chose d'invulnérable, que rien ne saurait recouvrir, quelque chose qui fait éclater les rochers : cela a pour nom *ma volonté,* quelque chose qui marche en silence et immuable à travers les années.

Elle veut aller à son pas, sur mes jambes à moi, ma vieille volonté; son esprit est dur de cœur et invulnérable.

Je ne suis invulnérable qu'au talon. Et toi tu vis toujours et restes pareilles à toi-même, oh toi, la très patiente! Toujours tu as réussi à te frayer un chemin à travers tous les tombeaux!

En toi vit encore ce qu'il y a de non-délivré dans ma jeunesse; et, toute vie et toute jeunesse, tu es assise, pleine d'espoir, sur les décombres jaunes des tombeaux.

Oui, tu es encore pour moi la démolisseuse de tous les tombeaux : salut à toi, ma volonté! il n'y a de résurrections que là où il y a des tombeaux. »

Ainsi chantait Zarathoustra.

DU SURPASSEMENT DE SOI

« Vous appelez « volonté de vérité » ce qui vous pousse et vous met en chaleur, ô vous sages insignes.

Volonté de rendre pensable tout ce qui est : c'est ainsi que j'appelle votre volonté!

Tout ce qui est, vous voulez d'abord le *faire* pensable : car vous doutez, avec une juste méfiance, que ce soit d'ores et déjà pensable.

Mais tout cela doit se plier et se soumettre à vous! Ainsi le veut votre volonté. Cela doit devenir lisse et soumis à l'esprit, comme son reflet et son miroir.

Voilà toute votre volonté, sages insignes, votre volonté de puissance; même quand vous parlez du bien et du mal et des jugements de valeur.

Vous voudriez bien créer le monde devant lequel vous pourriez vous agenouiller : c'est votre espérance dernière et votre dernière ivresse.

Ceux à qui manque la sagesse, c'est-à-dire le peuple, — certes ceux-là sont pareils au fleuve que descend une barque : et dans la barque sont assis solennels et emmitouflés les jugements de valeur.

Vous avez mis à flot votre volonté et vos valeurs sur le fleuve du devenir; ce que le peuple croit être le bien et le mal, cela trahit, à mon sens, une vieille volonté de puissance.*

C'est vous, sages insignes, qui avez installé de tels passagers dans cette barque et qui les avez ornés de façon fastueuse et leur avez donné des noms magnifiques, — vous et votre régnante volonté!

Or le fleuve emporte votre barque : il *lui faut* l'emporter. Peu importe l'écume et la colère de la vague que fend l'étrave.

Ce n'est pas le fleuve qui est votre danger et la fin de votre bien et de votre mal : mais au contraire cette volonté elle-même, la volonté de puissance, — la volonté de vivre que rien n'épuise et qui crée.

Mais pour que vous compreniez ce que j'ai à vous dire du bien et du mal : pour cela je veux aussi vous dire un mot de la vie et de ce qui caractérise tout ce qui vit.

J'ai suivi pas à pas ce qui est vivant, ses chemins les plus grands et les plus petits, pour que je connaisse ce qui le caractérise.

Avec un miroir à mille facettes j'ai recueilli son regard quand sa bouche était fermée : afin que ses yeux me parlent. Et ses yeux me parlaient.

Mais là où je trouvais ce qui était vivant, j'entendais toujours parler d'obéissance. Tout ce qui est vivant est quelque chose d'obéissant.

Et voilà ce que j'entendis en deuxième lieu : on

commande à celui qui ne peut s'obéir lui-même. C'est
là ce qui caractérise ce qui est vivant.

Et voilà ce que j'entendis en troisième lieu : qu'il est
plus difficile de commander que d'obéir. Et non seulement parce que celui qui commande porte le poids
de tous ceux qui obéissent et que ce poids facilement, l'écrase.

Mais aussi parce qu'une tentative et un risque
m'apparaissaient dans tout commandement; et toujours quand commande le vivant, il s'expose lui-
même.

Oui, même quand il commande à lui-même : là
aussi il lui faut expier le fait de commander. Il lui
faut devenir et le juge et le vengeur et la victime de
sa propre loi.

Comment cela se fait-il? me demandé-je. Qu'est-ce
qui persuade le vivant d'obéir et de commander et
que, commandant, il pratique encore l'obéissance?

Écoutez le mot que j'ai à vous dire, vous les sages
insignes. Examinez sérieusement si je me suis glissé
jusqu'au cœur de la vie, si j'ai pénétré jusqu'aux
racines de son cœur!

Où j'ai trouvé du vivant, j'ai trouvé de la volonté de
puissance; et même dans la volonté du servant je
trouvais la volonté de devenir maître.

Que ce qui est plus faible serve ce qui est plus
fort, ce qui l'en persuade c'est sa volonté d'être à
son tour le maître de ce qui est plus faible encore :
c'est le seul plaisir auquel il ne veuille pas renoncer.

Et tout comme ce qu'il y a de plus petit s'abandonne

à ce qui est plus grand pour qu'il ait plaisir et puissance dans ce qu'il y a de plus petit : de même ce qui est plus grand s'abandonne et met sa vie en jeu pour la puissance.

C'est là le don de soi de ce qui est plus grand, d'être à la fois risque et péril et une partie de dés avec la mort pour enjeu.

Et là où il y a sacrifice et service et regards d'amour : là il y a aussi la volonté d'être le maître. De cette façon le plus faible se faufile par des chemins détournés jusqu'au sein de la forteresse et jusqu'au cœur du plus puissant, — et il vole de la puissance.

Et la vie elle-même m'a dit ce secret : « Vois, dit-elle, je suis *ce qui doit toujours se surmonter soi-même*.

Certes vous appelez cela volonté d'enfanter ou poussée vers le but, vers ce qui est plus haut, plus loin, plus divers ; mais tout cela n'est qu'une seule chose et *un* secret.

Je préfère encore sombrer plutôt que de renoncer à cette chose unique ; et en vérité là où il y a déclin et chute des feuilles, voyez, la vie se sacrifie à la puissance.

Qu'il me faille être combat et devenir et but et contradiction des buts : ah ! celui qui devine ma volonté, devine certes aussi quelles voies *tortueuses* elle doit emprunter !

Quoique je crée et de quelque amour que je l'aime, — bientôt il m'en faut être l'adversaire et l'adversaire de mon amour : ainsi le veut ma volonté.

Et toi aussi, toi qui accèdes à la connaissance, tu

n'es qu'un sentier et la trace des pas de ma volonté : en vérité, ma volonté de puissance marche aussi sur les jambes de ta volonté de vérité.

Certes celui-là n'a pas atteint la vérité qui lança vers elle le mot qui parle de « volonté d'être là » : cette volonté, — elle n'existe pas!

Car : ce qui n'est pas, ne peut vouloir; mais ce qui est dans l'être, comment cela pourrait-il encore vouloir parvenir à l'être?

Ce n'est que là où est de la vie qu'est aussi volonté : mais non volonté de vie, mais, — tel est mon enseignement —, volonté de puissance!

Pour le vivant bien des choses comptent plus que la vie elle-même; mais ce qui parle dans cette estimation, c'est la volonté de puissance! »

Voilà ce qu'un jour m'enseigna la vie : et par là, vous, sages d'entre les sages, je résous, de plus, l'énigme de votre cœur.

En vérité, je vous le dis, du bien et du mal qui seraient impérissables, — cela n'existe pas! Ils sont contraints de se surmonter, de se surpasser sans cesse eux-mêmes.

Grâce à vos valeurs et à vos paroles du bien et du mal, vous faites usage de violence, évaluateurs que vous êtes; et c'est votre amour caché et l'éclat et le tremblement et le débordement de votre âme.

Mais il y a une force plus grande qui croît de vos valeurs et de votre surpassement : l'œuf et la coquille s'y brisent.

Et celui qui doit être un créateur dans le bien et le

mal; en vérité celui-là doit d'abord être un anéantisseur et briser des valeurs.

Ainsi le mal suprême appartient à la suprême bonté : mais celle-ci est la bonté créatrice.

Parlons-en, vous sages insignes, bien que peu de choses soient pires. Se taire est pire encore; toutes les vérités tues deviennent vénéneuses.

Et que se brise tout ce qui peut se briser contre nos vérités! Il y a encore tant de maisons à construire! »

Ainsi parlait Zarathoustra.

DES HOMMES SUBLIMES

« Le fond de ma mer est calme : qui donc devinerait qu'il abrite des monstres désopilants?

Ma profondeur est inébranlable : mais elle brille d'énigmes flottantes et d'éclats de rire.

Aujourd'hui, j'ai vu un homme sublime, solennel, un pénitent de l'esprit : oh! ce que mon âme a pu rire de sa laideur!

La poitrine bombée et pareil à ceux qui inspireraient de l'air : il se tenait là debout et il se taisait .

Il bringuebalait de laides vérités, son butin de chasse; riche de vêtements déchirés; beaucoup d'épines aussi étaient accrochées à lui, — mais je n'ai pas vu de roses.

Il n'a pas encore appris ni le rire, ni la beauté. L'air sombre ce chasseur est revenu de la forêt de la connaissance.

Il est rentré du combat contre des bêtes sauvages mais son air sérieux est encore le regard de la bête sauvage, — une bête sauvage non surmontée.

Il se tient encore là, tel un tigre qui veut bondir; mais je n'aime pas ces âmes tendues et tous ceux qui se mettent en retrait sont contraires à mon goût.

Et vous dites, mes amis, que l'on ne doit pas discuter des goûts et des couleurs? Mais toute la vie n'est qu'une querelle sur les goûts et les couleurs.

Le goût : il est en même temps poids et plateau de la balance et il est celui qui pèse; et malheur à tout ce qui est vivant et qui voudrait vivre sans querelle quant au poids, à la balance et à celui qui pèse!

Quand cet homme sublime serait fatigué de sa sublimité, alors seulement commencerait sa beauté, — et c'est alors seulement que je voudrais le goûter et lui trouver une saveur.

Et ce n'est que quand il se détournera de lui-même qu'il sautera par-dessus son ombre — et, en vérité, il sautera au beau milieu de *son* soleil.

Il a par trop longtemps été assis dans l'ombre, les joues de ce pénitent de l'esprit sont devenues toutes pâles; ce qu'il attendait l'a presque fait mourir de faim.

Il y a encore du mépris dans son œil, et sa bouche recèle du dégoût. Certes il se repose maintenant, mais son repos ne s'est pas encore étendu au soleil.

Il devrait faire de même que le taureau; et son bonheur devrait sentir la terre et non pas le mépris de la terre.

J'aimèrais le voir en taureau blanc, précédant la charrue et son attelage, soufflant et mugissant et son meuglement chanterait la louange de la terre!

Son visage est encore sombre; l'ombre de la main y joue. L'expression de son regard est encore voilée d'ombre.

Son action elle-même est encore l'ombre qui pèse sur lui : la main obscurcit celui qui agit. Il n'a pas encore surmonté l'action qu'il a faite.

Certes, ce que j'aime en lui, c'est la nuque du taureau : mais je veux en outre, maintenant voir le regard de l'ange. Il lui faut encore désapprendre sa volonté d'être héros : il doit être un homme suprême et pas seulement sublime, — que l'éther lui-même le soulève, cet homme sans volonté!

Il a dompté des monstres, résolu des énigmes : mais il devrait délivrer aussi ses monstres et ses énigmes, il devrait les transformer en enfants célestes.

Sa connaissance n'a pas encore appris à sourire et à être sans jalousie; sa passion débordante ne s'est pas encore apaisée dans la beauté.

En vérité, ce n'est pas dans la satiété que doit se taire et plonger son désir exigeant, mais dans la beauté. La grâce fait partie de la générosité d'âme de ceux qui ont l'esprit tourné vers les grandes choses.

Le bras sur la tête : c'est ainsi que devrait se reposer le héros; c'est ainsi qu'il devrait surmonter même son repos.

Mais c'est justement pour le héros que le *beau* est la chose la plus difficile. A toute volonté violente le beau est inaccessible.

Un peu moins, un peu plus : ici, justement, c'est beaucoup, c'est même l'essentiel.

Se tenir debout les muscles détendus et la volonté dételée : c'est pour vous ce qu'il y a de plus difficile, vous, les hommes sublimes!

Quand la puissance se fait clémente et descend dans le visible : j'appelle beauté une telle descente.

Et de personne, je ne veux autant que de toi justement, la beauté, toi, qui es puissant et fort : que ta beauté soit l'ultime victoire que tu remportes sur toi-même.

Je te sais capable de tout le mal possible, c'est pourquoi j'exige de toi le bien.

En vérité, souvent j'ai ri des faiblards qui se croient bons parce qu'ils ont la patte paralysée.

Tu dois t'efforcer d'imiter la vertu de la colonne : elle devient plus belle et plus délicate, mais au centre plus dure et plus apte à porter, au fur et à mesure qu'elle monte.

Oui, toi qui es sublime, un jour tu seras beau et présenteras le miroir à ta propre beauté.

Alors ton âme frémira d'avidités divines; et il y aura encore de l'adoration dans ta vanité!

Ceci est en effet le secret de l'âme : ce n'est que lorsque le héros l'a abandonnée que s'approche en rêve — le sur-héros.

Ainsi parlait Zarathoustra.

DU PAYS DE LA CULTURE

« Je me suis envolé trop loin dans l'avenir : un frisson d'horreur m'a saisi.

Et lorsque je regardai autour de moi, voici que le temps était mon seul contemporain!

Alors, je me suis enfui, je suis retourné chez moi, — et avec une hâte toujours plus grande : c'est ainsi que je suis parvenu jusqu'à vous, hommes d'à présent et au pays de la culture.

Pour la première fois, j'avais un regard pour vous et j'étais bien disposé : en vérité, je suis venu le désir plein le cœur.

Mais que m'arriva-t-il? Malgré ma peur, il me fallut rire! Jamais mes yeux n'ont rien vu d'aussi bariolé!

Je ris et ris tandis que mon pied tremblait encore et mon cœur aussi : « Mais c'est ici la patrie de tous les pots de couleur! », m'écriai-je.

Le visage et les membres peints de cinquante taches de couleur : c'est ainsi, qu'à ma stupeur, je vous vis assis, hommes d'aujourd'hui!

Et, disposés autour de vous, cinquante miroirs qui flattaient votre jeu de couleurs et le reproduisaient.

En vérité, vous ne pourriez porter de meilleur masque, vous hommes d'à présent, que votre visage! Qui pourrait vous — *reconnaître?*

Couverts, tout entiers, des signes écrits du passé et ces signes eux-mêmes recouverts d'autres encore, barbouillés par-dessus : ainsi vous vous êtes cachés de tous les déchiffreurs de signes.

Et, fût-on celui qui scrute les reins et les cœurs : qui donc pourrait croire que vous avez des reins! Vous avez été faits d'un bouillon de couleurs et de fiches encollées.

On voit, multicolores, toutes les époques et tous les peuples à travers vos voiles; toutes les coutumes et toutes les croyances parlent un langage bariolé dans vos attitudes.

Celui qui vous dépouillerait des voiles, des draperies, des couleurs et des attitudes : il lui resterait juste assez de vous pour en effrayer les oiseaux.

En vérité, moi-même, je suis l'oiseau effrayé qui vous a, un jour, vus tout nus et sans couleurs; et je me suis envolé à tire d'ailes, lorsque le squelette me fit des signes d'amour.

J'aimerais mieux encore être journalier dans le monde des enfers et auprès des ombres du passé! — les habitants des mondes d'en bas sont encore plus gras et plus pleins que vous.

Oui, c'est cela l'amertume de mes entrailles, vous hommes d'à présent, que je ne puisse vous supporter ni tout nus, ni habillés!

Tout ce qui est inquiétant dans l'avenir et tout ce qui jadis faisait frémir les oiseaux à jamais envolés, est en vérité plus rassurant encore et plus familier que votre « réalité ».

Car vous parlez ainsi : « Nous sommes réels, tout entiers sans foi, ni superstition » — ainsi bombez-vous le torse, bien que vous n'en ayez guère!

Oui, comment *pourriez*-vous donc croire, vous qui êtes parsemés de taches de couleur! — vous qui n'êtes que les tableaux peints de tout ce qu'on n'a jamais cru!

Vous êtes des réfutations ambulantes de la foi elle-même et vous brisez les os à toutes les pensées. Êtres indignes de foi, c'est ainsi que je vous appelle, gens de réalité!

Toutes les époques jacassent les unes contre les autres dans vos esprits. Et les rêves de toutes les époques et leur bavardage étaient plus réels encore que vous l'êtes à l'état de veille!

Vous êtes stériles : c'est pourquoi la foi vous manque. Mais celui qui devait créer, celui-là avait toujours ses rêves de vérité et ses signes dans les étoiles, — et il avait foi dans la foi!

Vous êtes des portails à demi ouverts devant lesquels des fossoyeurs attendent. Et cela, c'est *votre* réalité : « Tout mérite de périr. »

Hélas! comme vous voilà, debout devant moi, vous les stériles, que vous êtes maigres, on vous voit les côtes! Et il en est parmi vous qui s'en sont rendus compte eux-mêmes!

Et ils dirent : « Sûrement, pendant que je dormais, un dieu, en secret, m'a-t-il enlevé quelque chose? En vérité, il m'en a enlevé assez pour s'en faire une petite femme!

Étrange, la pauvreté de mes côtes! », ainsi parlaient maints hommes d'à présent.

Oui, vraiment vous me faites rire, hommes d'à présent! Et tout particulièrement quand c'est de vous-mêmes que vous vous étonnez.

Et malheur à moi, si je ne pouvais rire de votre étonnement et si je devais boire tout ce que vos écuelles contiennent de peu ragoûtant!

Mais, avec vous, je veux prendre les choses à la légère car il me faut porter des choses lourdes; et qu'est-ce que cela peut bien me faire si des hannetons et des vers ailés se posent sur mon balluchon.

En vérité, il n'en sera pas plus lourd! Et ce n'est pas de vous, gens d'à présent, que me viendra la grande fatigue.

Ah! où dois-je monter encore avec mon désir! Du haut de toutes les montagnes je cherche du regard des patries et des terres maternelles :

Mais de pays natal, je n'en trouvai nulle part; je suis errant dans toutes les villes et sur le point de partir à toutes les portes.

Les hommes d'à présent me sont étrangers, ils sont dérisoires, eux vers qui, il y a peu, me poussait mon cœur; et je suis banni de toutes les patries et de toutes les terres maternelles.

C'est ainsi que je n'aime plus que le pays de mes *enfants,* inexploré encore, au plus lointain des mers : c'est lui que je dis à mes voiles de chercher et de chercher encore.

C'est à l'égard de mes enfants, que je veux réparer le

fait d'être le fils de mes pères : et en tout avenir je veux réparer — *ce* présent. »

Ainsi parlait Zarathoustra.

DE L'IMMACULÉE CONNAISSANCE*

« Lorsque hier, la lune se leva, je supposai qu'elle voulait donner naissance à un soleil : tant elle s'étalait à l'horizon, large et pleine.

Mais sa grossesse n'était que mensonge; et je croirais plutôt à l'homme dans la lune qu'à la femme.

Certes, il est bien peu homme, ce noctambule timide. En vérité, il chemine, plein de mauvaise conscience, par-dessus les toits.

Car il est lascif et jaloux, le moine qui habite la lune, il nourrit un désir libidineux pour la terre et toutes les joies des amoureux.

Non, je ne l'aime pas, ce chat sur les toits! Tous ceux qui se faufilent autour de fenêtres mi-closes me répugnent.

Pieux et silencieux, il marche sur des tapis d'étoiles, — mais je n'aime pas les pas d'homme trop légers où ne sonnent pas d'éperons.

Le pas d'un homme loyal parle; mais le chat passe furtivement sur le sol. Et voyez, la lune vient comme un chat, déloyale.

Je vous dis cette parabole à vous, hypocrites sensibles, vous qui prétendez à la « connaissance-pure »! Vous, je vous appelle des — libidineux.

Vous aussi, vous aimez la terre et ce qui est terrestre : je vous ai devinés! — mais il y a de la honte dans votre amour et de la mauvaise conscience, — vous êtes semblables à la lune.

On a convaincu votre esprit du mépris de ce qui est terrestre, mais non vos entrailles : ce sont *elles,* ce qu'il y a en vous de plus fort!

Or votre esprit a honte d'être soumis à vos entrailles, et pour fuir sa propre honte il suit des chemins détournés et trompeurs.

« Voilà qui serait pour moi ce qu'il y a de plus haut, — c'est ainsi que parle votre esprit mensonger à lui-même, — regarder la vie sans convoitise avide, et non pas, pareil au chien, la langue pendante :

Être heureux de regarder, avec une volonté morte, sans la morsure et l'avidité de l'égoïsme, — le corps tout entier froid et d'un gris de cendre, mais les yeux enivrés de lune!

Ce que je préférerai, — c'est ce dont s'abuse l'esprit abusé —, c'est d'aimer la terre comme l'aime la lune et de n'effleurer sa beauté que des yeux.

Et que je ne veuille rien des choses : si ce n'est d'avoir le droit d'être étendu devant elles comme un miroir à mille regards, voilà ce qui est pour moi la connaissance immaculée de toutes choses. »

Ô, hypocrites sensibles, lascifs que vous êtes! Il

vous manque l'innocence de l'avidité et c'est pourquoi vous calomniez le désir avide!

En vérité, ce n'est pas comme créateurs, générateurs joyeux de devenir que vous aimez la terre!

Où y a-t-il innocence? Là où il y a volonté de génération. Et celui qui veut créer au-delà de lui-même, celui-là possède, à mes yeux, la volonté la plus pure.

Où y a-t-il beauté? Là où il me faut vouloir avec toute ma volonté; là où je veux aimer et sombrer pour qu'une image ne reste pas seulement une image.

Aimer et sombrer : cela rime depuis des éternités. Volonté d'amour : c'est aussi consentement à la mort. Voilà ce que j'ai à vous dire, pleutres que vous êtes.

Et vous prétendez, vous, les émasculés, qu'il y a de la « contemplation » dans vos yeux qui louchent!

Et tout ce que peuvent tâter de lâches regards, tout cela, il faudrait le baptiser du mot « beau ». Ô, vous qui souillez tous les noms nobles!

Mais ce sera votre malédiction, vous, les immaculés, vous, adeptes de la connaissance pure, de ne jamais donner naissance à rien : et seriez-vous étendus à l'horizon, larges et gravides!

En vérité, vous avez la bouche pleine de mots nobles : et nous devrions croire que votre cœur déborde, fieffés menteurs que vous êtes!

Mais mes mots à moi sont des mots de peu d'importance, des mots méprisés et tordus : volontiers, je ramasse ce qui tombe sous la table, lors de votre repas.

Grâce à eux, je peux toujours — dire la vérité aux hypocrites! Oui, mes arêtes, mes coquilles et mes piquants doivent me servir — à chatouiller le nez des hypocrites!

Il y a toujours du mauvais air autour de vous et de vos repas : oui, vos pensées libidineuses, vos mensonges, vos cachotteries remplissent l'air!

Osez donc d'abord croire en vous-mêmes, — en vous-mêmes et en vos entrailles! Qui ne croit en lui-même, ment toujours.

Vous vous êtes attaché le masque d'un dieu devant la figure, vous les « purs ». Votre ignoble ver de terre s'est réfugié dans le masque d'un dieu.

En vérité, vous êtes trompeurs, vous les « contemplatifs »! Même Zarathoustra fut jadis dupe de vos dépouilles divines; il n'a pas su deviner le nœud de vipères dont elles étaient bourrées.

Je crus jadis voir l'âme d'un dieu jouer au cœur de vos jeux, vous, adeptes de la connaissance pure! Il ne me semblait pas y avoir d'art meilleur que votre savoir faire.

La distance me cachait les déjections de serpents et l'odeur nauséabonde, et j'ignorais que la ruse d'un lézard rôdât ici, libidineuse.

Mais je me suis approché de vous : alors le jour s'est fait pour moi, — et le voilà qui vient vers vous, — et c'en est fini des amours de la lune!

Regardez donc! La voilà, la lune pâle et penaude face au soleil levant!

Car le voilà qui vient, lui, l'incandescent, — *son*

amour pour la terre vient! Tout amour du soleil est innocence et avidité de créateur!

Regardez avec quelle impatience il s'élève par-dessus la mer! Ne sentez-vous pas la soif et l'haleine chaude de son amour?

Il veut aspirer la mer et boire ses profondeurs et les élever jusqu'à lui : l'avidité de la mer s'élève comme le souffle de mille poitrines.

La mer veut sentir le baiser du soleil, elle veut être aspirée par sa soif; elle *veut* devenir air et hauteur et sentier de lumière et lumière elle-même!

En vérité, pareil au soleil, j'aime la vie et toutes les mers profondes.

Et voilà ce que j'appelle connaissance : tout ce qui est profond doit monter jusqu'à — ma hauteur! »

Ainsi parlait Zarathoustra.

DES SAVANTS

« Comme je dormais, un mouton se mit à brouter la couronne de lierre qui entourait ma tête, — il broutait tout en disant : « Zarathoustra n'est plus un savant. »

Puis il s'en alla, plein de dédain et fier. C'est un enfant qui me l'a raconté.

J'aime bien m'étendre ici où jouent les enfants,

près du mur écroulé, parmi les chardons et les coquelicots.

Pour les enfants et les chardons et les coquelicots rouges, je suis encore un savant. Eux, ils sont innocents, même jusque dans leur méchanceté.

Mais je n'en suis plus un pour les moutons : tel est mon lot, — béni soit-il!

Car voici la vérité : j'ai quitté la demeure des savants et j'ai même claqué la porte derrière moi.

Trop longtemps mon âme a eu faim à leur table; je ne suis pas pareil à eux, fabriqué pour la connaissance comme pour casser des noix.

J'aime la liberté et l'air sur la terre fraîche; j'aime encore mieux dormir sur des peaux de bœufs que sur leurs dignités et leurs respectabilités.

Je suis par trop ardent, trop brûlé par mes propres pensées : souvent j'en ai le souffle coupé. Alors, il me faut aller à l'air libre, loin de toutes les chambres empoussiérées.

Mais ils sont assis au frais, dans l'ombre fraîche : en toutes choses ils ne veulent être que spectateurs et ils se gardent bien de s'asseoir là où le soleil brûle les marches.

Pareils à ceux qui s'arrêtent dans la rue pour regarder les passants, bouche bée : eux, ils attendent et regardent, bouche bée, des pensées que d'autres qu'eux ont pensées.

Les saisit-on des mains, voilà qu'ils se mettent à dégager de la poussière comme des sacs de farine, et cela malgré eux; qui donc pourrait deviner que leur poussière provient du blé et de la blonde allégresse des champs de l'été?

Lorsqu'ils font dans la sagesse, leurs petites sentences et leurs petites vérités me donnent le frisson : il y a souvent dans leur sagesse une odeur comme venue d'un marécage : et en vérité, j'y ai déjà plus d'une fois entendu coasser la grenouille!

Ils sont adroits, leurs doigts sont habiles : que peut bien vouloir *ma* simplicité auprès de leur complexité! Leurs doigts s'entendent à tout filer, à tout attacher, à tout tisser : aussi tricotent-ils les chaussettes de l'esprit!

Ils sont de bons mécanismes d'horlogerie : il faut simplement prendre soin de les remonter correctement! Alors ils indiquent toujours l'heure sans se tromper et font entendre en même temps un modeste ron-ron.

Ils travaillent à la manière des moulins et des pilons, il suffit de leur verser les grains! — ils savent, quant à eux, comment réduire le blé en fine poussière blanche.

Ils se surveillent attentivement les uns les autres et n'ont aucune confiance, pas même pour le meilleur d'entre eux. Habiles à inventer de petites astuces, ils attendent ceux dont le savoir s'avance à pas lents, — ils attendent pareils à des araignées.

Je les ai toujours vus préparer du poison avec beaucoup de précautions; toujours, à cette occasion, ils ont mis des gants de verre à leurs doigts.

Ils savent aussi jouer avec des dés pipés, et je les ai

trouvés tellement pris par le jeu qu'ils en étaient couverts de sueur.

Ils me sont étrangers, et leurs vertus me dégoûtent encore plus que leurs faussetés et leurs dés pipés.

Et, lorsque j'habitais parmi eux, j'habitais au-dessus d'eux; c'est pour cela qu'ils m'en ont voulu.

Ils ne veulent pas entendre les pas de quelqu'un qui marcherait au-dessus de leurs têtes; aussi ont-ils déposé du bois, de la terre et des ordures entre leurs têtes et moi.

Ainsi ont-ils assourdi le bruit de mes pas : et ceux qui, jusque-là, m'ont entendu le plus mal, ce sont les savants.

Ils ont mis toutes les fautes et toutes les faiblesses entre eux et moi, — « faux planchers » appellent-ils cela dans leurs maisons.

Mais malgré tout, je marche avec mes pensées *au-dessus* de leurs têtes; et même si je marchais appuyé sur mes propres fautes, je serais encore au-dessus d'eux et de leurs têtes.

Car les hommes ne sont pas pareils et égaux : ainsi parle la justice. Et ce que moi je veux, *eux* ne devraient pas le vouloir! »

Ainsi parlait Zarathoustra.

DES POÈTES

« Depuis que je connais mieux le corps, — dit Zara-thoustra à l'un de ses disciples —, l'esprit n'est plus pour moi l'esprit que pour ainsi dire et tout ce qui est « impérissable » — n'est aussi qu'une image.

— Je t'ai déjà entendu dire de telles choses, répon-dit le disciple, et alors tu ajoutas : « Mais les poètes mentent trop. » Pourquoi as-tu dit que les poètes mentaient trop?

— Pourquoi? dit Zarathoustra : Tu demandes pourquoi? Je ne suis pas de ceux à qui on a le droit de demander leur pourquoi.

Suis-je donc né d'hier? Il y a bien longtemps que j'ai appris, en les vivant, les raisons de mes opi-nions.

Ne me faudrait-il pas être un tonneau de mémoire si je voulais avoir en plus mes raisons avec moi?

C'est déjà trop pour moi de garder mes opinions moi-même; et il est maint oiseau qui s'envole.

Et parfois je trouve dans mon colombier une bête qui n'en fait pas partie, qui m'est étrangère et qui tremble quand je pose ma main sur elle.

Pourtant, que t'a dit un jour Zarathoustra? Que les poètes mentent trop? — Mais Zarathoustra aussi est un poète.

Crois-tu qu'il a dit ici la vérité? Pourquoi le crois-tu? »

Le disciple répondit : « Je crois en Zarathoustra. »
Mais Zarathoustra secoua la tête et sourit.

« La foi ne me rend pas heureux, dit-il, tout au
moins pas la foi en moi.

Mais en admettant que quelqu'un dise sérieusement
« les poètes mentent trop » : alors il a raison, — *nous*
mentons trop.

Nous savons aussi trop peu de choses et apprenons
mal : aussi nous faut-il mentir.

Et qui, parmi nous autres poètes, n'aurait pas
falsifié son vin ?

Il s'est fait bien des mixtures empoisonnées dans
nos caves, on y a préparé des choses innommables.

Et parce que nous savons peu de choses, les
pauvres en esprit plaisent à notre cœur, surtout
lorsque ce sont de petites jeunes femmes.

Et nous sommes même avides de ce que se racontent les petites vieilles, le soir. C'est ce que nous
appelons en nous-mêmes, l'éternel féminin.

Et comme s'il existait un accès particulier et secret
au savoir, accès qui *s'éboule* pour ceux qui apprennent
quelque chose, nous croyons au peuple et à sa « sagesse ».

Mais tous les poètes croient que celui qui est couché sur l'herbe ou sur un versant solitaire, les oreilles
dressées, apprend quelque chose de ce qui se passe
entre ciel et terre.

Et s'il leur vient des attendrissements, aussitôt les
poètes croient toujours que la nature est amoureuse
d'eux :

Ils croient qu'elle se glisse à leur oreille pour y murmurer des choses secrètes et d'amoureuses cajoleries : ils en bombent le torse et s'enflent de fierté face à tous les mortels.

Ah! il existe tant de choses entre ciel et terre, que les poètes sont les seuls à avoir rêvées.

Et particulièrement *au-dessus* du ciel : car tous les dieux sont des paraboles et des truquages de poètes!

En vérité, toujours quelque chose nous tire, — à savoir vers le royaume des nuages : nous y installons nos baudruches de toutes couleurs et nous les appelons alors des dieux et des surhumains :

Tous ces surhumains, ces dieux, — ils sont tout juste assez légers pour de telles chaises!

Ah, que je suis fatigué de toutes ces choses insuffisantes qui veulent à toute force être événement! Ah, que je suis fatigué des poètes! »

Lorsque Zarathoustra parla ainsi, son disciple en fut irrité contre lui, mais il garda le silence. Et Zarathoustra aussi se tut; et son regard s'était tourné vers l'intérieur, comme s'il voyait des horizons lointains. Enfin il soupira et respira profondément.

« Je suis d'aujourd'hui et je suis de jadis, dit-il; mais il y a quelque chose en moi qui est de demain et d'après-demain et de toujours.

Je me suis fatigué des poètes, des anciens et des modernes : ils sont tous, à mon avis, superficiels, ils sont des mers peu profondes. Ils n'ont pas assez pensé en profondeur : c'est pourquoi leur façon de sentir n'a pas plongé jusqu'aux tréfonds.

Un peu de volupté et un peu d'ennui : voilà qui a été encore le meilleur de leur méditation.

Tout le glin-glin de leurs harpes n'est rien d'autre, pour moi, que de l'haleine et du passage de fantômes; que peuvent-ils bien savoir de la ferveur des sons!

Ils ne sont pas non plus, à mon gré, suffisamment propres : ils troublent toutes leurs eaux pour qu'elles en paraissent profondes.

Et ils aiment se faire passer pour des conciliateurs : mais pour moi, ils ne restent que des entremetteurs et des tripoteurs, des demi-portions, des malpropres!

Mais, moi aussi, j'ai jeté mon filet dans leurs mers et voulais attraper de beaux poissons; mais ce que je ramenai toujours, c'était la tête d'un vieux dieu.

Ainsi la mer a donné une pierre à l'affamé. Et eux-mêmes peuvent bien provenir de la mer.

Certes, on trouve des perles en eux : c'est pourquoi ils sont eux-mêmes d'autant plus semblables à des coquillages durs. Et à la place de l'âme, j'ai souvent trouvé chez eux des glaires salées.

De la mer, ils ont même appris la prétention : la mer n'est-elle pas le paon d'entre les paons?

Elle fait même la roue devant le plus laid de tous les buffles, jamais elle ne se lasse du mouvement de son éventail dentelé d'argent et de soie.

Obstiné le buffle regarde, son âme est proche du sable, plus proche encore du fourré, mais le plus proche du marécage.

Que peuvent bien lui faire la beauté et la mer et l'ornement du paon! Voilà la parabole que je dédie à tous les poètes!

L'esprit du poète veut des spectateurs : peu lui importe que ce soient même des buffles!

Mais je me suis fatigué de cet esprit-là : et ce que je vois venir c'est qu'il se fatiguera de lui-même.

Déjà j'ai vu les poètes transformés et le regard dirigé contre eux-mêmes.

J'ai vu venir des pénitents de l'esprit : ils sont nés d'eux. »

Ainsi parlait Zarathoustra.

DE GRANDS ÉVÉNEMENTS

Il y a une île dans la mer, — pas loin des îles bienheureuses de Zarathoustra —, où ne cesse de fumer une montagne de feu; le peuple et surtout les petites vieilles du peuple disent qu'elle est placée comme un bloc de rochers devant l'entrée des Enfers : mais à travers la montagne de feu elle-même, paraît-il, descend l'étroit sentier qui mène à l'entrée de ces mondes souterrains.

Or, en ce temps où Zarathoustra séjournait dans les îles bienheureuses, il arriva qu'un bateau jeta l'ancre près de l'île où se trouve la montagne qui

fume; et son équipage débarqua pour tirer des la-
pins. Mais vers l'heure de midi, lorsque le capitaine
et ses gens furent à nouveau rassemblés, ils virent,
tout à coup, un homme venir à eux à travers l'air
et une voix se fit entendre qui dit distinctement : « Il
est temps, il est grand temps! » Mais alors que la
silhouette était le plus près d'eux, — elle passait rapidement, à travers l'air, comme une ombre, dans la
direction où se trouvait la montagne de feu, — ils
reconnurent avec la plus grande consternation que
c'était Zarathoustra; car tous, déjà, l'avaient vu, à
l'exception du capitaine lui-même et ils l'aimaient
comme aime le peuple : c'est-à-dire qu'à parts égales
on trouve réunis l'amour et la crainte.

« Regardez donc! dit le vieux timonier, voilà Zarathoustra en route pour l'enfer! »

Vers la même époque, où les navigateurs débar-
quèrent sur l'île de feu, le bruit courut que Zarathoustra avait disparu; et lorsqu'on interrogeait ses
amis, ils racontaient qu'il s'était rendu, une nuit,
sur un bateau, sans dire où il voulait se rendre.

Aussi se mit-on à être inquiet et trois jours plus
tard, l'histoire des navigateurs s'ajouta à l'inquiétude,
— et alors tout le peuple dit que le diable était venu
chercher Zarathoustra. Certes, ses disciples riaient de
ces bruits; et l'un d'entre eux dit même : « Je croirai
plutôt encore que c'est Zarathoustra qui est allé se
chercher le diable. » Mais au fond de l'âme, ils
étaient pleins d'inquiétude et ils se languissaient de
lui : aussi leur joie fut-elle grande lorsque, le cin-

quième jour, Zarathoustra reparut au milieu d'eux.

Et voici le récit que Zarathoustra fit de sa conversation avec le chien de feu :

« La terre, dit-il, a une peau; et cette peau a des maladies. L'une de ces maladies, par exemple, s'appelle « homme ».

Et une autre de ces maladies s'appelle le « chien de feu » : à son propos les hommes ont raconté beaucoup de mensonges et se sont laissé aussi raconter beaucoup de mensonges.

Pour résoudre ce mystère, j'ai traversé la mer : et j'ai vu la vérité toute nue, ma foi, toute nue des pieds à la tête.

Pour ce qui est du chien de feu, je le sais maintenant; et de même pour tous les diables éructés de l'enfer qui veulent tout renverser, que ne craignent pas seulement les petites vieilles.

« Sors de là, chien de feu, sors de tes profondeurs! m'écriai-je, et confesse quelle est la profondeur des profondeurs où tu te tiens! D'où vient donc ce que tu remontes, en soufflant, au bout de ton museau?

Tu bois largement de l'eau de la mer : c'est ce que trahit le sel de ta faconde.

En vérité, pour un chien des profondeurs tu prends ta nourriture par trop à la surface!

Je te tiens, tout au plus, pour le ventriloque de la terre : et chaque fois que j'entendis parler les diables éructés de l'enfer qui veulent tout renverser, je les trouvai pareils à toi : sales, menteurs et plats.

Vous savez gueuler et obscurcir avec des cendres,

vous êtes les grandes gueules les plus grandes et vous avez appris à satiété l'art de faire chauffer la boue jusqu'à ébullition.

Partout où vous êtes, il faut toujours qu'il y ait de la boue à proximité et qu'il y ait beaucoup de choses spongieuses, caverneuses et comprimées : tout cela veut la liberté.

« Liberté », c'est ce que vous hurlez le plus volontiers, tous tant que vous êtes : mais j'ai désappris la foi dans les « grands événements » aussitôt qu'il y a autour de ceux-ci beaucoup de hurlements et de fumée.

Et crois-moi, mon ami, un bruit d'enfer! Les plus grands événements ce ne sont pas nos heures les plus bruyantes, mais nos heures les plus silencieuses.

Ce n'est pas autour des inventeurs de bruits nouveaux : c'est autour des inventeurs de valeurs nouvelles que le monde tourne; il tourne *silencieusement*.

Et avoue-le! il était arrivé bien peu de choses quand ton bruit et ta fumée s'étaient dissipés. Qu'est-ce que cela peut faire qu'une ville se soit pétrifiée et qu'une statue gise dans la boue?

Et j'ai encore ceci à dire aux démolisseurs de statues. Voilà certes les plus grandes sottises qui soient : verser du sel dans la mer et jeter des statues dans la boue.

La statue gisait dans la boue de votre mépris : mais c'est justement là sa loi de puiser, dans le mépris, une vie nouvelle et une beauté vivante!

La voici qui se relève avec des traits plus divins et

plus séduisante de souffrance; et en vérité! elle vous dira encore merci de l'avoir renversée; culbuteurs que vous êtes!

Mais voici le conseil que je donne aux rois, aux Églises et à tout ce qui est affaibli par l'âge et par la vertu, — laissez-vous donc renverser! Pour que vous reveniez à la vie et que la vertu vous revienne! »

Ainsi parlais-je en présence du chien de feu : alors il m'interrompit en maugréant et me demanda : « L'Église? Qu'est-ce que c'est que cela? »

— L'Église? répondis-je, c'est une espèce d'État et c'en est l'espèce la plus mensongère. Cependant, tais-toi donc, chien hypocrite, mieux que personne tu connais ta propre espèce!

Tout comme toi l'État est un chien hypocrite; tout comme toi il aime à parler par fumée et hurlements, — afin de faire croire, tout comme toi, qu'en lui parle le ventre des choses.

Car il veut, à toute force, l'État, être l'animal le plus important sur terre; et on le croit. »

Lorsque j'eus dit cela : le chien en devint fou de jalousie. « Comment? — s'écria-t-il —; l'animal le plus important sur terre? et on le croit? » Et il sortit tant de vapeurs et de voix horribles de sa gorge que je croyais qu'il allait étouffer de rage et de jalousie.

Finalement, il se calma. et ses halètements s'apaisèrent; mais aussitôt qu'il se calma je dis en riant :

« Tu rages, hein, chien de feu : donc j'ai raison contre toi!

Et pour que je ne cesse d'avoir raison, écoute ce

que j'ai à te dire d'un autre chien de feu : la voix
de celui-ci est vraiment issue du cœur de la terre.

Son haleine souffle l'or et de la pluie d'or : c'est
ainsi que le veut son cœur! Que peuvent bien lui
importer cendre, fumée et glaires.

Des rires sortent de lui en voletant comme des
nuages multicolores; il dédaigne tes raclements de
gorge, tes crachotements et tes ballonnements d'entrailles!

Mais l'or et le rire — il les prend au cœur de la
terre : car pour que tu le saches — *le cœur de la terre
est en or.* »

Lorsque le chien de feu entendit ceci, il n'y tint
plus de m'entendre. Honteux, il mit la queue entre
les jambes et dit d'une petite voix : « Oua, oua »,
et redescendit, en rampant, dans sa caverne. »

Voilà ce que racontait Zarathoustra. Mais ses disciples l'écoutaient à peine, si grande était leur envie de
lui parler des matelots, du lapin et de l'homme volant.

« Ce que je dois en penser! — dit Zarathoustra.
Suis-je donc un fantôme?

Mais cela a dû être mon ombre. Vous avez déjà
entendu certaines choses à propos du voyageur et
de son ombre, n'est-ce pas?

Mais ce qui est sûr : il faut que je la tienne plus
court, sinon elle trouvera le moyen de me gâter ma
réputation. »

Et encore une fois Zarathoustra secoua la tête et
il s'étonna. « Ce que je dois en penser! » — dit-il
encore une fois.

Pourquoi donc le fantôme a-t-il crié : « Il est temps, il est grand temps! »

De quoi donc est-il grand temps? »

Ainsi parlait Zarathoustra.

LE DEVIN

— Et je vis une grande tristesse s'emparer des hommes. Les meilleurs se lassèrent de leurs œuvres.

Une doctrine se répandait qu'une croyance accompagnait : « Tout est vide, tout est pareil, tout a été! »

Et de toutes les collines, l'écho répétait : « Tout est vide, tout est pareil, tout a été! »

Certes, nous avons récolté, mais pourquoi tous nos fruits ont-ils pourri et pourquoi sont-ils devenus bruns? Qu'est-il tombé de la lune maléfique la nuit dernière?

Tout travail a été vain, notre vin est devenu venin, le mauvais œil a consumé et jauni nos champs et nos cœurs.

Nous nous sommes tous desséchés; et si le feu tombe sur nous, nous ne faisons que dégager de la poussière, pareils à la cendre, — oui, nous avons même lassé le feu.

Tous les puits ont tari pour nous, la mer a reculé elle aussi, On dirait que le sol va se dérober, mais les profondeurs n'engloutissent rien!

« Ah! où donc est une mer dans laquelle on pourrait encore se noyer? » — voilà notre plainte, elle
retentit par-dessus de plats marécages.

En vérité, nous étions déjà trop fatigués pour
mourir; nous veillons encore et continuons à vivre
— dans des sépulcres! »

Zarathoustra entendit parler ainsi un devin; et sa
prophétie lui alla au cœur et le transforma. Il déam-
bulait, triste et fatigué; et il devint semblable à ceux
dont avait parlé le devin.

« En vérité, dit-il à ses disciples, il s'en faut de peu
pour que vienne ce long crépuscule. Comment vais-je
faire pour sauver ma lumière et l'emporter de l'autre
côté?

Qu'elle ne s'éteigne surtout pas dans cette tristesse!
Ne doit-elle être lumière pour des mondes plus lointains et pour des nuits plus lointaines encore! »

Ainsi préoccupé dans son cœur, Zarathoustra allait
de-ci de-là; et trois jours durant il ne prit ni nourriture, ni boisson, il ne connaissait plus de repos et
ne pouvait plus parler. Enfin il tomba dans un profond sommeil. Mais ses disciples étaient assis autour
de lui en longues veilles et attendaient soucieux se
demandant s'il se réveillerait, s'il se remettrait à
parler et s'il allait guérir de sa mélancolie.

Mais voici le discours que Zarathoustra fit lorsqu'il
se réveilla; mais il parut à ses disciples que sa voix
venait de très loin.

« Écoutez donc le rêve que j'ai rêvé, mes amis, et
aidez-moi à en trouver le sens!

Il est encore une énigme pour moi, ce rêve; son sens est caché en lui et pris en lui et ne vole pas encore au-dessus de lui, les ailes libres.

J'ai rêvé avoir renoncé à toute vie. J'étais devenu un veilleur de nuit, un gardien de tombeaux, là-bas sur la montagne solitaire du château fort de la mort.

Là-haut, je veillais ses cercueils : les salles voûtées, ternes, étaient pleines de ces signes de victoire, une vie surmontée me regardait de ces cercueils de verre.

Je respirais l'odeur d'éternités poussiéreuses : mon âme était lourde et poussiéreuse. Qui donc aurait pu, en cet endroit, aérer son âme?

La clarté de minuit ne cessait de m'entourer. La solitude se tenait accroupie à côté d'elle; et en troisième lieu, il y avait le silence de mort entremêlé de râles, le pire de mes amis.

J'avais les clefs les plus rouillées de toutes; et je savais m'en servir, pour ouvrir le plus grinçant de tous les portails.

Pareil à un grincement aigre et horrible le son se répandait à travers les longs couloirs, quand les battants de ce portail s'ouvraient comme des ailes : le cri de cet oiseau était laid, il ne voulait pas qu'on le réveille.

Mais c'était bien plus horrible encore et cela vous serrait encore bien plus le cœur quand de nouveau tout se taisait et que le silence se faisait et que j'étais assis tout seul dans ce silence perfide.

C'est ainsi que le temps passait pour moi ou plutôt qu'il se glissait pour autant qu'il y avait encore le temps : qu'en sais-je! Mais enfin arriva ce qui me réveilla.

Trois fois des coups furent frappés au portail, pareils à des coups de tonnerre, trois fois les voûtes les répercutèrent comme des hurlements : alors j'allai au portail.

« Alpa! m'écriai-je, qui vient porter ses cendres à la montagne? Alpa! Alpa! Qui vient porter ses cendres à la montagne? »

Et j'appuyais sur la clef et m'efforçais de lever le portail. Mais il ne s'ouvrit pas même de la largeur d'un doigt :

Alors un vent violent en ouvrit les deux battants d'un coup, hurlant, sifflant, strident, coupant, il jeta vers moi un cercueil noir :

Et au milieu des sifflements, des hurlements et des crissements, le cercueil éclata et cracha mille éclats de rire.

Et de mille faces grimaçantes d'enfants, d'anges, de hibous, de fous et de papillons de la taille d'un enfant les éclats de rire se jetaient vers moi, sarcastiques, hurlants.

J'en éprouvai une terreur horrible : cela me jeta à terre. Et je criai d'horreur comme jamais je n'ai crié.

Mais mon propre cri me réveilla, — et je revins à moi. »

Ainsi Zarathoustra raconta son rêve, puis il se tut : car il ne savait pas encore comment interpréter son rêve. Mais le disciple qu'il préférait, se leva rapidement, prit la main de Zarathoustra et dit :

« Ta vie elle-même nous donne l'interprétation de ce rêve, ô Zarathoustra!

N'es-tu pas toi-même le vent aux sifflements stridents, qui ouvre à la volée les portails des châteaux forts de la mort?

N'es-tu pas toi-même le cercueil plein des méchancetés multicolores et des grimaces d'anges de la vie?

En vérité, comme des milliers d'éclats de rire enfantins, Zarathoustra vient dans tous les sépulcres, se riant des veilleurs de nuit et des gardiens de tombeaux et de tous ceux qui font sonner des clefs sinistres.

Tu vas les effrayer et les renverser de tes éclats de rire; évanouissement et réveil prouveront ton pouvoir sur eux.

Et même, si viennent le long crépuscule et la mortelle fatigue, tu ne disparaîtras pas de notre ciel, toi, intercesseur de la vie!

Tu nous as fait voir de nouvelles étoiles et de nouvelles splendeurs nocturnes; en vérité, tu as tendu la vie elle-même au-dessus de nous comme une toile de tente multicolore.

Toujours, désormais, un rire d'enfant va jaillir des cercueils; toujours, désormais, un vent puissant va souffler sur toute fatigue mortelle : tu en es toi le garant et le devin!

En vérité, *toi-même tu les as rêvés,* tes ennemis : ce fut ton rêve le plus pesant.

Mais de la manière dont tu t'es éveillé d'eux et dont tu es revenu à toi, de la même manière, il leur faut s'éveiller d'eux-mêmes et venir à toi! »

Ainsi parla le disciple; et tous les autres, maintenant, se pressaient autour de Zarathoustra, lui prenaient les mains et voulaient le convaincre de quitter son lit et sa tristesse et de revenir parmi eux. Mais Zarathoustra se tenait assis sur sa couche. Pareil à celui qui revient d'une longue absence, il regardait ses disciples et scrutait leurs visages; et il ne les reconnaissait pas encore. Mais lorsqu'ils le levèrent et le mirent sur ses pieds, voici que tout à coup son regard se transforma; il comprit tout ce qui était arrivé, lissa sa barbe et dit d'une voix forte :

« Allons, tout cela a le temps; veillez plutôt, mes disciples, à ce que nous fassions un bon repas, et le plus tôt possible! C'est ainsi que je pense faire pénitence pour de mauvais rêves.

Mais que le devin mange et boive à mes côtés : et en vérité je vais, moi, lui montrer une mer dans laquelle il pourra se noyer! »

Ainsi parlait Zarathoustra. Mais là-dessus il regarda longuement dans les yeux le disciple qui avait interprété son rêve, et en même temps il secouait la tête.

DE LA RÉDEMPTION

Comme Zarathoustra un jour franchissait le grand pont, les infirmes et les mendiants l'entourèrent et un bossu lui adressa la parole en ces termes :

« Vois, Zarathoustra! Le peuple aussi apprend

quelque chose de toi et acquiert la foi en ton enseignement : mais pour qu'il te croie tout à fait il lui
manque encore une chose, — il te faut encore nous
convaincre, nous les infirmes! Or tu as ici un bel
échantillonnage et en vérité une occasion qui s'offre
par plus d'un cheveu! Tu sais guérir les aveugles et
rendre leurs jambes aux paralytiques; et tu pourrais
bien aussi en élever un petit peu à celui qui en a
toujours de trop derrière lui, — voilà, je trouve, la
bonne manière pour amener les bossus à croire en
Zarathoustra! »

Mais Zarathoustra répondit ainsi à celui qui parlait : « Si on enlève sa bosse au bossu, on lui enlève
son esprit, — ainsi enseigne le peuple. Et si l'on rend
ses yeux à l'aveugle, il voit trop de choses vilaines sur
terre : au point qu'il en maudit celui qui l'a guéri.
Mais celui qui rendrait ses jambes au paralytique, il
lui fait le plus grand mal : car à peine est-il capable
de courir, aussitôt ses vices prennent, en même
temps que lui, la clef des champs, — voilà ce qu'enseigne le peuple à propos des infirmes. Et pourquoi
Zarathoustra n'apprendrait-il pas aussi quelque chose
du peuple si déjà le peuple apprend de Zarathoustra?

Mais c'est pour moi la chose qui compte le moins
depuis que je vis parmi les hommes, de voir qu'il
manque un œil à celui-ci, une oreille à celui-là, et la
jambe à un troisième et qu'il y en ait d'autres qui
ont perdu la langue, le nez ou la tête.

J'ai vu des choses pires et certaines si répugnantes

que je n'aimerais pas en parler et pas même me taire à propos de certaines autres : à savoir des êtres humains, à qui tout manque, excepté une chose dont ils ont de trop, — des êtres humains qui ne sont rien d'autre qu'un grand œil ou une grande gueule ou un gros ventre et quelque chose d'autre de grand — je les appelle des estropiés à l'envers.

Et comme je venais de ma retraite solitaire et que pour la première fois je franchissais ce pont : je n'en crus pas mes yeux et je regardai et regardai encore et dis enfin : « Mais c'est une oreille ça, une oreille de la taille d'un homme! » Je regardai mieux encore et, vraiment, il y avait encore quelque chose d'autre en dessous, de pitoyablement petit, misérable et débile. Et effectivement, cette oreille monstrueuse était plantée sur une tige mince et petite, — mais la tige, c'était un homme! Et celui qui se serait mis, en plus, une loupe devant l'œil aurait même pu distinguer un petit visage jaloux; et il aurait même pu voir une petite âme toute boursouflée se balancer à la tige. Mais le peuple me dit que la grande oreille n'était pas seulement un homme, mais un grand homme même, un génie. Mais jamais je ne crois le peuple quand il parle de grands hommes, — et je gardais la conviction que c'était un infirme à l'envers, qui avait trop peu de tout et trop d'une chose. »

Comme Zarathoustra avait parlé ainsi au bossu et à ceux dont il était et le porte-parole et l'avocat, il se tourna avec un profond mécontentement vers ses disciples, et dit :

« En vérité, je marche au milieu des hommes comme au milieu de fragments dispersés et de membres d'hommes.

Voilà ce qui est le pire pour mon œil, trouver l'homme réduit en décombres et dispersé comme sur un champ de bataille ou dans un abattoir.

Et mon regard fuit-il de maintenant à jadis, il trouve toujours la même chose : des fragments, des membres dispersés et d'horribles hasards, — mais pas d'hommes!

Le maintenant et le jadis sur terre, — ah! mes amis —, c'est cela pour moi la chose *la plus insupportable;* et je ne saurais plus vivre si je n'étais un voyant de ce qui viendra.

Un voyant, un voulant, un créateur, un futur et un pont du futur, — et hélas, en même temps encore tout à fait un infirme près de ce pont, voilà tout ce qu'est Zarathoustra.

Et souvent aussi vous vous êtes demandés : « Que nous est Zarathoustra? Comment doit-il s'appeler pour nous? » Et tout comme moi vous avez fait réponse par des questions.

Est-il un promettant ou un accompli? Est-il un conquérant ou un héritier? Un automne ou le soc d'une charrue? Un médecin ou un malade guéri?

Est-il poète ou véridique? Un libérateur ou un dompteur? Un lion ou un méchant?

Je marche au milieu des hommes comme parmi des fragments du futur : de ce futur que je vois.

Et voilà toute ma poésie et mon désir et ma rêverie : que je rassemble et compose en un poème ce qui est fragment et énigme et horrible hasard. Et comment pourrais-je être homme si l'homme n'était pas aussi poète et s'il ne savait résoudre les énigmes et délivrer du hasard!

Délivrer ceux qui sont passés et métamorphoser tout « c'était » en un « je le voulais ainsi! », — voilà seulement ce qui, pour moi, pourrait s'appeler rédemption!

Volonté, — tel est le nom du libérateur et de celui qui apporte la joie : voilà ce que je vous enseignais mes amis! Mais apprenez ceci par-dessus le marché : la volonté elle-même est encore une prisonnière.

Vouloir libère : mais quel est le nom de ce qui met encore le libérateur lui-même aux fers? « C'était » : voilà le nom du grincement de dents de la volonté et son affliction la plus solitaire. Impuissante à l'égard de tout ce qui a été fait — elle contemple le passé pleine de colère.

La volonté ne peut vouloir revenir en arrière; qu'elle ne puisse briser le temps et l'avidité du temps, — voilà l'affliction la plus secrète de la volonté.

Vouloir libère : qu'invente la volonté elle-même pour qu'elle se débarrasse de son affliction et se moque de sa prison?

Ah! chaque prisonnier devient un fou! Et la volonté prisonnière se délivre, elle aussi, de folle manière.

Que le temps ne fasse pas marche arrière, voilà

ce qui l'irrite; « ce qui était », — tel est le nom de la pierre qu'elle ne peut faire rouler.

Et ainsi, de colère et de déplaisir, elle roule des pierres et exerce sa vengeance contre ce qui ne peut, comme elle, ressentir irritation et déplaisir.

Ainsi la volonté, ce libérateur, s'est mise à faire mal : et elle se venge sur tout ce qui peut souffrir de ce qu'elle ne peut revenir en arrière.

Ceci, oui, ceci seul est la *vengeance* même : le ressentiment par lequel la volonté en veut au temps et à son « c'était ».

En vérité, une grande folie bouffonne habite dans notre volonté; et ce devint la malédiction de tout ce qui est humain que cette folie bouffonne ait appris l'esprit!

L'esprit de la vengeance : mes amis, c'était jusqu'ici la meilleure réflexion de l'homme; et où il y avait souffrance, il devrait toujours y avoir châtiment.

« Châtiment » en effet, c'est ainsi que s'appelle la vengeance elle-même : avec une parole mensongère elle feint la bonne conscience.

Et parce qu'il y a souffrance chez le voulant lui-même parce qu'il ne peut vouloir en arrière, — ainsi la volonté et toute la vie elle-même devraient être châtiment.

Or, images sur images s'entassaient sur l'esprit : jusqu'à ce qu'enfin la folie prêchât : « Tout passe, c'est pourquoi tout mérite de passer! Et c'est la justice même, cette loi du temps qui l'oblige à dévorer ses propres enfants » : ainsi prêchait la folie.

« Les choses sont disposées en ordre, selon la morale, d'après le droit et le châtiment. Oh! où est donc ce qui délivre du cours incertain des choses et de la punition qu'est le fait d'exister? » Ainsi prêchait la folie.

« Peut-il y avoir délivrance s'il y a un droit éternel? Ah! la pierre « c'était » est immuable : il est nécessaire aussi que tous les châtiments soient éternels! » Ainsi prêchait la folie.

Il n'est pas d'action qui puisse être anéantie : comment, par le châtiment, pourrait-elle être annulée? Qu'il faille, sans cesse, que l'existence soit, encore et encore, l'action et la faute, oui, ceci est ce qu'il y a d'éternel dans ce châtiment qu'est le fait d'exister.

« A moins qu'enfin la volonté ne se délivre elle-même et que le vouloir ne devienne non-vouloir » : cependant, mes frères, vous connaissez cette fable que chante la folie!

Je vous ai entraînés loin de ces chansons et de ces fables, lorsque je vous enseignais : « La volonté est un créateur. »

Tout « c'était » est un fragment, une énigme, un horrible hasard, — jusqu'à ce que la volonté créatrice dise à ce propos : « Mais je l'ai voulu ainsi! »

— Jusqu'à ce que la volonté créatrice dise à ce propos : « Mais je le veux ainsi! Je le voudrai ainsi! »

Mais a-t-elle déjà parlé ainsi? Et quand cela arrive-t-il? La volonté est-elle déjà dételée de sa propre démence?

La volonté a-t-elle déjà été son propre libérateur,

a-t-elle déjà été celle qui apporte la joie à elle-même? A-t-elle désappris l'esprit de vengeance et tout grincement de dents?

Et qui lui a appris à se réconcilier avec le temps et qui lui a appris quelque chose de plus haut que l'est toute réconciliation?

Il faut que la volonté · veuille quelque chose de plus élevé que l'est toute réconciliation, cette volonté qui est volonté de puissance − : comment pourtant? − Qui lui a en outre appris à vouloir revenir en arrière? »

Mais en cet endroit de son discours, Zarathoustra tout à coup s'interrompit et ressembla en tous points à quelqu'un d'extrêmement effrayé. L'œil épouvanté, il regardait ses disciples; son œil transperçait comme avec des flèches leurs pensées et leurs arrière-pensées. Mais après quelques instants le voilà qui se remit à rire et dit rasséréné :

« Il est dur de vivre avec les hommes, parce que se taire est si difficile. Surtout pour un bavard. »

Ainsi parlait Zarathoustra. Mais le bossu avait écouté la conversation et s'était couvert le visage; cependant lorsqu'il entendit rire Zarathoustra, il leva les yeux pleins de curiosité et dit avec lenteur :

« Mais pourquoi Zarathoustra nous parle-t-il autrement qu'il parle à ses disciples? »

Zarathoustra répondit : « Qu'y a-t-il là d'étonnant? Avec les bossus on peut quand même bien parler bossu!

— Bien, dit le bossu; et avec les écoliers on peut bien sortir les ragots de l'école.

Mais pourquoi Zarathoustra parle-t-il autrement à ses élèves qu'à lui-même? »

DU DISCERNEMENT HUMAIN

« Ce n'est pas la hauteur : c'est la pente qui est chose épouvantable.

La pente où le regard dévale vers *le bas* et où la main se porte vers *le haut* pour saisir. Là, le cœur a le vertige devant sa volonté double.

Ah! mes amis, devinez vous aussi la double volonté de mon cœur?

Cela, c'est *ma* pente et mon danger que mon regard se précipite vers les hauteurs et que ma main se tienne et s'appuie — sur la profondeur!

Ma volonté s'agrippe à l'homme, avec des chaînes je m'attache à l'homme, parce que je suis arraché, emporté vers le surhumain : car c'est là-bas que veut aller mon autre volonté.

Et c'est *à cette fin* que je vis aveugle parmi les hommes tout comme si je ne les connaissais pas : pour que ma main ne perde pas tout à fait sa foi en quelque chose de solide.

Je ne vous connais pas hommes : cette obscurité et cette consolation s'étendent souvent autour de moi.

Je suis assis sur le chemin qui mène aux portes, à la disposition de tous les faquins et je demande : « Qui veut me tromper? »

C'est là mon premier discernement humain de me laisser tromper pour ne pas être sur mes gardes contre les escrocs?

Ah! si je me gardais des hommes : comment l'homme pourrait-il être une ancre pour retenir mon ballon! Par trop facilement je pourrais être arraché et emporté vers les hauteurs!

Il y a au-dessus de mon destin cette providence que je doive être sans prudence.

Et celui qui ne veut pas mourir de soif parmi les hommes, doit apprendre à boire dans tous les verres et celui qui veut rester propre parmi les hommes doit aussi savoir se laver avec de l'eau sale.

Et souvent je me suis parlé ainsi pour me consoler : « Allons, debout, vieux cœur, un malheur t'est arrivé : jouis-en comme de ton bonheur! »

Mais ceci est mon autre discernement d'homme : je ménage plus les *vaniteux* que les fiers.

La vanité blessée n'est-elle pas mère de toutes les tragédies? Mais là où il y a de la fierté blessée, il pousse quelque chose de meilleur encore que ne l'est la fierté.

Pour que la vie soit bonne à regarder, il faut qu'elle soit bien jouée : et pour cela il faut de bons acteurs.

Je trouvai tous les vaniteux bons acteurs : ils jouent et veulent qu'on aime les regarder, — tout leur esprit s'attache à cette volonté.

Ils se mettent en scène, ils s'inventent eux-mêmes; j'aime contempler la vie dans leur voisinage, — cela guérit de la mélancolie.

C'est pourquoi je ménage les vaniteux, parce qu'ils sont des médecins pour ma mélancolie et qu'ils m'attachent à l'homme comme à un spectacle.

Et puis : qui donc mesure toute la profondeur de la modestie du vaniteux! Je lui veux du bien et j'ai pitié de lui à cause de sa modestie.

Il veut apprendre de vous sa foi en lui-même; il se nourrit de vos regards, il dévore la louange dans vos mains.

Il croit encore vos mensonges, si vous mentez bien à son propos — car au plus profond de lui-même son cœur soupire : « Que suis-je? »

Et si la vraie vertu est celle qui s'ignore : alors le vaniteux de même ignore sa modestie!

Mais ceci est mon troisième discernement d'homme : ne pas me laisser gâcher la vue des méchants par votre caractère timoré.

Je suis rempli d'allégresse à voir les merveilles que fait éclore le soleil brûlant : des tiges, des palmiers et des serpents à sonnettes.

Parmi les humains aussi, l'ardeur du soleil fait éclore de belles couvées et chez les méchants bien des choses fort étonnantes.

Tout comme vos sages illustres ne me parurent, au fond, pas tellement sages, de même j'ai trouvé la méchanceté des hommes inférieure à sa réputation.

Et souvent je me suis demandé en hochant la tête :

pourquoi sonner encore, serpents à sonnettes?

En vérité, il y a, même pour le mal, encore un avenir! Et le midi le plus brûlant n'a pas encore été découvert pour l'homme.

Il y a maintes choses, aujourd'hui, que l'on qualifie de pire méchanceté et qui pourtant ne sont larges que de douze pieds et longues de trois mois! Mais un jour de plus grands dragons verront le jour.

Car pour que ne manque point au surhumain le surdragon qui soit digne de lui : il faut encore que beaucoup de soleil brûlant jette son incandescence sur l'humide forêt vierge.

Il faut d'abord que vos chats sauvages soient devenus des tigres et vos crapauds empoisonnés des crocodiles : car à bon chasseur, bonne chasse!

Et en vérité, vous les hommes de bien, vous les justes! Il y a trop de choses risibles en vous et d'abord votre crainte de ce qui, jusque-là, s'appelait « diable »!

Vous êtes à ce point, dans votre âme, étrangers à ce qui est grand, que le surhumain vous semblerait *terrible* dans sa bonté.

Et vous sages, et vous qui savez, vous vous enfuiriez devant l'incandescence du soleil de la sagesse, dans laquelle le surhumain baigne avec volupté sa nudité.

Vous hommes les plus hauts que mon regard ait rencontrés! c'est mon doute en vous et mon rire secret : je devine que vous appelleriez mon surhumain — diable!

Ah! je suis las de ces très hauts, de ces meilleurs : j'aspirais à m'élever loin, hors de leur « hauteur », à partir vers le surhumain!

L'horreur me prit lorsque je vis ces meilleurs tout nus : alors les ailes me poussèrent pour m'envoler vers de lointains futurs.

Vers des futurs plus lointains, des midis plus au midi encore que ne les a jamais rêvés aucun artiste : vers des lieux où des dieux auraient honte de tout vêtement.

Mais je veux vous voir travestis, vous qui êtes les proches, vous, compagnons en humanité et je veux vous voir endimanchés et vaniteux et dignes, je veux vous voir en « bons et justes ».

Et moi-même je veux être assis parmi vous, travesti, — pour que je vous *méconnaisse,* vous, et que je me *méconnaisse* moi-même : voilà en effet mon suprême discernement d'homme. »

Ainsi parlait Zarathoustra.

L'HEURE LA PLUS SILENCIEUSE

« Que m'est-il arrivé, mes amis? Vous me voyez troublé, comme emporté, à la fois rétif et docile, prêt à m'en aller, — prêt, hélas, à vous quitter.

Oui, il faut encore une fois que Zarathoustra se

retire dans sa solitude : mais c'est sans plaisir, cette fois, que l'ours retourne à sa caverne!

Que m'est-il arrivé? Qui donc me l'ordonne? — Hélas, c'est ma coléreuse maîtresse qui le veut ainsi, elle m'a parlé; vous ai-je donc jamais dit son nom?

Hier soir m'a parlé *mon heure la plus silencieuse* : tel est le nom de ma terrible maîtresse.

Et voilà ce qui s'est passé, — car je dois tout vous dire, afin que votre cœur ne s'endurcisse point contre celui qui vous quitte soudainement!

Connaissez-vous l'effroi qu'éprouve celui qui s'endort?

Il en frémit jusqu'aux orteils de ce que le sol se dérobe et que le rêve commence.

Ceci, je vous le dis à titre de parabole. Hier; à l'heure la plus silencieuse, le sol se déroba sous moi : le rêve commençait.

L'aiguille avançait, l'horloge de ma vie reprenait son souffle, — jamais je n'entendis pareil silence autour de moi : au point que mon cœur en frissonnait.

Alors quelque chose me parla sans voix : « Tu le sais, Zarathoustra? »

Et je criai d'effroi devant ce murmure et le sang se retira de mon visage : mais je me tus.

Alors quelque chose me parla à nouveau sans voix : « Tu le sais, Zarathoustra, mais tu ne le dis pas! »

Et je répondis comme par défi : « Oui, je le sais, mais je ne veux pas le dire! »

Alors quelque chose, de nouveau, me parla sans

voix : « Tu ne *veux* pas, Zarathoustra? Est-ce bien vrai? Ne te cache pas dans ton défi. »

Et je pleurai et tremblai comme un enfant et je disais : « Ah! j'aimerais bien, mais comment pourrais-je! Fais moi grâce de cela! C'est au-dessus de mes forces! »

Alors de nouveau quelque chose me parla sans voix : « Qu'importe ta personne? Tu n'es pas encore assez humble à mon gré. L'humilité a la peau la plus dure. »

Et je répondis : « Que n'a pas déjà porté la peau de mon humilité? J'ai habité au pied de mes hauteurs : combien hauts sont mes sommets? Personne ne me l'a encore jamais dit. Mais je connais bien mes vallées. »

Alors de nouveau quelque chose me parla sans voix : « Ô Zarathoustra, celui qui doit transporter des montagnes, celui-là transporte aussi les vallées et les dépressions. »

Et je répondis : « Jusqu'ici mes paroles n'ont pas encore déplacé de montagnes et ce que j'ai dit n'a pas atteint les hommes. Je suis certes allé vers les hommes, mais je ne suis pas encore arrivé jusqu'à eux. »

Alors de nouveau quelque chose me parla sans voix : « Qu'*en* sais-tu? La rosée tombe sur l'herbe, quand la nuit est la plus silencieuse. »

Et je répondis : « Ils se moquèrent de moi lorsque je trouvai mon propre chemin et que je le pris; et en vérité, mes jambes m'en tremblaient alors.

Et ils me dirent : « Tu as désappris le chemin, maintenant tu désapprends également la marche! »

Alors quelque chose de nouveau me parla sans voix : « Qu'importe leur moquerie? Tu es de ceux qui ont désappris l'obéissance : maintenant tu dois commander!

Ne sais-tu pas qui est celui qui est le plus nécessaire à tous? Celui qui ordonne de grandes choses.

Accomplir de grandes choses est difficile : mais ce qui est plus difficile encore, c'est d'ordonner de grandes choses.

Voilà ce qui est en toi ce qu'il y a de plus impardonnable : tu as la puissance et tu ne veux exercer le pouvoir. »

Et je répondis : « Il me manque la voix du lion pour commander. »

Alors, encore, quelque chose me parla comme un murmure : « Ce sont les mots les plus silencieux qui amènent la tempête. Des pensées qui viennent sur des pattes de colombes mènent le monde.

Ô, Zarathoustra, tu dois aller comme une ombre de ce qui viendra forcément : ainsi tu vas commander et tu avanceras tout en commandant. »

Et je répondis : « J'ai honte. »

Alors, de nouveau, quelque chose me parla sans voix : « Il te faut encore devenir enfant et sans honte.

La fierté de la jeunesse est encore sur toi, c'est tard que tu es devenu jeune : mais celui qui veut devenir un enfant, celui-là doit encore surmonter sa jeunesse. »

Et je réfléchis longtemps et je tremblais. Mais enfin je dis ce que j'avais dit au début : « Je ne veux pas. »

Alors il s'éleva un rire autour de moi. Oh! douleur. Combien ce rire me déchira les entrailles et me fendit le cœur!

Et pour la dernière fois il me fut parlé : « Ô Zarathoustra, tes fruits sont mûrs, mais tu n'es pas mûr pour tes fruits!

Aussi te faut-il retourner à ta solitude : car il te faut devenir « à point. »

Et cela rit encore et s'enfuit : puis tout se tut autour de moi comme d'un double silence. Mais moi j'étais étendu sur le sol et la sueur coulait de mes membres.

— Maintenant vous avez tout entendu, et pourquoi je dois retourner à ma solitude. Je ne vous ai rien caché, mes amis.

Mais vous m'avez aussi entendu vous dire quel est *celui* des hommes qui est le plus secret, — et qui veut l'être!

Ah, mes amis! J'aurais encore quelque chose à vous dire, j'aurais encore quelque chose à vous donner!

Pourquoi ne le donné-je pas? suis-je avare? »

Lorsque Zarathoustra eut dit ces mots, toute la puissance de la douleur l'envahit et la proximité de l'adieu qu'il allait dire à ses amis, au point qu'il en pleura tout haut et personne ne savait comment le consoler. Mais la nuit venue, il partit seul et quitta ses amis.

TROISIÈME PARTIE

« Vous levez les yeux lorsque vous aspirez à vous élever et moi je baisse le regard car je suis déjà en haut.

Qui d'entre vous peut à la fois rire et être sur la cime?

Celui qui gravit les plus hautes montagnes, celui-là se rit de toutes les tragédies qu'elles soient réelles ou jouées. »

Zarathoustra (Lire et écrire).

LE VOYAGEUR[*]

Il était aux environs de minuit lorsque Zarathoustra se mit en route par-dessus la crête de l'île pour
arriver de bonne heure sur l'autre rive : car c'est là
qu'il voulait s'embarquer. Il y avait là en effet une
bonne rade où les bateaux étrangers, eux aussi, jetaient volontiers l'ancre; ils emmenaient avec eux
ceux qui voulaient quitter les îles bienheureuses et
traverser la mer. Or, Zarathoustra, tout en gravissant
la montagne, pensait à tous les voyages solitaires qu'il
avait faits à pied depuis sa jeunesse et combien de
montagnes et de crêtes et de sommets il avait déjà
escaladés.

« Je suis un voyageur et un grimpeur, dit-il à son
cœur, je n'aime pas les plaines et il me semble que
je ne puisse rester assis tranquille longtemps.

Et quoiqu'il m'arrive en fait d'expérience ou quoique le destin m'envoie — il y sera contenu un voyage
et une escalade : en fin de compte, ce n'est plus que
de soi-même dont on fait l'expérience.

Le temps est écoulé où il pouvait y avoir des hasards pour moi et que pourrait-il bien m'arriver maintenant qui ne me serait pas déjà propre?

Il ne fait que revenir, il ne fait enfin que retourner à moi, — ce moi qui m'est propre et ce qui de lui était depuis longtemps au loin et dispersé parmi tous les objets et les hasards, cela revient aussi.

Et je sais encore une chose : maintenant je me trouve devant mon dernier sommet et devant tout ce qui m'a été réservé le plus longtemps. Hélas! il faut que je suive mon chemin le plus dur! J'ai commencé mon voyage le plus solitaire.

Mais celui qui est de mon espèce, celui-là n'échappe pas à une telle heure : l'heure qui lui dit : « C'est maintenant seulement que tu vas ton chemin de la grandeur! Sommet et abîme, — tous deux maintenant sont confondus.

Tu vas ton chemin de grandeur : maintenant ce qui était ton suprême danger est devenu ton suprême refuge.

Tu vas ton chemin de grandeur : il faut que ce soit maintenant ton courage le meilleur de n'avoir plus de chemin derrière toi!

Tu vas ton chemin de grandeur : personne ne doit se glisser à ta suite! Ton pied lui-même effaça derrière toi le chemin et au-dessus est écrit « impossibilité ».

Et s'il te manque même toutes les échelles, il te faut savoir grimper sur ta propre tête : comment voudrais-tu autrement t'élever?

Sur ta propre tête et par-delà ton propre cœur! Maintenant ce qu'il y a de plus doux en toi doit devenir ce qu'il y a de plus dur.

Celui qui s'est beaucoup ménagé, celui-là devient finalement un malade de tant s'être ménagé. Béni soit ce qui rend endurant! Je ne loue pas le pays où coulent le beurre et le miel.

Apprendre à détourner les yeux de soi-même pour voir beaucoup de choses, — cette dureté est nécessaire à tous ceux qui gravissent des montagnes.

Mais celui qui, voulant accéder à la connaissance, a le regard indiscret, comment verrait-il plus de choses que les seules raisons superficielles!

Mais toi, ô Zarathoustra, tu voulais voir le fond de toutes choses et l'arrière-fond : aussi te faut-il grimper par-dessus toi-même, — plus loin, plus haut, jusqu'à ce que toi aussi tu aies tes étoiles *en dessous* de toi. »

Oui, jeter les yeux d'en haut sur moi-même et mes étoiles : voilà qui seul pourrait pour moi s'appeler *sommet*, voilà ce qui me reste comme mon sommet *dernier*! »

Ainsi Zarathoustra se parlait à lui-même, consolant son cœur de petites maximes dures : car son cœur était blessé comme jamais encore. Et lorsqu'il arriva sur la crête de la montagne, voici que l'autre mer s'étendait devant lui : et il s'arrêta et se tut longtemps. Mais la nuit, à cette hauteur, était froide et lumineuse et brillante d'étoiles.

« Je reconnais mon lot, dit-il enfin avec tristesse. Allons! Je suis prêt. Ma dernière solitude vient de commencer.

Ah, cette mer noire et triste en dessous de moi!

Ah, chagrin gravide et nocturne! ah, destin et mer! C'est vers vous qu'il me faut descendre!

Je suis devant ma montagne la plus haute et mon voyage le plus long : c'est pourquoi il me faut d'abord descendre plus bas que je ne suis jamais descendu :

— plus bas, jusqu'au plus profond dans la douleur, plus profond que je ne suis jamais descendu, jusqu'au cœur de son flot le plus noir! Ainsi le veut mon destin : Allons! Je suis prêt.

D'où viennent les montagnes les plus hautes? demandai-je jadis. Alors j'appris qu'elles sont venues de la mer.

Cette preuve est écrite dans leur pierre et dans les parois de leurs cimes. Il faut que ce soit du plus profond que le plus haut s'élève à sa hauteur propre. »

Ainsi parlait Zarathoustra au sommet de la montagne où il faisait froid; mais lorsqu'il fut parvenu à proximité de la mer et qu'enfin il fut seul sous les falaises, il se sentit fatigué du chemin fait et plus rempli de désir que jamais auparavant.

« Tout dort encore, dit-il; la mer, elle aussi, dort. Son œil me regarde ivre de sommeil et étranger. Mais je sens que sa respiration est chaude. Et je sens aussi qu'elle rêve. Tout en rêvant, elle se tourne et se retourne sur de durs coussins.

Écoute, écoute! Comme elle soupire à force de mauvais souvenirs! Ou est-ce de sombres perspectives?

Ah! tu me remplis de tristesse, monstre sombre, et je suis encore fâché contre moi-même à cause de toi.

Hélas, ma main n'est pas assez forte! Volontiers, en vérité, je te délivrerais de tes rêves! »

Et tout en parlant ainsi Zarathoustra riait de lui-même avec mélancolie et amertume. « Comment! Zarathoustra, disait-il, tu veux, par-dessus le marché, consoler la mer?

Ah, cher bouffon, cher fou Zarathoustra, toi qui débordes d'allégresse confiante! Mais tel tu fus toujours : toujours tu t'es approché plein de confiance de tout ce qui est terrible.

Tu voulais caresser tous les monstres. Un peu de son souffle chaud, et quelques bouclettes de fourrure douce à la patte — : et aussitôt te voilà prêt à l'aimer et à l'attirer.

L'*amour* est le danger du solitaire, l'amour pour tout, *pourvu que ce soit vivant*! En vérité, ma folie bouffonne est risible, risible ma modestie dans l'amour. »

Ainsi parlait Zarathoustra et il se mit à rire : mais alors il pensa à ses amis abandonnés, — et à la manière dont il avait attenté contre eux avec ses pensées et il fut en colère contre ses pensées. Et bientôt il arriva que celui qui riait se mit à pleurer; — de colère et de désir Zarathoustra pleura amèrement.

DE LA VISION ET DE L'ÉNIGME

1

Lorsque, parmi les matelots, le bruit courut que Zarathoustra était à bord, — car en même temps que lui s'était embarqué un homme qui venait des îles bienheureuses —, alors il y eut une grande curiosité et une grande attente. Mais Zarathoustra garda le silence deux jours durant et il était froid et sourd de tristesse, de sorte qu'il ne répondait ni aux regards, ni aux questions. Mais au soir du second jour il rouvrit ses oreilles, quoiqu'il se tût encore : car il y avait bien des choses étranges et dangereuses à entendre sur ce navire qui venait de loin et voulait aller plus loin encore. Mais Zarathoustra était l'ami de tous ceux qui voulaient faire de grands voyages et qui n'aiment pas vivre sans danger. Et voici, qu'à force d'écouter, sa propre langue se délia et la glace de son cœur se rompit : alors il commença de parler ainsi :

« A vous, les chercheurs, vous, les explorateurs audacieux et à tous ceux qui se sont, un jour, embarqués avec des voiles rusées sur des mers terrifiantes,

— à vous qui êtes ivres d'énigmes, qui vous réjouissez de la pénombre, vous dont l'âme est attirée au son de la flûte vers tout précipice trompeur :

— car vous ne voulez pas d'une main couarde

tâtonner le long d'un fil; et où vous pouvez *deviner*, il vous est odieux de *tirer au clair*,

— à vous seuls, je vais raconter l'énigme que je *vis*, — la vision du plus solitaire.

J'allai il y a peu, sombre, par un crépuscule de couleur cadavérique, — sombre et dur, les lèvres serrées. Il n'y avait pas qu'*un* soleil qui s'était couché pour moi.

Un sentier qui montait obstinément à travers des éboulis, méchant, solitaire que n'adoucissait plus aucune herbe, aucun buisson : un sentier de montagne crissait sous l'obstination de mon pas.

Muet, marchant sur le bruissement moqueur du gravier, écrasant la pierre qui le faisait glisser, mon pied se frayait un chemin vers le haut.

Vers le haut, — par défi pour l'esprit qui le tirait vers le bas, vers l'abîme, l'esprit de pesanteur, mon diable, mon ennemi mortel.

Vers le haut, — bien qu'il fût assis sur moi, minain, mi-taupe, paralytique, paralysant, instillant du plomb à travers mon oreille, instillant des pensées comme des gouttes de plomb dans mon cerveau.

« O Zarathoustra, marmonnait-il, moqueur, syllabe après syllabe, ô toi, pierre de la sagesse! Tu t'es projeté vers le haut, mais il faut que chaque pierre lancée — tombe!

O Zarathoustra, pierre de la sagesse, pierre projetée, toi qui fracasses les étoiles! Toi même tu t'es lancé si haut, mais il faut que chaque pierre lancée — tombe!

Condamné à toi-même et à ta propre lapidation :
ô Zarathoustra, tu as lancé la pierre fort loin, — mais
c'est sur *toi* qu'elle va retomber! »

Là-dessus le nain se tut; et cela dura longtemps.
Mais son silence m'oppressait; et être à deux de
cette façon-là, c'est être plus solitaire qu'être seul!

Je montais, je montais, je rêvais, je pensais, — mais
tout m'oppressait. J'étais semblable à un malade que
son terrible martyre fatigue, et qu'un mauvais rêve
réveille lorsqu'il s'endort.

Mais il y a quelque chose en moi que je nomme
courage : jusque-là il a réussi à abattre tout ce qui
pouvait en moi être déplaisir. Ce courage enfin me
fit m'immobiliser et dire : « Nain, c'est toi ou c'est
moi! »

Le courage, en effet, est le meilleur meurtrier. Le
courage qui *attaque* : car dans toute attaque il y a la
sonorité du jeu.

Mais l'homme est l'animal le plus courageux : par
là il est venu à bout de tous les animaux. Par la sonorité de son jeu il a vaincu toute douleur; la douleur
humaine est la douleur la plus profonde.

Le courage tue aussi le vertige au bord des abîmes :
et où donc l'homme ne se trouve-t-il pas au bord
d'abîmes! Voir, n'est-ce pas déjà — voir des abîmes?

Le courage est le meilleur meurtrier : le courage
tue aussi la compassion. La compassion est l'abîme
le plus profond : aussi loin que l'homme plonge son
regard dans la vie, aussi loin plonge-t-il son regard
dans la souffrance.

Mais le courage est le meilleur meurtrier, le courage qui agresse : il tue même la mort, car il dit : « C'était *ça*, la vie? Allons, encore une fois! »

Mais dans un tel adage retentit toute la musique du jeu. Que celui qui a des oreilles, entende. »

2

« Arrête, nain! dis-je, c'est moi ou c'est toi! Mais moi je suis le plus fort de nous deux : — tu ne connais pas cette pensée qui m'est venue, profonde comme l'abîme! *Elle*, — tu ne pourrais pas la porter! »

Alors arriva ce qui me rendit plus léger : car le nain sauta de mon épaule, le curieux! Et il s'accroupit sur une pierre devant moi. Il y avait là justement une rue menant à une porte, nous y fîmes halte.

« Vois cette rue et cette porte! nain! continuai-je, elle a deux faces. Deux chemins se réunissent ici : personne ne les a encore suivis jusqu'au bout.

Cette longue rue en arrière dure une éternité. Et cette longue rue en avant dure une autre éternité.

Elles se contredisent, ces routes, elles butent l'une contre l'autre, — et c'est ici, près de cette porte, qu'elles se rencontrent. Le nom du portail est gravé tout en haut : « instant » est ce nom.

Mais celui qui suivrait l'une de ces routes — et irait plus loin, toujours plus loin : crois-tu, nain, que ces routes vont éternellement se contredire?

— Tout ce qui est droit ment, murmura le nain

avec mépris. Toute vérité est courbée, le temps lui-même est un cercle.

— Toi, esprit de pesanteur! dis-je, plein d'irritation, ne te rends pas les choses trop faciles! Ou bien je te laisse accroupi où tu es, lambin, — et moi qui t'ai porté si haut!

Regarde, continuai-je, cet instant! De cette porte nommée Instant une longue rue éternelle va en *arrière* : derrière nous s'étend une éternité.

Ne faut-il pas que tout ce qui sait courir ait déjà suivi cette rue en courant?

Ne faut-il pas que tout ce qui peut arriver soit déjà une fois arrivé, ait déjà été une fois fait ou soit déjà passé une fois en courant.

Et si tout a déjà été : alors que t'en semble de cet instant, nain? Ne faut-il pas que cette porte de ville ait, elle aussi, déjà été?

Et toutes les choses ne sont-elles pas ainsi fermement liées, de telle sorte que cet instant entraîne toutes les choses à venir derrière lui? *Donc* — lui-même, aussi.

Car tout ce qui peut courir : il lui faut encore une fois courir, tout le long de cette rue!

Et cette lente araignée qui rampe dans la lumière de la lune, et cette lumière de la lune elle-même, et moi et toi, près de la porte de ville en train de chuchoter, chuchotant ensemble à propos de choses éternelles, — ne faut-il pas que nous ayons tous déjà été?

— et revenir et courir dans cette autre rue, droit devant nous, dans cette longue rue horrible, — ne nous faut-il pas revenir éternellement? »

Ainsi parlai-je, et toujours plus bas : car j'avais peur de mes propres pensées et de mes propres arrière-pensées. Alors, tout à coup, j'entendis, tout près, *hurler* un chien.

Ai-je jamais entendu hurler un chien ainsi? Ma pensée est revenue en arrière. Oui! Comme j'étais enfant, au plus lointain de mon enfance :

— alors j'entendis hurler un chien de cette façon-là. Et je le vis aussi, le poil hérissé, la tête levée, tremblant, à l'heure de minuit la plus silencieuse, où les chiens, eux aussi, croient aux fantômes :

— au point que j'en fus rempli de pitié. En effet la pleine lune passait dans un silence de mort juste au-dessus de la maison, immobile justement, une incandescence ronde, — silencieuse sur le toit plat, comme sur une propriété étrangère :

— c'est de cela que s'effraya jadis le chien : car les chiens aboient aux voleurs et aux fantômes. Et lorsque, de nouveau, j'entendis hurler ainsi, je fus encore une fois pris de pitié.

Où étaient allés maintenant le nain? et la porte de ville? et l'araignée? tout le chuchotement? Rêvai-je? M'éveillai-je? Tout à coup j'étais debout entre des falaises sauvages, seul, abandonné, dans le clair de lune le plus désolé.

Mais un homme gisait là! Et là, le chien, il sautait, le poil hérissé, il geignait :

— maintenant il me voyait venir, — alors il hurla de nouveau, alors il *cria*, — ai-je jamais entendu un chien crier ainsi?

Et, en vérité, je n'avais jamais vu rien de semblable
à ce que je vis là. Je vis un jeune berger, qui se tor-
dait, étouffait, sursautait, le visage convulsé; un serpent noir lui pendait de la bouche.

Ai-je jamais vu autant de dégoût et de blême épou-
vante sur *un* visage? Il avait dû dormir. Alors le
serpent était entré dans sa gorge et s'y était accroché.

Ma main tenta d'arracher le serpent, elle tirait — en
vain! elle ne put arracher le serpent de la gorge. Alors
quelque chose cria par ma bouche : « Mords, mords
donc!

La tête, coupe-lui la tête d'un coup de dents », —
voilà ce que quelque chose criait par ma bouche;
ma haine, mon dégoût, ma miséricorde, tout mon
bien et tout mon mal criait en *un* cri par ma
bouche.

Vous, les audacieux autour de moi! Vous les chercheurs, vous qui essayez, et vous qui vous êtes embarqués avec des voiles rusées sur des mers inexplo-
rées! Vous qui êtes heureux des énigmes!

Devinez-la-moi, l'énigme que je vis alors, expli-
quez-moi la vision du plus solitaire!

Car vision, ce l'était et une prévision :

Qui est ce berger avec un serpent dans la gorge?
Qu'est donc *ce* que j'ai vu alors sous forme de parabole? Et *qui* donc est encore à venir?

Quel est l'homme au gosier rempli de tout ce qu'il
y a de plus difficile, de plus noir?

— Mais le berger mordit, comme mon cri le lui
conseillait; il mordit d'un beau coup de dents! il

cracha loin, bien loin la tête du serpent : — et se leva d'un bond.

Plus ni berger, ni homme, — mais métamorphosé, entouré de lumière et qui riait! Jamais sur terre un homme n'a ri comme *il* riait.

Oh! mes frères, j'entendis un rire qui n'était pas le rire d'un être humain, — et maintenant une soif me dévore, un désir, qui ne s'apaiseront jamais.

Mon désir de ce rire me dévore : oh! comment puis-je encore supporter de vivre! Et comment supporterai-je de mourir maintenant! »

Ainsi parlait Zarathoustra.

DE LA FÉLICITÉ MALGRÉ SOI

Le cœur plein de telles énigmes et de telles amertumes, Zarathoustra fit route sur la mer. Lorsqu'il fut à quatre jours de voyage des îles bienheureuses et de ses amis, il avait surmonté toute sa douleur : — victorieux et d'un pied ferme, il se tenait à nouveau debout sur son destin. Et en ce temps là, Zarathoustra parla en ces termes à sa conscience toute joyeuse :

« Je suis de nouveau seul et je veux l'être, seul avec le ciel pur et la mer libre; et de nouveau c'est l'après-midi autour de moi.

C'est un après-midi que je trouvai jadis mes amis,

et ce fut aussi un après-midi que je les retrouvai, — à l'heure où toute lumière se fait plus silencieuse.

Car le bonheur encore en chemin entre le ciel et la terre, cherche maintenant pour asile une âme claire : à force de bonheur toute lumière est maintenant devenue plus silencieuse.

Ô après-midi de ma vie ! Jadis mon bonheur aussi descendait dans la vallée, pour se chercher un asile : alors il trouvait ces âmes ouvertes et hospitalières.

Ô après-midi de ma vie, que n'ai-je pas donné pour avoir cette seule chose : cette plantation vivante de mes pensées et cette lumière matinale de mon suprême espoir !

Jadis le créateur cherchait des compagnons et des enfants de *son* espoir : or il advint qu'il ne put les trouver, à moins de ne les créer lui-même.

De même, je suis au milieu de mon œuvre, allant vers mes enfants et revenant d'entre eux : au nom de ses enfants il faut que Zarathoustra s'accomplisse lui-même.

Car on n'aime du fond du cœur que son enfant et son œuvre ; et où il y a un grand amour pour soi-même il est l'emblème de la fécondité : voilà ce que je trouvai.

Mes enfants verdissent encore en leur premier printemps, debout en rangs serrés et secoués ensemble par les coups de vent, les arbres de mon jardin et de ma terre la meilleure.

Et en vérité, là où se dressent de tels arbres côte à côte, là il y a des îles bienheureuses !

Mais un jour je les déplanterai et les mettrai chacun pour soi : pour qu'il apprenne la solitude et l'obstination et la prudence.

Et je le veux alors, dressé près de la mer, plein de nœuds et tout courbé et d'une souple dureté, un phare vivant d'une vie invincible.

Là où les tempêtes se jettent sur la mer et où la troupe des montagnes aspire de l'eau, c'est là que chacun devra prendre sur ses veilles et sur ses nuits, pour s'éprouver lui-même, pour accéder à la connaissance.

Il devra être éprouvé et reconnu pour savoir s'il est de ma sorte, s'il est de ma descendance, — s'il est maître d'une longue volonté, silencieux même lorsqu'il parle, et cédant de sorte qu'en donnant il *prend :*

— afin qu'il devienne un jour mon compagnon, celui qui œuvre avec moi et célèbre les fêtes avec Zarathoustra : — quelqu'un qui m'écrive ma volonté sur mes tables : pour l'accomplissement plus accompli de toute chose.

Et pour lui et ceux qui sont semblables à lui, il faut que je m'accomplisse moi-même : c'est pourquoi maintenant j'évite mon bonheur et je m'offre à tout malheur, — pour m'éprouver d'une épreuve dernière et accéder à la connaissance ultime.

Et en vérité, il était temps que je parte; et l'ombre du voyageur et la durée la plus longue et l'heure la plus silencieuse, — tous me disaient : « Il est grand temps! »

Le vent soufflait vers moi à travers le trou de serrure et disait : « Viens ! » La porte s'ouvrait avec malice et disait : « Va ! »

Mais moi, je gisais enchaîné à l'amour pour mes enfants : l'appétit avide me mit ce collet, l'appétit avide d'amour, afin que je devienne la proie de mes enfants et me perde en eux.

Être rempli d'aspirations, avide, — voilà qui à mon sens signifie : me perdre. *Je vous ai, mes enfants !* Dans cet avoir tout doit être sûreté et rien désir avide.

Mais le soleil de mon amour pesait sur moi, Zarathoustra cuisait dans son propre jus, — alors ombre et doute s'envolèrent au-dessus de moi.

J'avais envie de gel et d'hiver : « Oh, que le gel et l'hiver me fassent de nouveau craquer et grincer » soupirai-je : — alors des brouillards glacés s'élevèrent de moi.

Mon passé brisa ses tombeaux, mainte douleur enterrée vivante s'éveilla : — elle n'avait fait que dormir son soûl, elle s'était cachée dans les linceuls du tombeau.

Ainsi tout me criait par signes : « Il est temps ! » Mais moi — je n'entendis pas : jusqu'à ce qu'enfin mon abîme se mît à remuer et que ma pensée me mordît.

Ah ! pensée abyssale, toi qui es *ma* pensée ! Quand trouverai-je la force de t'entendre creuser et de ne plus trembler ?

Mon cœur me bat jusqu'à la gorge, quand je t'entends creuser ! Ton silence encore veut m'étrangler, toi dont le silence est abîme.

Jamais encore je n'ai osé t'appeler, te faire monter

en t'appelant : bien assez déjà de te porter avec moi!
Je n'étais pas encore assez fort pour l'ultime allégresse
et l'ultime audace du lion.

Ta pesanteur a toujours pour moi été assez épouvantable : mais un jour je trouverai aussi la force et la
voix de lion qui te fera monter à son appel!

Quand j'aurai surmonté cela je veux surmonter des
choses plus grandes encore; et une *victoire* sera le
sceau de mon accomplissement!

Entre-temps je dérive encore sur des mers incertaines; le hasard me flatte de sa langue lisse; je
regarde encore devant et derrière, — et je ne vois pas
encore de fin.

L'heure de mon dernier combat n'est pas encore
venue, — ou vient-elle justement? En vérité, c'est
avec une beauté maligne que tout autour de moi la
mer et la vie me regardent.

Ô, après-midi de ma vie! ô, bonheur avant le soir!
ô, port au grand large! ô, paix dans l'incertain!
Comme je me méfie de vous tous!

En vérité je suis méfiant à l'égard de votre maligne
beauté! Je suis semblable à l'amant qui se méfie d'un
sourire par trop velouté.

De même qu'il pousse la bien-aimée devant lui,
tendre encore dans sa dureté, lui le jaloux, — de
même je pousse cette heure bienheureuse devant moi.

Va-t'en, heure bienheureuse! Avec toi ma félicité
est venue malgré moi! Je me tiens ici consentant à ma
douleur la plus profonde, — tu es venue de façon
intempestive!

Va-t'en, heure bienheureuse! Prends plutôt pension là-bas, — chez mes enfants! Hâte-toi et avant le soir bénis-les encore de *mon* bonheur.

Déjà le soir approche : le soleil se couche. Mon bonheur s'en est allé! »

Ainsi parlait Zarathoustra. Et il attendit son malheur toute la nuit : mais il attendit en vain. La nuit resta claire et tranquille, et le bonheur lui-même se rapprochait de lui de plus en plus. Mais vers le matin, Zarathoustra se mit à rire et dit, moqueur : « Le bonheur me court après. Ça vient de ce que je ne cours pas les filles. Mais le bonheur est fille. »

AVANT LE LEVER DU SOLEIL

« Ô ciel au-dessus de moi, toi le pur! le profond! toi, abîme de lumière. Te contemplant, je frémis d'appétits divins.

Me jeter dans ta hauteur, — c'est cela *ma* profondeur! M'abriter dans ta pureté, — c'est cela *mon* innocence!

Sa beauté dérobe le dieu aux regards : ainsi tu caches tes étoiles. Tu ne parles pas : *ainsi* tu enseignes ta sagesse.

Tu t'es levé muet, aujourd'hui, pour moi, sur la mer mugissante, ton amour et ta pudeur parlent le langage de la révélation à mon âme mugissante.

Que tu sois venu à moi plein de beauté, caché dans ta beauté, que tu me parles en restant muet, révélé dans ta sagesse :

Ô, comment ne devinerai-je pas tout ce qu'il y a de pudique dans ton âme ! *Avant* le soleil tu es venu à moi, le plus solitaire.

Nous fûmes amis dès le début : l'irritation et l'horreur et le fond nous sont communs ; même le soleil nous est commun.

Nous ne nous parlons pas parce que nous savons trop de choses : — nous échangeons notre silence et nous nous communiquons notre savoir par des sourires.

N'es-tu pas la lumière pour mon feu ? N'es-tu pas l'âme sœur de ma vision des choses ?

Ensemble nous avons tout appris ; ensemble nous avons appris à nous surpasser nous-mêmes vers nous-mêmes et à sourire sans nuages : — à envoyer, sans nuages, notre sourire, vers le bas, d'un regard clair et de très loin, à des milliers de lieues quand en dessous de nous la contrainte et le but et la culpabilité*exhalent des vapeurs comme la pluie.

Et quand je marchais seul : de quoi mon âme avait-elle faim pendant les nuits et sur les sentiers de l'errance ? Et quand j'escaladais des montagnes, qui cherchais-je, sur les montagnes, si ce n'est toi ?

Et toutes mes marches, toutes mes ascensions : ce n'était que détresse et un expédient pour le maladroit, — *s'envoler,* c'est cela uniquement que veut toute ma volonté, — pénétrer en toi par mon vol.

Et qui ai-je davantage haï que les nuages qui passent et tout ce qui te tache? Et je haïssais aussi ma propre haine parce qu'elle te tachait!

Je suis irrité contre les nuages qui passent, ces chats sauvages qui se faufilent sans bruit : ils te prennent et me prennent ce qui nous est commun, — l'amen, le oui formidable, illimité que nous disons.

Nous en voulons à ces mélangeurs et médiateurs, les nuages qui passent : ces demi-douteurs et demi-hésitants, ces nuages qui passent qui n'apprirent jamais ni à bénir, ni à maudire du fond du cœur.

Je préfère encore être assis sous des cieux fermés dans le tonneau, je préfère encore être au fond de l'abîme sans ciel, plutôt que de te voir, toi, ciel de lumière, taché de nuages qui passent!

Et souvent j'avais envie de les fixer au moyen des câbles d'or de l'éclair, de sorte que, pareil au tonnerre, je puisse battre le tambour sur leur ventre en marmite : — un batteur de tambour plein de colère, parce qu'ils me dérobent ton oui! ton amen! toi, ciel au-dessus de moi, toi pur et clair, toi, abîme de lumière! — parce qu'ils te dérobent *mon* oui et *mon* amen!

Car je préfère encore le vacarme et le tonnerre et les intempéries que ce calme de chat prudent et circonspect; et parmi les humains aussi, ceux que je hais le plus ce sont tous ceux qui vont à pas de loup, ces demi-douteurs et demi-hésitants, ces nuages qui passent.

Et « celui qui ne peut bénir, celui-là doit *apprendre*

à maudire! » — cette claire leçon me tomba d'un ciel clair, cette étoile brille même pendant les nuits noires à mon ciel.

Mais moi, je suis un bénisseur, quelqu'un qui dit oui, pour peu que tu sois autour de moi, toi pur, lumineux! toi abîme de lumière, — dans tous les abîmes je porte mon oui bénissant.

Je suis devenu celui qui bénit et qui dit oui : et pour cela j'ai lutté longtemps et j'étais un lutteur pour qu'un jour je puisse avoir les mains libres pour bénir.

Mais voilà ma bénédiction : être par-dessus toute chose comme son propre ciel, son toit rond, sa cloche d'azur et son éternelle sécurité : est bienheureux celui qui bénit ainsi!

Car toutes les choses sont baptisées au puits de l'éternité et par-delà le bien et le mal; le bien et le mal eux-mêmes ne sont que des ombres intermédiaires et des afflictions humides et des nuages qui passent.

En vérité, c'est une bénédiction et non un blasphème lorsque j'enseigne : « Au-dessus de toutes choses se tient le ciel hasard, le ciel innocence, le ciel « par hasard », le ciel témérité.

« Par hasard », — voilà la plus vieille noblesse du monde, je l'ai rendue à toute chose, je les ai libérées de la servitude du but.

Cette liberté et cette sérénité céleste, je les ai mises telles une cloche d'azur au-desssus de toutes choses, lorsque j'enseignais qu'au-dessus d'elles et à travers elles une « volonté éternelle » — veut.

Cette témérité et cette bouffonne folie, je les ai

mises à la place de cette volonté, lorsque j'enseignais :
« En toute chose il en est une d'impossible, — c'est
d'être raisonnable. »

Un *peu* de raison, il est vrai, une semence de
sagesse dispersée d'étoile en étoile, — ce levain est
mêlé à toutes les choses : au nom de la folie, de la
sagesse est mêlée à toute chose!

Un peu de sagesse est bien possible; mais je trouvai
cette bienheureuse certitude en toute chose : qu'elles
préfèrent encore *danser* sur les pieds du hasard.

Ô ciel au-dessus de moi, toi le pur, toi le haut!
Voilà ce qui pour moi est ta pureté : qu'il n'existe pas
d'araignée-raison qui soit éternelle, ni de toiles
d'araignées, — que tu sois, pour moi, une piste
de danse pour divins hasards, que tu sois, pour moi,
une table divine pour des dés et des joueurs divins!

Tu rougis? Ai-je dit des choses indicibles? Ai-je
blasphémé en voulant bénir?

Ou est-ce la pudeur à deux qui te fait rougir?
— Me dis-tu de me taire et de m'en aller, parce que
maintenant — le *jour* vient?

Le monde est profond : — et plus profond que
jamais le jour ne l'a imaginé. Tout ne doit pas avoir
la parole en présence du jour. Mais voici venir le
jour : aussi séparons-nous donc!

Ô ciel au-dessus de moi, toi le pudique, toi l'incandescent! Ô toi mon bonheur avant le lever du soleil!
Le jour vient, séparons-nous donc! »

Ainsi parlait Zarathoustra.

DE LA VERTU QUI REND PETIT

1

Quand Zarathoustra fut de nouveau sur la terre ferme, il n'alla pas tout droit à sa montagne et vers sa caverne, mais fit beaucoup de détours et posa des questions et se renseigna sur ceci ou cela, de sorte qu'il put dire de lui-même, en plaisantant : « Voyez ce fleuve qui en faisant beaucoup de méandres retourne à sa source! » Car il voulait arriver à savoir ce qui, entre-temps, était arrivé à *l'être humain* : s'il était devenu plus grand ou plus petit. Et une fois il vit une série de maisons nouvelles, alors il s'étonna et dit :

« Que signifient ces maisons? En vérité ce n'est pas une grande âme qui les a disposées en symbole d'elle-même!

Quelque enfant stupide les a-t-il tirées de sa boîte de construction?

Qu'un autre enfant les remette donc dans leur boîte.

Et ces chambres et ces pièces : est-il possible que des hommes y entrent et en sortent? Elles me semblent faites pour des poupées de soie; ou pour des chats gourmands qui permettent qu'on soit gourmands d'eux. »

Et Zarathoustra resta immobile et réfléchit. Enfin, il dit, attristé : « *Tout* est devenu plus petit!

Partout je vois des portails plus petits : celui qui est de *mon* espèce, peut encore y passer, mais — il lui faut se courber!

Ô quand reviendrai-je dans mon pays natal où je ne serai plus obligé de me courber, — où je ne serai plus obligé de me courber *devant les petites gens!* » Et Zarathoustra soupira et regarda au loin.

Mais ce même jour il prononça son discours sur la vertu qui rend petit.

2

« Je passe au milieu de ce peuple et je tiens les yeux ouverts : ils ne me le pardonnent pas, de ne pas être jaloux de leurs vertus.

Ils me donnent des coups de dent parce que je leur dis : « A de petites gens, il faut de petites vertus », — et parce j'ai du mal à comprendre que de petites gens soient *nécessaires!*

Je ressemble encore au coq dans une basse-cour étrangère, à qui même les poules tentent de donner des coups de bec; mais je n'en veux pas pour cela aux poules.

Je suis poli à leur égard, comme envers tous les petits désagréments; être plein d'épines à l'égard de ce qui est petit me semble être une sagesse pour hérisson.

Ils parlent tous de moi quand, le soir, ils sont assis

autour du feu, — ils parlent de moi, mais personne
ne pense à moi!

Voilà le nouveau silence que j'ai appris : leur bruit
autour de moi étend un manteau sur mes pensées.

Ils potinent entre eux : « Que nous veut ce nuage
sombre, faisons attention qu'il ne nous apporte pas
d'épidémie. »

Et tout récemment, une femme ramena son enfant
contre elle, qui voulait aller vers moi : « Emmenez
les enfants! criait-elle; de tels yeux consument les
âmes d'enfants. »

Ils toussent quand je parle : ils croient que la toux
est une objection contre de grands vents, — ils ne
devinent rien du mugissement de mon bonheur!

« Nous n'avons pas encore le temps pour Zarathoustra », — voilà ce qu'ils objectent; mais que peut
bien importer un temps qui « n'a pas le temps » pour
Zarathoustra?

Et quand ils chantent mes louanges : comment
pourrais-je m'endormir sur *leurs* louanges? Leur
louange est pour moi une ceinture d'épines : elle me
gratte encore quand je l'enlève.

Et j'ai aussi appris ceci parmi eux : celui qui loue
fait semblant de rendre, mais, en vérité, il veut qu'on
lui donne!

Demandez à mon pied, si leurs louanges et leurs
discours alléchants lui plaisent. En vérité, il n'aime
ni danser, ni s'arrêter selon un tel rythme et un tel
tic-tac.

Ils aimeraient m'allécher et me louer pour venir à

leur petite vertu ; ils voudraient convaincre mon pied du tic-tac du petit bonheur.

Je passe au milieu de ce peuple et je garde les yeux ouverts : ils sont devenus *plus petits* et ils deviennent toujours plus petits, — *mais cela provient de leur dogme du bonheur et de la vertu.*

Car ils sont modestes aussi dans leur vertu, — car ils veulent le bien-être. Mais seule une vertu modeste s'accorde avec le bien-être.

Certes, à leur façon, eux aussi ils apprennent à marcher et à marcher en avant : c'est ce que je nomme leur boitillement. — Par là ils deviennent un obstacle pour tous ceux qui sont pressés.

Et il en est parmi eux qui vont en avant et regardent en même temps en arrière, la nuque raide : à ceux-là, j'aime à leur rentrer dedans.

Le pied et l'œil ne doivent pas mentir ni s'accuser de mensonge. Mais il y a bien du mensonge chez les petites gens.

Quelques-uns, parmi eux, veulent, mais la plupart ne sont que voulus. Quelques-uns sont authentiques, mais la plupart sont de mauvais comédiens.

Il y a des comédiens sans le savoir parmi eux et des comédiens sans le vouloir, — ceux qui sont authentiques sont toujours rares, particulièrement les comédiens authentiques.

Il y a peu de choses viriles ici : c'est pourquoi leurs femmes se virilisent. Car ce n'est que celui qui sera suffisamment viril qui, dans la femme, *délivrera — la femme*.

Et voici l'hypocrisie que je trouvai la pire parmi eux : ceux qui commandent feignent les vertus de ceux qui servent.

« Je sers, tu sers, nous servons », — c'est ainsi que prie l'hypocrisie de ceux qui ont le pouvoir, — et malheur si le premier maître n'est *que* le premier serviteur !

Hélas, la curiosité de mon regard aussi s'est égarée dans leurs hypocrisies ; et j'ai bien deviné tout leur bonheur de mouches et leur bourdonnement et leurs vitres ensoleillées.

Tant de bonté, autant de faiblesse. Tant de justice et de compassion, autant de faiblesse.

Ils sont tout ronds, tout pleins de justice et de bonté les uns pour les autres, tout ronds, justes et bons comme les grains de sable le sont pour d'autres grains de sable.

Embrasser modestement un petit bonheur, — c'est ce qu'ils appellent « résignation » ! et en même temps, ils se mettent à loucher modestement vers un *nouveau* petit bonheur.

Au fond ; il n'y a qu'une seule chose qu'ils souhaitent vraiment : que personne ne leur fasse de mal. Aussi vont-ils au-devant des désirs de chacun et lui font-ils du bien.

Mais ceci est *lâcheté :* bien que cela s'appelle « vertu ».

Et quand un jour ils se mettent à parler d'une voix rude, ces petites gens : *moi,* je n'y entends que leur enrouement, — le moindre courant d'air, en effet, les fait s'enrouer.

Ils sont pleins de discernement, leurs vertus ont des doigts intelligents. Mais il leur manque les poings, leurs doigts ne savent pas se cacher derrière des poings.

Pour eux, est vertu, ce qui rend modeste et docile : ainsi ont-ils fait du loup un chien et de l'homme lui-même, le meilleur animal domestique de l'homme.

« Nous mettons notre chaise au *milieu* », — voilà ce que me dit leur sourire satisfait, « et aussi loin des escrimeurs mourants que des truies joyeuses ».

Mais ceci est — *médiocrité* : bien que cela s'appelle mesure. »

3

« Je passe au milieu de ce peuple et je laisse tomber certaines paroles, mais ils ne savent ni prendre, ni garder.

Ils s'étonnent que je ne sois pas venu pour blasphémer les plaisirs et les vices et, en vérité, je ne suis pas non plus venu pour mettre en garde contre les voleurs à la tire.

Ils s'étonnent que je ne sois pas disposé à affûter et à aiguiser leur intelligence : comme s'ils n'en avaient pas assez des finassiers dont je trouve la voix aussi grinçante que des crayons d'ardoise!

Et quand je m'écrie : « Maudissez tous les diables veules, en vous, qui aiment à geindre, à joindre les mains et à se confondre en adorations », ils s'écrient : « Zarathoustra est un impie. »

Et ce sont surtout leurs professeurs de résignation qui le crient; — mais c'est à eux surtout que j'aime à le crier à l'oreille : « Oui, je *suis* Zarathoustra, le sans-dieu, l'impie! »

Ces professeurs de résignation! pareils à des poux, ils s'en vont rampant vers tout ce qui est petit, malade et scrofuleux; et seul mon dégoût m'empêche de les écraser.

Allons! Ceci est mon sermon pour *leurs* oreilles : je suis Zarathoustra, l'impie, celui qui dit : « Qui est plus impie que moi pour que je me réjouisse de me soumettre à son enseignement? »

Je suis Zarathoustra l'impie : où trouverai-je mon semblable, mon égal? Ils sont semblables à moi, ceux qui se donnent eux-mêmes leur volonté et qui se débarrassent de toute résignation.

Je suis Zarathoustra le sans-dieu, l'impie : je me fais cuire tous mes hasards dans mon pot à moi. Et ce n'est que quand ils sont cuits à point que je les accueille comme *ma* nourriture.

Et en vérité, maint hasard est venu à moi en maître : mais ma *volonté* lui parla davantage encore en maître, — et le voilà déjà à genoux, implorant...

— implorant pour que je lui ouvre mon cœur et que je lui donne asile, et me parlant, flatteur : « Regarde, Zarathoustra, comme l'ami vient à l'ami! »

Pourtant pourquoi parler là où personne n'a *mes* oreilles! Et c'est pourquoi je veux le proclamer au loin à tous les vents :

Vous devenez toujours plus petits, petites gens!

Vous vous effritez, vous qui aimez votre confort! Certes vous allez périr...

— de toutes ~~vos~~ petites vertus, de toutes vos petites omissions, de toutes vos petites résignations!

Ménageant trop de choses, cédant trop : voilà votre terreau! Mais pour qu'un arbre devienne *grand,* il lui faut du rocher ferme pour l'enlacer de racines fermes.

Ce que vous omettez, cela aussi contribue à tisser le tissu de tout l'avenir humain; votre néant aussi est une toile d'araignée et une araignée qui vit du sang de l'avenir.

Et quand vous prenez, c'est comme si vous voliez, vous, petits vertueux; mais même parmi les faquins *l'honneur* dit : « On ne doit voler que là où on ne peut pas piller. »

« Les choses se feront d'elles-mêmes, ce sera comme un don. » Cela aussi est un enseignement de la résignation. Mais moi je vous dis, vous qui aimez votre bien-être : *cela se prend* et cela prendra toujours plus de vous!

Ah, puissiez-vous vous débarrasser de toute *demi-*volonté et vous décider à l'inertie comme à l'action!

Ah, puissiez-vous comprendre ma parole qui dit : « Faites donc ce que vous voulez, — mais soyez d'abord de ceux qui *peuvent vouloir!* »

Aimez donc votre prochain comme vous-même, — mais soyez d'abord de ceux qui *s'aiment eux-mêmes,* — qui aiment avec le grand amour, aiment avec le grand mépris! » Ainsi parle Zarathoustra, l'impie.

Pourtant pourquoi parler là où personne n'a *mes* oreilles!

Ici il est encore une heure trop tôt pour moi.

Je suis mon propre prédécesseur au milieu de ce peuple, mon propre cri du coq à travers des ruelles sombres.

Mais *leur* heure vient! Et la mienne vient aussi! Heure après heure, ils rapetissent, s'appauvrissent, se stérilisent — pauvre herbe! pauvre terreau!

Et *bientôt,* ils ne seront plus qu'herbe desséchée et steppe, et en vérité! fatigués d'eux-mêmes, — et assoiffés plus que d'eau, de *feu.*

O heure bénie de la foudre! O secret d'avant midi! — Je veux faire d'eux, un jour, des feux courants et des prosélytes aux langues de flamme :

— Ils annoncent avec des langues de flamme : il vient, il est proche, *le Grand Midi!* »

Ainsi parlait Zarathoustra.

SUR LE MONT DES OLIVIERS

« L'hiver, un hôte terrible est assis chez moi, à la maison; mes mains sont toutes bleues de la poignée de mains de son amitié.

Je l'honore, cet hôte terrible, mais j'aime à le laisser assis tout seul. J'aime à lui échapper; et si l'on court *bien* on lui échappe.

Les pieds chauds et avec des pensées chaudes, je

cours là où le vent s'arrête, vers le coin ensoleillé de mon oliveraie.

Là, je ris de mon hôte sévère et je suis bien bon de le laisser à la maison pour qu'il m'attrape les mouches et apaise maints petits bruits.

Il ne souffre pas, en effet, d'entendre chanter un moustique ou même deux; il rend la rue solitaire, au point que la lune, la nuit, y a peur.

C'est un hôte dur, — mais je l'honore et je ne me mets pas à prier, pareil aux douillets, l'idole du feu au gros ventre.

Mieux vaut encore un peu claquer des dents que prier des idoles! — c'est ma façon à moi qui le veut ainsi. Et c'est particulièrement à toutes les idoles du feu, brûlantes, toutes moites de vapeurs que j'en veux.

Celui que j'aime, je l'aime mieux en hiver qu'en été; je me moque mieux maintenant de mes ennemis et avec plus de cœur, depuis que l'hiver est installé chez moi.

J'ai encore le cœur vaillant, en vérité, même quand je me glisse dans mon lit : — alors mon bonheur enfoui rit et fait encore le primesautier; mon rêve de mensonges, il rit encore.

Moi, ramper? Jamais encore je n'ai, de ma vie, rampé devant les puissants, et si jamais j'ai menti, c'est par amour. C'est pourquoi je suis joyeux même dans le lit d'hiver.

Une humble couche me réchauffe plus qu'un lit somptueux, car je suis jaloux de ma pauvreté. Et c'est en hiver qu'elle m'est le plus fidèle.

Je commence chaque journée par une méchanceté, je me moque de l'hiver au moyen d'un bain froid : mon ami domestique si sévère, cela le fait grogner.

J'aime aussi à le chatouiller d'une petite bougie de cire : pour qu'enfin il me fasse sortir le ciel de ce demi-jour couleur de cendre.

Je suis, en effet, mauvais, surtout le matin : à la première heure quand le seau grince au puits et que les chevaux au souffle chaud hennissent dans les ruelles grises :

J'attends alors avec impatience qu'enfin le ciel lumineux s'ouvre à moi, le ciel d'hiver à la barbe blanche, le vieillard chenu — le ciel d'hiver, lui le silencieux, qui souvent tait son soleil!

Est-ce de lui que j'ai appris le long silence lumineux? Ou est-ce lui qui l'a appris de moi? Ou chacun de nous l'a-t-il inventé par lui-même?

L'origine de toutes les bonnes choses est multiple — toutes les bonnes choses primesautières, sautent de plaisir dans l'existence : comment ne le feraient-elles toujours — qu'une fois!

Se taire longtemps, c'est aussi une bonne chose pleine de joie et regarder, pareil au ciel d'hiver, d'un regard limpide et rond :

— taire son soleil comme lui et sa volonté solaire inflexible : en vérité cet art et cette joie primesautière d'hiver je les ai *bien* appris.

Ma méchanceté et mon savoir-faire préférés furent que mon silence ait appris à ne pas se trahir par le silence.

Faisant un bruit de crécelle avec mes mots et mes dés, je dupe les veilleurs les plus solennels : ma volonté et mon but doivent échapper à tous ces guetteurs attentifs et rigoureux.

Pour que personne ne puisse voir jusqu'au fond de moi, ni voir ma volonté ultime, — à cette fin je me suis inventé le long silence lumineux.

J'ai vu plus d'un malin se voiler la face et troubler son eau pour que personne ne puisse regarder à travers ou au fond.

Mais les méfiants intelligents, ceux qui aiment les difficultés, c'est justement chez lui qu'ils arrivaient : et toujours on lui pêchait son poisson le plus secret!

Au contraire, ceux qui sont clairs, vaillants, transparents, — voilà, quels sont à mon avis, ceux qui savent le mieux se taire : ceux dont le fond est *si profond* que même l'eau la plus claire ne le trahit pas.

Ô ciel d'hiver silencieux à la barbe blanche, toi chenu à l'œil rond, au-dessus de moi! Ô toi image céleste de mon âme et de sa bonne humeur!

Et ne me faut-il pas me cacher pareil à quelqu'un qui a avalé de l'or, — pour que l'on ne m'ouvre pas l'âme?

Ne dois-je pas avoir des échasses, pour qu'ils ne voient pas mes longues jambes, — tous ces oiseaux de malheur, tristes et jaloux qui m'entourent?

Ces âmes enfumées, moites, usées, fanées et aigries — comment leur jalousie *pourrait*-elle supporter mon bonheur?

Aussi ne leur montré-je que la glace et l'hiver sur

mes sommets, — et non pas que ma montagne s'enveloppe de tous les cercles du soleil!

Ils n'entendent siffler que mes tempêtes d'hiver et ne savent pas que je passe aussi sur des mers chaudes pareil à des vents du sud, pleins de désirs, lourds et brûlants.

Ils s'apitoient aussi sur mes accidents et mes hasards, — mais *ma* parole dit : « Laissez venir à moi le hasard : il est innocent comme un petit enfant! »

Comment pourraient-ils supporter mon bonheur si je n'enrobais mon bonheur d'accidents et des rigueurs de l'hiver, de bonnets d'ours blancs et de manteaux de cieux neigeux!

— si je ne prenais en commisération même leur pitié : la pitié de ces oiseaux de malheur tristes et jaloux!

— si je ne me mettais moi-même à soupirer et à claquer des dents de froid et si je ne me laissais pas, patient, enrober dans leur pitié!

C'est la sage bonne humeur et le bon vouloir de mon âme de *ne pas cacher* son hiver et ses tempêtes glacées; elle ne cache pas non plus ses engelures.

La solitude de l'un est la fuite du malade; la solitude de l'autre est la fuite *devant* le malade.

Qu'ils m'entendent grelotter et soupirer de froid, si cela leur chante, tous ces pauvres faquins louches autour de moi. Avec de tels soupirs et grelottant je prends même la fuite devant leurs pièces bien chauffées.

Qu'ils me plaignent et soupirent sur mes engelures s'ils veulent : « Sûrement nous allons le voir gelé par la glace de la connaissance », — voilà leur plainte.

Pendant ce temps-là, je cours en tous sens, les pieds au chaud, sur mon mont des oliviers : dans le coin ensoleillé de mon oliveraie je chante et me moque de toute pitié. »

Ainsi chantait Zarathoustra.

EN PASSANT

Ainsi, marchant lentement parmi la foule nombreuse, et à travers bien des villes, Zarathoustra retournait, en faisant des détours, à ses montagnes et à sa caverne. Et voici qu'à l'improviste, il arriva aussi à la porte de la *grande ville* : mais ici, un fou écumant bondit à sa rencontre les mains étendues et lui barra le chemin.

Mais c'était le même fou, le même bouffon que le peuple nommait « le singe de Zarathoustra » : car il avait retenu un peu de l'allure et de la chute des discours de Zarathoustra et il aimait à emprunter un peu du trésor de sa sagesse. Le bouffon s'adressa en ces termes à Zarathoustra :

« O Zarathoustra, c'est ici la grande ville : tu n'as rien à gagner ici et tout à perdre.

Pourquoi voudrais-tu patauger dans cette boue?
Aies pitié de ton pied! Crache plutôt sur la porte de
la ville et — fais demi-tour!

Ici, c'est l'enfer pour les pensées des ermites : ici,
les grandes pensées sont rôties toutes vives et réduites
à force de cuisson. Ici, pourrissent tous les grands
sentiments : on ne doit entendre ici que le craque-
ment sec de petits sentiments secs et craquants.

Ne sens-tu pas l'odeur des abattoirs et des gar-
gotes de l'esprit? Cette ville n'est-elle pas toute
fumante des exhalaisons de l'esprit abattu?

Ne vois-tu pas les âmes accrochées comme des
loques ramollies et sales? — et de ces loques, par-
dessus le marché, ils font encore des journaux!

N'entends-tu pas comme l'esprit est ici devenu jeu
de mots? Il dégorge une ignoble eau de vaisselle de
mots! — et de cette eau de vaisselle de mots ils font
encore des journaux.

Ils s'excitent les uns les autres et ne savent pas vers
quoi? Ils s'échauffent les uns les autres et ne savent
pas pourquoi? Ils font retentir leur ferraille et sonner
leur or.

Ils sont froids et cherchent de la chaleur à l'aide
d'eaux-de-vie; ils sont échauffés et cherchent la fraîcheur auprès d'esprits gelés; ils sont tous rendus malades et tous contaminés par les opinions publiques.

Toutes les débauches et tous les vices sont ici chez
eux; mais il y a ici aussi beaucoup de gens vertueux,
il y a beaucoup de vertu employable et employée :

— beaucoup de vertu zélée avec des doigts qui

aiment à écrire, beaucoup de vertu rond-de-cuir et sachant attendre, récompensée à l'aide de petites étoiles pour mettre sur la poitrine et de filles de bonne famille avec des croupions artificiels et rembourrés.

Il y a aussi beaucoup de piété et beaucoup de pieux lécheurs de bottes, beaucoup de fabricants de flatteries pour le Dieu des armées.

« D'en haut », il est vrai, s'égoutte l'étoile et la bave bienveillante; c'est vers le haut que voudrait aller toute poitrine sans étoile.

La lune a sa cour et la cour son bétail courtisan; le peuple mendiant et toute la vertu mendiante zélée vénèrent tout ce qui vient de la cour.

« Je sers, tu sers, nous servons », — voilà la prière que la vertu zélée fait monter vers le prince : pour que l'étoile méritée vienne enfin s'attacher à l'étroite poitrine!

Mais la lune gravite encore autour de tout ce qui est terrestre : ainsi le prince tourne lui aussi autour de ce qui est le plus terrestre : — mais cela ce n'est rien d'autre que l'or des épiciers.

Le Dieu des armées n'est pas un dieu des lingots : le prince propose, mais l'épicier — dispose!

Au nom de tout ce qui est lumineux et fort et bon en toi, Ô Zarathoustra! crache sur cette ville d'épiciers et fais demi-tour!

Ici, tout le sang coule déjà pourri, tiède, mousseux à travers toutes les veines : crache sur la grande ville, qui est le grand égout où toutes les écumes se rassemblent et moussent!

Crache sur la ville des âmes aplaties et des poitrines étroites, des yeux envieux, des doigts poisseux,

— crache sur la ville des importuns, des impertinents, des criailleurs et des écrivailleurs, des ambitieux surchauffés;

— crache sur la ville où tout ce qui est carié, louche, débauché, sombre, putrescent, purulent et comploteur se rassemble et fermente :

— crache sur la grande ville et fais demi-tour! »

Mais ici Zarathoustra interrompit le fou écumant et lui tint la bouche fermée.

« Arrête enfin, s'écria Zarathoustra, depuis longtemps déjà tes discours et tes façons me dégoûtent!

Pourquoi as-tu habité si longtemps le marécage pour qu'il t'ait fallu devenir toi-même grenouille ou crapaud?

Un sang marécageux, pourrissant et mousseux ne coule-t-il pas dans tes veines désormais pour que tu aies appris à coasser et à blasphémer?

Pourquoi n'es-tu pas parti dans la forêt? ou pourquoi n'es-tu pas parti labourer la terre? La mer n'est-elle pas pleine d'îles vertes?

Je méprise ton mépris; et si tu m'avertis, que ne t'es-tu pas averti toi-même?

Ce n'est que de l'amour seul que doit s'envoler mon mépris et de l'oiseau-présage : mais pas du marécage!

On t'appelle mon singe, fou bouffon, écumant que tu es : mais moi je t'appelle mon porc qui grogne,

— avec tes grognements tu me gâtes, à la fin, jusqu'à mon éloge de la folie.

Qu'était-ce donc qui te fit d'abord grogner? Parce que personne ne t'a suffisamment flatté, — c'est pour cette raison que tu t'es assis auprès de ces ordures pour que tu aies des raisons de grogner,

— pour que tu aies beaucoup de raisons de *vengeance*! La vengeance, en effet, fou prétentieux que tu es, c'est toute ton écume, je t'ai bien deviné!

Mais ton propos me nuit à moi, même là où tu as raison! Et même si la parole de Zarathoustra avait mille fois raison : toi avec ma parole, tu ferais toujours — tort! »

Ainsi parlait Zarathoustra et il regarda la grande ville, soupira et se tut longtemps. Enfin il parla ainsi :

« Je suis dégoûté moi aussi de cette grande ville et pas seulement de ce fou. Pour l'un comme pour l'autre il n'y a rien à améliorer, rien à rendre pire.

Malheur à cette grande ville! — J'aimerais déjà voir la colonne de feu qui la dévorerait.

Car il faut que de telles colonnes de feu précèdent le grand midi. Ceci pourtant a son temps et son destin propre.

Mais ceci, fou, je te le dis pour ta gouverne en guise d'adieu : où l'on ne peut plus aimer, là il faut — *passer*! »

Ainsi parlait Zarathoustra et il passa devant le fou bouffon et la grande ville.

DES RENÉGATS

1

« Hélas, déjà tout ce qui, il y a peu encore était sur le pré, en fleurs et multicolore, le voici maintenant fané et gris! Et que de miel j'ai emporté d'ici à mes ruches!

Ces jeunes cœurs sont tous déjà devenus vieux, — et pas même vieux! seulement fatigués, aimant leurs aises et communs, — et de cela ils disent : « Nous sommes devenus pieux. »

Il y a peu encore je les voyais vaillamment sortir, tôt le matin, d'un pas plein de courage : mais leurs pas se fatiguèrent de la connaissance, et les voilà qui en viennent même à calomnier leur vaillance matinale!

En vérité, il en est plus d'un qui levait la jambe tel un danseur, le rire de ma sagesse lui faisait signe :

— or il se mit à réfléchir. Et je viens de le voir ramper vers la croix, — tout courbé.

Jadis, ils voletaient autour de la lumière et de la liberté, pareils à des moucherons et à de jeunes poètes. Plus d'âge, plus de froideur : et les voilà déjà bigots et tartufes, blottis près des poêles.

Le cœur leur a-t-il manqué parce que la solitude m'a dévoré telle une baleine? Leur oreille s'est-elle

tendue pleine de désir et longtemps mais en vain
vers moi et mes coups de trompette et mes appels
de héraut ?

— Hélas ! ils ne sont toujours que quelques-uns
dont le cœur est longtemps joyeux et courageux ; et
ceux-là conservent aussi un esprit patient. Mais le
reste est *lâche*.

Le reste : c'est la plupart, c'est le quotidien, le superflu, les trop-nombreux, — tous ceux-là sont lâches !

Celui qui est de mon espèce, celui-là rencontrera
aussi sur son chemin des expériences qu'il vivra
comme moi : de sorte que ses premiers compagnons
seront, à coup sûr, des cadavres et des bouffons.

Mais les seconds de ses compagnons — ils se nom-
meront ses fidèles : un essaim vivant, beaucoup
d'amour, beaucoup de folie, beaucoup de vénération
imberbe !

A ces fidèles, il ne devra pas attacher son cœur,
celui qui est de mon espèce parmi les humains ; celui
qui connaît l'espèce humaine éphémère et lâche,
celui-là ne croira pas en ces printemps, en ces prairies fleuries.

S'ils *pouvaient* autrement, ils *voudraient* aussi autrement. Les êtres qui ne sont qu'à demi gâtent tout
ce qui est entier. Que les feuilles se fanent, — en quoi
y a-t-il là sujet de plainte ?

Laisse-les tomber, laisse-les aller, ô Zarathoustra et
ne te plains pas ! Je préfère encore souffler parmi eux
mon vent qui fait bruire les feuilles,

— souffle sur ces feuilles, ô Zarathoustra : que tout

ce qui est *fané* prenne plus vite encore la fuite devant toi. »

2

« Nous sommes redevenus pieux », — voilà ce que confessent ces renégats; et certains même sont trop lâches pour cette confession.

Ceux-là, je les regarde au fond des yeux, — et je le leur dis en pleine figure et dans le rouge de leurs joues : vous êtes de ceux qui se remettent à *prier* !

Mais prier est une honte ! Non pas pour tous, mais pour toi et pour moi et pour qui a sa conscience morale dans la tête. Pour *toi,* c'est une honte de prier !

Tu le sais bien : ton diable en toi, celui qui aime bien qu'on joigne les mains ou qu'on les mette sur les genoux, celui qui aime bien prendre ses aises, — ce diable veule, c'est lui qui te le dit : « Il existe un Dieu ! »

Mais en même temps tu es de ceux qui craignent la lumière, à qui la lumière ne laisse point de repos; il te faut maintenant plonger ta tête tous les jours plus profondément dans la nuit et les brumes !

Et, en vérité, tu as bien choisi ton heure : car voici, justement, que les oiseaux de nuit prennent leur vol. L'heure est venue pour toute la foule de ceux qui craignent la lumière, l'heure du soir, l'heure solennelle, qu'ils ne « fêtent » point.

Je l'entends, je le sens : voici venue leur heure de chasse, leur heure pour faire leurs rondes, non pas l'heure d'une chasse sauvage mais d'une chasse docile, traînarde, une chasse de fouineurs qui marchent à pas feutrés et qui murmurent leurs prières,

— l'heure d'une chasse aux planqués pleins d'âme : on a remis en place tous les pièges à cœurs de souris! Et partout où je lève un rideau il en sort un papillon de nuit.

Était-il là blotti avec d'autres papillons de nuit? Car partout je sens l'odeur de petites communautés qui se sont mises à l'abri; et partout où existent de petites chambrettes il y a dedans des gens confits en dévotion, et le relent de ceux qui sont confits en dévotion.

Ils sont assis de longues soirées durant, ensemble et disent : « Laissez-nous être encore comme de petits enfants et invoquer le « bon Dieu », — ils ont la bouche et l'estomac abîmés par les confiseurs de piété.

Ou bien de longues soirées durant, ils regardent une épeire rusée qui guette et prêche elle-même la sagesse aux autres araignées et leur enseigne ceci : « On tisse bien sa toile sous des croix! »

Ou bien, le jour durant, ils sont assis au bord de marécages, la canne à pêche à la main et s'en croient *profonds*; mais celui qui pêche là où il n'y a pas de poisson, celui-là je ne l'appelle pas même superficiel!

Ou bien ils apprennent, pleins de joyeuse piété, à jouer de la harpe auprès des faiseurs de chansons, qui aimeraient bien s'ouvrir, à la harpe, le chemin du cœur de petites jeunes filles, — car ils se sont fatigués des petites vieilles et de leurs louanges.

Ou bien ils apprennent à frissonner chez un voyant à demi détraqué qui attend dans des pièces obscures, que les esprits viennent à lui, — et que l'esprit prenne la fuite à jamais !

Ou bien ils écoutent un vieux joueur de flûte, roué, qui sait ronronner ou grogner, à qui des vents tristes ont appris la tristesse des tons ; et le voilà qui joue de sa flûte selon le vent et prêche la tristesse avec des sons tristes.

Et quelques-uns parmi eux sont même devenus veilleurs de nuit : ils savent maintenant souffler dans leur corne, se promener la nuit de-ci de-là et réveiller de vieilles choses endormies depuis longtemps.

Pendant la nuit d'hier j'ai entendu, près du mur du jardin, cinq paroles à propos de vieilles choses : elles venaient de tels veilleurs de nuit vieux, chagrins et secs.

« Pour un père, il ne prend pas assez soin de ses enfants : des pères d'humains font cela mieux !

Il est trop vieux ! il ne se soucie même plus de ses enfants. »

Voilà ce que répondit l'autre veilleur de nuit :

« A-t-il donc des enfants ? Si lui-même ne le prouve pas, personne ne peut le prouver à sa place ! Je voudrais, depuis longtemps, qu'il en apportât enfin la preuve, et décisive.

— Prouver ? Comme si *celui-là,* avait jamais prouvé

quoi que ce fût! Prouver, cela lui est difficile; il tient
beaucoup à ce qu'on le *croie*.

— Oui, oui, la foi le rend heureux, la foi en lui.
C'est ainsi que sont les vieilles gens! Pour nous c'est
la même chose! »

Voilà ce que se dirent l'un l'autre, les deux vieux
veilleurs de nuit, les deux épouvantails pour lumières
et là-dessus, ils soufflèrent tristement dans leurs
cornes : voilà ce qui arriva hier, pendant la nuit
près du mur du jardin.

Mais moi, mon cœur se tordit de rire. Il semblait
vouloir se briser et ne savait pas où aller et m'ébranla
la poitrine.

En vérité, j'en mourrai, un jour, d'étouffer de rire
à voir des ânes enivrés et à entendre ainsi des veilleurs de nuit douter de Dieu.

Le temps n'est-il pas depuis *longtemps* passé pour
tous les doutes de cette sorte? Qui donc est encore
en droit de réveiller de vieilles choses de cette sorte,
endormies et craignant la lumière.

Il y a bien longtemps que c'en est fini des vieux
dieux : — et en vérité, ils eurent une bonne fin de
dieux, pleine de joie!

Ils n'ont pas décliné en un long crépuscule jusqu'à
la mort, — c'est le mensonge que l'on raconte!
Bien au contraire : ils se sont simplement tués — *de
rire* !

Cela arriva lorsque le mot le plus impie vint d'un
dieu lui-même — le mot « Il est *un* Dieu! Tu n'auras
pas d'autre Dieu à part moi! »

— Un vieux dieu à la barbe rageuse, un jaloux, s'oublia ainsi.

Et tous les dieux rirent alors en vacillant sur leurs chaises et ils s'écrièrent : « N'est-ce pas cela, la divinité, qu'il y ait des dieux, mais pas un Dieu? »

Que celui qui a des oreilles entende. »

Ainsi parlait Zarathoustra dans la ville qu'il aimait et qui est appelée « la Vache multicolore ». De là il n'avait plus que deux jours de marche pour retourner à sa caverne et auprès de ses animaux; mais son âme ne cessait de se réjouir de la proximité de son retour chez lui.

LE RETOUR

« Ô solitude! Ô toi ma terre natale solitude! Par trop longtemps j'ai vécu lointain dans de lointaines contrées pour ne pas revenir sans larmes auprès de toi!

Menace-moi du doigt, comme menacent des mères, souris-moi comme sourient des mères, dis-le donc : « Quel était celui qui un jour impétueusement, s'est éloigné de moi à la vitesse de la tempête?

— celui qui, en partant, s'écriait : j'étais par trop longtemps dans la solitude, j'y ai désappris à me taire! *Cela*, — certes tu l'as maintenant appris.

Ô Zarathoustra, je sais tout : et que parmi la multitude tu étais plus *abandonné,* toi qui es un, que tu ne le fus jamais auprès de moi.

Une chose est l'abandon, une autre chose la solitude : *cela,* — tu l'as maintenant appris! Et que tu seras toujours sauvage et étranger parmi les hommes :

— sauvage et étranger même quand ils t'aiment : car ce qu'ils veulent, tout d'abord, c'est d'être *ménagés* par toutes choses.

Mais ici tu es chez toi, à la maison; ici tu peux tout dire et vider ton cœur, ici rien n'a honte de sentiments cachés et bloqués.

Ici toutes choses viennent caressantes à ton discours et te flattent : car elles veulent chevaucher ton dos. Ici, tu chevauches vers la vérité sur toute parabole.

Tu peux ici parler à toutes choses loyalement et franchement : et, en vérité, cela paraît un compliment à leurs oreilles, qu'il y en ait un pour parler droit avec toutes choses!

Mais être abandonné est quelque chose d'autre. Car te le rappelles-tu, Zarathoustra? lorsqu'en ce temps-là ton oiseau criait au-dessus de toi, lorsque tu étais dans la forêt ne sachant où te diriger, inexpérimenté, à proximité d'un cadavre : — lorsque tu disais : « Puissent mes animaux me conduire! J'ai trouvé plus de danger parmi les hommes que parmi les animaux » — *cela,* c'était être abandonné!

Et te le rappelles-tu, Zarathoustra? Quand tu étais sur ton île, une fontaine de vin parmi des seaux vides, donnant et distribuant, prodiguant et versant aux assoiffés :

— jusqu'à ce qu'enfin tu fusses seul assoiffé parmi les gens ivres et que, de nuit, tu te plaignais : « Prendre, ne donne-t-il pas plus de bonheur que donner? Et voler encore plus que prendre? »

— *Cela,* c'était être abandonné.

Et te le rappelles-tu, Zarathoustra? lorsque vint ton heure la plus silencieuse et qu'elle t'entraîna loin de toi-même, lorsqu'elle disait avec un méchant murmure : « Parle et brise-toi! »

— lorsqu'elle te faisait regretter toute ton attente et tout ton silence et qu'elle décourageait ton humble courage, *cela,* c'était être abandonné. »

Ô solitude, toi mon pays natal solitude! Avec quel bonheur et quelle tendresse ta voix me parle?

Nous ne nous demandons rien, nous ne nous plaignons pas, nous franchissons ouvertement les portes ouvertes.

Car tout est ouvert et clair auprès de toi; et les heures aussi courent ici sur des pieds plus légers. Dans les ténèbres, en effet, le temps est plus lourd à porter, que dans la lumière.

Ici toutes les paroles d'être et les écrins des mots s'ouvrent d'un coup pour moi : tout ce qui est être veut ici devenir verbe, tout ce qui est devenir veut apprendre par moi à parler.

Mais là en bas, — tout discours est vain! Là l'oubli et le passage sont la meilleure sagesse : *Cela,* — je l'ai appris maintenant!

Celui qui voudrait tout comprendre auprès des hommes, celui-là devrait tout agresser. Mais pour cela j'ai les mains trop propres.

Déjà que je n'aime pas à respirer même leur haleine; hélas que m'a-t-il fallu vivre si longtemps dans leur bruit et leur souffle fétide!

Ô bienheureux silence autour de moi! Ô senteurs pures autour de moi! Ô comme ce silence aspire un souffle pur à pleins poumons! Ô comme il écoute ce silence bienheureux!

Mais là, en bas, — tout discourt, on n'y entend plus rien. On a beau annoncer sa sagesse au son des cloches : les épiciers du marché en couvriront le son du tintement de leurs sons!

Tout discourt chez eux, personne ne sait plus comprendre. Tout tombe dans l'eau, rien ne tombe plus dans des puits profonds.

Tout chez eux discourt, rien ne réussit plus, ni s'achève. Tout caquète, qui donc veut encore rester tranquille sur le nid et couver des œufs?

Tout chez eux discourt, tout est délayé en mots. Et ce qui hier était trop dur encore pour le temps et la dent du temps : cela pend, aujourd'hui, des gueules des contemporains, tout râpé et rongé.

Tout discourt chez eux, tout est trahi. Et ce qui, jadis, était dit secret et intimité d'âmes profondes, le voilà qui, aujourd'hui, appartient aux trompettes de rues et à d'autres papillons.

Ô être humain, être étrange que tu es! Toi qui es vacarme dans des ruelles obscures! Te voilà maintenant derrière moi, à nouveau, — mon plus grand danger est derrière moi.

C'est dans les ménagements et la pitié qu'a toujours résidé mon plus grand danger; et tout être humain veut qu'on le ménage et qu'on le souffre.

Avec des vérités contenues, la main un peu folle et le cœur fou de quelque chose et riche des petits mensonges de la pitié, — voilà comme j'ai toujours vécu au milieu des hommes.

J'étais assis au milieu d'eux, déguisé, prêt à *me* méconnaître pour que je les supporte et aimant à me le répéter : « Sot que tu es, tu ne connais pas les hommes! »

On désapprend ce qu'on sait des hommes quand on vit parmi les hommes : il y a trop de premier plan dans tous les hommes — qu'ont à y chercher les yeux qui voient loin et qui désirent voir loin!

Et quand ils me méconnaissaient : moi, bouffon que j'étais, je les en épargnais pour cela plus que moi-même : habitué que j'étais à la dureté à l'égard de moi-même et me vengeant souvent encore sur moi-même de ces ménagements.

Tout piqué, évidé, par des mouches venimeuses, pareil à la pierre creusée par beaucoup de gouttes de méchanceté, j'étais assis parmi eux et me persuadais par-dessus le marché : « Tout ce qui est petit est innocent de sa petitesse! »

C'est surtout ceux qui se nomment « les bons » que je trouvai être les mouches les plus venimeuses : ils piquent en toute innocence, ils mentent en toute innocence; comment pourraient-ils être justes à mon encontre.

Celui qui vit parmi les bons, à celui-là la pitié apprend à mentir. La pitié rend l'air lourd à toutes les âmes libres. La bêtise des bons, en effet, est insondable.

Me cacher moi et ma richesse, — c'est *cela* que j'ai appris là en bas : car j'y ai trouvé chacun, en outre, pauvre en esprit. Ce fut le mensonge de ma pitié de savoir ce qu'il en est de chacun d'eux,

— de voir et de sentir en chacun ce qui était pour eux *assez* d'esprit et ce qui était pour eux *trop* d'esprit!

Leurs sages, pleins de raideur : je les appelai sages et non raides, — c'est ainsi que j'appris à avaler les mots. Leurs fossoyeurs : je les appelai chercheurs et savants, — c'est ainsi que j'ai appris à échanger les mots.

Les fossoyeurs attrapent des maladies en creusant. Sous de vieux gravats dorment des miasmes malsains. On ne doit pas remuer le bourbier. On doit vivre sur les montagnes.

C'est les narines bienheureuses que je respire à nouveau la liberté de la montagne! Enfin mon nez est délivré de l'odeur de tout l'être humain!

Chatouillée de souffles, d'airs coupants comme si elle l'était de vins pétillants, mon âme *éternue,* — elle éternue et se dit, pleine d'allégresse à elle-même : « A ta santé! »

Ainsi parlait Zarathoustra.

DES TROIS MAUX

1

« En rêve, dans le dernier rêve du matin, je me tenais aujourd'hui sur le promontoire d'une montagne, — de l'autre côté du monde, je tenais une balance et je *pesais* le monde.

O pourquoi mon aurore est-elle venue trop tôt : elle m'a réveillé de son incandescence, la jalouse! Jalouse, elle l'est toujours des incandescences de mes rêves matinaux.

Mesurable pour qui a le temps, pesable pour un bon peseur, à portée d'ailes vigoureuses, soluble pour les amateurs d'énigmes divines coriaces : c'est ainsi que mon rêve a trouvé le monde.

Mon rêve, un hardi navigateur, mi-voilier, mi-rafale, taciturne à l'égal des papillons, impatient à l'égal des faucons : comment pourrait-il bien avoir aujourd'hui patience et temps pour peser le monde!

Ma sagesse lui a-t-elle parlé en secret, ma sagesse, ma sagesse de jour, rieuse et éveillée, laquelle se moque de tous les « mondes infinis »? Car elle dit : « Où est la force, là, le *nombre* devient le maître : il a plus de force. »

Avec quelle assurance mon rêve regardait ce monde fini, ni curieux, ni avide comme un vieillard, ni craintif, ni suppliant :

— comme si une pomme ronde s'offrait à ma main, une pomme d'or mûre à la peau fraîche et douce, veloutée, — ainsi le monde s'offrait à moi :

— comme si un arbre me faisait signe, aux branches larges, à la volonté forte, recourbé pour être appui et marchepied pour ceux que le chemin a fatigués : ainsi le monde était sur mon promontoire :

— comme si des mains délicates m'apportaient un écrin — un écrin, ouvert pour l'enchantement d'yeux pleins de pudeur et de vénération : ainsi aujourd'hui le monde s'offrit à moi :

— pas assez énigme pour chasser de lui l'amour des hommes, pas assez solution pour endormir la sagesse des hommes, — c'était une bonne chose bien humaine pour moi que le monde aujourd'hui, ce monde dont on dit tant de mal !*

Que je remercie mon rêve matinal, d'avoir ce matin, de bonne heure, pu peser le monde ! Il est venu à moi comme une bonne chose humaine, ce rêve et consolateur des cœurs !

Et pour faire comme lui en plein jour et pour imiter et apprendre de lui ce qu'il y a en lui de meilleur : je veux maintenant mettre les trois choses les plus mauvaises sur le plateau de la balance et bien les peser de façon humaine.

Celui qui a appris à bénir, celui-là aussi a appris à maudire : quelles sont au monde les choses les plus maudites ? Ce sont elles que je veux mettre sur la balance.

Volupté, appétit de domination, appétit de soi-même :**

ce sont là les trois choses les plus maudites jusqu'à
maintenant et les plus médites et les plus calomniées,
— ces trois choses, je veux bien les peser humaine-
ment.

Allons! ici est mon promontoire et là-bas il y a
l'Océan, il roule vers moi, frisé, caressant, le fidèle
vieux chien monstrueux, aux mille têtes, que j'aime.

Allons! Ici, je veux tenir la balance au-dessus de la
mer qui roule et je choisis aussi un témoin, pour qu'il
regarde, — toi, l'arbre-ermite, toi à la senteur forte, toi
qui te déploies largement en voûte, toi que j'aime!

Sur quel pont le maintenant va-t-il vers le jadis?
Selon quelle contrainte ce qui est haut s'efforce-t-il
à s'abaisser vers ce qui est bas? Et qu'est-ce qui ordonne à ce qui est haut de s'élever encore?

Voici la balance égale et immobile : j'y ai jeté
trois lourdes questions, l'autre plateau porte trois
lourdes réponses. »

2

Volupté : l'épine et l'écharde pour tous les
contempteurs du corps en chemises de pénitents,
maudite en tant que « monde » chez tous les adora-
teurs d'arrière-monde : car elle nargue et se moque
de tous les professeurs d'embrouillamini.

Volupté : pour la canaille, le lent feu où on la
brûle; le four bouillonnant et ronflant prêt pour le
bois vermoulu et les torchons puants.

Volupté : pour les cœurs libres, librement et innocemment, le bonheur champêtre de la terre, tout le trop-plein de reconnaissance de tout avenir dans le maintenant.

Volupté : un doux poison seulement pour ce qui est fané, mais pour ceux qui ont la volonté du lion, le grand cordial et le vin d'entre les vins, ménagé avec respect.

Volupté : le grand bonheur, image d'un bonheur plus haut et du suprême espoir. Car à beaucoup de choses le mariage est promis et plus encore que le mariage,

— à beaucoup de choses, plus étrangères entre elles que l'homme et la femme : — et qui a jamais compris *combien étrangers* l'homme et la femme sont l'un à l'autre !

Volupté : — pourtant je veux avoir des clôtures autour de mes pensées et aussi autour de mes paroles : pour que les porcs et les dilettantes ne fassent pas irruption dans mon jardin.

Appétit de domination : l'aiguillon ardent des cœurs durs les plus endurcis, l'épouvantable martyre qui est réservé au plus cruel ; la sombre flamme des bûchers vivants.

Appétit de domination : le frein maléfique que l'on impose aux peuples les plus vains ; c'est lui qui nargue toute vertu incertaine ; c'est lui qui chevauche toute monture et toute fierté.

Appétit de domination : le tremblement de terre qui brise et qui éventre tout ce qui est vermoulu et creux; lui qui brise punissant, grondant et roulant les sépulcres blanchis; lui, le point d'interrogation dont l'éclair jaillit à côté de réponses prématurées.

Appétit de domination : devant son regard l'homme rampe et se planque et se fait serf et s'abaisse plus bas que le serpent ou le porc, — jusqu'à ce qu'enfin le grand mépris crie par sa bouche.

Appétit de domination : le maître effrayant qui enseigne le grand mépris, qui prêche aux villes et aux empires, le leur disant en plein visage : « Que cela en soit fini de toi! », jusqu'à ce que ce cri s'élève de leur propre bouche : « Que cela en soit fini de *moi.* »

Appétit de domination : lui qui monte, séducteur, même jusqu'aux purs et aux solitaires et à des hauteurs qui se suffisent à elles-mêmes, incandescent comme l'amour qui peint les pourpres de l'allégresse de façon séduisante au ciel terrestre.

Appétit de domination : pourtant qui nommerait maladie un tel besoin qui porte ce qui est haut à aspirer, en bas, à la puissance! Il n'y a rien de maladif, rien de morbide dans une telle aspiration, dans une telle descente*!

Que la hauteur solitaire ne soit pas éternellement vouée à sa solitude et ne se contente pas éternellement d'elle-même; que la montagne descende à la vallée et que les vents des sommets descendent vers les bas-fonds :

Ô qui trouverait le vrai nom de baptême, son nom véritable pour un tel désir!

« Vertu qui prodigue », — c'est ainsi que Zarathoustra appela jadis l'inexprimable.

Et il arriva alors, — et en vérité, cela arriva pour la première fois —, que sa parole fit l'éloge de l'égoïsme, de l'égoïsme sain et robuste qui jaillit d'une âme puissante :

— d'une âme puissante, à laquelle appartient le corps élancé, victorieux, roboratif, autour duquel chaque objet devient miroir :

— le corps souple et séduisant, le danseur dont l'image et la quintessence est l'âme heureuse d'elle-même. Une telle joie de soi-même, qu'elle soit joie des âmes ou des corps, s'appelle elle-même vertu.

Avec ses mots de bien et de mal une telle joie de soi-même s'abrite dans des bosquets sacrés; avec le nom de son bonheur elle bannit d'elle tout ce qui est méprisable.

Elle bannit d'elle tout ce qui est lâche; elle dit : « mal » — c'est ce qui est lâche! Celui qui lui semble méprisable c'est celui qui est toujours soucieux, qui se plaint et gémit toujours, celui qui ramasse jusqu'aux plus menus avantages.

Elle méprise aussi toute sagesse lamentable : car, en vérité, il existe aussi une sagesse qui s'épanouit dans l'obscurité, une sagesse d'ombre nocturne, qui gémit sans cesse : « Tout est vain! »

La méfiance timide lui semble peu de chose, tout comme celui qui veut des serments plutôt que des regards et des mains : tout comme une sagesse par trop méfiante, car une telle sagesse est le propre des âmes lâches.

Moindre encore celui qui s'empresse à plaire, le chien couchant, qui aussitôt se met sur le dos, plein d'humilité; il existe aussi une sagesse qui est humble et rampante comme un chien et pieuse et qui s'empresse de plaire.

Elle hait et n'éprouve que dégoût pour qui ne veut jamais se défendre, pour qui ravale ses glaires empoisonnées et ses regards mauvais, pour celui qui est par trop patient, qui supporte tout, se contente de tout : cela, en effet, est le propre d'une nature servile.

Cette bienheureuse joie de soi-même, elle crache sur *tout* ce qui est servile, que ce soit celui qui est servile à l'égard des dieux et des coups de pied divins ou que ce soit à l'égard des hommes ou de stupides opinions humaines.

Mauvais : c'est ainsi qu'elle appelle tout ce qui est ployé, tout ce qui se ploie servilement, les yeux qui clignent prisonniers, les cœurs oppressés, et cette façon fausse de céder, qui embrasse avec de grosses lèvres lâches.

Et faux semblants : c'est ainsi qu'elle nomme les mots d'esprit des valets, des vieillards et ceux qui sont fatigués; et surtout la bouffonne folie des prêtres, présomptueuse, tortueuse, la pire de toutes!

Mais les faux sages, tous les prêtres, ceux qui sont fatigués du monde et tous ceux dont l'âme est de l'espèce féminine ou de l'espèce des valets —

ô combien leur jeu depuis toujours a joué de mauvais tours à la soif de soi-même!

Et jouer de vilains tours à la soif de soi-même,

c'est cela que l'on prétendait être vertu et qui devait s'appeler vertu.

Et désintéressés, c'est-à-dire « oublieux de soi-même », — c'est ainsi que se désiraient eux-mêmes, à juste titre, tous ces lâches fatigués du monde, ces araignées, ces épeires!

Mais pour tous ceux-là, voici venir la journée, la métamorphose, l'épée de justice, *le Grand Midi :* alors beaucoup de choses seront révélées!

Et celui qui proclame la santé et la sainteté du moi,* celui-là, en vérité, proclame aussi ce qu'il sait, en devin : *« Voyez, il vient, il est proche, le Grand Midi! »*

Ainsi parlait Zarathoustra.

DE L'ESPRIT DE PESANTEUR

1

« Le langage de ma bouche, il vient du peuple : je parle trop grossièrement et trop cordialement pour les pleutres en habits de soie. Et ma parole rend un son plus étranger encore pour les buveurs d'encre et les plumitifs.

Ma main est une main de fou : malheur à toutes les tables et à tous les murs et malheur à tout ce qui a encore de la place pour les ornements et les barbouillages de fous bouffons!

Mon pied est un sabot de cheval, et je galope et je trottine par monts et par vaux, dans un sens, dans l'autre, de-ci de-là et j'ai le diable au corps de plaisir quand je cours vite.

Mon estomac, — n'est-il pas, à coup sûr, un estomac d'aigle? Car ce qu'il aime le mieux c'est la chair d'agneau. Il est certainement un estomac d'oiseau.

Nourri de choses innocentes et de peu, tout prêt et impatient de prendre son vol, de s'envoler, — voilà ma façon d'être : comment n'y aurait-il pas là quelque chose de l'oiseau!

Et d'autant plus que je suis ennemi de l'esprit de pesanteur, cela c'est la façon d'être des oiseaux : et en vérité, j'en suis l'ennemi juré, l'ennemi héréditaire, l'ennemi mortel! Ô où ne s'est pas envolé, ne s'est pas égaré le vol de mon inimitié!

Je pourrais chanter bien des chansons sur ce sujet, — et je *veux* les chanter : bien que je sois tout seul dans la maison vide et que je doive chanter pour mes propres oreilles.

Il existe d'autres chanteurs, il est vrai, il leur faut une maison pleine pour leur amollir le gosier, pour rendre leur main éloquente et leur œil expressif, et leur cœur éveillé, — je ne suis pas pareil à ceux-là. »

2

Celui qui, un jour, apprendra aux hommes à voler, celui-là a déplacé toutes les bornes frontières : toutes les bornes vont, pour lui, s'envoler, il baptisera la terre d'un nouveau nom, — « la légère ».

L'oiseau autruche court plus vite que le cheval le plus rapide, mais même lui fourre lourdement sa tête dans de la terre lourde : ainsi fait l'homme qui ne sait pas encore voler.

Lourdes lui apparaissent la terre et la vie; et c'est l'esprit de pesanteur qui le *veut* ainsi! Mais celui qui veut devenir léger et oiseau, celui-là doit s'aimer lui-même, — voilà ce que j'enseigne, *moi*.

Non, certes, de l'amour des malades et des mal-portants : car chez ceux-là même l'amour de soi pue!

Il faut apprendre à s'aimer soi-même, — voilà ce que j'enseigne —, d'un amour sain et bien-portant : pour que l'on puisse y tenir auprès de soi-même et ne point vagabonder.

Un tel vagabondage se baptise lui-même du nom d' « amour du prochain » : c'est à l'aide de ce mot que l'on a le mieux menti jusque-là et le mieux pratiqué l'hypocrisie et surtout du côté de ceux qui plus que quiconque pesaient à tout le monde.

Et en vérité ce n'est pas là un commandement pour aujourd'hui ou pour demain, *apprendre* à s'aimer. Bien au contraire, c'est le plus ténu, le plus subtil, l'ultime et le plus patient de tous les savoir-faire.

Pour celui qui possède quelque chose en propre, cela est, en effet, bien caché; et de tous les trésors cachés, c'est le trésor propre qui est déterré en dernier, — c'est là l'œuvre de l'esprit de pesanteur.

On nous met presque dans notre berceau déjà des mots et des valeurs pesants : « bien » et « mal », — c'est ainsi que se nomme ce don que l'on nous fait. En son nom on nous pardonne de vivre.

Et c'est à cette fin que l'on fait venir les petits enfants à soi, pour leur interdire en temps voulu de s'aimer eux-mêmes : telle est l'œuvre de l'esprit de pesanteur.

Et nous, — nous traînons fidèlement après nous, les dons que l'on nous fait, sur des épaules endurcies et par-dessus d'âpres montagnes! Et si nous transpirons, on nous dit : « Oui, la vie est un pesant fardeau! »

Mais seul l'homme est lourd à porter! Cela vient de ce qu'il traîne trop de choses étrangères sur ses épaules. Pareil au chameau il s'agenouille et se laisse bien charger.

Surtout l'homme fort, celui qui aime à porter de lourdes charges, celui que le respect habite : celui-là, charge sur ses épaules trop de lourdes paroles, trop de lourdes valeurs qui lui sont *étrangères,* — et voici que la vie lui paraît un désert!

Et en vérité bien des choses qui vous sont propres sont lourdes à porter! Et beaucoup de ce qui est intérieur à l'homme est pareil à l'huître, à savoir répugnant et gluant et difficile à attraper.

— de sorte qu'il faut l'intercession d'une noble coquille avec de nobles ornements. Mais il faut aussi apprendre ce savoir-faire-là : avoir une coquille et une belle apparence et un sage aveuglement!

Mais une nouvelle fois ce qui trompe en l'homme sur maint point c'est que mainte coquille soit bien peu de chose et triste et par trop coquille. Bien de la bonté cachée et bien de la force cachée ne sont jamais devinées; les friandises les plus délicieuses ne trouvent pas leurs gourmets!

Les femmes savent cela, elles, les plus délicieuses, un peu plus grasses, un peu plus maigres. — Ô combien le destin dépend de si peu de choses!

L'homme est difficile à découvrir et pour lui-même encore le plus difficilement; souvent l'esprit ment au sujet de l'âme. C'est là l'œuvre de l'esprit de pesanteur.

Mais celui-là s'est découvert lui-même qui dit : « Ceci est *mon* bien et *mon* mal », par là il a fait taire la taupe et le nain qui disent : « Bien pour tous, mal pour tous. »

En vérité, je n'aime pas non plus ceux à qui toute chose paraît bonne et le monde le meilleur de tous. Ceux-là, je les appelle des satisfaits de tout.

Cette satisfaction de tout qui sait goûter toute chose : ce n'est pas le goût le meilleur! J'honore les palais et les estomacs récalcitrants et difficiles qui ont appris à dire « moi » et « oui » et « non ».

Mais tout mâcher et tout digérer, — c'est là un vrai comportement de porcs. Dire toujours OU-I — c'est ce qu'ont appris les seuls ânes et leurs congénères*!

Le jaune profond et le rouge chaud : c'est ainsi que le veut *mon* goût, — il mêle du sang à toutes les couleurs. Mais celui qui crépit sa maison; celui-là, par là, trahit une âme crépie de blanc,

Les uns sont amoureux de momies, les autres amoureux de fantômes; et tous deux pareillement ennemis de la chair et du sang, — ô comme tous deux vont contre mon goût! Car j'aime le sang.

Et je ne veux pas demeurer là où tout un chacun crache et expectore : tel est *mon* goût, — je préfère encore vivre parmi les voleurs et les parjures. Personne n'a d'or dans la bouche.

Plus encore me répugnent tous les lécheurs de crachats; et le plus ignoble animal humain que j'ai trouvé, je l'ai baptisé parasite : il ne voulait pas aimer et pourtant vivre d'amour.

J'appelle malheureux ceux qui n'ont qu'un choix : devenir des animaux féroces ou de féroces dompteurs d'animaux : je n'aimerais pas me construire ma cabane auprès d'eux.

Malheureux, j'appelle aussi ceux qui sont toujours contraints *d'attendre,* — ils vont contre mon goût : tous les douaniers et épiciers, tous les rois et autres garde-pays ou garde-boutiques.

En vérité, moi aussi j'ai appris à attendre et je l'ai appris de fond en comble, — mais je n'ai appris à attendre que *moi.* Et surtout j'ai appris à me tenir debout, à marcher, à courir et à sauter et à grimper et à danser.

Mais voici ce que j'enseigne : celui qui un jour veut apprendre à voler, celui-là doit d'abord apprendre à se tenir debout et à marcher et à courir, à grimper et à danser — ce n'est pas du premier coup d'aile que l'on conquiert l'envol !

J'ai appris à grimper à mainte fenêtre avec des échelles de corde, d'une jambe alerte j'ai escaladé de hauts mâts : être assis tout en haut des mâts de la connaissance ne me paraissait pas une petite félicité !

— vaciller sur de hauts mâts pareil à une petite flamme : une petite lumière, certes, mais pourtant une grande consolation pour les navigateurs égarés et les naufragés !

Par bien des chemins et de bien des manières, je suis parvenu à ma sagesse : ce n'est pas par une seule échelle que je suis monté à la hauteur, d'où mon œil plonge dans mes lointains.

Et ce n'est que de mauvais gré que je demandais mon chemin, — cela allait toujours contre mon goût ! Je préférais interroger et essayer les chemins moi-même.

Une tentative et une interrogation, voilà ce que fut ma marche, — et en vérité il faut aussi apprendre à répondre à une telle interrogation ! Mais cela, — c'est mon goût :

— ni bon, ni mauvais goût, mais *mon* goût, dont je n'ai plus honte et que je ne cache plus.

« Or ceci est — mon chemin —, où est donc le vôtre ? » Voilà ce que je répondais à ceux qui me demandaient « le chemin ». *Le* chemin, en effet, — il n'existe pas ! »

Ainsi parlait Zarathoustra.

DES VIEILLES ET DES NOUVELLES TABLES

1

Je suis assis ici et j'attends, entouré de vieilles tables brisées et de nouvelles aussi à moitié écrites. Quand mon heure viendra-t-elle ?

— l'heure où je sombrerai, l'heure de mon déclin : car *une* fois encore je veux aller vers les hommes.

C'est cela que j'attends maintenant : car il faut d'abord que les signes viennent à moi, pour que ce soit *mon* heure, — à savoir le lion qui rit avec l'essaim de colombes.

Entre-temps je parle comme quelqu'un qui a le temps, je me parle à moi-même. Personne ne me raconte du nouveau : aussi je me raconte à moi-même. »

2

Lorsque j'arrivai auprès des hommes, je les trouvai assis sur une vieille fatuité : tous prétendaient savoir depuis longtemps déjà ce qui était bien et mal pour l'homme. Discourir sur la vertu leur paraissait une vieillerie fatiguée et celui qui voulait bien dormir, celui-là avant d'aller se coucher, il parlait encore du « bien » et du « mal ».

Cette somnolence, je la leur ai troublée lorsque j'enseignai : ce qu'est le bien et le mal, *personne encore ne le sait,* — à moins d'être un créateur!

Mais celui-là, c'est celui qui crée le but de l'homme et qui donne son sens à la terre et qui lui donne son avenir : c'est par sa création seulement que quelque chose est bon ou mauvais.

Et je leur ordonnai de renverser leurs vieilles chaires où n'avait jamais été assise que cette vieille fatuité; je leur ordonnai de rire de leurs grands professeurs de vertu, de leurs saints, de leurs poètes et de tous leurs libérateurs du monde.

Je leur ordonnai de rire de leurs sages sinistres et de tous ceux qui, jadis, étaient juchés en épouvantails noirs, prodiguant les avertissements, sur l'arbre de la vie.

Je me suis assis près de leur grande allée de tombeaux en compagnie des charognes et des vautours, — et je me ris de tout leur jadis et de sa splendeur blette et tombée.

En vérité, comme les prêcheurs de carême ou les fous bouffons, j'ai crié et tempêté contre toutes leurs grandes et leurs petites choses, — que ce qu'il y a de meilleur chez eux soit si petit! Que ce qu'il y a de pire chez eux soit également si petit! Voilà ce qui me fit rire.

Mon sage désir criait et riait ainsi par ma bouche, lui qui est né sur les montagnes, une sagesse sauvage en vérité! — mon grand désir aux ailes bruissantes.

Et souvent il m'a enlevé et emporté très haut, très loin et au milieu du rire : et alors je m'envolais, frissonnant, une flèche, à travers le ravissement enivré de soleil :

— loin vers des avenirs lointains, qu'aucun rêve n'a encore vus, vers des midis plus brûlants que jamais imagier ne les imagina : là-bas vers des lieux où des dieux qui dansent ont honte de tout vêtement :

— qu'il me faille encore parler par images et boiter et bredouiller comme les poètes : et en vérité, j'ai honte d'être obligé encore d'être poète!

— vers des lieux où tout le devenir me paraissait être danse de dieux et caprice divin et où le monde me paraissait déchaîné et plein d'entrain et où il retournait à lui-même, me semblait-il :

— comme une fuite éternelle devant soi-même et une nouvelle quête de soi-même chez beaucoup de dieux, comme la bienheureuse contradiction et comme le son retrouvé de sa propre voix et comme le retour à soi-même de beaucoup de dieux :

— vers des lieux où le temps tout entier me semblait la bienheureuse moquerie des instants, où la nécessité était la liberté elle-même, jouant, bienheureuse avec l'écharde de la liberté :

— où je retrouvais aussi mon vieux diable, mon ennemi juré : l'esprit de pesanteur, et tout ce qu'il a créé : contrainte, loi, nécessité et conséquence et but et volonté et bien et mal :

Car ne doit-il pas exister ce par-delà de quoi on danse, ce que l'on franchit et dépasse en dansant? Ne faut-il pas, au nom de ceux qui sont légers, qui sont les plus légers, — qu'il existe des taupes et des nains pesants?

3

Ce fut là aussi que je ramassai le mot « surhumain » au bord du chemin et où j'appris que l'homme était quelque chose qu'il fallait surmonter,

— que l'homme est un pont et non un but : qu'il se dit bienheureux de son midi et de son soir, comme chemin vers de nouvelles aurores :

— le mot de Zarathoustra à propos du Grand Midi et tout ce que, par ailleurs, j'accrochai au-dessus de l'homme, comme de secondes aurores pourpres.

En vérité, je leur fis voir aussi de nouvelles étoiles, tout en même temps que des nuits nouvelles; et pardessus les nuages et le jour et la nuit, je tendis de plus le rire comme une toile de tente multicolore.

Je leur ai appris toute *ma* poésie et toutes *mes* aspirations : je leur appris à unir et à rassembler en une seule œuvre poétique, ce qui est fragment en l'homme et énigme et effroyable hasard,

— en tant que poète, devineur d'énigmes et rédempteur du hasard, je leur ai appris à travailler à l'avenir et à délivrer par leur travail créateur tout ce qui était.

Délivrer dans l'homme le passé et métamorphoser tout le « il était », jusqu'à ce que la volonté dise : « Mais c'est ainsi que je le voulais. C'est ainsi que je le voudrai. »

Voilà ce qui leur paraissait être rédemption, et je leur appris à nommer ceci seul rédemption.

Maintenant j'attends *ma* rédemption, — afin que j'aille pour la dernière fois auprès d'eux.

Car *une* fois encore je veux aller auprès des hommes : je veux décliner parmi eux, en mourant, je veux leur offrir le plus riche de mes dons!

J'ai appris cela du soleil, quand il descend, lui qui déborde de richesse, alors il déverse l'or dans la mer à profusion, inépuisable,

— de sorte que le pêcheur le plus pauvre même rame avec une rame *d'or.* Voilà ce que je vis un jour et je ne me lassai pas de verser des larmes tout en regardant.

Pareil au soleil Zarathoustra aussi veut décliner : le voilà assis ici et il attend entouré de vieilles tables brisées et de nouvelles — à demi écrites. »

4

Voyez, ici est une table nouvelle : mais où sont mes frères qui la portent avec moi dans la vallée et dans des cœurs de chair?

Voilà ce que mon grand amour exige pour ceux qui sont le plus loin : *ne ménage pas ton prochain!* L'homme est quelque chose qu'il faut surmonter.

Il y a bien des voies et bien des manières pour ce surpassement : à toi de voir. Mais seul un farceur pense : « L'homme est aussi quelque chose par-dessus quoi on peut *sauter*. »

Surmonte-toi toi-même en ton prochain : et un droit que tu peux enlever de force, tu ne dois pas te le laisser donner!

Ce que tu fais, personne ne peut te le rendre. Voyez, il n'y a pas de rétribution.

Celui qui ne peut commander à lui-même, celui-là doit obéir. Et il y en a qui peuvent se commander eux-mêmes, mais il s'en faut de beaucoup pour qu'ils s'obéissent aussi.

5

C'est ainsi que le veut la façon des âmes nobles : elles ne veulent rien avoir pour rien, et moins que tout, la vie.

Celui qui est de la populace, celui-là veut vivre

pour rien; mais nous autres à qui la vie s'est donnée, — nous pensons toujours à ce que nous pourrions le mieux donner en retour!

Et en vérité, c'est une noble façon de parler celle qui dit : « Ce que la vie *nous* promet, *nous* allons le tenir, — pour elle, la vie! »

On ne doit pas vouloir jouir où on ne donne pas à jouir, — et l'on ne doit pas *vouloir* jouir!

Jouissance et innocence, en effet, sont les choses les plus pudiques qui soient : toutes deux ne veulent pas qu'on les cherche. On doit les *avoir*, — mais on doit plutôt, s'il le faut, *chercher* faute et douleur!

6

Ô mes frères, celui qui est un premier-né est toujours sacrifié. Mais nous sommes tous des premiers-nés.

Nous saignons tous sur de secrètes tables de sacrifice, nous brûlons et rôtissons tous en l'honneur de vieilles idoles.

Ce qu'il y a de meilleur en nous est jeune encore : cela excite les vieux gosiers. Notre chair est tendre, notre peau n'est qu'une peau d'agneau, — comment n'exciterions-nous pas les vieux prêtres, desservants d'idoles!

En *nous-mêmes*, il habite encore le vieux prêtre idolâtre, qui se fait rôtir ce qu'il y a de meilleur en nous pour s'en régaler. Ah! mes frères, comment des premiers-nés ne seraient-ils pas des victimes?

Mais c'est ainsi que le veut notre façon à nous; et
j'aime ceux qui ne veulent pas se préserver. Ceux qui
déclinent je les aime de tout mon amour : car ils vont
de l'autre côté.

7

Être vrai, — peu seulement *le peuvent!* Et celui qui
le peut, ne le veut pas encore! Mais ceux qui le peuvent le moins, ce sont les bons!

Ô ces bons! *Les hommes bons ne disent jamais la vérité;*
pour l'esprit, être bon de pareille manière, est une
maladie.

Ils cèdent, ces bons, ils se rendent, leur cœur
approuve, leur fond intime obéit : mais celui qui
obéit, *ne s'entend plus lui-même**!

Tout ce qui est appelé mauvais par les bons doit
se rassembler pour que naisse *une* vérité : ô mes
frères, mais êtes-vous suffisamment méchants pour
cette vérité?

L'audace téméraire, la longue méfiance, le « non »
cruel, le dégoût, l'entaille faite dans le vivant, — qu'il
est rare de les voir s'assembler! Mais d'une telle
semence — naît la vérité!

C'est *à côté* de la mauvaise conscience qu'est née
jusqu'ici toute *science*! Brisez, brisez, vous qui accédez à la connaissance, brisez les vieilles tables.

8

Quand il y a des poutres sur l'eau, quand passe-relles et balustrades franchissent le fleuve : en vérité, on ne croit pas ceux qui disent : « Tout coule. »

Mais, au contraire, même les benêts les contre-disent. « Comment? disent-ils, on nous dit que tout coule? Mais, que je sache, les poutres et les balus-trades sont *au-dessus* du fleuve!

Au-dessus du fleuve tout est solide, toutes les valeurs des choses, les ponts, les concepts, tout le « bien » et tout le « mal » : tout cela est *solide*! »

Quand vient le rude hiver, le dompteur de fleuves, alors même les plus malicieux se mettent à se méfier; et, en vérité ce ne sont pas seulement les benêts qui disent alors : « Tout ne serait-il pas station-naire? »

« Au fond tout est stationnaire », — cela c'est une vraie doctrine d'hiver, une bonne chose pour des temps stériles, une bonne consolation pour les hiber-nants et ceux qui se blottissent près des poêles.

« Au fond, tout est stationnaire », — mais *là contre* prêche le vent du dégel!

Le vent du dégel, un taureau qui n'a rien du bœuf de labour, — qui est un taureau furieux, un destruc-teur, qui de ses cornes coléreuses brise la glace! Mais la glace... *brise les passerelles!*

Ô mes frères, tout ne coule-t-il pas maintenant? Toutes les balustrades et toutes les passerelles ne

sont-elles pas tombées dans l'eau? Qui donc pourrait
encore *se raccrocher* au « bien » et au « mal »?

« Malheur à nous! Gloire à nous! Le vent du dégel
souffle! » — Prêchez ainsi, mes frères, dans toutes les
rues.

9

Il existe une vieille chimère, elle a pour nom bien
et mal. Jusqu'ici c'est autour des devins et des astrologues qu'a tourné la roue de cette chimère.

Jadis on *croyait* aux devins et aux astrologues : et
c'est pourquoi on croyait que « tout. est destin : tu dois
puisque tu y es contraint ».

Puis de nouveau on se méfiait de tous les devins et
de tous les astrologues : et *c'est pourquoi* l'on croyait
que « tout est liberté : tu peux car tu veux! »

Ô mes frères, au sujet des étoiles et de l'avenir on
n'a jamais que supposé et on n'a jamais rien su : et
c'est pourquoi jusqu'ici on n'a jamais que conjecturé
à propos du bien et du mal et on n'en a jamais rien su!

10

« Tu ne déroberas point, tu ne tueras point! » —
jadis de telles paroles passaient pour sacrées; devant
elles on fléchissait le genou et on baissait la tête et
l'on enlevait ses souliers.

Mais moi, je vous demande : où y a-t-il jamais eu de meilleurs brigands et de meilleurs assassins au monde que ne le furent les paroles sacrées de cette sorte?

N'y a-t-il pas en toute vie elle-même — brigandage et assassinat? Et que de telles paroles aient été considérées comme sacrées, n'a-t-on pas, par là, assassiné la vérité elle-même?

Ou était-ce un prêche de la mort de tenir pour sacré tout ce qui contredisait et tout ce qui déconseillait la vie? — Ô mes frères, brisez, brisez, brisez-les-moi, ces vieilles tables.

11

Ceci est ma pitié pour ce qui est passé, je le vois en effet, offert sans défense, — au bon plaisir, à l'esprit, à la folie de chaque génération à venir qui interprète tout ce qui fut comme un pont menant jusqu'à elle!

Il se pourrait que vienne un grand despote, un méchant plein d'astuce qui, par son bon ou son mauvais plaisir forcerait le passé et le contraindrait par la force : jusqu'à ce qu'il lui servît de pont, et de signe avant-coureur et de héraut et de cri du coq.

Mais ceci est l'autre danger et mon autre pitié — les pensées de celui qui est de la populace remontent jusqu'au grand-père, — mais avec le grand-père le temps cesse.

C'est ainsi que le passé est offert sans défense : car il

se pourrait qu'un jour la populace devînt le maître et qu'elle noie alors le temps tout entier dans les eaux basses.

C'est pourquoi, mes frères, il faut une *nouvelle noblesse,* qui serait l'adversaire de toute populace et de tout despotisme et qui écrirait sur de nouvelles tables, de façon nouvelle le mot « noble ».

Il est besoin, en effet, de beaucoup de nobles et de beaucoup de sortes de nobles, *pour qu'il existe de la noblesse!* Ou bien comme je l'exprimais, jadis, sous forme de parabole : « C'est cela la divinité, qu'il existe des dieux, mais pas un Dieu. »

12

Ô mes frères, je vous consacre et vous indique une nouvelle noblesse : vous devez être, pour moi, les pères, les éducateurs, les semeurs de l'avenir,

— en vérité, non pas une noblesse, que vous pourriez acheter comme les épiciers et avec l'or des épiciers : car tout ce qui a son prix est de peu de valeur.

Ce n'est pas d'où vous venez qui doit désormais vous faire honneur mais où vous allez! Votre volonté et votre pied qui veulent aller au-delà de vous mêmes, — voilà qui doit faire votre nouvel honneur!

En vérité, votre honneur n'est pas d'avoir servi un prince, — qu'importent encore les princes! —, ou d'être devenu le rempart de ce qui est, afin que cela soit plus solide.

Votre honneur, ce n'est pas que votre espèce soit devenue courtisane à la cour et que vous ayez appris, pareils au flamant rose, à vous tenir debout, des heures durant dans des étangs sans profondeur.

Car pouvoir rester debout est un mérite chez les courtisans; et tous les courtisans croient qu'il fait partie de la félicité de l'Au-delà — d'avoir le droit de s'asseoir.

Votre honneur, ce n'est pas non plus qu'un esprit qu'ils ont appelé saint ait conduit vos ancêtres dans des terres promises, que moi je ne promets pas : car là où a poussé le pire des arbres, la croix, — ce pays-là ne promet rien de bon!

— et en vérité, où que cet « esprit saint » ait conduit ses chevaliers, leur cortège était toujours *précédé* par des chèvres et des oies et par des têtes de linotte et des toqués!

Ô mes frères ce n'est pas en arrière que votre noblesse doit regarder, mais *au loin!* Vous devez être des bannis de tous les pays de vos pères et de vos ancêtres!

C'est le *pays de vos enfants** que vous devez aimer : que cet amour soit votre nouvelle noblesse, — ce pays encore à découvrir dans la mer la plus lointaine! C'est lui que j'ordonne à vos voiles de chercher, de chercher encore.

En vos enfants vous devez vous racheter le fait d'être les enfants de vos pères : c'est *ainsi* que vous devez sauver tout le passé! Voilà la nouvelle table que je dispose au-dessus de vous.

13

Pourquoi vivre? tout est vain! Vivre, — c'est
battre de la paille; vivre c'est se brûler et ne point
se réchauffer. »

Un tel bavardage vieilli passe encore pour de la
« sagesse »; mais qu'il soit vieux et sente le renfermé,
on ne l'*en* honore que davantage. La moisissure aussi
ennoblit.

Des enfants avaient le droit de parler ainsi : ils
craignaient le feu parce qu'il les brûlait. Il y a bien de
l'enfantillage dans les vieux livres de la sagesse.

Et celui qui ne cesse de « battre de la paille »,
comment pourrait-il en dire du mal? Il faudrait
bâillonner un tel fou! Des gens de cette sorte sont
assis à table et ils n'apportent rien, pas même la
bonne fringale, — et les voilà qui blasphèment :
« Tout est vain! »

Mais bien manger et bien boire, mes frères, n'est
certes pas un art vain. Brisez, brisez-les-moi, les
tables des toujours-mécontents!

14

« Tout est pur aux purs », — ainsi parle le peuple.
Mais moi, je vous dis : « Tout est porc aux porcs. »

C'est pourquoi les exaltés et ceux qui laissent
pendre la tête et le cœur, prêchent ainsi : « Le monde

lui-même est un monstre boueux », car tous ceux-ci ont l'esprit malpropre; mais surtout ceux qui n'ont ni trêve, ni repos, à moins qu'ils ne puissent voir le monde *de derrière,* — ces gens de l'arrière-monde!

A ceux-là, je leur dis en face, bien que cela ne soit pas agréable à entendre : le monde ressemble à l'homme par ceci qu'il a un derrière, — c'est vrai!

Il y a beaucoup de boue dans le monde : cela est vrai! Mais ce n'est pas pour cela encore que le monde lui-même est un monstre boueux!

Il y a de la sagesse dans le fait que beaucoup de choses dans le monde sentent mauvais : le dégoût lui-même donne des ailes et des forces pour deviner les sources.

Il y a même dans le meilleur quelque chose de dégoûtant; et le meilleur encore est quelque chose qu'il faut surmonter!

Ô mes frères, il y a beaucoup de sagesse dans le fait qu'il y a beaucoup de boue dans le monde!

15

Voici les préceptes que j'entends dire par de pieux prêcheurs d'arrière-monde à leur conscience; et en vérité sans malice et sans fausseté, — comme s'il n'y avait pas plus faux, comme s'il n'y avait pas pire au monde.

« Laisse le monde être monde! Ne lève pas le petit doigt contre lui.

Laisse celui qui veut étrangler les gens et qui veut les piquer, les couper et les écorcher, ne lève pas le petit doigt là contre! De cette façon ils vont bien apprendre à renoncer au monde.

Et ta propre raison, — tu dois toi-même l'étrangler et la garrotter; car elle est une raison de ce monde. De cette façon tu apprendras toi-même à renoncer au monde. »

Brisez, mes frères, brisez-les-moi, ces vieilles tables des dévots. Brisez par vos paroles les préceptes de ces calomniateurs du monde.

16

« Celui qui apprend beaucoup, celui-là désapprend toute avidité violente », — voilà ce que l'on se chuchote aujourd'hui dans toutes les ruelles obscures.

« La sagesse fatigue, rien ne vaut la peine; tu ne désireras point! » — cette table nouvelle, je la trouvai suspendue même au-dessus des marchés à ciel ouvert.

Brisez, ô mes frères, brisez-la-moi aussi cette *nouvelle* table! Ce sont ceux qui sont fatigués du monde et les prédicateurs de la mort qui l'ont accrochée et aussi les argousins : car, voyez, c'est aussi une prédication pour la servitude!

Qu'ils aient mal appris et pas du meilleur, et qu'ils aient tout appris trop tôt et trop vite : qu'ils aient mal mangé, c'est de là que leur est venu leur estomac gâté,

— leur esprit, en effet, est un estomac gâté : *lui,* il

conseille la mort! Car, en vérité, mes frères, l'esprit *est* un estomac!

La vie est une source de joie : mais par la bouche de qui parle un estomac gâté, père de toute affliction, pour celui-là, toutes les sources sont empoisonnées.

Accéder à la connaissance : cela est *plaisir* pour qui a la volonté du lion! Mais celui qui s'est fatigué, celui-là n'est que « voulu », toutes les vagues se jouent de lui.

Et voilà qui est toujours la façon d'être des débiles : ils se perdent sur leurs routes. Et en dernier lieu leur fatigue demande en outre : « Pourquoi avons-nous parcouru des chemins? Tout est pareil! »

Ceux-là aiment à entendre prêcher : « Rien ne vaut la peine! Vous ne devez pas vouloir! » Mais ceci est une prédication pour la servitude.

Ô mes frères, Zarathoustra vient comme un coup de vent frais pour tous ceux qui sont fatigués de leur route; il fera encore éternuer bien des nez!

Mon haleine libre souffle à travers les murailles, pénètre dans les prisons et les esprits emprisonnés!

Vouloir libère : car la volonté est création : *voilà* ce que j'enseigne. Et ce n'est que pour créer que vous devez apprendre!

Et apprendre aussi vous devez *l'apprendre* de moi, bien apprendre! — Que celui qui a des oreilles entende.

17

« Voici la barque, — elle conduit peut-être, là-bas, dans le grand néant. — Mais qui veut s'embarquer dans ce peut-être? »

Personne parmi vous ne veut s'embarquer dans la barque de la mort! Comment alors pouvez-vous prétendre être *fatigués du monde!*

Fatigués du monde! Et vous ne vous êtes même pas arrachés à la terre ! Je vous vois encore voluptueusement liés à la terre, amoureux encore de la terre dans votre propre fatigue.

Ce n'est pas pour rien que la lèvre vous pend, — un petit souhait terrestre est encore assis dessus! Et dans votre regard, — n'y flotte-t-il pas encore une petite image de plaisir de la terre que vous n'avez pas encore oubliée?

Il existe sur terre beaucoup de bonnes inventions, les unes utiles, les autres agréables : à cause d'elles il faut aimer la terre.

Et il y existe des choses si bien inventées qu'on croirait la poitrine d'une femme : utile et agréable à la fois.

Mais vous, les fatigués de la terre, vous qui êtes trop paresseux pour la terre! On devrait vous battre des verges! A coups de verge, on devrait vous refaire des jambes alertes.

Car : si vous n'êtes pas des malades et des vauriens, à la vie usée, dont la terre est fatiguée, alors

vous êtes de malins flemmards ou des chats voluptueux et gourmands qui se cachent. Et si vous ne
voulez pas de nouveau courir joyeusement alors, —
que le diable vous emporte!

Il ne faut pas vouloir être le médecin d'incurables :
voilà ce qu'enseigne Zarathoustra, — que le diable
vous emporte.

Mais il faut plus de *courage* pour faire une fin que
pour faire un nouveau vers : tous les médecins et tous
les poètes le savent bien.

18

Ô mes frères, il existe des tables, qu'a créées la
fatigue progressive,* il existe des tables qu'a créées la
paresse, la pourrie : bien qu'elles parlent de la même
façon, elles ne veulent pas qu'on les écoute l'une et
l'autre de la même façon.

Voyez donc cet homme qui se consume de soif, il
n'est plus qu'à un empan de son but, mais de fatigue
il s'est couché ici dans la poussière, entêté, lui, ce
brave!

De fatigue, il en bâille face au chemin, à la terre,
au but, et face à lui-même; il ne fera pas un pas de
plus : ce brave!

Voici que le soleil lui envoie son incandescence et
que les chiens lèchent sa sueur : mais il reste là, couché dans son entêtement et préfère mourir de soif :

— mourir de soif à un empan de son but! En vérité il vous faudra bien le tirer par les cheveux pour le faire entrer dans son ciel, — ce héros!

Mieux encore est que vous le laissiez couché là où il s'est mis, que le sommeil lui vienne, le consolateur, avec une averse bruissante et rafraîchissante.

Laissez-le étendu, jusqu'à ce qu'il s'éveille de lui-même : — jusqu'à ce de lui-même il récuse toute fatigue et tout ce que la fatigue enseignait à travers lui!

Ayez soin seulement, mes frères, de chasser de lui les chiens, ces rôdeurs paresseux et toute la vermine grouillante : — toute la vermine grouillante des « cultivés », qui se donne du bon temps avec la sueur des héros.

19

Je trace des cercles autour de moi et des frontières sacrées; toujours moins nombreux sont ceux qui montent avec moi sur des montagnes toujours plus hautes : je construis un massif avec des cimes toujours plus sacrées.

Mais où que vous vouliez grimper avec moi, ô mes frères, prenez garde qu'un *parasite* ne grimpe pas avec vous!

Parasite : c'est une vermine rampante, qui s'insinue et veut s'engraisser de tous vos recoins malades et blessés.

Et c'est son savoir-faire, à ce parasite, de deviner

les âmes qui s'élèvent et leur moment de fatigue : dans votre rancœur et votre découragement, dans votre délicate pudeur, il construit son nid répugnant.

Où le fort est faible, où celui qui est noble est par trop doux, – c'est là qu'il installe son nid répugnant : le parasite habite là où celui qui est grand a de petits recoins meurtris.

De tout ce qui est, quelle est l'espèce la plus haute, et quelle est la moindre? Le parasite est l'espèce la moindre; mais celui qui est de l'espèce la plus haute, celui-là nourrit le plus grand nombre de parasites.

L'âme en effet, dont l'échelle est la plus longue et qui descend donc le plus bas : comment le plus grand nombre de parasites ne s'y tiendrait-il pas?

– l'âme la plus vaste, qui peut courir, vagabonder et flotter le plus loin en son propre sein : l'âme la plus nécessaire qui, de plaisir, se jette dans le hasard :

– l'âme qui est, qui plonge dans le devenir; elle qui possède et qui *veut* entrer dans le vouloir et l'exigence :

– l'âme qui se fuit elle-même et qui se rattrape elle-même dans le cercle le plus lointain; l'âme la plus sage à qui la folie dit le plus de douceurs :

– l'âme qui s'aime le plus, en laquelle toutes choses ont leur courant et leur contre-courant et leur flux et leur reflux : – oh! comment *l'âme la plus haute* n'aurait-elle pas aussi les pires parasites? »

20

Ô mes frères, suis-je donc cruel? Mais je dis :
ce qui tombe, on doit encore le pousser par-dessus
le marché!

Tout ce qui est d'aujourd'hui — tombe et succombe :
qui voudrait le retenir! Mais moi, — moi je *veux* encore le pousser!

Connaissez-vous la volupté de faire rouler des
pierres dans des profondeurs abruptes? — Ces
hommes d'aujourd'hui : regardez-les donc comme ils
roulent dans mes profondeurs!

Je suis un prélude à de meilleurs joueurs, ô mes
frères! Un exemple! Faites selon mon exemple!

Et celui à qui vous n'apprenez pas à voler, à celui-
là apprenez à — *tomber plus vite!*

21

J'aime les braves, il ne suffit pas d'être bon
sabreur, — il faut aussi savoir sur *qui* l'on frappe!

Et souvent il y a plus de bravoure à se retenir et à
passer : pour se réserver pour un ennemi plus digne.

Vous ne devez avoir d'ennemis que haïssables,
mais non pas d'ennemis méprisables : vous devez
être fiers de votre ennemi : voilà ce que j'ai déjà enseigné une fois.

Il faut que vous vous ménagiez pour l'ennemi plus

digne, ô mes amis : c'est pourquoi il faut passer sur bien des choses, — et tout particulièrement sans vous arrêter à la nombreuse canaille, qui vous corne aux oreilles à propos de peuple et de nations.

Gardez votre œil pur de leur pour et de leur contre! Il y a là beaucoup de choses justes et beaucoup de choses dites à tort : celui qui regarde ce spectacle en est rempli de colère.

Regarder ou taper dans le tas, — c'est là tout un : c'est pourquoi, allez-vous-en dans les forêts et laissez dormir votre épée!

Suivez *vos* chemins! Et laissez les peuples et les nations aller leur chemin à eux! — des chemins obscurs en vérité, où ne se lèvent pas même les aurores boréales d'un quelconque espoir!

Que règne donc l'épicier là où tout ce qui brille encore — est de l'or d'épicier! Ce n'est plus le temps des rois : ce qui aujourd'hui s'intitule peuple, ne mérite pas de rois.

Voyez donc comme ces peuples imitent eux-mêmes les épiciers : ils vont ramasser le moindre avantage dans les ordures.

Ils s'épient les uns les autres, ils se copient — c'est ce qu'ils appellent « bon voisinage ». Ô temps lointains et bienheureux, où un peuple se disait : « Je veux être maître sur d'autres peuples! »

Car, mes frères : il faut que ce qu'il y a de meilleur règne, ce qu'il y a de meilleur *veut* régner. Et là où on enseigne autre chose, — c'est que ce qu'il y a de meilleur *manque*.

22

Si *ceux-là* avaient le pain pour rien, malheur! Que pourraient-ils, *ceux-là* réclamer à cor et à cris! Leur entretien — voilà ce dont ils s'entretiennent; et il faut qu'ils aient du mal.

Ils sont des bêtes de proie dans leur « travail », — il y a encore de la rapine dans leur « gain » —, il y a aussi de la ruse! C'est pourquoi il faut qu'ils aient du mal.

Il faut donc qu'ils deviennent de meilleures bêtes de proie, plus fines, plus intelligentes, *plus semblables à des êtres humains* : l'être humain, en effet, est la meilleure bête de proie.

L'homme a déjà dérobé à tous les animaux leurs vertus : c'est ce qui fait que de tous les animaux, c'est l'homme pour qui la vie a été la plus dure. Il n'y a plus que les oiseaux au-dessus de lui. Et si l'homme apprenait en outre à voler, oh! malheur — jusqu'à quelle hauteur — s'envolerait son goût de la rapine!

23

C'est ainsi que je veux homme et femme : l'un propre à la guerre, l'autre propre à l'enfantement, mais tous deux propres à la danse, par la tête et par les jambes.

Et que soit perdue la journée où l'on n'ait pas dansé *une seule fois!*

Et que soit fausse pour nous chaque vérité, auprès de laquelle il n'y ait pas eu au moins un éclat de rire.

24

Les mariages que vous concluez : veillez à ce que ce ne soit pas une mauvaise *conclusion*! Vous avez conclu trop vite : il *s'ensuit* alors la — rupture.

Il vaut mieux encore rompre mariage que plier et que mentir en mariage! — Voilà ce que me dit une femme : « Certes j'ai rompu le mariage, mais d'abord le mariage m'a rompue, — moi. »

J'ai toujours trouvé les mal-unis les plus assoiffés de vengeance : ils s'en prennent au monde entier de ne plus pouvoir courir seuls.

C'est pourquoi, je veux que ceux qui sont loyaux se disent l'un à l'autre : « Nous nous aimons : efforçons-nous de conserver notre amour! Où bien notre promesse a-t-elle été une erreur?

— Donnez-nous un sursis et une petite union, pour que nous voyions si nous sommes aptes aux longues unions! C'est une grande chose que d'être toujours à deux! »

Tel est le conseil que je donne à ceux qui sont loyaux; et qu'en serait-il de mon amour pour le surhumain et pour tout ce qui est à venir si je conseillais et parlais autrement!

Que le verger du mariage, mes frères, ne vous aide pas seulement à vous perpétuer, mais aussi à vous *élever*!

25

Celui qui a été instruit des vieilles origines, voyez,
celui-là, au bout du compte, cherchera des sources de
l'avenir et de nouvelles origines.

Ô mes frères, le temps n'est pas loin où éclo-
ront des *peuples nouveaux* et où de nouvelles sources
s'écouleront en bruissant dans de nouvelles profondeurs.

Le tremblement de terre, en effet — ensevelit bien
des puits, il fait beaucoup mourir de soif : mais il
fait aussi venir au jour des forces intérieures et des
sources cachées.

Le tremblement de terre révèle des sources nouvelles. Dans le tremblement de terre, des vieux
peuples surgissent des sources nouvelles.

Et celui qui s'écrie : « Regardez, voici un puits pour
beaucoup d'assoiffés, un cœur pour beaucoup qui
désirent, une volonté pour beaucoup d'outils » :
autour de celui-là un *peuple* se rassemblera, c'est-à-
dire beaucoup d'hommes qui essaient.

Qui sait commander, et qui est contraint d'obéir,
— *voilà ce que l'on essaie*! Ah! et au prix de combien
de longues recherches, de délibérations, d'apprentissage et de tentatives recommencées!

La société humaine : c'est une tentative, voilà ce
que j'enseigne, une longue recherche : mais c'est
celui qui commande qu'elle recherche,

— une tentative, ô mes frères! Et pas un « contrat »;

brisez, brisez-moi un tel mot pour cœurs mous et moitiés-de-moitiés.

26

Ô mes frères! Chez qui existe-t-il le plus grand danger pour tout l'avenir humain? N'est-ce pas auprès des bons et des justes?

— chez ceux qui disent et sentent du fond du cœur : « Nous savons bien ce qui est bon et juste et nous l'avons, de plus; malheur à ceux qui cherchent encore ici! »

Et quels que soient les dommages que puissent provoquer les méchants : le dommage provoqué par les bons est le plus dommageable des dommages.

Et quels que soient les dommages provoqués par ceux qui calomnient le monde : le dommage provoqué par les bons est le plus dommageable des dommages.

Ô mes frères, celui qui un jour a dit : « Ce sont des pharisiens », celui-là a vu jusqu'au fond du cœur des bons et des justes. Mais on ne le comprit point.

Les bons et les justes eux-mêmes n'eurent point le droit de le comprendre : leur esprit est emprisonné dans leur bonne conscience. La bêtise des bons est d'une insondable intelligence.

Mais ceci est la vérité : les bons nécessairement sont des pharisiens, — ils n'ont pas le choix.

Les bons, nécessairement, crucifient celui qui s'invente sa propre vertu! Telle est la vérité!

Mais le second qui découvrit leur pays, pays, cœur et terre des bons et des justes : ce fut celui qui demanda : « Quel est celui qu'ils haïssent le plus? »

C'est le *créateur* qu'ils haïssent le plus : celui qui brise des tables et de vieilles valeurs, ce briseur — ils l'appellent un criminel.

Les bons, en effet, — ils ne *peuvent* pas créer : ils sont toujours le commencement de la fin :

— ils crucifient celui qui grave des valeurs nouvelles sur des tables nouvelles, ils sacrifient l'avenir à eux-mêmes,

— ils crucifient tout avenir humain.

Les bons, — ils furent toujours le commencement de la fin.

27

Ô mes frères, avez-vous compris cette autre parole? Et ce que je vous dis jadis sur le « dernier homme »?...

Chez qui y a-t-il le plus grand danger pour tout avenir humain? N'est-ce pas chez les bons et les justes?

Brisez, brisez-les-moi, les bons et les justes! — Ô mes frères, avez-vous compris cette autre parole?

28

Vous me fuyez? Vous êtes effrayés? Vous tremblez devant cette parole?

Ô mes frères, lorsque je vous enjoignis de briser les bons et les tables des bons : c'est alors seulement que j'embarquai l'homme sur sa haute mer.

Et ce n'est que maintenant que va lui venir le grand effroi, le grand regard que l'on jette tout autour de soi, la grande maladie, le grand dégoût, le grand mal de mer.

Les bons vous ont enseigné de faux rivages, de fausses sécurités; vous étiez nés et à l'abri dans les mensonges des bons. Tout jusqu'au fond est devenu mensonger et tordu du fait des bons.

Mais celui qui a découvert le pays « humain », celui-là aussi a découvert le pays « avenir des humains ». Or, je vous veux maintenant matelots, vaillants, et patients!

Marchez droit à temps, mes frères, apprenez à marcher droit! La mer se déchaîne : il y en a beaucoup qui veulent se redresser grâce à vous.

La mer se déchaîne : tout est à la mer! Allons, en route! vieux cœurs de matelots!

Qu'importe la patrie! Notre gouvernail veut se diriger *vers le lieu* où est le pays de nos enfants. Vers cet endroit au loin, plus impétueux que la mer, notre désir se précipite comme la tempête.

29

Pourquoi si dur! — dit un jour au diamant le charbon domestique; ne sommes-nous pas des proches parents? »

Pourquoi si mous?, ô mes frères, voilà ce que *je* demande *moi* : n'êtes-vous pas mes frères?

Pourquoi si mous, pourquoi tant de mollesse, pourquoi autant céder? Pourquoi y a-t-il tant de reniements, tant de dénégation dans votre cœur? et si peu de destin dans votre regard?

Et si vous ne voulez pas être des destinées et inexorables, comment pourriez-vous vaincre avec moi?

Et si votre dureté ne veut pas jeter des éclairs et séparer et tailler : comment pourriez-vous, un jour, créer avec moi?

Les créateurs, en effet, sont durs. Et cela doit vous paraître une félicité de presser votre main sur des millénaires comme sur de la cire,

— une félicité d'écrire sur la volonté des millénaires comme sur un métal dur comme de l'airain, — plus dur que de l'airain, plus noble que de l'airain. L'extrême dureté, c'est seulement cela qui est le plus noble.

Je suspends au-dessus de vous cette nouvelle table, ô mes frères : *devenez durs* !

30

Ô toi ma volonté! Toi, tournant de toute détresse, toi ma *nécessité*! Garde-moi de toutes les petites victoires!

Toi qui es destinée à mon âme, toi que je nomme destin! Toi, l'en-moi! au-dessus de moi! Garde et ménage-moi pour *un* grand destin!

Et ta grandeur ultime, ma volonté, ménage-la-toi pour l'ultime, — que tu sois inexorable *dans* ta victoire! Ah! qui n'a pas été vaincu par sa victoire!

Hélas, de qui le regard ne s'est-il pas obscurci dans ce crépuscule enivré! Ah! de qui le pied n'a-t-il pas vacillé et n'a-t-il pas dans sa victoire désappris à se tenir debout?

Que je sois, un jour, prêt et mûr dans le grand midi : prêt et mûr pareil à l'étain incandescent, au nuage où l'éclair est en gestation, pareil au pis qui se gonfle de lait :

— prêt à moi-même et à ma volonté la plus cachée : un arc qui brûle d'avoir sa flèche, une flèche qui brûle d'aller vers son étoile :

— une étoile prête et mûre en son midi, incandescente, transpercée, pleine d'allégresse sous les flèches anéantissantes du soleil :

— un soleil moi-même et une volonté solaire inexorable, prêt à anéantir au milieu de sa victoire!

Ô volonté, tournant de toute détresse, toi

ma nécessité! Épargne-moi pour une grande victoire!...

Ainsi parlait Zarathoustra.

LE CONVALESCENT

1

Un matin, peu après son retour à sa caverne, Zarathoustra se leva d'un bond de sa couche, tel un fou, il se mit à crier d'une voix effrayante et gesticula comme si sur sa couche, il y en avait encore un autre qui ne voulait pas se lever; et la voix de Zarathoustra éclatait au point que ses animaux arrivèrent effrayés et que de toutes les cavernes et de tous les refuges, à proximité de la caverne de Zarathoustra, les bêtes s'enfuirent, — en volant, en voletant, en rampant, en sautant, selon qu'il leur était donné pied ou aile. Mais Zarathoustra prononça les paroles que voici :

« Monte! oh, pensée d'abîme, monte de ma profondeur! je suis ton chant du coq et ta lueur du matin, ver dormeur que tu es : allons! debout, debout. Ma voix va t'éveiller, pareille au chant du coq!

Détache les liens qui bouchent tes oreilles : écoute!

Car je veux t'entendre. Debout! Debout! Il y a ici assez de tonnerres pour que les tombes elles-mêmes apprennent à entendre!

Et essuie tes yeux pour en chasser tout ce qui est aveuglement, stupidité et étonnement.

Écoute-moi aussi avec tes yeux; ma voix est un moyen de guérison pour des aveugles-nés:

Et seras-tu éveillé, alors tu le resteras éternellement. Ce n'est pas dans *ma* manière de tirer des arrière-grand-mères du sommeil pour leur dire de continuer à dormir!

Tu bouges, tu t'étires, tu râles? — Debout, debout! Ce n'est pas pousser des râles, c'est parler que je te veux entendre! Zarathoustra t'appelle, lui, le sans-dieu, l'impie!

Moi, Zarathoustra, le défenseur de la vie, l'intercesseur de la souffrance, l'intercesseur du cercle, — c'est toi que j'appelle ma pensée d'abîme extrême!

Salut à moi! Tu viens, je t'entends. Mon abîme *parle,* j'ai retourné ma dernière profondeur et l'ai portée à la lumière.

Salut à moi! Viens! Donne la main... ha!, laisse, hé, holà!... dégoût, dégoût, dégoût, malheur à moi. »

2

A peine Zarathoustra avait-il dit ces mots, qu'il s'effondra sur le sol pareil à un mort et resta longtemps semblable à un mort. Mais lorsqu'il revint

à lui, il était blême et il tremblait et restait couché
et de longtemps il ne voulut ni boire, ni manger.
Un tel état de choses lui dura sept jours; ses animaux ne le quittèrent ni de jour, ni de nuit, excepté
les moments où l'aigle s'envolait pour chercher de
la nourriture. Et ce qu'il ramenait, ce dont il faisait
sa proie, il le posait sur la couche de Zarathoustra :
de sorte qu'à la fin Zarathoustra fut couché sous
des baies rouges et jaunes, des raisins, des pommes
d'api, des herbes odorantes et des pommes de pin.
Mais à ses pieds il y avait étendus deux agneaux, que
l'aigle avait à grand-peine arrachés à leur berger.

Enfin, après sept jours, Zarathoustra se dressa sur
sa couche, prit une pomme d'api dans sa main, la
sentit et en trouva l'odeur agréable. Alors ses animaux se dirent que le moment était venu de lui
parler.

« Ô Zarathoustra, dirent-ils, te voilà étendu ainsi
depuis sept jours déjà, les yeux lourds : ne veux-tu
pas enfin te remettre sur tes pieds?

Sors de ta caverne : le monde t'attend comme un
jardin. Le vent joue avec de lourds parfums, qui
veulent aller vers toi, et tous les ruisseaux aimeraient
te suivre.

Toutes les choses se languissent de toi, depuis sept
jours que tu es resté seul, — sors de ta caverne! Toutes
les choses veulent être tes médecins!

As-tu accédé à une connaissance nouvelle? amère et
pesante? Tu étais étendu là pareil à une pâte en fer-

mentation, ton âme a levé et a débordé de toutes parts.

— Ô, mes animaux, répondit Zarathoustra, continuez à jacasser ainsi et laissez-moi écouter! Cela me réconforte que vous jacassiez ainsi : là où on jacasse, le monde s'étend devant moi, tel un jardin.

Quelle aimable chose qu'il existe des mots et des sons : les mots et les sons ne sont-ils pas des arcs-enciel et des ponts illusoires entre ce qui est éternellement séparé?

A chaque âme appartient un autre monde; pour chaque âme chaque autre âme est un arrière-monde.

C'est entre ce qui est le plus semblable que l'apparence fait les plus beaux mensonges; car c'est par-dessus le plus petit abîme qu'il est le plus difficile de tendre un pont.

Pour moi, — comment y aurait-il un en dehors de moi? Il n'y a pas d'extérieur! Mais cela nous l'oublions en entendant vibrer les sons; qu'il est doux d'oublier!

Noms et sons n'ont-ils pas été donnés aux choses pour que l'homme y prenne plaisir? C'est une douce folie que le langage : grâce à lui l'homme passe en dansant sur toutes les choses.

Que parler est aimable et que le mensonge de tous les sons est aimable! Au bruit des sons notre amour danse sur des arcs-en-ciel multicolores.

— Ô Zarathoustra, dirent alors les animaux, pour ceux qui pensent comme nous toutes les choses dansent d'elles-mêmes : tout vient et se tend la main et rit et s'enfuit, — et revient.

Tout s'en va, tout revient; éternellement roule la
roue de l'être. Tout meurt, tout refleurit, éternellement se déroule l'année de l'être.

Tout se brise, tout est assemblé de nouveau; éternellement se bâtit la même maison de l'être. Tout se
sépare, tout se retrouve; éternellement l'anneau de
l'être reste fidèle à lui-même.

A chaque bref instant commence l'être; autour de
chaque ici, roule la sphère là-bas. Le milieu est partout. Le chemin de l'éternité est courbe.

— Ô vous, bouffons-plaisantins, orgues à rengaines
que vous êtes! répondit Zarathoustra, et il sourit à
nouveau, vous savez si bien ce qui devait s'accomplir
en sept jours :

— et vous savez comment ce monstre est entré dans
mon gosier et m'étranglait. Mais d'un coup de dents
je lui tranchai la tête et la crachai loin de moi.

Et vous, — vous en avez déjà fait, une rengaine?
Or me voici étendu ici, encore fatigué de ce coup de
dents et d'avoir craché, malade encore de ma propre
délivrance.

Et vous avez regardé tout cela? Ô mes animaux, êtes-
vous, vous aussi cruels? Avez-vous voulu regarder ma
grande douleur comme les êtres humains? L'être
humain, en effet, est l'animal le plus cruel.

C'est lors des tragédies, des combats de taureaux
et des crucifixions qu'il s'est jusqu'ici, senti le mieux
sur la terre; et lorsqu'il s'inventa l'enfer, voyez, ce fut
son paradis sur terre.

Quand le grand homme crie : — aussitôt le petit

homme accourt aussi vite qu'il le peut et de jouissance la langue lui pend de la bouche.

Mais lui appelle cela sa « pitié ».

L'homme petit, le poète surtout, — avec quelle assiduité il accuse la vie à coups de mots! Écoutez-le, mais que votre oreille ne laisse pas échapper la jouissance que contient toute accusation!

De tels accusateurs de la vie : la vie en vient à bout d'un cillement d'yeux. « Tu m'aimes? dit-elle, l'insolente, attends encore un peu, je n'ai pas encore le temps pour toi. »

L'homme est à l'égard de lui-même l'animal le plus cruel et chez tout ce qui se nomme « pêcheur », « porteur de croix » ou « pénitent », que vos oreilles ne laissent pas échapper la volupté que recèle cette plainte et cette accusation!

Et moi-même, — est-ce que je veux, par là, être l'accusateur de l'homme? Ah! mes animaux, j'ai appris jusqu'ici seulement que ce qu'il y a de pire en l'homme est nécessaire pour ce qu'il y a en lui de meilleur,

— que tout ce qu'il y a de pire en lui est sa *force* la meilleure et la pierre la plus dure pour le créateur le plus haut; et que l'homme doit devenir et meilleur *et* pire :

Je n'étais pas attaché à *ce* bois-*ci* du supplice qui est de savoir que l'homme est méchant — mais je criai comme personne encore n'a crié :

« Hélas, faut-il que ce qu'il y a de pire en l'homme soit si peu de chose! Hélas, faut-il que ce qu'il y a de meilleur en lui soit si peu de chose! »

C'est d'être si grandement saturé de l'homme — qui m'a étranglé, c'est cette satiété qui s'est faufilée dans mon gosier : et ce que prédisait le devin : « Tout est pareil, rien ne vaut la peine, savoir étouffe. »

Un long crépuscule boitillait devant moi, une tristesse, morte de fatigue, que la mort enivrait et qui parlait tout en bâillant et disait :

« Il revient toujours, l'homme dont tu es fatigué, l'homme petit », — voilà ce que ma fatigue disait en bâillant et elle traînait la patte et ne parvenait pas à s'endormir.

Je vis la terre des hommes se muer en caverne, son sein s'affaissait, tout ce qui était vivant devint de la pourriture humaine et des ossements et un passé vermoulu.

Sur toutes les tombes des hommes mon gémissement s'attardait sans pouvoir les quitter; mon gémissement et mon questionnement coassaient et m'étouffaient et rongeaient et se lamentaient jour et nuit :

« Hélas, l'homme revient éternellement. L'homme petit revient éternellement! »

Un jour, je les ai vus tout nus tous les deux, l'homme le plus grand et l'homme le plus petit : je les ai vus par trop semblables, — par trop humains encore, le plus grand!

Par trop petit, le plus grand! — c'est ce qui fait que j'en ai assez de l'homme! Et éternel retour aussi de ce qui est le plus petit! — Voilà ce qui me fit en avoir assez de toute existence!

Ah! dégoût! dégoût! dégoût!... » Ainsi parlait Zarathoustra et il soupirait et frissonnait; car il se rappe-
lait sa maladie. Mais ses animaux alors ne le lais-
sèrent pas continuer.

« Ne dis plus rien, ô toi le convalescent! — voilà
ce que lui répondirent ses animaux, va-t'en plutôt,
sors, va là où le monde t'attend pareil à un jardin.
   Va vers les roses et les abeilles et les vols de colombes! Mais va surtout chez les oiseaux chanteurs :
pour que tu apprennes d'eux *le chant*. Chanter, en
effet, est pour les convalescents; celui qui est en
bonne santé peut certes parler. Et si celui qui est en
bonne santé veut lui aussi des chansons, ce sont
pourtant d'autres chansons que celles que veut le
convalescent.
   — Ô bouffons-plaisantins et orgues à rengaines
que vous êtes, taisez-vous donc! — répondit Zarathoustra et il sourit de ses animaux. Comme vous
savez bien quelle consolation je me suis inventée
pour moi-même en ces sept jours!
   Qu'il me faille à nouveau chanter, — c'est *cette*
consolation-là que je me suis inventée et *cette* guérison : voulez-vous en refaire tout de suite une rengaine?
   — Ne continue pas, lui répondirent de nouveau ses
animaux, refais-toi plutôt une lyre, une nouvelle lyre!
   Car vois, ô Zarathoustra! Pour tes nouvelles chansons, il te faut de nouvelles lyres.
   Chante et déborde, ô Zarathoustra, guéris ton

âme par de nouvelles chansons : pour que tu portes ton grand destin qui ne fut le destin d'aucun homme encore!

Car tes animaux le savent bien, ô Zarathoustra, qui tu es et qui tu dois devenir : *vois, tu es celui qui enseigne l'éternel retour,* cela est désormais *ton* destin!

Qu'il te faille être le premier à donner cet enseignement, — comment ce grand destin ne serait-il pas aussi ton danger le plus grand et ta maladie la plus grande?

Vois, nous savons ce que tu enseignes : que toutes les choses reviennent éternellement et nous-mêmes avec elles et que nous avons déjà été là une éternité de fois, et toutes choses avec nous.

Tu enseignes qu'il existe une grande année du devenir, un monstre de grande année : tel un sablier, il lui faut sans cesse se retourner pour s'écouler et se vider à nouveau :

— de telle sorte que toutes ces années soient semblables à elles-mêmes, dans ce qu'il y a de très grand, comme dans ce qu'il y a de très petit, de telle sorte qu'au cours de chaque grande année nous soyons semblables à nous-mêmes dans ce qu'il y a de plus grand comme dans ce qu'il y a de plus petit.

Et si tu voulais mourir maintenant, ô Zarathoustra : nous savons en quels termes tu te parlerais à toi-même, — mais tes animaux te demandent de ne pas mourir encore!

Tu parlerais et sans trembler, en respirant largement, plutôt d'allégresse : car un grand poids et un lourd accablement te seraient ôtés, ô toi le plus patient!

« Maintenant, je meurs et je disparais, dirais-tu, et un bref instant je ne suis plus rien. Les âmes sont aussi mortelles que les corps.

Mais le nœud de causes dans lequel je suis emmêlé revient, — il me créera de nouveau! Moi-même je fais partie des causes de l'éternel retour.

Je reviens avec ce soleil, avec cette terre, avec cet argile, avec ce serpent, — *non pas* à une vie nouvelle, à une vie meilleure ou à une vie semblable :

— je reviens éternellement à cette même vie identique, dans ce qu'il y a de plus grand et dans ce qu'il y a de plus petit, pour que j'enseigne de nouveau l'éternel retour de toute chose,

— afin de proclamer à nouveau la parole du grand midi de la terre et de l'homme, pour annoncer à nouveau aux hommes le surhumain.

J'ai prononcé ma parole, ma parole me brise : c'est ainsi que le veut mon sort éternel, — je péris en tant qu'annonciateur!

L'heure est venue pour que celui qui périt se bénisse lui-même. C'est ainsi que *finit* le déclin de Zarathoustra. »

Lorsque les animaux eurent prononcé ces paroles, ils se turent et attendirent que Zarathoustra leur dise quelque chose : mais Zarathoustra ne remarqua point qu'ils s'étaient tus. Il était étendu en silence, les yeux fermés, comme s'il dormait, bien qu'il ne dormît pas : car il était justement en train de s'entretenir avec son âme. Mais le serpent et l'aigle, lorsqu'ils le virent ainsi silencieux, respectèrent le grand silence qui l'entourait et se retirèrent précautionneusement.

DU GRAND DÉSIR*

« Ô mon âme, je t'ai appris à dire « aujourd'hui » comme on dit « jadis » ou « naguère » et je t'ai appris à danser ta ronde par-dessus tout ici, tout là-bas et tout plus loin encore.

Ô mon âme, je t'ai délivrée de tous tes recoins, j'ai balayé la poussière, les araignées et la pénombre qui te recouvraient.

Ô mon âme, je t'ai lavée de ta petite pudeur et de ta petite vertu en coin et je t'ai convaincue de te tenir nue devant les yeux du soleil.

J'ai soufflé sur ta mer houleuse avec la tempête qui a pour nom « esprit »; j'ai chassé tous les nuages et j'ai même étranglé l'étrangleur nommé « péché ».

Ô mon âme, je te donnai le droit de dire non, comme la tempête et de dire oui, comme le dit le ciel ouvert : tu es là silencieuse comme la lumière et tu vas maintenant silencieuse à travers des tempêtes négatrices.

Ô mon âme je t'ai rendu ta liberté sur ce qui est

créé et sur ce qui est incréé : et qui connaît comme
tu la connais la volupté de ce qui est futur ?

Ô mon âme, je t'ai appris le mépris, le mépris
qui ne vient pas comme un ver rongeur, le grand
mépris, plein d'amour, celui qui aime le plus quand
il méprise le plus.

Ô mon âme, je t'ai appris à être assez convaincante
pour convaincre et faire venir jusqu'à toi les raisons
elles-mêmes : pareil au soleil qui convainc même
la mer et la fait monter jusqu'à sa hauteur à lui.

Ô mon âme, je t'ai débarrassée de toute obéissance, de toute génuflexion, de tout propos servile ;
je t'ai donné moi-même le nom « tournant de la
nécessité » et « destin ».

Ô mon âme, je t'ai donné des noms nouveaux et
des jouets multicolores, je t'appelai « destin » et
« volume des volumes » et « cordon ombilical du
temps » et « cloche d'azur ».

Ô mon âme, à ton royaume terrestre j'ai donné
à boire toute sagesse, tous les vins nouveaux et tous
les forts vins vieux, immémoriaux de la sagesse.

Ô mon âme, j'ai versé sur toi chaque soleil et
chaque nuit et chaque silence et chaque désir, —
alors je t'ai vu pousser tel un cep de vigne.

Ô mon âme, te voilà là, debout, lourde, croulante
de richesse, les pis gonflés et les grains de raisin
serrés d'un brun mordoré :

— serrée et pressée par ton bonheur, attendant à
force de surabondance et honteuse encore d'attendre.

Ô mon âme, il n'existe nulle part une âme plus

aimante, embrassant et contenant davantage de
choses! Où donc le passé et l'avenir seraient-ils plus
proches, plus ensemble qu'auprès de toi?

Ô mon âme, je t'ai tout donné et mes mains se
sont vidées de ton fait, — et maintenant! Et maintenant souriante et pleine de mélancolie, tu me dis :
« Qui de nous doit dire merci? — n'est-ce pas le
donateur qui doit dire merci que le preneur ait pris?
Prodiguer n'est-ce pas une pressante nécessité?
Prendre n'est-ce pas faire grâce? »

Ô mon âme, je comprends le sourire de ta mélancolie : ta surabondante richesse elle-même tend des
mains qui désirent.

Ta plénitude jette les yeux sur des mers mugissantes
et cherche et attend; le désir de la surabondance s'exprime par le ciel souriant de tes yeux.

Et en vérité, ô mon âme! qui verrait ton sourire
et ne fondrait pas en larmes? Les anges eux-mêmes
fondent en larmes à cause de l'excès de bonté de ton
sourire.

C'est ta bonté et ton excès de bonté qui ne veulent
pas se plaindre, ni pleurer : et pourtant, ô mon âme!
ton sourire désire les larmes et ta bouche tremblante
les sanglots.

« Tout pleur n'est-il pas une plainte? Toute plainte
n'est-elle pas accusation? » Ainsi te parles-tu à toi-
même et c'est pourquoi, ô mon âme! tu préfères
sourire plutôt que de déverser ta peine,

— que de déverser, en ruisseaux de larmes, toute
ta peine de tant de plénitude et de l'impatient besoin

qu'a le cep de vigne du vigneron et de la serpe du vigneron!

Mais si tu ne veux pas pleurer, épuiser par tes pleurs ta mélancolie pourpre, alors il te faudra *chanter,* ô mon âme! — Vois, je souris moi-même qui te prédis de telles choses :

— chanter un chant retentissant, jusqu'à ce que toutes les mers se taisent et qu'elles écoutent ton désir,

— jusqu'à ce que sur toutes les mers calmes qu'habite le désir, flotte la barque, le miracle d'or, autour de l'or duquel tournent en bondissant toutes les bonnes choses mauvaises, étranges,

— et aussi beaucoup d'animaux petits et grands et tout ce qui a d'étonnants pieds légers, de sorte à pouvoir courir sur des sentiers bleu pervenche,

— vers le miracle d'or, la barque volontaire et vers son maître : mais lui c'est le vigneron qui attend avec sa serpe de diamant,

— ton grand libérateur, ô mon âme! lui l'anonyme, — pour qui seuls les chants futurs trouveront des noms! Et en vérité, déjà ton haleine sent les chants futurs,

— déjà tu brûles et tu rêves, déjà tu bois, assoiffée, à tous les puits de consolation profonds et sonores, déjà ta mélancolie repose dans la béatitude de chants futurs!...

O mon âme! maintenant, je t'ai tout donné et aussi ce que j'avais d'ultime et mes mains se sont vidées en toi : — *que je t'ai dit de chanter,* vois, ce fut cela ce que j'avais d'ultime.

Que je t'ai dit de chanter, dis, dis-le : *qui* de nous doit maintenant — dire merci ? — Mais mieux encore : chante pour moi, chante, ô mon âme, et laisse-moi dire merci ! »

Ainsi parlait Zarathoustra.

L'AUTRE CHANT DE DANSE

1

« Il y a peu je te regardai dans les yeux, ô vie : je vis de l'or étinceler dans ton œil nocturne, — mon cœur s'en arrêta de plaisir :

— Je vis étinceler une barque d'or sur des eaux nocturnes, une barque qui coulait, s'immergeait, une barque dorée, bercée, faisant signe encore !

Tu as jeté un regard vers mon pied, ivre de danse, un regard bercé, plein de rires, d'interrogation et de douceur :

Deux fois seulement tu as fait mouvoir ta crécelle de tes petites mains, — et déjà mon pied se balançait en proie à l'ivresse de la danse.

Mes talons s'arquaient, mes orteils écoutaient, pour te comprendre : le danseur n'a-t-il pas ses oreilles dans ses orteils !

Je bondissais vers toi : alors tu as pris la fuite

devant le bond que je fis; et vers moi se tendaient, telles des langues, les pointes de tes cheveux fuyants, s'envolant!

Je m'éloignais de toi et de tes serpents en bondissant : or tu te tenais déjà, à demi-tournée, l'œil avide.

Avec des regards obliques — tu m'enseignes des voies obliques; sur des voies obliques, mon pied apprend des ruses.

Je te crains, proche, et je t'aime, loin; ta fuite m'attire, ta recherche me fait me roidir, — je souffre, mais que n'ai-je volontiers souffert pour toi!

Toi, dont la froideur enflamme, dont la haine séduit, dont la fuite attache, dont la moquerie — touche : — qui ne t'a pas haï, toi qui t'entends à lier, à attacher, à envelopper, toi la grande tentatrice, la grande chercheuse, toi qui trouves! Qui ne t'a pas aimée, toi l'innocente, l'impatiente, toi la pêcheresse aux yeux d'enfant, pressée comme le vent!

Où m'attires-tu maintenant, prodigue, coquine? Et te voilà de nouveau qui me fuis, farouche et ingrate que tu es!

Je te suis en dansant, je te suis sur une trace incertaine. Où es-tu? Donne-moi la main! Ou même un seul doigt!

Voici des cavernes et des fourrés : nous allons nous égarer! Arrête, arrête-toi! Ne vois-tu pas voltiger les hiboux et les chauves-souris?

Hibou, chauve-souris que tu es! Tu veux me singer? Où sommes-nous? C'est les chiens qui t'ont appris à pleurer et à japper ainsi?

Tu grinces aimablement de tes dents blanches à mon adresse, tes yeux lancent des éclairs à mon adresse à travers tes petites mèches toutes bouclées!

C'est une danse par monts et par vaux : moi je suis le chasseur, — veux-tu être mon chien ou mon chamois?

Allons, vite, à côté de moi! Et vite, toi la méchante, la bondissante! Allons monte, allons passe! — Malheur! Me voilà tombé moi-même en sautant!

Ô regarde-moi, étendu là, présomptueuse, regarde-moi implorer grâce! J'aimerais aller avec toi sur des chemins plus aimables!

— les chemins de l'amour de par des bosquets silencieux et multicolores! Où là-bas, le long du lac : des poissons rouges y nagent et y dansent!

Es-tu fatiguée maintenant? Il y a là-bas des moutons et des ciels rougis par le soir! Je t'y emporte, laisse donc tomber tes bras! Et si tu as soif — j'ai bien quelque chose, mais ta bouche ne veut pas le boire!

Ô ce maudit serpent agile et vif, maudite sorcière qui échappe toujours! Où t'en es-tu allée! Mais au visage, je sens, venus de ta main deux grosses marques et des taches rouges!

Vraiment je suis fatigué de toujours être ton berger moutonnier! Sorcière que tu es, si j'ai chanté pour toi jusque-là, c'est à *toi* maintenant de crier pour moi!

Tu crieras et tu danseras au rythme de mon fouet! Je n'ai pas oublié mon fouet n'est-ce pas? — Non! »

2

« Alors la vie me répondit en ces termes tout en se tenant bouchées ses adorables petites oreilles :

« Ô Zarathoustra, ne claque donc pas de si terrible façon avec ton fouet*! Tu le sais bien : le vacarme assassine les pensées, — or il me vient justement de si délicates pensées.

Nous sommes tous deux de vrais propres à rien, propres ni au bien, ni au mal. C'est par-delà le bien et le mal que nous avons trouvé notre île et notre verte prairie, — nous deux tout seuls! Aussi nous faut-il être bons l'un pour l'autre!

Et si nous ne nous aimons pas du fond du cœur, — faut-il s'en vouloir si l'on ne s'aime pas du fond du cœur?

Et que je sois bonne pour toi et souvent trop bonne, cela tu le sais : et la raison en est que je suis jalouse de ta sagesse. Ah! cette vieille folle bouffonne de sagesse! Si un jour ta sagesse devait t'échapper, alors mon amour aussi t'échapperait très vite. »

Alors, pensivement, la vie regarda derrière elle et autour d'elle et dit doucement : « Ô Zarathoustra, tu ne m'es pas assez fidèle!

Tu es loin de m'aimer autant que tu le dis; je sais que tu penses vouloir me quitter bientôt.

Il y a un vieux bourdon, lourd, très lourd : la nuit, quand il sonne, son grondement monte jusqu'à ta caverne :

— entends-tu cette cloche à minuit sonner les heures? tu y penses entre le premier et le douzième coup,

— tu y penses, ô Zarathoustra, je le sais que tu veux bientôt me quitter!

— Oui répondis-je en hésitant, mais tu le sais aussi. » Et je lui dis quelque chose à l'oreille, juste au milieu, entre les mèches blondes, folles et emmêlées de ses cheveux.

« Tu *sais* cela, Zarathoustra? Personne ne le sait... »

Et nous nous regardâmes et nous contemplâmes la verte prairie sur laquelle courait justement le soir frais, et ensemble nous nous mîmes à pleurer. — Mais en ce temps-là la vie m'était plus chère que toute ma sagesse. »

Ainsi parlait Zarathoustra.

3

Un!

Ô, homme fais attention!

Deux!

Qu'a dit le profond minuit?

Trois!

« J'ai dormi, j'ai dormi,

Quatre!

D'un rêve profond je me suis éveillé :

Cinq!

Le monde est profond,

Six!

Et plus profond que le jour ne le pensait.

Sept!

Profonde est sa douleur.

Huit!

Le plaisir, — plus profond encore que peine de
cœur.

Neuf!

La douleur dit : Passe et péris.

Dix!

Tout plaisir veut l'éternité,

Onze!

— veut une profonde, profonde éternité. »

Douze!

LES SEPT SCEAUX
(OU LE CHANT DE OUI ET D'AMEN)

1

« Si je suis prophète et plein de cet esprit prophé-
tique qui chemine sur de hautes crêtes entre deux
mers, —

entre passé et avenir, tel un lourd nuage, — ennemi
de tous les bas-fonds étouffants et humides, ennemi
de tout ce qui est fatigué et ne peut ni mourir, ni
vivre :

— prêt à la foudre dans son sein plein de ténèbres
et pour le rayon de lumière libérateur, gravide

d'éclairs qui disent oui et dont le rire dit oui, prêt à
des éclairs prophétiques :

— mais bienheureux celui qui est ainsi gravide! Et
en vérité, il faut que longtemps pende à la montagne
comme lourde nuée d'orage, celui qui un jour allu-
mera la lumière de l'avenir!

Ô comment pourrai-je ne pas brûler, comme en
chaleur, d'éternité et du désir du nuptial anneau des
anneaux — l'anneau du retour!

Jamais encore je n'ai trouvé la femme dont j'aurais aimé avoir des enfants, à l'exception de cette
femme que j'aime : car je t'aime, ô éternité!

Car je t'aime, ô éternité! »

2

« Si ma colère a jamais brisé des tombeaux, déplacé des bornes et cassé et roulé dans l'abîme abrupt
de vieilles tables :

Si mes sarcasmes ont jamais de leur souffle dispersé
des mots vermoulus, et si je suis venu tel un balai
pour les épeires et tel un vent purificateur pour de
vieux sépulcres à l'air confiné :

Si j'étais assis, batifolant là où sont ensevelis de
vieux dieux, bénissant le monde, aimant le monde, assis
à côté des monuments de vieux détracteurs du monde :

— car j'aime même les églises et les vieilles tombes
des dieux, lorsque enfin le ciel d'un œil pur regarde
à travers leurs plafonds crevés; j'aime à être installé

comme l'herbe ou le pavot rouge sur les églises dé-
truites.

Ô comment ne brûlerai-je pas du désir d'éternité et
du nuptial anneau des anneaux — l'anneau du retour?

Jamais encore je n'ai trouvé la femme dont j'aurais aimé avoir des enfants si ce n'est cette femme que
j'aime : car je t'aime, ô éternité!

Car je t'aime, ô éternité! »

3

« Si jamais un souffle m'est venu, un souffle de ce
souffle créateur et de cette nécessité céleste qui force
les hasards à danser des rondes d'étoiles :

Si j'ai jamais ri avec le rire de l'éclair créateur, que
suit en grondant mais obéissant le tonnerre de l'action :

Si j'ai jamais à la table des dieux qu'est la terre,
joué aux dés avec les dieux en sorte que la terre en
tremblait, s'en brisait et crachait des fleuves de feu :

— car la terre est une table pour les dieux, et qui
tremble sous les mots nouveaux et créateurs, qui
tremble lorsque les dieux jettent leurs dés :

— Ô comment ne brûlerai-je pas du désir de
l'éternité et du nuptial anneau des anneaux — l'anneau
du retour?

Jamais encore je n'ai trouvé la femme dont j'eus
aimé avoir des enfants si ce n'est cette femme que
j'aime : car je t'aime, ô éternité!

Car je t'aime, ô éternité! »

4

« Si jamais j'ai bu à longs traits à cette cruche écumante où tout est épicé et malaxé, où toutes les
choses sont bien mélangées :

Si jamais ma main a versé le plus lointain dans le
plus proche et le feu dans l'esprit et le plaisir dans la
peine et le pire dans ce qui contenait le plus de bonté :

Si je suis moi-même un grain de ce sel libérateur qui
fait que toutes les choses se mélangent bien dans la
cruche où tout se malaxe :

— car il existe un sel qui lie le bien et le mal; et ce
qu'il y a de plus de mal est digne aussi qu'on le sale et
de déborder de l'écume dernière :

Ô comment pourrai-je ne pas être brûlant du désir
d'éternité et du nuptial anneau des anneaux — l'anneau du retour?

Jamais encore je n'ai trouvé la femme dont j'eus
aimé avoir des enfants, si ce n'est cette femme que
j'aime : car je t'aime, ô éternité!

Car je t'aime, ô éternité! »

5

« Si j'aime la mer et tout ce qui est telle la mer et si
je l'aime surtout quand elle me contredit avec colère :

Quand il y a en moi cette joie qui cherche, qui
pousse les voiles vers ce qui n'a pas encore été décou-

vert, quand il y a un plaisir de vieux matelot dans mon joyeux plaisir :

Si jamais mon allégresse s'est écrié : « La côte a disparu, voici que je suis libéré de la dernière chaîne :

— l'illimité rugit autour de moi, loin devant moi brillent l'espace et le temps, allons, debout vieux cœur ! »

Ô comment ne brûlerai-je pas du désir de l'éternité et du nuptial anneau des anneaux — l'anneau du retour ?

Jamais encore je n'ai trouvé la femme dont j'eus aimé avoir des enfants, si ce n'est cette femme que j'aime : car je t'aime, ô éternité !

Car je t'aime, ô éternité ! »

6

« Si ma vertu est la vertu d'un danseur et si j'ai sauté souvent à pieds joints dans un ravissement doré et couleur d'émeraude :

Si ma méchanceté est une méchanceté rieuse, chez elle parmi les roseraies et les haies où fleurit le lilas :

— dans le rire est rassemblé tout ce qui est méchant, mais sanctifié et délivré par sa propre félicité :

Et si c'est mon alpha et mon omega que tout ce qui est lourd devienne léger, que tout corps devienne danseur et que tout esprit devienne oiseau : et en vérité, c'est là mon alpha et mon omega !

Ô comment ne brûlerai-je pas du désir de l'éternité

et du nuptial anneau des anneaux — l'anneau du retour?

Jamais encore je n'ai trouvé la femme dont j'eus aimé avoir des enfants, si ce n'est cette femme que j'aime : car je t'aime, ô éternité!

Car je t'aime, ô éternité! »

7

« Si j'ai jamais tendu au-dessus de moi des ciels silencieux et si de mes propres ailes je me suis envolé dans mes propres cieux :

Si j'ai nagé en me jouant dans des lointains lumineux et si l'oiseau-sagesse de ma liberté est venu :

— car ainsi parle l'oiseau-sagesse : « Vois, il n'y a pas d'en haut, pas d'en bas! Retourne-toi, jette-toi au-dehors, reviens, toi qui es léger! Chante, ne parle plus!

— tous les mots ne sont-ils pas faits pour ceux qui sont lourds? Tous les mots ne mentent-ils pas pour tous ceux qui sont légers!

Chante, ne parle plus! »

Ô comment ne brûlerai-je pas du désir de l'éternité et du nuptial anneau des anneaux — l'anneau du retour?

Jamais encore je n'ai trouvé la femme dont j'eus aimé avoir des enfants, si ce n'est cette femme que j'aime : car je t'aime, ô éternité!

Car je t'aime, ô éternité! »

QUATRIÈME PARTIE

« Où donc, hélas, de plus grandes sottises ont-elles été commises au monde que chez les compatissants? Et qu'est-ce qui a créé plus de souffrance dans le monde que les sottises des compatissants?

Malheur à tous ceux qui aiment et qui n'ont pas en outre une hauteur qui soit au-dessus de leur pitié!

Un jour le diable me parla ainsi : « Dieu aussi a son enfer : c'est son amour pour les hommes. »

Et il y a peu, je l'entendis dire ce mot : « Dieu est mort, Dieu est mort de sa compassion pour les hommes. »

Zarathoustra (Des compatissants).

L'OFFRANDE DE MIEL

— Et de nouveau les mois et les années passèrent sur
l'âme de Zarathoustra et il n'y prêta pas attention;
mais ses cheveux blanchirent. Un jour qu'il était assis
sur une pierre devant sa caverne et regardait le lointain, sans rien dire, — car l'on voyait de là la mer et le
regard plongeait sur un enchevêtrement d'abîmes —,
ses animaux se mirent pensivement à tourner autour
de lui pour, enfin, venir se poster devant lui.

« Ô Zarathoustra, dirent-ils, est-ce ton bonheur
que tu cherches des yeux? — Qu'importe le bonheur!
répondit-il, il y a bien longtemps que je n'aspire plus
au bonheur, ce à quoi j'aspire, c'est à mon œuvre.
— Ô Zarathoustra, dirent les animaux à nouveau, tu
dis cela comme quelqu'un qui a le bien à profusion.
N'es-tu pas couché dans un lac de bonheur couleur
d'azur? — Farceurs que vous êtes, répondit Zarathoustra en souriant, que vous avez bien choisi votre
comparaison! Mais vous savez aussi que mon bonheur
est lourd et qu'il n'est pas comme la source jaillissante; il me pousse et ne me veut pas, il est semblable
à la poix fondue. »

Alors, de nouveau, pensivement, ses animaux se remirent à tourner autour de lui et se postèrent une nouvelle fois devant lui. « Ô Zarathoustra, dirent-ils, c'est donc à cause de *cela* que tu deviens toujours plus jaune et toujours plus sombre, bien que tes cheveux déjà veuillent devenir blancs et filasse? Vois, tu es assis dans ta poisse! — Que dites-vous là, mes amis, fit Zarathoustra, et il se mit à rire, en vérité, j'ai blasphémé lorsque j'ai parlé de poix. Ce qui m'arrive, c'est ce qui arrive à tous les fruits qui mûrissent. C'est le *miel* dans mes veines qui rend mon sang plus épais et mon âme plus calme. — C'est sûrement cela, ô Zarathoustra, répondirent les animaux et ils se pressèrent contre lui; mais ne veux-tu pas aujourd'hui monter sur tes hautes montagnes? L'air est pur, et l'on voit aujourd'hui plus du monde que jamais auparavant. — Oui, mes animaux, répondit-il, vous me conseillez excellemment et selon mon cœur : je veux aujourd'hui monter sur une haute montagne! Mais veillez à ce que j'y aie du miel sous la main, du miel d'alvéoles, jaune, blanc, bon, du miel doré frais comme la glace. Car, sachez-le, je veux apporter là-haut l'offrande de miel. »

Mais lorsque Zarathoustra fut arrive là-haut, il renvoya chez lui les animaux qui l'avaient conduit, et il s'aperçut que désormais il était seul, — alors il se mit à rire de tout son cœur, il regarda tout autour de lui et parla en ces termes :

« Avoir parlé d'offrandes et d'offrandes de miel, ce fut seulement une ruse dans mon discours et, en vérité, une folie efficace! Ici en haut, j'ai déjà le droit de parler plus librement que devant les cavernes d'ermites et les animaux domestiques d'ermites.

Que donner en offrande? Je gaspille ce que l'on m'offre, moi le gaspilleur aux mille mains : comment pourrais-je encore appeler cela — faire des offrandes!

Et lorsque je désirais du miel, je ne désirais qu'un appât et je désirais ce doux et visqueux breuvage, dont les ours grognons et d'étranges oiseaux méchants et renfrognés se pourlèchent les babines :

— je désirais le meilleur appât comme en ont besoin les chasseurs et les pêcheurs. Car si le monde est comme une sombre forêt pleine d'animaux et comme le jardin d'agrément de tous les chasseurs sauvages, il me semble encore davantage une mer sans fond et pleine de richesses,

— une mer pleine de poissons multicolores et de crabes, désirable pour des dieux aussi, pour qu'ils y deviennent des pêcheurs et des lanceurs de filets : si riche est le monde en choses étranges, grandes et petites!

C'est surtout dans le monde des hommes, dans la mer humaine que je plonge ma canne à pêche en or et je dis : ouvre-toi, abîme humain!

Ouvre-toi et jette-moi tes poissons et tes crabes miroitants! Avec mon meilleur appât, j'appâte aujourd'hui les plus étranges poissons humains!

Mon bonheur lui-même, je le jette au loin, à tous les horizons, entre le lever, le midi et le coucher, pour voir si beaucoup de poissons humains n'apprennent pas à tirailler et à gigoter à mon bonheur.

Jusqu'à ce que mordant à mes hameçons pointus et cachés, ils soient contraints de s'élever à *ma* hauteur, eux, ces poissons des profondeurs, ces goujons multicolores, vers le plus méchant des pêcheurs d'hommes.

C'est ce que je suis, en effet, par nature et depuis l'origine, tirant, attirant à moi, tirant vers le haut, attirant, un tireur, un dresseur, un éducateur qui attire, qui jadis ne s'est pas dit en vain à lui-même : « Deviens qui tu es! »

Donc, que les hommes à présent montent vers moi : car j'attends encore les signes m'indiquant qu'il est temps pour mon déclin; pour l'instant je ne descends pas encore parmi les hommes, comme j'y suis contraint.

C'est pourquoi j'attends ici, rusé et moqueur, sur de hautes montagnes, ni patient, ni impatient, mais bien plutôt comme quelqu'un qui a désappris la patience, — parce qu'il ne veut plus « pâtir ».

Mon destin, en effet, me laisse le temps : il m'a oublié n'est-ce pas? Ou bien il est peut-être assis derrière une pierre, à l'ombre et il attrape les mouches?

Et en vérité, je lui en suis reconnaissant, à mon éternel destin, de ne pas me presser et de ne pas me pourchasser et de me laisser le temps pour faire des farces et des méchancetés : de sorte qu'aujourd'hui, je sois monté sur cette montagne pour attraper du poisson.

Y eut-il jamais un être humain pour attraper des poissons sur de hautes montagnes? Et même si ce que je fais et ce que je veux faire ici en haut est une folie : cela vaut encore mieux que de devenir solennel là-bas, en bas, et vert et jaune à force d'attendre,

— que d'écumer, d'être tout raidi de colère à force
d'attendre, une tempête hurlante et sacrée venue des
montagnes, un impatient qui, d'en haut, clame vers
les vallées : « Écoutez ou je vous fouette avec les verges
de Dieu! »

Non pas que je pourrais en vouloir à des coléreux
de cette sorte : ils me sont toujours assez bons pour
en rire! Il faut bien qu'elles soient impatientes, ces
grosses caisses à potin qui prendront la parole aujour-
d'hui ou jamais.

Mais moi et mon destin — ce n'est pas à l'aujour-
d'hui que nous parlons, ni au jamais : pour parler
nous avons la patience, nous avons le temps, le temps
à profusion. Car un jour il viendra nécessairement et
n'aura pas le droit de passer.

Qui donc viendra nécessairement et n'aura pas le
droit de passer simplement? Notre grand "Hazar",
notre grand et lointain empire humain, l'empire de
Zarathoustra qui durera mille ans.

Combien lointain peut bien être un tel « lointain »?
Que m'importe! Il n'en est pas moins sûr, — des deux
pieds je suis planté sur ce sol-là,

— sur un sol éternel, une pierre originelle, sur cette
montagne originelle la plus haute, la plus dure vers
qui viennent tous les vents, comme à une ligne de partage, demandant : où aller? d'où venir, pour aller où?

Ris ici, ris ma méchanceté claire et saine! Jette en
bas de hautes montagnes les éclats de rire miroitants
de ta moquerie! Appâte de ton miroitement mes plus
beaux poissons-hommes.

Et tout ce qui dans toutes les mers me revient à moi, mon en-moi et pour-moi en toutes choses, — *cela* pêche-le-moi, cela monte-le vers moi : c'est cela que j'attends, moi le plus méchant de tous les pêcheurs.

Au loin, au loin, ma ligne, plonge dedans! Plonge loin, appât de mon bonheur! Fais s'égoutter ta rosée la plus douce, toi, miel de mon cœur! Accroche mon hameçon dans le ventre de toute noire tristesse!

Au loin, vas au loin, mon regard! Ô toutes les mers autour de moi, tous les avenirs humains en train de poindre! Et au-dessus de moi, — quel calme couleur de rose! Quel silence sans nuages! »

LE CRI DE DÉTRESSE

Le jour suivant Zarathoustra était de nouveau assis sur sa pierre devant la caverne, pendant que les animaux vagabondaient dehors, de par le monde, afin de rapporter de la nourriture nouvelle, — et aussi du miel nouveau : car Zarathoustra avait dépensé et gaspillé le miel ancien, jusqu'à la dernière miette. Or, comme il était assis ainsi, un bâton à la main, en train de dessiner sur le sol les contours de son ombre, songeant, et en vérité, ni à lui-même, ni à son ombre, — tout à coup il fut pris de peur et sursauta : car à côté de son ombre il vit encore une autre ombre. Et comme il se leva d'un bond en regardant derrière lui, voyez, il vit le devin debout derrière lui, le même qu'il avait un jour nourri et désaltéré à sa table, l'annonciateur de la grande fatigue, lequel enseignait : « Tout est pareil, rien ne vaut la peine. Le monde n'a pas de sens, savoir étouffe. » Mais son visage entre-temps avait changé; et comme Zarathoustra le regarda dans les yeux, son cœur fut effrayé une nouvelle fois : tellement il y avait de mauvaises prédictions et d'éclairs d'un gris cendré qui couraient sur ce visage.

Le devin qui avait perçu ce qui se déroulait dans l'âme de Zarathoustra, se passait la main sur son visage comme s'il voulait effacer celui-ci; Zarathoustra fit de même. Et lorsque tous deux se furent ainsi ressaisis et réconfortés en silence, ils se prirent les mains en signe de ce qu'ils voulaient à nouveau se reconnaître.

« Sois le bienvenu, dit Zarathoustra, toi le prophète de la grande fatigue, ce n'est pas pour rien que tu auras été un jour mon hôte et commensal. Mange et bois, aujourd'hui aussi avec moi et pardonne à un vieil homme joyeux d'être assis à table avec toi! — Un vieil homme joyeux? répondit le devin, secouant la tête : qui que tu sois ou que tu veuilles être, ô Zarathoustra, tu l'as été par trop longtemps ici en haut, — ta barque, d'ici peu ne sera plus au sec! — Suis-je donc au sec? demanda Zarathoustra en riant. — Les vagues autour de ta montagne, répondit le devin, montent et montent, les vagues de la grande détresse et de la grande tristesse : bientôt elles soulèveront aussi ta barque et t'emporteront. » Zarathoustra se

tut, là-dessus, et s'étonna. « N'entends-tu encore
rien ? continua le devin : n'entends-tu pas des bruis-
sements et des mugissements monter des profondeurs ? » Zarathoustra se tut à nouveau et écouta :
alors il entendit un long, long cri, que les abîmes se
jetaient l'un l'autre et répercutaient, car aucun ne
voulait le garder : tellement sa sonorité était funeste.

« Prophète de malheur, dit enfin Zarathoustra, cela
c'est un cri de détresse et le cri d'un homme ; certes
il peut bien provenir d'une mer noire. Mais que peut
bien me faire la détresse humaine ! Mon dernier
péché, qui m'est réservé jusqu'ici, tu sais certainement
comment il se nomme ?

— « *Compassion* », répondit le devin le cœur débordant, en élevant les deux mains : Ô Zarathoustra, je
suis venu pour te séduire pour ton dernier péché ! »

Et à peine ces paroles furent-elles prononcées que
le cri retentit une nouvelle fois, et plus long et plus
angoissé qu'auparavant et déjà beaucoup plus proche. « Entends-tu, entends-tu, ô Zarathoustra ?
s'écria le devin, c'est à toi que ce cri s'adresse, c'est
toi qu'il appelle : viens, viens, viens, il est temps, il
est grand temps ! » Zarathoustra alors se tut, troublé
et bouleversé ; enfin il demanda, hésitant en lui-
même : « Et qui est-ce là-bas qui m'appelle ?

— Mais tu le sais bien, répondit le devin avec
brusquerie, qu'as-tu à te cacher ? C'est l'*homme supérieur* qui t'appelle !

— L'homme supérieur ? s'écria Zarathoustra pris
d'effroi, que veut-il *celui-là* ? que veut-il *celui-là* ?

L'homme supérieur, que veut-il ici? » — et sa peau se couvrit de sueur.

Mais le devin ne répondit pas à l'angoisse de Zarathoustra, mais il écoutait et écoutait encore les profondeurs. Cependant lorsque pendant un long moment le silence y régna, il détourna les yeux et vit Zarathoustra debout tremblant.

« Ô Zarathoustra, commença-t-il d'une voix triste, tu ne te tiens pas là debout comme quelqu'un que son bonheur ferait tourner : il te faudra danser pour que tu ne tombes pas!

Mais voudrais-tu danser devant moi et exécuter tous les bonds de côté : que personne cependant ne serait en droit de me dire : « Voyez! c'est le dernier homme joyeux qui danse là. »

C'est en vain que viendrait sur cette hauteur ici quelqu'un qui chercherait *cet homme-là* : il trouverait des cavernes, et des cavernes encore derrière les cavernes, des cachettes pour ceux qui se cachent, mais pas des mines de bonheur, des chambres au trésor et de nouveaux filons d'or et de bonheur.

Le bonheur, — comment pourrait-on trouver le bonheur chez ces enterrés-là, chez ces ermites! Dois-je chercher le bonheur ultime sur des îles bienheureuses et au loin entre des mers oubliées?

Mais tout est égal et semblable, rien ne vaut la peine, ce n'est pas la peine de chercher, il n'existe plus non plus d'îles bienheureuses!... »

Ainsi gémissait le devin; mais à sa dernière plainte,

Zarathoustra retrouva sa lucidité et son assurance pareil à un homme qui d'un profond abîme remonte à la lumière. « Non, non, trois fois non! s'écria-t-il d'une voix forte, en se lissant la barbe, *cela* je le sais mieux! Il existe encore des îles bienheureuses! Tais-toi, ce n'est pas à toi d'en parler, vieux sac à tristesse, pleurnichard!

Arrête de clapoter à ce propos, espèce de nuage de pluie en pleine matinée! Ne suis-je pas là déjà, inondé par ta tristesse et trempé comme un chien?

Je me secoue maintenant et je m'échappe en courant pour me sécher : tu ne dois pas t'en étonner! Je te parais discourtois? Mais ici c'est moi qui tiens ma cour.

Mais pour ce qui est de ton homme supérieur : allons! je vais aussitôt le chercher dans ces forêts : c'est *de là* qu'est venu son cri. Peut-être une bête méchante le menace-t-elle.

Il est dans *mon* domaine : je ne veux pas qu'il lui arrive malheur! Et en vérité, il y a beaucoup de bêtes féroces chez moi. »

Sur ces mots, Zarathoustra se prépara à s'en aller. Alors le devin dit : « Ô Zarathoustra, tu es un coquin! Je le sais bien, tu veux te débarrasser de moi! Tu préfères encore aller dans les forêts et y pourchasser les bêtes féroces!

Mais à quoi cela te sert-il? Le soir c'est quand même moi que tu retrouveras; je serai assis dans ta propre caverne à t'attendre, patient et lourd comme une souche!

— Eh bien, soit! s'écria Zarathoustra se retournant tout en s'en allant : et ce qui est mien dans ma caverne t'appartient aussi à toi, mon hôte!

Si tu devais y trouver encore du miel, alors allons, lèche-le, finis-le, ours grognon que tu es et adoucis-en ton âme! Ce soir en effet il faut que nous soyons tous deux de bonne humeur,

— de bonne humeur et heureux de ce que ce jour soit fini. Et toi-même tu seras l'ours qui dansera au rythme de mes chansons. Tu n'y crois pas? Tu secoues la tête! Allons, courage! Vieil ours! Mais moi aussi, — je suis un prophète. »

Ainsi parlait Zarathoustra.

ENTRETIEN AVEC LES ROIS

1

Il n'y avait pas encore une heure que Zarathoustra était en route dans ses montagnes et ses forêts, qu'il vit tout à coup un étrange défilé. Deux rois s'en venaient justement sur le chemin par lequel il voulait descendre, ceints de leur couronne et ornés de ceintures pourpres, bariolés comme des flamants : devant eux ils poussaient un âne portant une charge. « Que veulent-ils, ces rois dans mon domaine? » fit Zarathoustra étonné à son cœur et il se cacha vite derrière un buisson.

Lorsque les rois furent parvenus à sa hauteur, il dit, à mi-voix, comme quelqu'un qui se parle à lui-même : « Étrange, étrange, comment cela peut-il s'accorder? Je vois deux rois, — et je ne vois qu'un âne! »

Alors les deux rois s'arrêtèrent, sourirent, regardèrent vers l'endroit d'où venait la voix et après se regardèrent l'un l'autre. « De telles choses on les pense aussi entre nous, dit le roi qui était du côté droit : seulement on ne les dit pas. »

Mais le roi qui était à gauche haussa les épaules et répondit : « Cela doit être un chevrier ou un ermite qui a vécu trop longtemps parmi les rochers et les arbres. Pas de compagnie du tout en effet, cela gâte aussi les bonnes mœurs.

— Les bonnes mœurs? répondit l'autre de mauvaise grâce et avec amertume : à quoi voulons-nous échapper, si ce n'est justement aux « bonnes mœurs »? à notre « bonne société »?

Mieux vaut vivre parmi les ermites et les chevriers qu'avec notre populace dorée, fausse et fardée, — même si elle s'intitule elle-même « bonne société », — même si elle s'appelle « noblesse ». Mais en celle-là tout est faux et pourri, et le sang en premier, à cause de mauvaises maladies et de plus mauvais guérisseurs encore.

Le meilleur, celui que je préfère, c'est aujourd'hui un bon paysan, sain, rustre, rusé, entêté, opiniâtre :

voilà ce qui est aujourd'hui l'espèce la plus noble.

Le paysan est aujourd'hui ce qu'il y a de meilleur; et c'est l'espèce paysanne qui devrait régner! Mais c'est la populace qui règne, — je ne m'en laisse plus conter. Mais la populace cela veut dire : méli-mélo.

Le méli-mélo de la populace : tout y est, sens dessus-dessous dans tout, le saint et le chenapan et le hobereau et le juif et toute espèce de bétail de l'arche de Noé.

De bonnes mœurs! Tout chez nous est faux et pourri. Personne ne sait plus vénérer : c'est à cela précisément que nous voulons échapper. Ce sont des chiens douceâtres et importuns, ils dorent les feuilles de palmier.

Ce dégoût me serre la gorge que nous, les rois, nous soyons nous-mêmes devenus faux, ornés et revêtus des vieilles défroques d'apparât jaunies de nos grands-pères, des médailles d'exposition pour les plus bêtes et les plus malins et pour tous ceux qui aujourd'hui font du trafic avec le pouvoir!

Nous ne *sommes* pas les premiers, — et pourtant il faut nous *faire passer* pour tels : nous en avons finalement eu assez, nous nous sommes dégoûtés de cette filouterie.

Nous nous sommes détournés de la canaille, de tous ces braillards, de ces mouches à viande plumitives, de cette puanteur des brocantes, de l'agitation de l'ambition qui gigote et se démène, de la mauvaise haleine : — pouah! vivre parmi la canaille,

— pouah, être considérés comme les premiers

parmi la canaille! Ah! dégoût, dégoût! dégoût! En quoi pouvons-nous bien importer, nous les rois!

— C'est ta vieille maladie qui te reprend, dit ici le roi qui était à gauche, le dégoût t'assaille, mon pauvre frère. Mais tu le sais bien, il y a quelqu'un qui nous écoute. »

Aussitôt, Zarathoustra qui avait, à ces discours, ouvert les yeux et les oreilles se dressa et sortit de sa cachette, s'approcha des rois et commença à parler ainsi :

« Celui qui vous écoute, celui qui aime à vous écouter, il s'appelle Zarathoustra.

Je suis Zarathoustra qui a dit un jour : « Que peuvent bien importer les rois! » Pardonnez-moi, mais je me suis réjoui lorsque vous vous êtes dit l'un l'autre : « Que pouvons-nous bien importer, nous les rois! »

Mais ici c'est *mon* domaine, c'est moi qui commande ici : que pouvez-vous bien venir chercher dans mon domaine? Mais peut-être avez-vous *trouvé* en cours de route ce que *moi je* cherche : à savoir l'homme supérieur. »

Lorsque les rois entendirent ceci, ils se frappèrent la poitrine et dirent d'une seule voix : « Nous sommes démasqués!

Avec le coup d'épée de ce mot, tu tranches la plus épaisse obscurité de notre cœur. Tu as découvert notre détresse, car : ô vois! nous sommes en route pour trouver l'homme supérieur,

— l'homme qui est supérieur à nous bien que nous

soyons des rois. C'est à lui que nous menons cet âne.
L'homme supérieur, en effet, doit aussi être le maître
suprême sur terre.

Il n'y a pas de plus dur malheur sur terre dans tout
le destin humain que de voir des puissants sur cette
terre qui ne soient pas aussi les tout premiers quant
à la valeur. Alors tout devient faux et oblique et
monstrueux.

Et quand de plus, ils sont les derniers des derniers
et plus bétail qu'humains : alors la populace croît
et croît en valeur et enfin la vertu populacière se met-
tra même à dire : « Voyez, je suis moi seule la vertu! »

— Qu'est-ce que je viens d'entendre? répondit
Zarathoustra : quelle sagesse pour des rois! Je suis
ravi, et en vérité ça me donne envie de faire quelques
petits vers là-dessus :

— même si cela doit devenir des vers qui ne sont
pas bons pour toutes les oreilles. Il y a longtemps
que j'ai désappris à avoir des égards pour les longues
oreilles. Allons! Courage! »

(Or, il arriva ici, que l'âne aussi arriva à prendre
la parole : il dit clairement et avec humeur OUI-HAN!)

« Un jour, — je crois du salut c'était l'an un,
La sibylle dit, ivre sans vin :
« Oh! malheur ça va de travers!
« Déclin, déclin! Jamais le monde ne tomba si bas.
« Rome devint putain et putasserie,
« Le César de Rome s'est fait bétail, Dieu lui-même
                                    [— s'est fait juif! »

2

Les rois se délectèrent de ces vers de Zarathoustra;
mais le roi de droite dit : « Ô Zarathoustra, comme
nous avons bien fait de partir pour te voir!

Tes ennemis, en effet, nous ont montré ton image
dans leur miroir : on t'y voyait, railleur, avec une gri-
mace satanique, de sorte que nous eûmes peur de toi.

Mais à quoi bon! Tes maximes pourtant ne ces-
saient de nous picoter le cœur et les oreilles. Alors
nous dîmes : Que peut bien importer la tête qu'il a!

Il nous faut *l'entendre*, lui, qui enseigne : « Vous
devez aimer la paix comme un moyen vers de nouvelles guerres et vous devez davantage aimer une paix
courte qu'une paix longue! »

Jamais personne n'a prononcé des paroles aussi
guerrières : « Qu'est-ce qui est bon? Être vaillant est
bon. C'est la bonne guerre qui sanctifie toute chose. »

Ô Zarathoustra, le sang de nos pères, à ces mots,
s'éveille dans nos corps : c'était le discours que le
printemps tient à de vieilles barriques de vin.

Quand les épées se mêlaient, pareilles à des serpents tachés de rouge, alors nos pères furent heureux
de vivre; tout le soleil de la paix leur semblait tiède
et fade, la longue paix leur faisait honte.

Comme ils soupiraient, nos pères, quand ils
voyaient le long de la muraille se dessécher des épées
étincelantes! Car, pareils à elles, ils avaient soif de

guerre. Une épée en effet veut boire du sang et elle en étincelle d'avidité... »

Comme les rois parlaient et jacassaient ainsi avec ardeur du bonheur de leurs pères, ce ne fut pas une petite envie qui prit Zarathoustra de se moquer de leur ardeur : car visiblement, c'était des rois très pacifiques qu'il voyait devant lui, aux visages fins et vieux. Mais il se retint. « Allons! dit-il, le chemin mène là-bas où se trouve la caverne de Zarathoustra; et cette journée aura une longue soirée! Mais à cette heure un cri de détresse m'éloigne, en hâte, de vous.

Ce sera un honneur pour ma caverne si des rois veulent bien s'y asseoir et attendre : mais, certes, il vous faudra attendre longtemps!

Mais qu'importe! Où apprend-on mieux à attendre qu'à la cour? Et toute la vertu des rois, qui leur est restée, — ne s'appelle-t-elle pas aujourd'hui : *savoir attendre?* »

Ainsi parlait Zarathoustra.

LA SANGSUE

Et Zarathoustra continua son chemin pensivement, s'enfonçant toujours plus profondément et plus loin dans les forêts et le long de fonds marécageux; mais comme il arrive à qui pense à des choses difficiles,

il marcha par mégarde sur un homme. Et voyez, un
cri de douleur, alors, deux jurons et vingt graves in-
sultes lui jaillirent au visage : de sorte que dans sa
frayeur il leva son bâton et frappa encore celui sur
qui il venait de marcher. Mais aussitôt il retrouva
ses esprits; et son cœur rit de la folie qu'il venait de
commettre.

« Pardonne-moi, dit-il à celui qu'il avait heurté
et qui s'était levé plein de colère et s'était assis :
pardonne-moi et écoute d'abord une parabole.

Comme un voyageur, qui rêvant à des choses lointaines, par mégarde, sur une route isolée, heurte du
pied un chien endormi, un chien étendu au soleil :

— comme tous deux alors sursautent, sautent l'un
contre l'autre, pareils à des ennemis mortels, ces deux
êtres effrayés jusqu'à la mort : ainsi en est-il advenu
de nous!

Et pourtant, et pourtant, — de combien peu ne s'en
est-il pas fallu pour qu'ils ne se caressent l'un l'autre,
ce chien et ce solitaire! Ne sont-ils pas tous deux des
— solitaires!

— Qui que tu sois, dit, encore plein de colère, celui
que Zarathoustra avait heurté du pied, tu m'atteins
aussi avec ta parabole et pas seulement avec ton
pied!

Regarde, suis-je donc un chien? » — et là-dessus
celui qui était assis se leva en retirant son bras du marécage. Il était jusque-là, en effet, étendu tout de son
long sur le sol, caché et impossible à identifier,
pareil à ceux qui sont à l'affût d'un gibier des marais.

« Mais que fais-tu donc? s'écria Zarathoustra effrayé, car il voyait que beaucoup de sang coulait sur le bras nu, — que t'est-il arrivé? Une bête méchante t'a-t-elle mordu, malheureux? »

L'homme qui saignait se mit à rire, encore en colère : « Qu'est-ce que cela peut bien te faire? dit-il et il voulut continuer son chemin. Ici, je suis chez moi, dans mon domaine. Peut bien m'interroger qui veut : mais à un pataud je ne répondrai guère.

— Tu te trompes, dit Zarathoustra apitoyé en le retenant, tu te trompes, tu n'es pas chez toi ici, mais dans mon domaine, et à personne il ne doit y être causé le moindre dommage. Mais appelle-moi comme tu voudras, — je suis celui qu'il me faut être. Moi-même je m'appelle Zarathoustra.

Allons! là-bas le chemin grimpe vers la caverne de Zarathoustra : elle n'est pas loin, — ne veux-tu pas venir chez moi soigner tes blessures?

Les choses allaient mal pour toi, malheureux, dans cette vie : d'abord la bête t'a mordu puis l'homme t'a marché dessus! »

Mais lorsque l'homme sur qui il avait marché entendit le nom de Zarathoustra, il se métamorphosa. « Que m'arrive-t-il? s'écria-t-il. *Qui* m'importe encore dans la vie, si ce n'est ce seul homme, à savoir Zarathoustra et cet animal seul qui vit de sang, la sangsue?

C'est à cause de la sangsue que j'étais étendu au bord de ce marécage comme un pêcheur et déjà mon bras étendu avait été mordu dix fois de suite, et voici

qu'une plus belle sangsue encore m'a mordu pour
sucer mon sang, Zarathoustra lui-même.

Ô bonheur! Ô miracle! béni soit ce jour qui m'a
attiré dans ce marais! Bénie soit cette ventouse la
meilleure, la plus vivante qui vive aujourd'hui,
bénie soit la grande sangsue de la conscience,
nommée Zarathoustra! »

Ainsi parla celui que Zarathoustra avait heurté du
pied et Zarathoustra fut réjoui de ses paroles et de
leur allure fine et respectueuse. « Qui es-tu? demanda-
t-il et il lui tendit la main, il y a encore bien des
choses à éclaircir entre nous et à égayer : mais déjà
il me semble que cela sera une belle journée claire.

— Je suis le *consciencieux de l'esprit,* répondit celui
qui était interrogé, et dans les choses de l'esprit il
n'en est guère pour prendre les choses plus sévèrement, plus rigoureusement, plus durement que moi,
à l'exception de celui-là même dont je l'appris, Zarathoustra lui-même.

Mieux vaut ne rien savoir que beaucoup savoir
à moitié! Mieux vaut être un bouffon à ma guise,
qu'un sage selon le bon plaisir d'autrui! Moi, — je vais
au fond des choses :

— qu'importe que ce fond soit grand ou petit?
Qu'il s'appelle ciel ou terre? Un fond grand comme
la main me suffit : s'il est vraiment et fond et sol
on peut s'y tenir debout. Dans la véritable conscience
du savoir, il n'y a ni grandes, ni petites choses.

— Ainsi peut-être es-tu celui qui cherche à connaître la sangsue? demanda Zarathoustra; et tu vas à la

poursuite de la sangsue jusqu'à l'extrême fond, consciencieux que tu es?

— Ô Zarathoustra, répondit celui qu'il avait heurté
du pied, ce serait quelque chose de monstrueux,
comment l'oserais-je!

Mais ce dont je suis le maître, et le connaisseur,
c'est le *cerveau* de la sangsue, — c'est là *mon* univers.

Et c'est un monde! Pardonne à ma fierté de prendre ici la parole, car ici je n'ai pas mon pareil. C'est
pourquoi j'ai dit : « Ici, je suis chez moi. »

Voilà bien longtemps déjà que je vais à la poursuite
de cette seule chose, le cerveau de la sangsue, afin
que la vérité glissante et gluante ne m'échappe pas
sur ce point précis! Ici est *mon* domaine!

— pour cela j'ai rejeté tout le reste, tout le reste
m'est devenu indifférent; et tout près de ma science
se trouve ma noire nescience.

Ma conscience de l'esprit le veut ainsi que je sache
une chose et que pour le reste je ne sache pas : j'ai
en horreur tous les demi-savants, tous les nébuleux
flottants, tous les exaltés.

Où ma loyauté s'arrête, je suis aveugle et je veux
aussi être aveugle. Mais là où je veux savoir, je veux
aussi être loyal, à savoir, dur, sévère, rigoureux, cruel,
impitoyable.

Que *tu* aies dit un jour, ô Zarathoustra : « L'esprit
est la vie qui taille elle-même au vif de la vie »,
cela me séduisit et me conduisit vers ton enseignement. Et, en vérité, j'ai augmenté mon savoir
de mon propre sang!

— Comme me l'apprend, apparemment, ce que je vois », l'interrompit Zarathoustra, car le sang s'écoulait toujours le long du bras du consciencieux. Dix sangsues, en effet, s'y étaient fixées.

« Ô étrange compagnon que tu es, combien m'apprend ce que je vois là de mes yeux à savoir toi-même! Et peut-être ne devrais-je pas tout dire à tes oreilles sévères!

Allons! Séparons-nous ici! Pourtant j'aimerais bien te retrouver. Le chemin là-bas monte à ma caverne : cette nuit je voudrais que tu y sois mon invité bien-aimé!

J'aimerais bien réparer sur ton corps l'outrage que Zarathoustra t'a fait en te foulant aux pieds : c'est à cela que je pense. Mais maintenant un cri de détresse me force à m'éloigner de toi en hâte. »

Ainsi parlait Zarathoustra.

LE MAGICIEN

1

Mais lorsque Zarathoustra contourna un rocher, il vit non loin en dessous de lui, un homme qui agitait les membres en tous sens comme fou furieux et qui enfin s'effondra sur le sol, ventre contre terre. « Ar-

rête-toi! dit Zarathoustra à son cœur, celui-là, là-bas,
est à coup sûr l'homme supérieur, c'est de lui qu'est
venu ce terrible cri de détresse, — je veux voir si je
peux apporter mon aide. » Mais lorsqu'il accourut
à l'endroit où cet homme était étendu à terre, il
trouva un vieillard tremblant, l'œil fixe; et quels que
furent pourtant les efforts de Zarathoustra pour le
faire se lever et le remettre sur ses jambes, ils furent
vains. D'ailleurs le malheureux ne semblait pas remarquer qu'il y avait quelqu'un auprès de lui; bien
plus, il ne cessait de regarder autour de lui tout en
faisant des gestes touchants, comme quelqu'un abandonné par le monde entier et condamné à la solitude.
Mais enfin après avoir beaucoup tremblé, sursauté
et s'être contorsionné et recroquevillé sur lui-même,
il commença à se lamenter en ces termes :

« Qui me chauffe et m'aime encore?
Tendez-moi des mains brûlantes!
Donnez-moi les brasiers du cœur!
Tout de mon long, frissonnant,
Pareil à un moribond à qui l'on chauffe les pieds
Ah! secoué par des fièvres inconnues,
Tremblant sous les flèches pointues et glacées du gel,
Pris en chasse par toi penser qui me viens!
Toi indicible, voilé, terrifiant!
O toi, à l'affût derrière les nuages,
Foudroyé par toi, en un éclair,
Toi œil moqueur qui me regardes dans l'obscurité :
— me voici étendu ainsi.

Je me tords, me convulse, torturé
Par tous les martyres éternels.
Atteint
Par toi, chasseur le plus cruel,
Toi, — Dieu inconnu.

Frappe, va plus profond!
Frappe une fois, encore!
Lacère, brise ce cœur!
Pourquoi martyriser avec des flèches épointées?
Pourquoi me regardes-tu encore?
Jamais fatigué du tourment des hommes
De tes yeux divins qui foudroient,
Contents d'infliger la souffrance.
Ah! Tu te faufiles vers moi?

A l'heure de ce minuit
Que veux-tu? parle!
Tu me forces, m'oppresses.
Ah! Tu es trop près, trop près!
Va t'en, va t'en!
Tu m'entends respirer,
Tu écoutes mon cœur,
Jaloux que tu es, —
Jaloux, pourtant, de quoi?
Va t'en, va t'en! pourquoi cette échelle?
Veux-tu entrer *dedans*,
Dans le cœur,
Monter, entrer dans mes plus secrètes
Pensées, y entrer?

Impudent! Voleur, — inconnu!
Que veux-tu donc voler?
Que veux-tu donc écouter?
Que veux-tu obtenir par la torture,
Tortionnaire que tu es!
Dieu-bourreau que tu es!
Ou dois-je, pareil au chien,
Me vautrer sur le sol devant toi,
Tout abandon, enthousiasme, hors de moi,
Dois-je agiter la queue pour
Te dire mon amour?

C'est en vain, pique donc, pique encore,
Pointe très cruelle! Non,
Pas ton chien, — je ne suis que ton gibier,
Chasseur le plus cruel!
Ton prisonnier le plus fier!
Toi le voleur derrière les nuages!
Parle enfin!
Que veux-tu, bandit de grand chemin,
Que veux-tu *de moi?*
Toi que l'éclair cache, inconnu, parle,
Que *veux*-tu, dieu, — inconnu?...
Quoi? une rançon?
Que veux-tu faire d'une rançon?
Exige beaucoup, — c'est ce que conseille ma fierté,
Et parle peu, — c'est ce que conseille mon autre fierté.

Aha!
C'est *moi,* — que tu veux? Moi
Moi, — tout entier?

Ah!
Et tu me martyrises, fou que tu es,
Tu martyrises ma fierté?
Donne-moi de *l'amour*, — qui va donc me réchauffer?
Qui m'aime encore, — tends tes mains chaudes,
Donne le brasier du cœur,
Donne-le-moi, à moi le ·plus solitaire
Que la glace, ah! sept couches de glace
Font brûler du désir de l'ennemi,
Oui, de l'ennemi.
Donne-toi, abandonne-toi,
Très cruel ennemi, abandonne-
Toi, — à moi.

Parti!
Le voilà lui-même envolé,
Mon dernier et seul compagnon,
Mon grand ennemi,
Mon inconnu,
Mon Dieu-bourreau!

— Non! reviens
Avec tous tes supplices,
Auprès du dernier de tous les solitaires!
O reviens!
Tous mes ruisseaux de larmes dirigent
Leur course vers toi!
Et la dernière flamme de mon cœur,
C'est pour toi qu'elle rougeoie et s'élève.
O reviens!

Mon Dieu inconnu! Ma douleur!
Mon dernier — bonheur! »

2

Mais ici Zarathoustra ne put y tenir plus longtemps, il prit son bâton et de toutes ses forces il se
mit à frapper celui qui se lamentait. « Arrête, lui cria-
t-il avec un rire courroucé, arrête, comédien que tu es,
faux-monnayeur! Menteur par nature! Je te reconnais
bien!

Je vais te réchauffer les jambes, tu vas voir, magicien de malheur, je m'y entends bien à montrer de
quel bois je me chauffe à des individus de ton
espèce!

— Bon, ça va, dit le vieil homme en se levant d'un
bond, ne me frappe plus, ô Zarathoustra! Je n'ai fait
tout cela que par jeu!

Ça fait partie de mon art; mais toi-même, je voulais te mettre à l'épreuve, lorsque je te donnai
cette petite preuve! Et, en vérité, tu m'as bien percé
à jour!

Mais toi aussi tu m'as donné une preuve de toi-
même qui n'est pas rien : tu es *dur,* sage Zarathoustra! Tu frappes durement avec tes « vérités », —
ton gourdin me force à dire — *cette* vérité.

— Ne me flatte pas, répondit Zarathoustra, encore
irrité et le regard sombre, comédien par nature que
tu es! Tu es faux : que parles-tu de vérité!

Paon entre les paons, océan de fatuité, qu'as-tu à jouer devant moi, magicien de malheur, en qui devais-je croire, lorsque tu te lamentais de cette sorte.

— *Le pénitent de l'esprit,* dit le vieil homme, c'est *lui* — que je jouais : c'est toi-même qui as inventé jadis ce mot,

— je jouais le poète et magicien, qui tourne enfin son esprit contre lui-même, le métamorphosé qui meurt de froid de sa mauvaise science et de sa mauvaise conscience.

Et avoue-le donc : il t'a fallu longtemps pour percer à jour mon art et mes mensonges! Tu *as cru* en ma détresse lorsque tu m'as tenu la tête des deux mains,

— je t'entendais te lamenter : « On l'a trop peu aimé, on l'a trop peu aimé! » Que j'aie pu te tromper à ce point, ma méchanceté, intérieurement, en a été toute ravie.

— Tu peux bien en avoir trompé de plus malins que moi, dit Zarathoustra avec dureté. Je ne me méfie pas des escrocs, *il me faut* être dépourvu de prudence : c'est ainsi que le veut mon destin.

Mais toi, — *il te faut* tromper; je te connais suffisamment! Il faut toujours que tu sois à deux, — trois, — quatre, — cinq facettes! Même ce que tu as confessé maintenant, ne m'était de loin pas assez vrai et pas assez faux!

Faux-monnayeur de malheur, comment pourrais-tu faire autrement! Tu trouverais encore le moyen de farder ta maladie, si tu te montrais tout nu à ton médecin.

De même, tu viens de farder devant moi ton mensonge, lorsque tu as dit : « Je n'ai fait cela que par jeu. » Il y avait du *sérieux* dedans, tu as quelque chose du pénitent de l'esprit!

Je t'ai deviné : tu devins l'enchanteur de tous, mais à l'égard de toi-même il ne te reste plus ni mensonge, ni ruse, — toi-même tu es désenchanté pour toi-même!

Tu as recueilli le dégoût, comme ton unique vérité. Il n'y a plus un mot u authentique en toi, mais ta bouche l'est : à savoir le dégoût qui colle à ta bouche.

— Qui es-tu donc! s'écria ici le vieux magicien d'une voix pleine de défi, qui a le droit de me parler ainsi *à moi,* le plus grand qui vive aujourd'hui? » — et de ses yeux un éclair vert jaillit en direction de Zarathoustra. Mais tout de suite après, il se transforma et dit tristement :

« Ô Zarathoustra, je suis fatigué, de tout cela, mes artifices me dégoûtent, je ne suis pas *grand,* pourquoi faire semblant? Mais, tu le sais bien, — je cherchais la grandeur!

Je voulais représenter un grand homme et j'en persuadai beaucoup : mais ce mensonge a dépassé mes forces. Je m'y brise.

Ô Zarathoustra, tout est mensonge en moi; mais que je me brise, — ma brisure est *authentique!*

— Cela t'honore, dit Zarathoustra, d'un air sombre, et regardant de côté vers le sol, cela t'honore d'avoir cherché la grandeur, mais cela te trahit aussi! Tu n'es pas grand.

Vieux magicien de malheur, c'est *cela* ce qu'il y a

de meilleur et de plus sincère en toi que j'honore, que tu sois devenu las de toi-même et que tu l'aies exprimé : « Je ne suis pas grand. »

C'est *en cela* que je t'honore, en tant que pénitent de l'esprit : et même si cela ne dura que l'espace d'un clin d'œil, à cet instant-là, tu as été vrai.

Mais parle, que cherches-tu ici, dans *mes* forêts et mes rochers. Et si tu te mets sur *mon* chemin, quelle épreuve voulais-tu de moi?

— en vue de quoi m'as-tu tenté? »

Ainsi parlait Zarathoustra, et ses yeux étincelaient. Le vieux magicien se tut quelques instants, puis il dit : « T'ai-je tenté? Je ne faisais que chercher.

Ô Zarathoustra je cherche un homme authentique, droit, simple, sans équivoque, un homme de toute droiture, un vase de sagesse, un saint de la connaissance, un grand homme!

Ne le sais-tu pas, ô Zarathoustra, *je cherche Zarathoustra.* »

Et ici, il y eut un long silence, entre eux deux; Zarathoustra s'abîma profondément en lui-même, de sorte qu'il ferma les yeux. Mais, ensuite, revenant à son interlocuteur, il prit la main du magicien et dit plein de gentillesse et de ruse :

« Allons! Voici là-bas le chemin qui monte à la caverne de Zarathoustra. Tu peux y aller chercher celui que tu aimerais trouver.

Et demande conseil à mes animaux, à mon aigle et à mon serpent : qu'ils t'aident à chercher. Mais ma caverne est grande.

Moi-même, il est vrai, — je n'ai pas encore vu de grand homme. Pour ce qui est grand, même l'œil de ceux qui sont les plus fins est aujourd'hui grossier. C'est le règne de la populace.

J'en ai vu plus d'un s'étirer et se gonfler et le peuple s'écrier : « Voyez, regardez, un grand homme! » Mais que peuvent bien y faire tous les soufflets de forge! A la fin le vent en sort tout de même.

A la fin la grenouille éclate qui s'est enflée trop longtemps : le vent s'en échappe. Crever le ventre de celui qui s'enfle, j'appelle ça un gentil petit amusement. Vous entendez ça, les garçons!

Cet aujourd'hui est celui de la populace : qui donc y *sait* encore ce qui est grand et ce qui est petit! Qui avec bonheur a cherché là la grandeur! Un fou seul : seul un fou y parvient.

Tu cherches le grand homme, étrange fou que tu es? Qui te l'*a appris*? Est-ce temps aujourd'hui pour cela? Ô chercheur de malheur, que — me tentes-tu?... »

Ainsi parlait Zarathoustra, le cœur consolé et il continua son chemin en riant.

HORS SERVICE

Mais pas très longtemps après s'être débarrassé du magicien, il vit encore quelqu'un assis au bord du chemin qu'il suivait, un homme noir et très grand avec un visage pâle, décharné : Zarathoustra en fut terriblement indisposé. « Malheur, dit-il à son cœur, ce qui est assis là, c'est de l'affliction masquée, ce me semble être de l'espèce des prêtres : que veulent-ils dans mon domaine, *ceux-là?*

Comment! A peine ai-je échappé à ce magicien qu'il me faut trouver sur mon chemin un autre nécromant, — un quelconque sorcier, faisant des applications de mains, un noir thaumaturge par la grâce de Dieu, un calomniateur du monde, oint et consacré, que le diable emporte!

Mais le diable n'est jamais là où il devrait être : toujours il vient trop tard, ce nain maudit, ce pied-bot. »

Ainsi jurait Zarathoustra avec impatience dans son for intérieur et il se demandait comment se faufiler pour éviter cet homme, en détournant le regard : or, voici qu'il en alla tout autrement. Au même instant déjà l'homme assis l'avait aperçu : et assez semblable à qui survient un bonheur insoupçonné, il sauta sur ses pieds et alla vers Zarathoustra.

« Qui que tu sois, voyageur, dit-il, aide un égaré qui cherche aide, un vieil homme à qui il pourrait facilement ici arriver malheur!

Ce monde, ici, m'est étranger et inconnu, de plus j'ai entendu hurler des bêtes sauvages; et celui qui aurait pu m'offrir sa protection, celui-là n'est plus.

Je cherchai le dernier homme pieux, un saint et un ermite, qui, seul dans sa forêt, n'aurait pas encore entendu ce que tout le monde, aujourd'hui, sait.

— Que sait donc aujourd'hui tout le monde? demanda Zarathoustra. Est-ce ceci, que le vieux Dieu ne vit plus, en qui jadis tout le monde avait cru?

— Tu l'as dit, répondit le vieil homme attristé. Et j'ai servi ce vieux Dieu jusqu'à son heure dernière.

Maintenant, me voici hors service, sans maître, et pas libre pourtant, et sans connaître une heure de joie, si ce n'est celle du souvenir.

C'est à cette fin que je suis monté dans ces montagnes, afin de me faire enfin, à nouveau, une fête, comme il sied à un vieux pape et à un vieux Père de l'Église : car, sache-le, je suis le dernier pape! — une fête pleine de souvenirs pieux et de cultes divins.

Or le voilà qui est lui-même mort, l'homme le plus pieux, ce saint dans la forêt qui ne cessait de louer Dieu en chantant et en fredonnant.

Lui-même, je ne le trouvai plus lorsque je trouvai sa cabane, — mais deux loups qui hurlaient à sa mort —, car tous les animaux l'aimaient. Alors je pris la fuite.

Suis-je donc venu en vain dans ces forêts et ces montagnes? Alors mon cœur résolut d'en chercher un autre, le plus pieux de tous ceux qui ne croient pas en Dieu, — je résolus de chercher Zarathoustra! »

Ainsi parla le vieillard et il regarda sévèrement celui qui se tenait devant lui; mais Zarathoustra prit la main du vieux pape et la contempla longtemps avec admiration.

« Regarde donc, vénérable, dit-il ensuite, quelle belle et bonne main! C'est la main de quelqu'un qui a toujours donné ses bénédictions. Or, elle tient maintenant celui que tu cherches, moi, Zarathoustra.

C'est moi, Zarathoustra, l'impie, le sans-dieu qui dit : « Qui est encore plus sans-dieu que moi, que je me réjouisse de son enseignement ? »

Ainsi parlait Zarathoustra et de ses regards il perçait à jour les pensées et les arrière-pensées du vieux pape. Enfin celui-ci commença en ces termes :

« Celui qui l'aimait le plus et le possédait le plus, c'est celui-là aussi qui l'a perdu le plus :

Vois, de nous deux qui est le plus sans Dieu ? Mais qui pourrait s'en réjouir ?

— Tu l'as servi jusqu'au bout, demanda Zarathoustra pensivement, après un long silence, sais-tu *comment* il est mort ? Est-il vrai, ce que l'on dit, que la pitié l'a étranglé,

— qu'il a vu *l'homme* pendre à la croix et qu'il ne l'a pas supporté, que l'amour pour l'homme devint son enfer et enfin sa mort ? »

Mais le vieux pape ne répondit pas, mais regarda de côté avec une expression douloureuse et sombre.

« Laisse-le, ne t'occupe plus de lui, dit Zarathoustra après un long temps de réflexion, sans cesser de regarder le vieil homme droit dans les yeux.

Laisse-le, ne t'occupe plus de lui, c'en est fini de lui. Et même si cela t'honore de ne dire que du bien de ce mort, tu sais aussi bien que moi, *qui* il était ; et qu'il suivait d'étranges chemins.

— Pour parler entre trois yeux, dit le vieux pape, devenu gai (car il était aveugle d'un œil), pour ce qui concerne Dieu, je suis plus au fait que Zarathoustra lui-même et j'ai le droit de l'être.

Mon amour l'a servi de longues années, ma volonté a suivi en tout sa volonté. Mais un bon serviteur sait tout et aussi certaines choses que son maître se cache à lui-même.

C'était un dieu caché, plein de choses cachées. En vérité, même son fils, ce n'est que par des voies tortueuses qu'il l'a eu. A la porte de sa foi se tient l'adultère.

Celui qui le chante comme le dieu de l'amour, ne se fait pas une assez haute idée de l'amour lui-même. Ce dieu ne voulait-il pas être lui aussi un juge? Mais celui qui aime vit par-delà le salaire et la vengeance.

Quand il était jeune, ce dieu de l'Orient, il était dur et vindicatif et il s'est construit un enfer pour le plaisir de ses favoris.

Enfin il devint vieux et mou et blet et pitoyable, plus semblable à un grand-père qu'à un père, mais semblable surtout à une vieille grand-mère tremblotante.

Il était là assis, dans son coin, près du poêle, se désolant de ses jambes trop faibles, fatigué du monde, fatigué de vouloir, s'étouffant un beau jour de sa trop grande compassion.

— Toi, vieux pape, l'interrompit Zarathoustra, l'as-tu de tes yeux vu? Cela pourrait bien s'être passé ainsi, comme ça *et* aussi autrement. Quand des dieux meurent, ils meurent toujours de plusieurs sortes de morts.

Mais allons! Comme ça ou comme ci ou comme ça encore, — il n'est plus! Il n'était pas du goût de mes

oreilles ou de mes yeux, je n'aimerai pas en dire des
choses pires.

J'aime tout ce qui a le regard clair et qui parle
loyalement. Mais lui, tu le sais, vieux prêtre, il y
avait quelque chose de toi en lui, quelque chose du
prêtre, — il était ambigu. Il était confus aussi. Que ne
s'est-il mis en colère contre nous, lui qui fulminait de
rage de ce que nous le comprenions mal! Mais pourquoi ne s'est-il pas exprimé plus nettement?

Et si cela venait de nos oreilles, pourquoi alors nous
a-t-il donné des oreilles qui entendent mal? S'il y
avait de la boue dans nos oreilles, très bien, qui donc
l'y a mise?

Il a trop raté de choses, ce potier qui n'a pas fini
son apprentissage! Mais qu'il se soit vengé sur ses
pots et sur ses créatures de ce qu'il les ait mal
réussis, — cela ce fut un péché contre le *bon goût*.

Même dans la piété, il y a du bon goût : c'est lui
enfin qui a dit : « Débarrassons-nous d'un tel Dieu!
Mieux vaut pas de dieu du tout, mieux vaut faire son
propre destin par soi-même, mieux vaut être fou, être
dieu soi-même!

— Qu'entends-je? dit ici le vieux pape, les oreilles
dressées. Ô Zarathoustra, tu es plus pieux que tu ne
crois, avec toute ton absence de foi! Quelque dieu
en toi t'a converti à ton impiété.

N'est-ce pas ta piété elle-même qui ne te fait plus
croire en un dieu? Et ta par trop grande sincérité
finira bien par te conduire par-delà le bien et le mal!

Regarde donc, que t'a-t-il été ménagé? Tu as des

yeux, des mains et une bouche, de toute éternité ils sont destinés à donner la bénédiction. On ne bénit pas seulement avec la bouche.

Près de toi, quoique tu veuilles être le plus impie, je subodore une secrète odeur d'encens, le parfum de longues bénédictions : à les sentir, je me sens et bien et triste.

Laisse-moi être ton esprit, ô Zarathoustra, pour une seule nuit. Nulle part sur terre je ne me sentirai mieux qu'auprès de toi!

— Amen! Qu'il en soit ainsi! parla Zarathoustra plein d'un grand étonnement, le chemin monte là-bas, c'est là que se trouve la caverne de Zarathoustra.

Volontiers, il est vrai, je t'y conduirai moi-même, homme vénérable, car j'aime tous les hommes pieux. Mais à présent, un cri de détresse m'éloigne de toi en toute hâte.

Dans mon domaine il ne doit arriver de dommage à personne, ma caverne est un bon port. Et ce que je préférerais, c'est remettre tous ceux qui sont tristes sur la terre ferme et sur leurs jambes.

Mais qui pourrait décharger tes épaules de *ta* mélancolie? Moi, je suis trop faible pour cela. Nous pourrions attendre longtemps jusqu'à ce que quelqu'un réveille à nouveau ton Dieu.

Ce vieux Dieu, en effet, ne vit plus : il est tout ce qu'il y a de plus mort. »

Ainsi parlait Zarathoustra.

L'ÊTRE HUMAIN LE PLUS LAID

Et de nouveau les pieds de Zarathoustra coururent à travers monts et forêts et ses yeux cherchaient et cherchaient, mais nulle part n'était visible celui qu'ils voulaient voir, le grand souffrant, celui qui poussait le grand cri de détresse. Mais tout le long du chemin, il fut tout joyeux dans son cœur et il était reconnaissant. « Quelles bonnes choses, dit-il, m'a données ce jour en dédommagement de son mauvais début! Quels étranges interlocuteurs n'ai-je pas trouvés!

Je veux maintenant longtemps remâcher leurs propos comme l'on remâche de bonnes graines : que mes dents les concassent et les réduisent, jusqu'à ce qu'ils coulent dans mon âme comme du lait! »

Mais comme le chemin tournait autour d'un rocher, le paysage tout à coup changea et Zarathoustra entra dans le royaume de la mort. Il s'y dressait des falaises noires et rouges : pas d'herbe, pas d'arbre, pas de chant d'oiseaux. C'était, en effet, une vallée que tous les animaux évitaient, même les bêtes de proie; seule une espèce d'horribles et gros serpents verts y venaient pour y mourir. C'est pourquoi les bergers appelaient cette vallée : « la Mort aux Serpents ».

Mais Zarathoustra s'enfonça dans de noirs souvenirs, car il avait l'impression de s'être déjà trouvé dans cette vallée. Et beaucoup de choses lourdes s'appe-

santirent sur son esprit : de sorte qu'il marchait lentement, toujours plus lentement pour s'arrêter enfin.
Mais alors il vit, rouvrant les yeux, quelque chose
assis au bord du chemin, quelque chose qui avait
forme humaine et était à peine humain, quelque
chose d'innommable. Et d'un coup la grande honte
s'empara de Zarathoustra d'avoir vu une telle chose
de ses propres yeux : rougissant jusqu'à la hauteur de
ses cheveux blancs, il détourna le regard et leva le pied
pour quitter cet endroit terrible. Mais alors le désert
mort s'anima : du sol, en effet, quelque chose sourdait,
gargouillant et haletant, comme l'eau, la nuit, gar-
gouille et halète à travers les tuyauteries bouchées, et
à la fin il en sortit une voix humaine, un discours
humain, – cette voix disait :

« Zarathoustra! Zarathoustra! Devine mon énigme!
Parle, parle! Quelle est *la vengeance contre le témoin*?
Je t'attire en arrière. Ici, il y a de la glace vive!
Prends garde que ta fierté ne s'y brise pas les jambes!
Tu te crois sage, fier Zarathoustra! Alors résous
donc l'énigme, toi qui t'entends à casser les noix les
plus dures, – l'énigme c'est moi! Alors, dis-le donc,
qui suis-je? »

Mais lorsque Zarathoustra eut entendu ces mots,
– que croyez-vous qu'il advint à son âme? *La pitié
l'assaillit*; et il s'effondra d'un coup comme un chêne
qui a longtemps résisté à beaucoup de bûcherons, –
lourdement, soudainement, à la grande terreur même
de ceux qui le voulaient abattre. Mais déjà le voici qui
se relevait et son visage se fit dur.

« Je te reconnais bien, dit-il d'une voix d'airain, *tu es le meurtrier de Dieu*! Laisse-moi partir.

Tu ne *supportas* pas celui qui *te* vit, — qui te vit toujours et qui du regard te traverse de part en part, toi, l'homme le plus hideux! Tu t'es vengé de ce témoin! »

Ainsi parlait Zarathoustra et il voulut passer, mais l'être innommable attrapa un pan de son vêtement et commença à gargouiller de nouveau et à chercher ses mots. « Reste! dit-il enfin, — reste, ne passe pas! J'ai deviné quelle cognée t'a jeté à terre : salut à toi, ô Zarathoustra, qui es de nouveau debout!

Tu as deviné, je le sais bien, ce qui peut se passer dans l'âme de celui qui l'a tué, — le meurtrier de Dieu. Reste! Assieds-toi ici auprès de moi, ce n'est pas en vain.

Vers qui voulais-je aller, si ce n'est vers toi? Reste, assieds-toi! Mais ne me regarde pas! Honore ainsi — ma laideur!

Ils me poursuivent : *tu* es maintenant mon seul refuge. Ils ne me poursuivent pas de leur haine, ils ne me poursuivent pas de leurs sbires : — ô, je me moquerais d'une telle poursuite, et j'en serais fier et joyeux!

Tout succès jusqu'ici ne se trouvait-il pas du côté de ceux que l'on poursuivait? Et celui que l'on poursuit bien, celui-là apprend à bien *suivre*, — pourvu qu'il soit, une fois — derrière! Mais c'est leur *pitié*!

C'est leur pitié que je fuis, devant laquelle je m'enfuis. Ô Zarathoustra, protège-moi, toi mon dernier refuge, toi le seul à me deviner :

— tu as deviné ce qui se passe dans l'âme de celui

qui *le* tuait. Reste! Et si tu veux t'en aller, impatient que tu es : ne suis pas le chemin que j'ai pris. *Ce* chemin est mauvais.

M'en veux-tu de radoter et de bafouiller si longtemps déjà? Que déjà je te donne des conseils? Mais sache-le, c'est moi, l'homme le plus hideux,

— celui aussi qui a les pieds les plus grands et les plus lourds. Là où *je* passais, le chemin est mauvais. Je défonce et abîme tous les chemins.

Mais que tu sois passé devant moi en silence et que tu aies rougi, je le vis bien : à cela je te reconnus pour être Zarathoustra.

Tout autre m'aurait jeté son aumône, sa pitié, avec un regard et des discours. Mais pour cela, — je ne suis pas suffisamment mendiant, cela tu l'as deviné,

— pour cela je suis trop *riche* en grandes et terribles choses, en choses les plus hideuses et les plus innommables! Ta honte, ô Zarathoustra, m'a *honoré*!

A grand-peine je me suis sorti de la cohue de ceux qui étaient pleins de pitié, — afin que je trouve le seul qui enseigne aujourd'hui « la pitié est importune », — toi, ô Zarathoustra!

— que ce soit la pitié d'un dieu ou la pitié des hommes : la pitié est contraire à la pudeur. Et ne pas vouloir aider peut être plus noble que cette vertu qui vole au secours.

Cela aujourd'hui s'appelle vertu même chez toutes les petites gens, — ceux-là n'ont pas de respect pour un grand malheur, pour une grande laideur, pour un grand ratage.

Je regarde par-dessus tous ceux-là, comme un chien regarde et domine du regard les dos grouillants de troupeaux de moutons. Ce sont de petites gens grises de bonne laine et de bonne volonté, dociles et bienveillants.

Tout comme le héron regarde plein de mépris par-dessus les étangs plats, la tête en arrière : de même, moi, je regarde par-dessus le grouillement de petites vagues, de petites volontés et de petites âmes grises.

On leur a trop longtemps donné raison, à ces petites gens : aussi leur a-t-on donné enfin le pouvoir, — et les voilà qui enseignent : « N'est bon que ce que les petites gens estiment bon. »

Et « vérité » est aujourd'hui ce qu'a dit le prédicateur qui est lui-même issu d'entre eux, cet étrange saint, cet étrange avocat des petites gens, qui témoignait de lui-même en disant : « Je suis la vérité. »

Cet immodeste depuis longtemps déjà fait se bouffir de leur importance les petites gens, — lui qui n'enseignait pas une petite erreur lorsqu'il enseignait : « Je — suis la vérité. »

A-t-on jamais répondu plus poliment à quelqu'un d'immodeste? — Mais toi, ô Zarathoustra, tu es passé auprès de lui et tu as dit : « Non! Non! trois fois non! »

Tu as mis en garde contre son erreur, tu as mis en garde le premier contre la pitié, — ce n'est pas tous que tu mis en garde, ce n'est pas non plus aucun, c'est toi que tu mis en garde et ceux qui sont de ta sorte.

Tu as honte de la honte des grands souffrants; et

en vérité quand tu dis : « De la pitié vient un grand nuage, prenez garde, vous, les êtres humains ! »

— quand tu enseignes : « Tous les créateurs sont durs, tout grand amour est au-dessus de leur pitié » : Ô Zarathoustra, tu me sembles avoir vraiment bien compris les signes du temps qu'il va faire !

Mais toi-même, — mets-toi en garde contre *ta* pitié ! Car il y en a beaucoup qui sont en route pour aller vers toi, beaucoup de gens qui souffrent, qui doutent, qui désespèrent, qui se noient et qui ont froid.

Je te mets en garde aussi contre moi. Tu as deviné mon énigme, la meilleure et la pire, tu m'as deviné moi-même et ce que j'ai fait. Je connais la cognée qui peut t'abattre.

Mais lui, — il lui *fallait* mourir : il voyait avec des yeux qui voyaient *tout*, — il voyait les profondeurs et les fonds des hommes, — toute leur ignominie et toute leur laideur.

Sa pitié ne connaissait pas la honte : il se faufilait jusque dans mes recoins les plus malpropres. Ce curieux d'entre les curieux, ce sur-importun, ce sur-compatissant, il lui fallait mourir.

Il me voyait toujours *moi* : je voulais avoir ma vengeance contre un tel témoin, — ou ne vivre pas.

Le Dieu qui voyait tout, *même l'homme* : ce Dieu il lui fallut mourir ! L'homme ne supporte pas qu'un tel témoin vive. »

Ainsi parlait l'homme le plus laid. Mais Zarathoustra se leva et se mit en devoir de s'en aller : car il avait froid jusqu'au sein de ses entrailles.

« Innommable que tu es, dit-il, tu m'as mis en garde contre ton chemin. En remerciement je te dis les louanges du mien. Regarde, là-haut se trouve la caverne de Zarathoustra.

Ma caverne est grande et profonde et elle contient beaucoup de recoins ; même celui qui est le plus caché y trouve sa cachette.

Et tout près d'elle se trouvent cent cachettes où glisser et se tapir pour toutes sortes d'animaux rampants, volants et sautants.

Toi, le rejeté, qui t'es toi-même rejeté, ne veux-tu pas séjourner parmi les hommes et la pitié des hommes ? Allons, fais comme moi ! Alors tu apprendras aussi quelque chose de moi ; seul celui qui agit apprend.

Et parle d'abord et avant toutes choses avec mes animaux ! L'animal le plus fier et l'animal le plus intelligent, — ils pourraient bien être les vrais conseillers qu'il nous faut ! »

Ainsi parlait Zarathoustra et il poursuivit son chemin, plus pensif et plus lentement qu'auparavant : car il se demandait beaucoup de choses et ne savait pas facilement s'apporter de réponses à lui-même.

« Que l'homme est pauvre ! pensait-il dans son cœur, qu'il est laid, râlant, qu'il est plein d'une honte secrète !

On me dit que l'homme s'aime lui-même : ah ! combien grand doit être cet amour de soi-même ! Que de mépris il a contre lui !

Celui-là, là-bas, lui aussi s'aimait, tout comme il se

méprisait; — il est, je trouve, un grand vivant et un grand mépriseur.

Je n'en ai jamais trouvé encore qui se soit plus profondément méprisé : cela aussi est quelque chose d'élevé. Ô douleur, était-ce celui-là peut-être l'homme supérieur dont j'entendais le cri?

J'aime ceux qui sont pleins d'un grand mépris. Mais l'homme est quelque chose qu'il faut surmonter. »

LE MENDIANT VOLONTAIRE

Quand Zarathoustra eut quitté l'homme le plus laid, il eut froid, et il se sentit seul : bien des choses froides et solitaires lui traversaient, en effet, l'esprit, de sorte que ses membres aussi en devenaient plus froids. Mais pendant qu'il allait toujours plus loin, montant, descendant, passant tantôt le long de vertes prairies, tantôt sur des terrains pierreux et sauvages où jadis, sûrement, un ruisseau impatient avait fait son lit : alors tout à coup, il eut plus chaud et son cœur fut réconforté.

« Que m'est-il donc arrivé? se demandait-il, quelque chose de chaud et de vivant me réconforte, cela se trouve sûrement à proximité.

Déjà je me sens moins seul; des compagnons et des frères inconscients m'entourent, leur souffle chaud touche mon âme. »

Mais comme il regarda attentivement autour de lui et cherchait des yeux les consolateurs de sa solitude : voyez c'étaient des vaches qui se tenaient l'une près de l'autre sur un petit monticule; leur proximité et leur odeur avaient réchauffé son cœur. Mais ces vaches semblaient assidûment écouter quelqu'un qui discourait et elles ne prêtaient pas attention à celui qui approchait. Mais quand Zarathoustra fut parvenu tout près d'elles, il entendit distinctement une voix humaine sortir d'entre le rassemblement des vaches; et il était visible qu'elles avaient toutes tourné leurs têtes vers celui qui parlait.

Alors Zarathoustra monta à grands pas et dispersa les animaux car il craignait qu'un malheur fut arrivé à quelqu'un à quoi la pitié des vaches pouvait difficilement remédier. Mais en cela il s'était trompé; car, voyez, un homme était assis sur le sol et il semblait tenir un discours à ces bêtes pour les convaincre de ne pas avoir peur de lui, un homme pacifique et un prédicateur de la montagne dans le regard duquel la bonté elle-même prêchait.

« Que cherches-tu ici? » demanda Zarathoustra étonné.

« Ce que je cherche ici? répondit-il : la même chose que ce que tu cherches toi, trouble-fête que tu es! à savoir le bonheur sur terre.

Mais pour cela j'aimerais apprendre de ces vaches. Car, le sais-tu bien, depuis une demi-matinée déjà je leur parlais et justement elles étaient sur le point de me renseigner. Pourquoi donc les déranges-tu?

Aussi longtemps que nous ne rebrousserons pas chemin et que nous ne deviendrons pas tels que ces vaches, nous n'entrerons pas au royaume des cieux. En effet il y a une chose que nous devrions apprendre d'elles : à ruminer.

Et en vérité l'homme gagnerait-il le monde et s'il n'apprenait pas cette seule chose — ruminer : qu'est-ce que cela lui ferait! Il ne se débarrasserait pas de son affliction,

— sa grande affliction : mais aujourd'hui elle se nomme *dégoût*. Qui n'en a pas par-dessus le cœur, la bouche et les yeux de dégoût? Même toi! Même toi! Mais regarde-les donc, ces vaches! »

Ainsi parlait le prédicateur sur la montagne, et il tourna alors son propre regard vers Zarathoustra, — car jusqu'à maintenant il restait fixé, plein d'amour, sur les vaches : — mais alors il se transforma : « Qui est celui avec qui je parle? » s'écria-t-il effrayé et d'un bond il se leva du sol.

« C'est l'homme sans dégoût, celui-ci, c'est Zarathoustra lui-même, le triomphateur du grand dégoût, ceci est l'œil, ceci est la bouche, mais ceci est le cœur de Zarathoustra lui-même. »

En parlant ainsi, il embrassa les mains de celui à qui il s'adressait, les yeux noyés et il se comportait tout à fait comme quelqu'un à qui un cadeau précieux ou un joyau tombe inopinément du ciel. Mais les vaches regardaient tout cela et s'étonnaient.

« Ne parle pas de moi, homme étrange! homme aimable que tu es! dit Zarathoustra en se défendant contre sa tendresse : parle-moi d'abord de toi! N'es-tu pas le mendiant volontaire qui un jour a rejeté loin de lui une grande richesse,

— qui eut honte de sa richesse et des riches et qui s'enfuit vers les plus pauvres pour leur faire don de son trop-plein et de son cœur? Mais ils ne l'ont pas accepté.

— Mais ils ne m'acceptèrent pas, dit le mendiant volontaire, tu le sais bien. Aussi suis-je allé en fin de compte auprès des animaux et auprès de ces vaches.

— Là, tu appris, l'interrompit Zarathoustra, combien il est plus difficile de bien donner que de bien recevoir et que bien faire des dons est un *art* et l'art le plus rusé, le maître art, suprêmement rusé de la bonté.

— Surtout aujourd'hui, répondit le mendiant volontaire : aujourd'hui, en effet, où tout ce qui est bas entre en rébellion, et se fait timide et courtisan à sa façon, à savoir à la façon de la populace.

Car l'heure est venue, tu le sais bien, de la grande, de la terrible, de la lente, de la longue insurrection de la populace et des esclaves : elle grandit et grandit!

Maintenant tout bienfait, tout petit don indigne ceux qui sont bas; et il faut que ceux qui sont trop riches soient sur leurs gardes!

Celui qui s'égoutte, aujourd'hui, pareil à des bouteilles ventrues par des cols trop étroits, — à de telles bouteilles on aime, aujourd'hui, briser le col.

Une cupidité lubrique, une jalousie bilieuse, un désir de vengeance retors, la fierté populacière : tout cela me sauta au visage. Il n'est plus vrai que les pauvres soient heureux. Mais le royaume des cieux est parmi les vaches.

— Et pourquoi n'est-il pas auprès des riches? demanda Zarathoustra, pour l'éprouver, pendant qu'il éloignait les vaches qui, familièrement, soufflaient à la figure de ce débonnaire.

— Qu'as-tu à me tenter? répondit celui-ci. Tu le sais toi-même encore mieux que moi. Qu'est-ce qui m'a poussé vers les pauvres, ô Zarathoustra? N'était-ce pas le dégoût de nos plus riches? le dégoût des forçats de la richesse qui ramassent leur avantage dans les moindres balayures, les yeux froids, et les pensées pleines de lubricité, le dégoût de cette canaille dont la puanteur s'élève jusqu'au ciel,

— le dégoût de cette populace couverte de dorure, falsifiée, dont les pères furent des voleurs aux doigts crochus, des charognards ou des chiffonniers, complaisants aux femmes, lubriques, oublieux, — d'eux à la putain, il n'y a pas loin.

Populace en haut, populace en bas! Qu'est-ce que c'est aujourd'hui « pauvre » et « riche »? Cette différence, je l'ai désapprise, — alors j'ai fui, loin, toujours plus loin, jusqu'à venir auprès de ces vaches. »

Ainsi parla le débonnaire, et il se mit lui-même à souffler et à transpirer en disant ces mots : de sorte qu'à nouveau les vaches furent frappées d'étonnement. Mais Zarathoustra ne cessait de le regarder en souriant pendant qu'il parlait si durement et il secouait la tête en silence.

« Tu te fais violence à toi-même, prédicateur sur la montagne, quand tu emploies des mots aussi durs. Ta bouche et tes yeux ne sont pas faits pour une telle dureté.

Pas même, comme il me semble, ton ventre : une telle colère, une telle haine, une telle rage écumante, *lui* répugnent. Ton estomac veut des choses plus douces : tu n'es pas un boucher.

Tu me sembles plutôt homme à te nourrir de plantes et de racines. Peut-être écrases-tu des graines. Certes, tu es ennemi des joies carnivores et tu aimes le miel.

— Tu m'as bien deviné, répondit le mendiant volontaire, le cœur soulagé. J'aime le miel et j'écrase aussi des graines car je cherchais ce qui a bon goût et qui rend l'haleine pure :

— je recherchais aussi ce qui a besoin de beaucoup de temps, et qui occupe des jours entiers les mâchoires des doux flâneurs et des doux fainéants.

Ce sont, certes, ces vaches qui sont allées le plus loin, elles ont inventé de ruminer, et de rester couché au soleil. Aussi s'abstiennent-elles de toutes les pensées pesantes qui gonflent le cœur.

— Allons! dit Zarathoustra, tu devrais aussi voir mes animaux, mon aigle et mon serpent, — ils n'ont pas leurs pareils aujourd'hui sur terre.

Vois, ce chemin mène à ma caverne : sois son hôte cette nuit. Et parle avec mes animaux du bonheur des animaux,

— jusqu'à ce que je revienne moi-même. Car maintenant un cri de détresse m'appelle et me sépare en hâte de toi. Tu trouveras aussi du miel frais chez moi, du miel d'alvéoles, doré et glacé, mange-le!

Mais maintenant prends vite congé de tes vaches, homme étrange, homme aimable que tu es! Même si tu dois trouver cela dur. Car ce sont tes amis et tes maîtres les plus chauds!

— A l'exception d'un seul, que j'aime encore plus, répondit le mendiant volontaire. Toi-même tu es bon, et meilleur encore qu'une vache, ô Zarathoustra!

— Va-t'en, va-t'en! vil flatteur! cria Zarathoustra plein de colère, que me gâtes-tu de telles louanges et d'un tel miel de la flatterie!

Va-t'en, va-t'en, éloigne-toi de moi!» cria-t-il encore une fois et il brandit son bâton en direction du tendre mendiant : mais celui-ci prit ses jambes à son cou.

L'OMBRE

Mais à peine le mendiant volontaire s'était-il enfui et que Zarathoustra fut de nouveau seul avec lui-même entendit une nouvelle voix derrière lui qui s'écriait : «Arrête! Zarathoustra! Attends donc, c'est moi, ô Zarathoustra, moi, ton ombre!» Mais Zarathoustra n'attendit point car une soudaine irritation lui était venue de cette foule et de cette presse

dans ses montagnes. « Où donc s'en est allée ma solitude ? dit-il.

Vraiment c'en est trop, cette montagne grouille,
mon royaume n'est plus de *ce* monde, j'ai besoin de
montagnes nouvelles.

Mon ombre m'appelle ? Que m'importe mon ombre !
Qu'elle me courre après ! — moi, je la fuis. »

Ainsi parlait Zarathoustra à son cœur, et il prit la
fuite. Mais celui qui était derrière lui le suivit : de
sorte qu'il y en eut bientôt trois en train de courir
l'un derrière l'autre, à savoir d'abord le mendiant
volontaire, puis Zarathoustra et en troisième lieu et
par-derrière son ombre. Ils ne couraient pas depuis
longtemps que Zarathoustra prit conscience de sa
folie et d'*un* coup secoua de lui toute son amertume
et sa lassitude.

« Comment ! dit-il, les choses les plus ridicules ne
se sont-elles pas depuis toujours passées chez nous,
vieux ermites et saints ?

En vérité, ma folie a grandi très haut ! Et voici que
j'entends six vieilles jambes de fous cliqueter à la
queue-leu-leu !

Mais Zarathoustra a-t-il le droit d'avoir peur de
son ombre ? D'ailleurs il me semble qu'elle a, en fin
de compte, les jambes plus longues que moi. »

Ainsi parlait Zarathoustra, les yeux et les entrailles
pleins de rire, il s'arrêta et se retourna vite — et,
voyez, il en jeta presque son suivant et ombre par
terre : tellement celui-ci le suivait sur ses talons et
si grande était sa faiblesse. En effet, lorsqu'il le

regarda attentivement, il en fut effrayé comme d'un
fantôme soudain : si mince, noirâtre, creux et exté-
nué était celui qui le suivait.

« Qui es-tu? demanda Zarathoustra avec brusquerie, que fais-tu ici? et pourquoi te prétends-tu mon
ombre? Tu ne me plais pas.

— Pardonne-moi de l'être, répondit l'ombre; et si
je ne te plais pas, eh bien, ô Zarathoustra! je t'en
félicite, toi et ton bon goût.

Je suis un voyageur qui a déjà beaucoup marché
sur tes talons : toujours en chemin, mais sans but
et sans domicile : et peu s'en faut que je ne sois l'éternel juif errant, sauf que je ne suis pas éternel et pas
non plus juif.

Comment? Me faut-il sans cesse être en route?
soulevé par tous les tourbillons du vent, instable,
emporté? Ô terre, tu m'es devenue par trop ronde!

Je me suis déjà posé sur toutes les surfaces, pareil
à la poussière lasse, je dormais sur les miroirs et les
vitres : tout me prend quelque chose, rien ne m'en
donne, je deviens mince, — je ressemble presque à
une ombre.

Mais, c'est toi, ô Zarathoustra, que j'ai suivi le
plus longtemps, et même si je me suis caché de toi,
je n'en étais pas moins ton ombre la meilleure : partout où tu étais assis, j'y étais assis aussi.

Avec toi je suis passé par les mondes les plus lointains, les plus froids, pareil à un fantôme qui, de son
plein gré, court sur les toits blancs, sur la neige de
l'hiver.

Avec toi je me suis aventuré dans tout ce qui était défendu, dans ce qui était le pire et le plus lointain : et si en moi quelque chose est vertu, c'est que je n'avais jamais de crainte devant aucune interdiction.

Avec toi, je brisai tout ce que mon cœur vénérait, j'ai renversé toutes les bornes et toutes les images, j'ai couru après les souhaits les plus dangereux, — en vérité, j'ai un jour couru par-dessus toute espèce de crime.

Avec toi j'ai désappris à croire aux mots et aux valeurs et aux grands noms. Quand le diable change de peau, son nom alors aussi ne tombe-t-il pas ? Ce nom, en effet, est aussi une peau. Le diable lui-même est peut-être peau.

« Rien n'est vrai, tout est permis » : voilà ce que je me disais. Je me suis jeté la tête en avant, de tout cœur, dans les eaux les plus froides. Ah ! que de fois j'en fus, tout nu, rouge comme une écrevisse !

Hélas ! où s'en est donc allé tout le bien et toute la pudeur et toute la foi dans les hommes bons ! Hélas ! où s'en est allée cette menteuse innocence que je possédais jadis, l'innocence des bons et de leurs nobles mensonges !

Par trop souvent, j'ai suivi la vérité pied à pied : alors elle m'a heurté de front. Parfois, je croyais mentir et voyez ! et c'est alors que je trouvai — la vérité.

Trop de choses se sont éclaircies pour moi : maintenant cela ne me regarde plus. Rien de ce que j'aime ne vit plus — comment pourrai-je encore m'aimer moi-même ?

« Vivre comme j'en ai envie, ou ne pas vivre du tout » : c'est ainsi que je le veux, c'est ainsi aussi que le veut celui qui est le plus saint. Mais, malheur, comment ai-je encore — envie?

Ai-*je* encore un but? Un port, vers lequel courre *ma* voile?

Un bon vent? Seul celui qui sait où il va, sait aussi quel est le bon vent et le vent arrière.

Que m'est-il resté? Un cœur fatigué et insolent; une volonté inconstante; des ailes battantes, une colonne vertébrale brisée.

Être sans cesse à la poursuite de *ma* demeure me poursuit sans cesse et me dévore.

Où est *ma* demeure? C'est là mon interrogation, c'est là ma recherche et je n'ai rien trouvé. Ô éternel partout, ô éternel nulle part, ô éternel — én vain! »

Ainsi parlait l'ombre et le visage de Zarathoustra s'allongeait à ses propos. « Tu es mon ombre! dit-il enfin avec tristesse.

Ton danger n'est pas un petit danger, toi esprit libre, toi voyageur! Tu as eu une vilaine journée : tâche qu'il ne vienne pas une soirée plus vilaine encore.

En fin de compte, une prison même semblera bien-heureuse à des instables de ton espèce.

As-tu jamais vu dormir des délinquants empri-sonnés? Ils dorment tranquilles, ils goûtent leur sécurité nouvelle. Méfie-toi qu'à la fin une foi étroite ne t'enferme pas, une folie dure et sévère! Car tout ce qui est étroit et ferme, désormais te séduit.

Tu as perdu le but : oh douleur! Comment vas-tu te remettre, te consoler de cette perte? Tu as, par là, aussi perdu le chemin!

Pauvre errant, pauvre égaré, papillon fatigué que tu es, veux-tu avoir ce soir un lieu de repos, un foyer? Alors monte à ma caverne. Et maintenant je veux te quitter en hâte, m'échapper. Déjà je sens comme une ombre peser sur moi.

Je veux courir tout seul, pour que tout s'éclaire autour de moi. Pour cela il me faut encore rester longtemps sur mes jambes, guilleret. Mais le soir chez moi... l'on danse!... »

Ainsi parlait Zarathoustra.

MIDI

Et Zarathoustra courut sans s'arrêter et il ne trouva plus personne et ne cessait de se trouver lui-même et goûtait et aspirait sa solitude et pensait à de bonnes choses, — des heures durant. Mais vers l'heure de midi, comme le soleil était juste au-dessus de sa tête, Zarathoustra passa près d'un vieil arbre tout tordu et noueux, qui était tout enveloppé par l'amour abondant d'un cep de vigne et était ainsi caché à lui-même : il en pendait pour le voyageur des grappes

dorées, à foison. Alors il eut envie de guérir une
petite soif et de cueillir une grappe; mais comme il
tendait déjà le bras, il eut encore envie de quelque
chose de plus : à savoir s'étendre sous l'arbre, à
l'heure de la plénitude de midi, et de dormir.

C'est ce que fit Zarathoustra; et aussitôt qu'il fut
étendu sur le sol, dans le silence et le secret de l'herbe
multicolore, il avait déjà oublié sa petite soif et il
s'était endormi. Car, comme le dit le proverbe de
Zarathoustra : une chose est plus nécessaire que
l'autre. Seulement — ses yeux restèrent ouverts —, ils
ne se lassaient pas en effet de voir et de célébrer
l'arbre et l'amour du pied de vigne. Mais en s'endor-
mant, Zarathoustra parla en ces termes à son cœur :

« Silence, silence! Le monde à l'instant, ne vient-il
pas de devenir parfait? Que m'arrive-t-il donc?

Comme un vent délicat, sans être vu, danse sur
une mer pailletée, léger, d'une légèreté de plume :
ainsi — le sommeil danse sur moi.

Il ne me ferme pas l'œil, il laisse mon âme en éveil.
Il est léger en vérité, léger, comme une plume.

Il me convainc, je ne sais comment? Il me tapote
à l'intérieur de moi-même d'une main caressante, il
me force. Oui, il me force, pour que mon âme
s'étende :

— comme elle se fait longue et étrange, mon âme
bizarre! Le soir d'un septième jour lui est-il juste
venu à l'heure de midi? A-t-elle trop longtemps che-
miné, bienheureuse, entre des choses bonnes et
mûres?

Elle s'allonge, s'allonge, et s'allonge encore! elle est étendue silencieuse, mon âme bizarre. Elle a déjà goûté trop de bonnes choses, cette tristesse dorée l'oppresse, elle étire la bouche.

Tel un navire qui est entré dans sa baie la plus calme et s'appuie à la terre, fatigué du long voyage et des mers incertaines. La terre n'est-elle pas plus fidèle?

Lorsqu'un navire s'appuie à la terre, se presse contre elle — il suffit qu'une araignée tende son fil depuis la terre. Il n'est pas besoin de cordages plus robustes.

Comme un tel navire dans la baie la plus tranquille : je me repose moi aussi, proche de la terre, fidèle, confiant, attendant, lié à elle par les liens les plus ténus.

Ô bonheur, ô bonheur! Veux-tu chanter, ô mon âme? Tu es étendue dans l'herbe. Mais c'est l'heure secrète, l'heure solennelle où aucun berger ne souffle plus dans son chalumeau.

Prends garde! Midi brûlant dort sur les pâturages. Ne chante pas! Silence! Le monde est à sa perfection.

Ne chante pas, oiseau des herbes, ô mon âme! Ne chuchote pas même! Regarde, tais-toi! le vieux midi dort, il remue les lèvres : n'est-il pas en train de boire une goutte de bonheur,

— une vieille goutte brune de bonheur doré, de vin doré? Quelque chose passe sur lui, son bonheur rit. C'est ainsi que rit un dieu. Silence! — « Bonheur, qu'il faut peu de choses pour le bonheur! » Ainsi parlai-je un jour et je me trouvai intelligent. Mais ce n'était que blasphème : *cela,* je l'ai appris maintenant. Des fous, des bouffons intelligents parlent mieux.

Le moins, justement, ce qui fait le moins de bruit, ce qui est le plus léger, le frôlement d'un lézard, un souffle, un glissement, un clin d'œil, — *peu* fait l'essence du *meilleur* bonheur. Silence!

— Que m'est-il arrivé? Écoute! Est-ce le temps qui s'est enfui ainsi? Est-ce que je ne tombe pas? — Ne tombai-je pas, — écoute! dans le puits de l'éternité?

— Que m'arrive-t-il? Silence! Quelque chose me pique, — ô douleur — au cœur? au cœur! Ô brise-toi, brise-toi, mon cœur après un tel bonheur, après un tel coup!

— Comment? Le monde ne vient-il pas d'atteindre sa perfection? Rond et mûr? Ô cercle d'or, cerceau — où s'envole-t-il? Vais-je lui courir après! Passé! Silence... » (et ici Zarathoustra s'étendit et sentit qu'il dormait).

« Debout! se dit-il à lui-même, dormeur! Faiseur de grasse matinée, en plein midi. Allons, debout, vieilles jambes! Il est temps et grand temps, il vous reste encore bien du chemin à faire.

Maintenant vous avez assez dormi, combien de temps donc? Une demi-éternité! Allons, debout, vieux cœur! Combien de temps es-tu en droit de veiller, après un tel sommeil? »

(Mais alors il se rendormit de nouveau et son âme parlait contre lui, et se défendait et se couchait à nouveau.)

« Laisse-moi donc! Tais-toi! Le monde ne vient-il pas d'arriver à sa perfection? Ô la sphère dorée, toute ronde! »

« Lève-toi, dit Zarathoustra, petite voleuse, fainéante que tu es! Comment? Toujours t'étirer, bâiller, soupirer et tomber dans des puits profonds?

Qui es-tu donc! Ô mon âme! » (et ici il fut effrayé, car un rayon de soleil tombait du ciel sur son visage).

« Ô ciel au-dessus de moi, dit-il en soupirant et il s'assit tout droit; tu me regardes? tu écoutes mon âme bizarre?

Quand boiras-tu cette goutte de rosée qui est tombée sur toutes les choses terrestres, — quand boiras-tu cette âme étrange,

— quand puits d'éternité! toi abîme de midi serein et terrifiant! Quand boiras-tu mon âme, quand la feras-tu rentrer en moi? »

Ainsi parlait Zarathoustra et il se leva de sa couche au pied de l'arbre comme s'il sortait d'une ivresse inconnue : or voici que le soleil était encore juste au-dessus de sa tête. A bon droit on pourrait en déduire que Zarathoustra n'a pas dormi bien longtemps.

LA SALUTATION

Ce ne fut que tard dans l'après-midi, à l'issue de longues recherches vaines et après être allé en tous

sens que Zarathoustra revint à sa caverne. Mais lorsqu'il fut face à celle-ci, à moins de vingt pas, il
arriva ce à quoi il s'attendait le moins : à nouveau il
entendit le grand *cri de détresse*. Et, chose étonnante!
cette fois, il sortit de sa propre caverne. Mais ce fut
un cri long, modulé, singulier et Zarathoustra dis-
tingua nettement qu'il se composait de beaucoup de
voix : même si, entendu de loin, il pouvait paraître
être sorti d'une seule bouche.

Alors Zarathoustra bondit à sa caverne, et voyez!
quel spectacle l'attendait après ce concert! Car ils
étaient tous assis ensemble, tous ceux près desquels
il était passé pendant la journée : le roi de droite et le
roi de gauche, le vieux magicien, le pape, le mendiant
volontaire, l'ombre, le consciencieux de l'esprit, le
triste devin et l'âne; l'homme le plus laid s'était mis
la couronne sur la tête et passé deux ceintures de
pourpre, — car comme tous ceux qui sont laids il aimait à se travestir et à se faire beau. Mais au milieu
de cette compagnie chagrine, se tenait l'aigle de Zarathoustra, tout hérissé et inquiet car il devait répondre
à bien des choses pour lesquelles sa fierté n'avait pas
de réponse; mais le serpent plein de discernement
pendait autour de son cou.

Zarathoustra regardait tout cela avec beaucoup
d'étonnement; mais après cela il examina chacun de
ses hôtes avec une curiosité aimable et condescen-
dante, lut dans leurs âmes et s'étonna à nouveau.
Entre-temps ceux qui s'étaient assemblés, s'étaient
levés de leurs sièges et attendaient avec respect que

Zarathoustra prenne la parole. Mais Zarathoustra parla ainsi :

« Vous qui désespérez! Vous qui êtes étranges! C'est donc votre cri de détresse que j'ai entendu? Et maintenant je sais aussi où il faut le chercher, celui que je cherchais aujourd'hui en vain : l'homme supérieur :

— il est assis dans ma propre caverne, l'homme supérieur! Mais pourquoi m'étonner? Ne l'ai-je pas moi-même attiré vers moi, par des offrandes de miel et des appels pleins de ruse de mon bonheur?

Pourtant il me semble que vous êtes mal faits pour vous entendre, vous vous endurcissez réciproquement le cœur, vous qui poussez le cri de détresse, quand vous êtes assis ensemble ici? Il faut qu'il en vienne un,

— un qui à nouveau vous fasse rire, un bon joyeux compère, un danseur, un coup de vent, un écervelé, quelque vieux fou, bouffon : — que vous en semble-t-il?

Pardonnez-moi, vous qui désespérez, de tenir devant vous d'aussi menus propos, indignes en vérité, de tels hôtes! Mais vous ne devinez pas ce qui rend mon cœur joyeux!

— c'est vous-même, votre vue, pardonnez-moi! Chacun, en effet, qui regarde quelqu'un qui désespère, reprend courage. Dire de bonnes paroles à quelqu'un qui désespère, — pour cela, chacun se trouve assez fort.

Vous-mêmes vous m'avez donné cette force, —

don précieux, nobles invités! Un cadeau d'arrivée de
bonne augure! Allons ne m'en veuillez pas si moi
aussi je vous offre des miens.

Ceci est mon domaine et mon empire : ce qui est
mien, pour ce soir et cette nuit, cela doit être vôtre.
Que mes animaux vous servent : que ma caverne
soit votre lieu de repos!

Chez moi, dans ma demeure, personne ne doit dé-
sespérer, dans mon domaine je protège chacun de
ses bêtes fauves. Et cela c'est la première chose que
je vous offre : la sécurité!

Mais la seconde c'est : mon petit doigt. Et l'avez-
vous? Prenez donc alors la main tout entière, allons!
et le cœur en plus! Bienvenue ici, bienvenue, mes
hôtes amis! »

Ainsi parlait Zarathoustra et il riait d'amour et de
méchanceté. Après cette salutation, ses hôtes s'incli-
nèrent encore une fois et se turent pleins de respect;
mais le roi, à droite, lui répondit en leur nom.

« A la façon, ô Zarathoustra, dont tu nous a offert
ta main et tes saluts, nous te reconnaissons pour être
Zarathoustra. Tu t'abaisses devant nous; tu as presque
fait souffrir notre respect :

— mais qui, comme toi, pourrait s'abaisser avec
une telle fierté? *Cela* nous redresse nous-mêmes,
c'est un réconfort pour nos yeux et notre cœur.

Rien que pour voir cela nous gravirions volontiers
des montagnes plus hautes que celle-ci. Nous sommes,
en effet, venus avides de voir, nous voulions voir ce qui
rend clairs les regards troubles.

Et voici, que c'en est déjà fini de tous nos cris de détresse. Déjà nos sens et nos cœurs sont ouverts et ravis. Il s'en faut de peu pour que notre courage ne devienne joyeuse témérité.

Rien, ô Zarathoustra, de plus réjouissant ne croît sur terre qu'une haute et forte volonté : c'est sa plus belle plante. Un paysage tout entier se réconforte *d'un* seul arbre de cette sorte.

C'est au pin que je compare, ô Zarathoustra, celui qui, pareil à toi, grandit : long, silencieux, dur, seul, du meilleur bois, le plus souple, splendide,

— mais à la fin étendant ses fortes branches vertes vers son propre empire, posant de fortes questions aux vents et aux intempéries et à tout ce qui est chez soi dans les hauteurs,

— répondant plus fortement, impérieux, victorieux : ô qui, pour voir de telles plantes, ne monterait pas sur de hautes montagnes ?

De ton arbre ici, ô Zarathoustra, se réconforte celui qui est sombre, raté, à ton spectacle même l'instable se rassure et guérit son cœur.

Et en vérité beaucoup d'yeux se dirigent aujourd'hui vers ta montagne et vers ton arbre ; un grand désir s'est découvert et il en est plus d'un qui a appris à demander : qui est Zarathoustra ?

Et ceux à qui, un jour, tu as instillé dans l'oreille ta chanson et ton miel : tous ceux qui sont cachés, tous les ermites solitaires ou à deux, dirent tout à coup à leur cœur :

« Zarathoustra vit-il encore ? Il ne vaut plus la

peine de vivre, tout est pareil, tout est vain : ou bien
— nous devons vivre avec Zarathoustra! »

« Pourquoi ne vient-il pas, celui qui s'est si longtemps annoncé? Voilà ce que demandent beaucoup;
la solitude l'a-t-elle avalé? »

Or, il arrive que la solitude elle-même maintenant
soit trop mûre, blette et qu'elle se brise pareille à
une tombe, qui s'effondre et ne peut plus tenir ses
morts. Partout l'on voit des ressuscités.

Les vagues, à présent, montent et montent, tout
autour de ta montagne, ô Zarathoustra. Et aussi
haute que soit ta hauteur, il en est beaucoup qui
doivent monter jusqu'à toi; ta barque ne doit pas
plus longtemps rester à sec.

Et que nous qui désespérons soyons maintenant
venus à ta caverne et que déjà nous ne désespérions
plus : c'est un signe et c'est un signe annonciateur
seulement, de ce que des meilleurs sont en route vers
toi,

— car lui-même est en route vers toi, le dernier
reste de Dieu, parmi les hommes, c'est-à-dire : tous
les hommes du grand désir, du grand dégoût, de la
grande satiété,

— tous ceux qui ne veulent pas vivre, ou bien ils
apprennent à nouveau à *espérer* — ou bien ils apprennent de toi, ô Zarathoustra, le *grand* espoir! »

Ainsi parla le roi de droite et il prit la main de
Zarathoustra pour la baiser; mais Zarathoustra se dé-
fendit contre sa vénération et recula effrayé, silencieux et comme enfui, tout à coup dans des lointains

infinis. Après un court instant il fut de nouveau parmi ses invités, les regarda d'un regard clair et critique et dit :

« Chers hôtes, hommes supérieurs, je veux parler avec vous allemand et net. Ce n'est pas *vous* que j'attendais dans ces montagnes. »

« Allemand et net*? Pitié, grands dieux! dit ici le roi de gauche à part soi; on voit qu'il ne connaît pas ces chers Allemands, ce sage venu du Levant!

Mais il veut dire « allemand et grossièrement », — allons! Voilà qui aujourd'hui n'est pas le goût le plus mauvais! »

« Vous pouvez bien tous ensemble être des hommes supérieurs, continua Zarathoustra, mais pour moi — vous n'êtes pas encore assez hauts ni assez forts.

Pour moi, cela veut dire : pour ce qu'il y a en moi d'inexorable, qui se tait en moi, mais ne se taira pas toujours. Et si vous m'appartenez, alors ce n'est pas comme bras droit.

Celui, en effet, qui est lui-même debout sur des jambes malades et délicates, tout comme vous, celui-là veut surtout, qu'il le sache ou se dissimule : être *ménagé*.

Mais mes bras et mes jambes je ne les ménage pas, *je ne ménage pas mes guerriers :* comment pourriez-vous être aptes à *ma* guerre?

Avec vous je me gâcherai encore toute victoire. Et il en est plus d'un parmi vous qui tomberait à la renverse, rien qu'en entendant retentir mes tambours.

Vous n'êtes pas non plus assez beaux, ni assez bien

nés. J'ai besoin de miroirs propres et lisses pour mes enseignements; à votre surface ma propre image elle-même se déformerait.

Plus d'un fardeau, plus d'un souvenir pèse sur vos épaules; plus d'un vilain nain est installé dans vos recoins. Il y a aussi en vous de la populace cachée.

Et vous avez beau être hauts et d'espèce supérieure : bien des choses en vous sont tordues et ratées. Il n'y a pas de forgeron au monde qui pourrait vous redresser et vous forger droits.

Vous n'êtes que des ponts : que de plus hauts vous traversent! Votre signification c'est d'être marches : alors n'en veuillez pas à celui qui, par-dessus vous, s'élèvera à *sa* hauteur!

De votre semence un jour, un vrai fils, un héritier accompli pourra me naître : mais il est loin. Mais vous, vous n'êtes pas ceux à qui revient mon héritage et mon nom.

Ce n'est pas vous que j'attends ici dans ces montagnes, ce n'est pas avec vous que je peux descendre pour la dernière fois. Vous n'êtes venus que comme signes avant-coureurs de ce que des plus hauts sont en route vers moi,

— *non,* les hommes du grand désir, du grand dégoût, de la grande satiété et ce que vous avez appelé le reste de Dieu.

Non! Non! Trois fois non! J'en attends *d'autres,* ici dans ces montagnes et je ne veux pas m'en aller sans eux,

— j'en attends de plus hauts, de plus forts, de plus

victorieux, de plus allègres, des hommes bâtis au cordeau de corps et d'âme : il faut que viennent des *lions qui rient!*

Oh! mes hôtes, amis étranges, — n'avez-vous jamais entendu parler de mes enfants? Et qu'ils sont en route pour venir vers moi?

Parlez-moi donc de mes jardins, de mes îles bienheureuses, de ma nouvelle et belle espèce, — pourquoi ne m'en parlez-vous pas?

Ce cadeau d'arrivée, je le demande à votre amour, que vous me parliez de mes enfants. Pour cela je suis riche, pour cela je suis devenu pauvre : que n'ai-je pas donné,

— que ne donnerais-je pas pour avoir une chose : *ces* enfants, *cette* vivante plantation de ma volonté et de mon espérance la plus haute! »

Ainsi parlait Zarathoustra et il s'arrêta tout à coup au milieu de son discours : car un désir l'assaillit et il ferma les yeux et la bouche face au mouvement de son cœur. Et tous ses hôtes, eux aussi, se turent et restèrent debout en silence, navrés : à l'exception du vieux devin qui des mains faisait des gestes et des signes.

LA CÈNE

A ce moment, en effet, le devin interrompit les salutations de Zarathoustra et de ses hôtes : il se poussa en avant comme quelqu'un qui n'a pas de temps à perdre, prit la main de Zarathoustra et s'écria : « Mais, Zarathoustra !

Une chose est plus nécessaire que l'autre, tu le dis toi-même : eh bien ! une chose m'est maintenant plus nécessaire que tout autre chose.

Un mot au bon moment : ne m'as-tu pas invité *au repas ?* Et il en est beaucoup ici dont la route fut longue. Tu ne veux tout de même pas nous nourrir de discours ?

A mon sens, vous avez tous trop pensé au danger de mourir gelés, noyés, étouffés et à toutes autres sortes de détresses corporelles : mais personne n'a songé à *ma* détresse physique, à savoir mourir de faim. »

(Ainsi parlait le devin ; mais lorsque les animaux de Zarathoustra entendirent ces mots, ils en prirent la fuite d'effroi. Car ils voyaient que ce qu'ils avaient apporté pendant la journée ne serait pas suffisant pour ce seul devin.)

« Sans parler de la soif, continua le devin. Et quoique j'entende ici clapoter de l'eau, tout comme les discours de la sagesse, à savoir pure et infatigable : moi, ce que je veux — c'est du *vin !*

Tout le monde n'est pas, tel Zarathoustra, né buveur d'eau. L'eau n'est pas même bonne pour les fatigués et les flétris : à *nous* revient le vin, — *lui* seul donne la guérison soudaine et une santé vigoureuse ! »

A cette occasion, comme le devin réclamait du vin, il arriva que le roi de gauche aussi, le taciturne, prit la parole : « Pour ce qui est du vin, dit-il, nous en avons pris soin, *nous,* moi tout comme mon frère, le roi à droite : nous avons du vin en suffisance, — toute une charge d'âne. Ainsi il ne manque plus que du pain.

— Du pain? répondit Zarathoustra en riant. C'est du pain, justement, que les ermites n'ont pas. Mais l'homme ne vit pas seulement de pain, mais aussi de la chair de bons agneaux. J'en possède deux :

Qu'on les abatte vite et qu'on les prépare, aromatisés avec de la sauge : c'est ainsi que je les aime. Et il ne manque ni racines ni fruits, de quoi plaire même aux gourmets et aux becs fins, il y a en abondance des noix, des devinettes et autres casse-tête.

Aussi allons-nous, en peu d'instants, préparer un bon repas. Mais celui qui veut participer au repas, celui-là doit mettre la main à la pâte, même les rois. Chez Zarathoustra, en effet, un roi a le droit d'être cuisinier. »

Cette proposition fut du goût de tout le monde : à l'exception du mendiant qui s'éleva contre la viande, le vin et les épices.

« Écoutez-le donc, ce gourmet de Zarathoustra! dit-il en plaisantant, va-t-on dans les cavernes et la haute montagne pour faire de tels repas?

Maintenant, en effet, je comprends ce qu'il nous apprit jadis : « Bénie soit la petite pauvreté », et pourquoi il veut supprimer les mendiants.

— Ne t'en fais pas, lui répondit Zarathoustra, fais comme moi. Garde tes habitudes, excellent

homme, mouds tes grains, bois ton eau, fais l'éloge
de ta cuisine pourvu qu'elle te rende joyeux!

Je ne suis loi que pour les miens, je ne suis pas une
loi pour tous. Mais celui qui veut être des miens, il
lui faut avoir les os solides et le pied léger,

— joyeusement prêt pour les guerres et les fêtes,

— ni d'humeur sombre ni songe-creux, prêt au plus
difficile, prêt pour sa fête, sain et robuste.

Ce qu'il y a de meilleur me revient à moi et aux
miens; et si on ne nous le donne pas, nous le pren-
drons : la meilleure nourriture, le ciel le plus pur,
les pensées les plus fortes, les femmes les plus belles!»

Ainsi parlait Zarathoustra; mais le roi à droite lui
répondit : « Comme c'est curieux, a-t-on jamais entendu de telles choses aussi astucieuses sortir de
la bouche d'un sage?

Et en vérité, c'est bien la chose la plus étrange
chez un sage, si par-dessus le marché il est plein de
discernement et n'est pas un âne. »

Ainsi parlait le roi à droite et il fut étonné; mais
l'âne gratifia, plein de mauvaise volonté, son discours de son « Hi-han ». Mais ceci fut le début de ce
long repas, qui est nommé « la Cène » dans les livres
d'histoire. Lors de celle-ci, il ne fut pas question
d'autre chose que de *l'homme supérieur*.

DE L'HOMME SUPÉRIEUR

1

« Lorsque pour la première fois, j'arrivai parmi les hommes, je commis la folie des ermites, la grande folie : je me mis au milieu du marché.

Et en parlant à tous, je ne parlai à personne. Mais le soir venu, des danseurs de corde et des cadavres furent mes compagnons; et moi-même j'étais presque devenu un cadavre.

Mais avec le matin nouveau m'est venue une vérité nouvelle : j'appris à parler ainsi : « Que peuvent bien m'importer le marché et la populace et le vacarme de la populace et les longues oreilles de la populace! »

Vous, hommes supérieurs, laissez-moi vous apprendre ceci : sur la place du marché personne ne croit aux hommes supérieurs. Et voulez-vous y parler, allez-y! Mais la populace clignera des yeux en disant : « Nous sommes tous pareils et égaux. »

« Vous, les hommes supérieurs, — dit la populace en clignant les yeux, nous sommes tous égaux, un homme est un homme devant Dieu, — nous sommes tous égaux! »

Devant Dieu! — Or ce Dieu est mort. Mais devant la populace, nous ne voulons pas être pareils et égaux.

Vous, les hommes supérieurs, allez-vous-en, quittez la place publique! »

2

« Devant Dieu! — Or, ce Dieu est mort! Vous, hommes supérieurs, ce Dieu était votre plus grand danger.

C'est seulement depuis qu'il est dans la tombe que vous êtes ressuscités. Ce n'est que maintenant qu'arrive le grand midi, c'est maintenant seulement que l'homme supérieur devient seigneur!

Avez-vous compris ce mot, ô mes frères? Vous êtes effrayés : votre cœur est-il pris de vertige? L'abîme bâille-t-il ici pour vous? Le chien des Enfers vous jape-t-il aux oreilles?

Allons! en route! C'est maintenant seulement que la montagne de l'avenir humain accouche. Dieu mourut : maintenant nous voulons, nous, — que le surhumain vive. »

3

« Les plus soucieux demandent aujourd'hui : « Comment fera-t-on pour conserver l'homme? » Mais Zarathoustra demande, et il est seul et le premier : « Comment fera-t-on pour *surmonter* l'homme? »

Le surhumain est cher à mon cœur, il est mon premier et le seul qui m'importe, — et ce n'est pas l'homme qui l'est : ni le prochain, ni le plus pauvre, ni celui qui souffre le plus, ni le meilleur.

Ô mes frères, ce que je peux aimer en l'homme, c'est qu'il est un franchissement et un déclin. Et en vous aussi il y a beaucoup de choses qui me font aimer et espérer.

Que vous méprisiez, vous, hommes supérieurs, cela me fait espérer. Ceux dont le mépris est grand sont aussi ceux dont la vénération est grande.

Que vous ayez désespéré, il faut vous en honorer. Car vous n'avez pas appris à vous rendre, vous n'avez pas appris les petites astuces.

Aujourd'hui, en effet, les petites gens sont devenus seigneurs : ils prêchent tous la soumission et la résignation et l'astuce et le zèle et les égards et le long *et cætera* des petites vertus.

Ce qui est féminin, ce qui est issu de la servilité et tout particulièrement le méli-mélo populacier : *cela* veut être maître maintenant de tout le destin humain, — ô dégoût! dégoût! dégoût!

Cela interroge et interroge et ne s'en lasse pas : « Comment conserver l'homme le plus longtemps, le mieux et le plus agréablement possible? » Par là ils sont les maîtres d'aujourd'hui.

Surmontez-les, ces maîtres d'aujourd'hui, ô mes frères, — ces petites gens : *eux* sont le plus grand danger pour le surhomme!

Surmontez, vous hommes supérieurs, surmontez les petites vertus, les petites astuces, les égards pour grains de sable, le farfouillis de fourmis, le misérable bien-être, le « bonheur du plus grand nombre »!

Et désespérez plutôt que de vous rendre. Et, en vérité, je vous aime pour ce que vous ne sachiez pas vivre aujourd'hui, vous, hommes supérieurs! C'est ainsi, en effet, que *vous* vivez – le mieux. »

4

« Avez-vous du courage, ô mes frères? Êtes-vous hardis, avez-vous du cœur? *Non pas* le courage devant les témoins, mais le courage des ermites et le courage des aigles que ne contemple même plus un dieu?

Les âmes froides, les animaux de bât, les aveugles et ceux qui sont ivres je ne les nomme pas hardis. A du cœur, celui qui connaît la crainte, mais la crainte *contraint;* a du cœur, celui qui voit l'abîme, mais avec fierté.

Qui voit l'abîme, mais avec les yeux de l'aigle, – qui *saisit* l'abîme avec les griffes de l'aigle : celui-là a du courage. »

5

« L'homme est méchant », – ainsi parlèrent pour me consoler tous les plus sages! Hélas! si seulement c'est encore vrai aujourd'hui! Car le mal est la meilleure force de l'homme.

« Il faut que l'homme devienne plus méchant et meilleur », — voilà ce que j'enseigne. Le mal est nécessaire pour le meilleur de l'homme. Cela pourrait être bon pour ce prédicateur des petites gens de souffrir et de porter le péché de l'homme.

Mais moi je me réjouis du grand péché comme de ma plus grande *consolation*.

Mais je ne dis pas de telles choses pour les longues oreilles. Tout mot ne va pas dans toute gueule. Ce sont là des choses fines et lointaines : il ne sied pas aux pattes de mouton de tenter de les attraper ! »

6

« Vous, les hommes supérieurs, pensez-vous que je sois là pour faire bien ce que vous avez fait mal ?

Ou que je veuille désormais vous donner une meilleure couche à vous qui souffrez ? Ou vous montrer à vous, instables, égarés, perdus dans la montagne, des sentiers nouveaux et plus faciles ? Non ! Non ! trois fois non ! Il faut qu'il en périsse toujours plus de votre espèce et toujours des meilleurs, — car pour vous les choses devront être toujours pires et toujours plus dures. Ainsi seulement,

— ainsi seulement l'homme pousse en hauteur où la foudre le frappe et le brise : suffisamment haut pour la foudre !

C'est vers ce qui est peu nombreux, vers ce qui est

long et lointain que vont mon esprit et mon désir :
que pourrait bien m'importer votre petite misère,
nombreuse et brève!

Vous ne souffrez pas encore assez à mon gré! Car
vous souffrez de vous, vous n'avez pas encore souffert
de l'homme. Vous mentiriez si vous le disiez autrement! Aucun de vous n'a souffert de ce dont j'ai souffert, *moi*... »

7

« Il ne me suffit pas que la foudre ne fasse plus
de dégâts. Je ne veux pas lui servir de paratonnerre :
elle doit apprendre à travailler — pour *moi*.

Depuis longtemps déjà, tel un nuage, ma sagesse
s'assemble, elle devient de plus en plus silencieuse et
de plus en plus sombre. C'est ainsi que fait toute sagesse qui veut un jour donner naissance à des *éclairs*.

Pour ces hommes d'aujourd'hui je ne veux pas
être *lumière,* je ne veux pas m'appeler lumière. *Eux,*
— je veux les aveugler. Éclair de ma sagesse, crève-
leur les yeux! »

8

« Tâchez de ne rien vouloir au-delà de vos possibilités : il y a une terrible fausseté chez ceux qui
veulent au-delà de leurs possibilités.

Surtout, quand ils veulent de grandes choses, car

ils incitent à la méfiance à l'égard de grandes choses, ces délicats faux-monnayeurs et comédiens :

— jusqu'à ce qu'enfin ils soient faux à l'égard d'eux-mêmes, le regard louche, leur bois vermoulu repeint, drapés de paroles puissantes et de vertus d'exposition, d'œuvres brillantes et fausses.

Soyez là, bien prudents, vous les hommes supérieurs! Rien en effet ne me paraît plus précieux aujourd'hui et plus rare que la loyauté.

Cet aujourd'hui n'appartient-il pas à la populace? Mais la populace ne sait ni ce qui est grand, ni ce qui est petit, ni ce qui est droit, ni ce qui est loyal : elle, pleine d'une innocence retorse, elle ment toujours. »

9

« Ayez aujourd'hui une bonne méfiance, vous les hommes supérieurs, vous qui avez du courage, vous qui avez grand cœur! Et tenez vos raisons secrètes! Cet aujourd'hui, en effet, est celui de la populace.

Ce que jadis la populace apprit à croire sans raison, qui, par des raisons, pourrait le lui — renverser?

Et au marché l'on convainc à l'aide d'attitudes. Mais les raisons rendent la populace méfiante.

Et si un jour, par extraordinaire, la vérité, auprès de la populace a vaincu, alors demandez-vous pleins d'une solide méfiance : « Quelle forte erreur a donc combattu pour elle? »

Méfiez-vous des érudits! Ils vous haïssent : car ils sont infertiles! Ils ont des yeux froids et desséchés, devant eux tout oiseau se retrouve déplumé.

Il y en a qui bombent le torse parce qu'ils ne mentent pas : mais l'impuissance à mentir n'est pas encore, et loin de là, amour de la vérité. Soyez sur vos gardes!

L'absence de fièvre cela n'est pas encore, et loin de là, de la connaissance! Je ne crois pas aux esprits refroidis. Celui qui ne peut mentir ne sait pas ce qu'est la vérité. »

10

« Voulez-vous vous élever très haut, servez-vous alors de vos propres jambes! Ne vous laissez pas *emporter,* ne vous asseyez pas sur des dos étrangers et des têtes étrangères.

Mais toi, tu es monté à cheval? Tu chevauches à cette heure, hardiment, vers ton but? Fort bien, ami! Mais ton pied qui traîne est avec toi à cheval!

Quand tu auras atteint ton but, quand tu sauteras de ton cheval : parvenu à ta hauteur, justement, toi, homme supérieur, tu vas trébucher! »

11

« Vous créateurs! vous hommes supérieurs! On ne porte en soi que son propre enfant.

Ne vous en laissez pas conter, ne vous en laissez pas accroire! Qui est donc votre prochain? Et même si vous agissez « pour le prochain » — vous ne créez pas pour lui!

Désapprenez donc, ce « pour », vous créateurs : votre vertu justement veut que vous ne fassiez rien avec « pour » et « afin » et « parce que ». Contre ces petits mots faux vous devez vous boucher les oreilles.

Le « pour le prochain » est seulement la vertu des petites gens : chez eux on dit « qui se ressemble s'assemble » et « une main lave l'autre ». Ils n'ont ni le droit ni la force pour *votre* égoïsme.

Dans votre égoïsme, vous les créateurs, il y a la prudence et la prévoyance de la femme enceinte. Ce que personne encore n'a de ses yeux vu, le fruit : tout votre amour le nourrit, l'abrite et le ménage.

Là où est tout votre amour, auprès de votre enfant, là est aussi toute votre vertu! Votre œuvre, votre volonté, voilà *votre* « prochain » : ne vous laissez pas convaincre de fausses valeurs! »

12

« Vous créateurs! vous hommes supérieurs! Celui qui doit enfanter, celui-là est malade; celui qui a enfanté est impur.

Demandez aux femmes : on n'enfante pas parce que ça fait plaisir. La douleur fait caqueter les poules et les poètes.

Vous créateurs, beaucoup de choses en vous sont encore impures. C'est pourquoi il fallait que vous soyez mères.

Un nouvel enfant : oh ! combien de saleté nouvelle est aussi venue au monde ! Écartez-vous ! Et celui qui a enfanté, celui-là doit laver son âme ! »

13

« Ne soyez pas vertueux au-delà de vos forces ! Et ne veuillez rien de vous, qui va à l'encontre de la vraisemblance !

Marchez dans les traces où marchait déjà la vertu de vos pères ! Comment voudriez-vous vous élever si la volonté de vos pères ne s'élève pas avec vous ?

Mais celui qui veut être le premier, prenez garde qu'il ne devienne pas aussi dernier ! Et là où sont les vices de vos pères, il ne faut pas que vous prétendiez être des saints !

Celui dont les pères étaient portés sur les femmes et les vins forts et les sangliers : qu'en serait-il si celui-là exigeait de lui-même la chasteté ?

Ce serait une sottise ! En vérité cela me semblerait beaucoup pour un tel homme, d'être l'homme d'*une*, de deux ou de trois femmes.

Et fonderait-il des couvents, et graverait-il au-dessus de leurs portes : « le chemin vers la sainteté », — je dirais encore : Pourquoi donc ? C'est une nouvelle sottise !

Il ne ferait que se créer pour lui-même une nouvelle prison et un nouvel asile : grand bien lui fasse! Mais, moi je n'y crois pas.

Dans la solitude croît ce que l'on y apporte, y compris le bétail intime. De telle sorte que la solitude est à déconseiller à beaucoup.

Y eut-il quelque chose de plus sale sur terre que les saints du désert? Autour d'eux ce n'était pas le diable seulement qui se déchaînait, — mais aussi le cochon. »

14

« Timide, honteux, maladroit, semblable à un tigre qui a manqué son saut : de même souvent je vous vis, vous hommes supérieurs, vous faufiler, raser les murs. Vous aviez manqué votre *lancer*.

Mais, joueurs de dés que vous êtes, qu'est-ce que cela peut faire? Vous n'avez pas appris à jouer et à vous moquer, comme il faut jouer et se moquer! Ne sommes-nous pas tout le temps assis à une grande table de moquerie et de jeu?

Et si vous avez manqué de grandes choses, en êtes-vous vous-mêmes, pour cela — manqués? Et si vous-mêmes vous êtes manqués, l'homme est-il pour cette raison manqué? Mais si l'homme est lui-même manqué : allons! courage, en avant! »

15

« Plus une chose est haute de nature, plus rarement elle réussit. Vous, hommes supérieurs, ici, n'êtes-vous pas tous — manqués?

Ayez courage, qu'importe! Combien de choses sont encore possibles! Apprenez à rire de vous-mêmes, comme il faut rire.

Si vous êtes manqués, tout à fait ou à demi, quoi d'étonnant à cela, vous qui êtes à demi-brisés! En vous ne se bouscule-t-il pas et ne se cogne-t-il pas, — *l'avenir* de l'homme?

Le plus lointain de l'homme, sa plus grande profondeur, ce qu'il a de plus haut, haut jusqu'aux étoiles, sa force énorme : tout cela n'écume-t-il pas, ne s'affronte-t-il pas dans votre marmite?

Quoi d'étonnant que plus d'une marmite se brise! Apprenez à rire de vous, comme il faut rire! Ô vous hommes supérieurs, ô combien de choses sont encore possibles!

Et en vérité combien de choses n'ont-elles déjà pas réussi! Combien cette terre est riche en petites choses bonnes et parfaites, en réussites!

Entourez-vous de petites choses bonnes et parfaites, vous hommes supérieurs! Leur maturité dorée guérit le cœur. Ce qui est parfait enseigne à espérer. »

16

« Qu'est-ce qui était jusqu'à maintenant, ici sur terre, le péché le plus grand? N'était-ce pas la parole de celui qui disait : « Malheur à ceux, ici, qui rient! »

Ne trouva-t-il pas lui-même des raisons de rire sur terre? Alors, c'est qu'il a mal cherché. Un enfant même y trouve des raisons de rire.

Celui-là, — il n'aimait pas assez : sinon il nous aurait aimés nous aussi, nous les rieurs! Mais il nous haïssait et se gaussait de nous, il nous promettait pleurs et grincements de dents.

Faut-il tout de suite pousser des jurons là où on n'aime pas? Cela, — ce me semble de mauvais goût. Mais c'est ainsi que fit cet intransigeant. Il venait de la populace.

Et lui-même, il n'aimait pas suffisamment : sinon il se serait moins irrité de ne pas être aimé. Tout grand amour ne *veut* pas d'amour, — il veut davantage.

Éloignez-vous du chemin de tous les intransigeants de cette sorte! C'est là façon pauvre et malade, une façon populacière : ils regardent de bien mauvaise façon cette vie, ils n'ont que regard méchant pour cette terre.

Éloignez-vous du chemin de tous ces intransigeants! Ils ont les pieds lourds et des cœurs moites. Comment la terre pourrait-elle paraître légère à de telles gens! »

17

« C'est tordues que toutes les bonnes choses approchent de leur but. Pareilles aux chats elles font le gros dos, et ronronnent à l'intérieur d'elles-mêmes face à leur bonheur prochain, — toutes les bonnes choses rient.

La démarche révèle si quelqu'un déjà marche dans *sa* voie : aussi regardez-moi marcher! Mais celui qui s'approche de son but, celui-là danse.

Et en vérité, ce n'est pas une statue que je suis devenu, je ne suis pas devenu fixe, atone, de pierre, une colonne; j'aime la course rapide.

Et même s'il existe sur terre aussi marais et épaisse tristesse : celui qui a les pieds légers, celui-là court même sur la boue et y danse comme sur de la glace solide.

Haut les cœurs, mes frères, haut, plus haut encore! Et tâchez aussi de ne pas oublier les jambes! Haut les jambes aussi, bons danseurs que vous êtes et mieux encore : sachez vous tenir sur la tête! »

18

« Cette couronne de celui qui rit, cette couronne de roses : moi-même je me mis cette couronne, moi-même je consacrai mon rire. Je n'en trouvai pas d'autre qui fût aujourd'hui suffisamment fort.

Zarathoustra le danseur, Zarathoustra le léger qui fait signe des ailes, prêt à prendre son vol, faisant signe aux oiseaux, prêt et dispos, tout d'allégresse et de légèreté :

Zarathoustra qui dit vrai, qui rit vrai, lui qui n'est ni impatient, ni intransigeant, lui qui est quelqu'un qui aime les sauts et les écarts; moi-même je me mis cette couronne. »

19

« Haut les cœurs, mes frères, haut, plus haut encore! Et surtout tâchez de ne pas oublier les jambes! Haut les jambes aussi, bons danseurs que vous êtes et mieux encore : sachez vous tenir sur la tête!

Dans le bonheur aussi, il y a des lourdeurs de bête et des patauds depuis le début. Ils se donnent une étrange peine, semblables à un éléphant, qui s'efforce de se tenir sur la tête.

Mieux vaut encore être fou de bonheur que fou de malheur, mieux vaut danser lourdement, que de marcher en se traînant. Apprenez donc ce que m'enseigne ma sagesse : même la pire des choses a deux bons côtés,

— même la pire des choses a de bonnes jambes pour danser : apprenez donc, vous-mêmes, hommes supérieurs, à bien vous tenir sur vos jambes!

Désapprenez donc à souffler la tristesse, désapprenez toute l'affliction populacière! Ô combien me

semblent tristes aujourd'hui encore les jean-foutre
de la populace! Cet aujourd'hui est celui de la populace. »

20

« Soyez pareils au vent qui se précipite hors de ses
cavernes des montagnes : il veut danser au son de
son propre sifflet, les mers tremblent et bondissent
sous les traces de ses pas.

Celui qui donne des ailes aux ânes, qui trait les
lionnes, béni soit-il ce bon esprit impétueux qui
vient comme une tempête pour tout aujourd'hui et
toute populace,

— qui est ennemi des têtes de chardon et des têtes
d'ergoteurs et de toutes les feuilles mortes et de
toutes les mauvaises herbes : béni soit cet esprit de
tempête, bon, libre et sauvage qui danse sur les marécages et les afflictions comme sur des prairies!

Celui qui hait les chiens phtisiques de la populace
et toute progéniture sombre et manquée : béni soit
cet esprit de tous les esprits libres, la tempête rieuse
qui souffle du sable aux yeux de tous ceux qui voient
tout en noir, de tous ceux qui sont purulents!

Vous, hommes supérieurs, ce qu'il y a de pire en
vous, c'est que vous n'ayez pas appris à danser
comme il faut danser, — à danser par-dessus vous-
mêmes! Qu'importe que vous ayez été manqués!

Que de choses sont encore possibles! Aussi *appre-*

nez-donc à rire par-delà vous-mêmes! Haut les
cœurs, bons danseurs, haut, plus haut encore! Et
n'oubliez pas non plus le bon rire!

Cette couronne de celui qui rit, cette couronne de
roses : à vous, mes frères, je vous la jette cette couronne! J'ai consacré le rire; vous, hommes supérieurs, *apprenez* donc à rire. »

LE CHANT DE MÉLANCOLIE

1

Lorsque Zarathoustra fit ces discours, il se tenait
près de l'entrée de sa caverne; mais sur ces dernières
paroles, il se déroba à ses hôtes et s'enfuit quelques
instants à l'air libre.

« Ô senteurs pures autour de moi, s'écria-t-il, ô
silence bienheureux autour de moi! Mais où sont
mes animaux, approchez, approchez mon aigle et
mon serpent!

Dites-moi, mes animaux, ces hommes supérieurs,
tous tant qu'ils sont ne *sentent*-ils peut-être pas bon?
Ô senteurs pures, autour de moi! C'est maintenant
seulement que je sais et que je sens comme je vous
aime, vous mes animaux. »

Et Zarathoustra dit une fois encore : « Je vous aime,
mes animaux! »

Mais l'aigle et le serpent se blottirent auprès de lui lorsqu'il eut dit ces mots et levèrent les yeux vers lui. Ils étaient ainsi tous les trois réunis et ils humaient et reniflaient ensemble le bon air. Car l'air, ici dehors, était meilleur qu'auprès des hommes supérieurs.

2

Mais à peine Zarathoustra eut-il quitté sa caverne que le vieux magicien se leva, regarda autour de lui, d'un air rusé et dit : « Il est dehors!

Et déjà, vous, hommes supérieurs — que je vous chatouille un peu de ce nom flatteur et laudateur, pareil à lui, — déjà mon terrible esprit de tromperie et de prestidigitation m'assaille, mon diable mélancolique,

— lui qui est l'adversaire par essence de Zarathoustra : veuillez l'en excuser! Or il *veut* faire des tours de magie devant vous, c'est justement son heure; c'est en vain que je lutte contre cet esprit mauvais.

Pour vous tous, quels que puissent être les honneurs que vous vous donniez par les mots, que vous vous nommiez « les esprits libres » ou « les véridiques » ou « les pénitents de l'esprit » ou « les déchaînés » ou « les grands nostalgiques »,

— pour vous tous qui souffrez du *grand dégoût,* tout comme moi, vous dont le vieux Dieu est mort et pour qui il n'y a pas encore de nouveau Dieu au berceau, dans les langes, — .pour vous tous, mon

esprit mauvais, mon diable magicien — est béné-
fique.

Je vous connais, vous les hommes supérieurs, je le
connais lui, — je connais aussi ce monstre que j'aime
malgré moi, ce Zarathoustra : lui-même me fait souvent penser à un beau masque de saint,

— pareil à un curieux déguisement nouveau dans
lequel se complaît mon esprit, le diable mélancolique.

— Il me semble souvent que j'aime Zarathoustra —
au nom de mon esprit mauvais.

Mais déjà il m'assaille, *celui-là,* et me contraint,
cet esprit de mélancolie, ce diable du crépuscule :
et en vérité, hommes supérieurs, il se complaît,

— ouvrez seulement les yeux! — il se complaît à
venir, *nu,* mâle ou femelle, je n'en sais encore rien :
mais il vient, il me force, ô douleur! ouvrez vos sens!

Le jour s'éteint, c'est le soir, maintenant, qui vient
pour toutes choses, même pour les choses les meilleures; écoutez et voyez, hommes supérieurs, quel
diable est-ce, s'il est homme ou s'il est femme, cet
esprit de la mélancolie du soir! »

Ainsi parlait le vieux magicien, puis il regarda autour de lui l'air rusé et prit alors sa harpe.

3

« Dans l'air où la clarté s'éteint,
Quand déjà la consolation de la rosée
Sourd vers la terre,

Invisible, sans être entendue, —
Car elle porte de doux souliers
La rosée consolatrice, pareille à tous les doux
                              [consolateurs :
Te souviens-tu, te souviens-tu cœur brûlant,
Comme tu étais assoiffé, jadis,
De larmes célestes et de gouttes de rosée,
Brûlé et fatigué, tu avais soif,
Pendant que sur de jeunes sentiers d'herbe
De cruels regards du soleil du soir,
A travers des arbres noirs, couraient autour de toi.
D'aveuglants regards de feu du soleil, heureux de
                              [faire mal.

« Le prétendant de la *vérité*? Toi? » — c'est ainsi qu'ils
Non! un poète seulement!   [se moquent.
Un animal, rusé, pillard, qui se glisse,
Qui doit mentir :
Contraint de mentir, sciemment, volontairement,
Avide de proies,
Au masque bariolé,
Se masquant soi-même,
Proie de soi-même.

Ça, — le prétendant de la vérité!...
Non, rien qu'un fou, rien qu'un poète
Aux discours bigarrés,
Criant à travers ses masques de fou,
Grimpant sur de mensongers ponts de mots,
Sur des arcs-en-ciel multicolores,

Entre de faux ciels
Et de fausses terres,
Volant, errant de çà de là.
*Rien qu'*un fou *rien qu'*un poète.

Ça, le prétendant de là vérité?
Non pas silencieux, figé, lisse et froid,
Devenu image,
Non statue de dieu,
Dressée devant des temples.
Un gardien de portes divines : •
Non pas! mais ennemi de telles statues de la vérité,
Plus à son aise dans les brousses que devant les
Plein de caprices, comme un chat,   [temples,
Sautant à travers toutes les fenêtres,
Pffuit! dans tous les hasards.
Tendant le nez vers toute forêt vierge,
Humant plein de désir, de langueur!
Que, dans les forêts vierges,
Parmi les bêtes de proie aux pelages tachetés,
Tu aies couru, pêcheur – plein de santé multicolore
Les babines lascives,   [et beau,
Bienheureux et moqueur, bienheureux et infernal,
                      [bienheureux et avide de sang,
Pillard, te faufilant, aux aguets :

Ou bien pareil à l'aigle, qui longtemps,
Longtemps regarde fixement l'abîme, *ses* abîmes :
Ô comme ils tournoient,
Descendent, s'enfoncent
Toujours plus bas,

En des profondeurs toujours plus profondes.
Puis,
Tout à coup, piquant droit,
D'un vol qui plonge
Se jetant sur des *agneaux,*
D'un coup, en proie à la fringale,
Avide d'agneaux,
Irrité contre toutes les âmes d'agneaux,
Irrité, — plein de colère pour tout ce qui regarde
A la façon des moutons, avec des yeux de mouton,
                                        [la laine crépue,
Gris, avec le bon vouloir des agneaux-moutons.

Ainsi,
Tel l'aigle, telle la panthère
Sont les désirs du poète,
Sont tes désirs sous mille masques,
Toi, ô fou, toi ô poète!...

Toi qui as regardé l'homme,
Autant Dieu que mouton :
Déchirer le dieu en l'homme,
Tout comme le mouton en l'homme,
Rire d'un *rire* déchirant,
Cela, *cela* c'est ta félicité!
Félicité de la panthère, de l'aigle,
Félicité du poète et du fou!...

Dans l'air obscurci,
Quand déjà la faucille de la lune

Verte parmi les rougeoiements pourpres
Se faufile, jalouse :
— ennemie du jour,
Se faufilant, fauchant
A chaque pas, en secret,
Tout près de hamacs couverts de roses
Jusqu'à ce qu'ils s'effondrent,
S'effondrent pâles, descendant dans la nuit :

C'est ainsi que je sombrais jadis moi-même,
Tombant du haut de ma vérité-folie,
Du haut de mes désirs du jour,
Fatigué du jour, malade de lumière,
— Je sombrais, descendant vers le soir, vers l'ombre,
Brûlé et assoiffé
Par une vérité.
— Te souviens-tu, te souviens-tu, ô cœur brûlant,
Comme tu étais assoiffé?
Ô que je sois banni
De toute vérité,
Rien qu'un fou!
Rien qu'un poète! »

DE LA SCIENCE

Ainsi chantait le magicien; et tous ceux qui étaient
ensemble se prenaient tels des oiseaux, sans le remar-
quer, dans les filets d'une volupté rusée et mélanco-

lique. Seul le consciencieux de l'esprit ne fut pas
pris : il enleva en un clin d'œil sa harpe au magicien
et s'écria : « De l'air! Faites entrer le bon air! Faites
entrer Zarathoustra! Tu rends l'air lourd et empoisonné dans cette caverne, vieux magicien de malheur!

Tu séduis et détournes, toi le faux, le fin, vers
des besoins et des fourrés inconnus. Et, oh! malheur
à nous, quand des gens comme toi font des discours
sur la *vérité* et s'en réclament!

Malheur à tous les esprits libres qui ne sont pas
sur leurs gardes devant de *tels* magiciens! C'en est
fait de leur liberté : par ce que tu enseignes, tu les
ramènes et les attires à nouveau dans des prisons,

— vieux diable mélancolique, dans ta plainte ré-
sonne un appeau, tu es pareil à ceux qui, avec leur
éloge de la chasteté, en secret, invitent aux volup-
tés! »

Ainsi parlait le consciencieux; mais le vieux magicien regarda autour de lui, jouit de sa victoire et en
ravala le dépit que lui causait le consciencieux. « Tais-
toi! dit-il d'une voix sans timbre, de bonnes chansons veulent avoir un bon écho; après de bonnes
chansons il faut se taire longtemps.

Ainsi font-ils, tous ces hommes supérieurs. Mais toi,
tu n'as dû pas comprendre grand-chose à ma chanson. En toi il y a fort peu d'un esprit enchanteur.

— Tu me fais un compliment en me distinguant
de toi, répondit le consciencieux, fort bien! Mais
vous autres, que vois-je? Vous, encore tous là, assis,
l'œil plein d'avidité :

Vous, âmes libres, où s'en est donc allée votre liberté ? Il me semble presque que vous ressemblez à ces gens qui ont longtemps regardé danser nues des filles vicieuses : vos âmes elles-mêmes dansent.

En vous, hommes supérieurs, il faut qu'il y ait davantage que ce que le magicien appelle son esprit mauvais, son esprit de magie et d'imposture, — il faut bien que nous soyons différents.

Et, en vérité, nous avons suffisamment parlé et pensé ensemble, avant que Zarathoustra ne rentre à sa caverne, pour que je ne le sache pas : nous *sommes* différents.

Nous cherchons des choses différentes, ici en haut également, vous et moi. Moi, en effet, je cherchai davantage de *sécurité*. C'est encore lui la tour la plus solide et la volonté la plus solide,

— aujourd'hui où tout branle, où la terre tremble toute. Mais vous, si je regarde les yeux que vous faites, c'est tout juste s'il ne me paraît pas que vous cherchez plus *d'insécurité,*

— plus de frisson, plus de danger, plus de tremblement de terre. Ce dont vous avez envie, comme il me semble presque, pardonnez-moi ma présomption, hommes supérieurs,

— ce dont vous avez envie c'est de la pire vie, la vie la plus dangereuse, qui à *moi,* me fait le plus peur, de la vie des bêtes sauvages, de forêts, de cavernes, de montagnes abruptes et de dédales de précipices.

Et ce ne sont pas les guides qui vous écartent du danger qui vous plaisent le plus, mais ceux, au

contraire, qui vous écartent de tous les chemins, les
séducteurs. Mais même si en vous, une telle envie est
réelle, elle ne m'en semble pas moins *impossible.*

La crainte, voilà, en effet, le sentiment fondamental et héréditaire de l'être humain; c'est par la crainte
que tout s'explique, péché originel et vertu originelle.
C'est de la crainte aussi qu'est issue et qu'a grandi
ma vertu, elle se nomme : science.

La crainte, en effet, des bêtes sauvages, — c'est
celle qu'on a depuis le plus longtemps implantée en
l'homme, y compris la crainte de la bête qu'il recèle
et craint en lui-même, — Zarathoustra la nomme « le
bétail intérieur ».

Une telle longue et vieille crainte qui s'est enfin
affinée, spiritualisée, intellectualisée, — aujourd'hui,
il me semble qu'elle se nomme : *science.** »

Ainsi parlait le consciencieux, mais Zarathoustra
qui revenait justement à sa caverne et qui avait
entendu et deviné le dernier discours, jeta une poignée de roses au consciencieux et se rit de ses « vérités ». « Comment! s'écria-t-il, qu'est-ce que je viens
d'entendre? En vérité, il me semble, tu es un bouffon ou c'est moi qui le suis et ta « vérité » je la mets
cul par-dessus tête, en un clin d'œil.

La *crainte,* en effet, — est notre exception. C'est
courage et aventure et goût de l'incertain, goût
de ce qui n'a pas encore été osé, — courage c'est ce
que me semble être la préhistoire entière de
l'homme.

Il a envié aux animaux les plus courageux leurs

vertus, il les en a dépouillés : ce n'est qu'ainsi, qu'il est devenu — homme.

Ce courage-*là,* enfin affiné, spiritualisé, intellectualisé, ce courage d'homme aux ailes d'aigle, au discernement de serpent : *celui-là,* me semble-t-il, il s'appelle aujourd'hui... »

« *Zarathoustra!* » s'écrièrent tous ceux qui étaient assis ensemble, comme d'une seule bouche, et ils eurent un grand éclat de rire; mais il s'éleva d'eux comme un lourd nuage. Le magicien, lui aussi, se mit à rire et dit avec discernement : « Allons, bien, il s'en est allé, mon esprit mauvais!

Et ne vous ai-je pas moi-même mis en garde contre lui, lorsque je disais qu'il était un esprit d'imposture, de mensonge et de tromperie?

Et surtout, en effet, quand il se montrait nu. Mais que puis-je contre ses ruses! Est-ce *moi* qui l'ai fait, lui et le monde?

Allons! soyons bons de nouveau et de bonne humeur! Et bien que Zarathoustra jette des regards mauvais, — regardez-le donc! il m'en veut :

— avant que ne vienne la nuit, il réapprendra à m'aimer et à me complimenter, il ne peut vivre longtemps sans commettre de telles folies.

Celui-là, il aime ses ennemis : il est de tous ceux que j'ai vus, celui qui s'y entend le mieux — dans cet art. Mais il s'en venge — sur ses amis! »

Ainsi parlait le vieux magicien, et les hommes supérieurs l'applaudirent : de telle sorte que Zarathoustra fit le tour de la compagnie et qu'avec méchanceté

et amour il se mit à leur secouer les mains, — tout
comme quelqu'un qui aurait à réparer et à faire
amende honorable de quelque chose auprès de chacun. Mais, lorsque ce faisant, il arriva à proximité
de la porte de sa caverne, de nouveau il fut pris de
l'envie du bon air frais du dehors, il eut envie de re-
voir ses animaux, — et déjà il voulait se glisser dehors.

PARMI LES FILLES DU DÉSERT

1

« Ne t'en vas pas! dit alors le voyageur qui s'appelait l'ombre de Zarathoustra, reste auprès de nous,
sinon il se pourrait que la vieille affliction sourde
nous assaille.

Déjà ce vieux magicien nous a prodigué ce qu'il
avait de pire et regarde-le donc, le bon pape pieux
a les larmes aux yeux et il s'est de nouveau embarqué sur la mer de la mélancolie.

Ces rois peuvent bien faire bonne figure en notre
présence : c'est ce qu'ils ont appris, *eux,* le mieux
aujourd'hui parmi nous tous! S'ils n'avaient pas de
témoins, je parie, que chez eux le vilain jeu recom-
mencerait,

— le vilain jeu des nuages qui passent, de la mélancolie humide, des ciels voilés, des soleils furtifs, des
vents d'automne qui hurlent,

— le vilain jeu de nos pleurs et de nos cris de détresse : reste auprès de nous, ô Zarathoustra! Il y a ici bien de la misère cachée qui veut parler, il y a beaucoup de soir, beaucoup de nuages, beaucoup d'air lourd!

Tu nous as nourris d'une forte nourriture d'hommes et de forts préceptes : ne tolère pas qu'au dessert les esprits féminins, amollis, de nouveau nous assaillent.

Toi seul, tu rends l'air autour de toi, fort et clair! Ai-je jamais, sur terre, trouvé d'aussi bon air qu'auprès de toi dans ta caverne?

J'ai pourtant vu bien des pays, mon nez apprit à jauger bien des sortes d'airs : mais c'est auprès de toi que mes narines ont goûté leur joie la plus grande!

Si ce n'est — si ce n'est —, ô pardonne-moi un vieux souvenir! Pardonne-moi ma vieille chanson de dessert, que j'ai jadis composée parmi les filles du désert :

— auprès d'elles, en effet, l'air etait aussi bon, aussi pur, oriental; c'est là que je fus le plus loin de la vieille Europe nuageuse, humide, mélancolique!

En ce temps-là j'aimais ces filles de l'Orient et un autre ciel bleu qui n'est pas couvert de nuages et de pensées.

Vous ne pourriez croire combien elles étaient sagement assises quand elles ne dansaient pas, profondes, mais sans pensées, comme de petits secrets, comme des énigmes enrubannées, comme des noix pour le dessert,

— multicolores et étrangères, c'est vrai! mais sans nuages : des devinettes que l'on peut deviner : pour l'amour de ces filles-là j'ai jadis conçu un psaume pour le dessert. »

Ainsi parla le voyageur et ombre; et avant même que quelqu'un lui ait répondu, il s'était déjà emparé de la harpe du vieux magicien, il avait croisé les jambes et regardait autour de lui avec détachement et sagesse, comme quelqu'un qui goûte en des pays étrangers un nouvel air inconnu. Puis il commença à chanter en poussant une sorte de rugissement.

2

« Le désert croît : malheur à qui recèle des déserts!

— Ah! solennel!
Vraiment solennel,
Un digne début!
D'un solennel africain
Digne d'un lion
Ou d'un singe hurleur moralisant.
— Mais ce n'est rien pour vous,
Vous amies, chères entre toutes,
Aux pieds desquelles
Pour la première fois
Il m'est permis à moi,
Permis à un Européen
D'être assis
Sous des palmes. — Selah.

Merveilleux, en vérité!
Me voilà assis là,
Si près du désert, et déjà
A nouveau si loin du désert
Et en rien dévasté encore :
Mais avalé, en effet,
Par cette oasis de toutes la plus petite :
— Elle ouvrait juste en bâillant
Son adorable gueule toute grande,
La plus parfumée de toutes les petites gueules :
Et j'y suis tombé dedans,
Dedans, à travers, — parmi vous,
Amies les plus charmantes! Selah.

Gloire, gloire à cette baleine,
D'avoir veillé ainsi au bien-être
De son hôte! — comprenez-vous
Mon allusion érudite?
Gloire à son ventre
S'il a été pareil à celui-ci,
Un ventre-oasis aussi aimable
Que celui-ci : mais ce dont je doute.
— C'est pourquoi je viens d'Europe,
Davantage percluse de doutes que toutes
Les autres vieilles petites épouses légitimes.
Que Dieu la guérisse!
Amen!

Me voilà assis
Dans cette oasis la plus petite,

Pareil à une datte,
Brun, sucré, doré, avide,
D'une ronde bouche de fillette,
Et plus encore des dents tranchantes
Glacées, blanches comme la neige,
Dents de fillette.
C'est elles dont a soif le cœur
De toutes les dattes chaudes. Selah.

Pareil à ces fruits du Sud,
Trop pareils à eux,
Me voici étendu ici,
Entouré par le vol des insectes
Qui jouent autour de moi et me flairent,
Et assiégé, de même,
De souhaits et d'idées
Plus petits, plus fous encore,
Assiégé par vous,
Filles-chats
Muettes et songeuses,
Doudou et Suleika,
— *Ensphinxé* pour bourrer
En un seul mot beaucoup de sentiments
(Pardonne-moi, ô Dieu,
Ce péché contre la langue!)
— Me voilà ici respirant le meilleur air,
L'air du paradis en vérité,
Un air clair, léger, inondé d'or,
Le meilleur air
Jamais tombé de la lune.

Était-ce par hasard
Ou par présomption,
Comme le racontent les anciens poètes?
Mais moi, vieux douteur,
J'en doute, c'est que je viens
D'Europe,
Plus percluse de doutes que toutes
Les vieilles petites épouses.
Que Dieu la guérisse!
Amen!

Respirant cet air le plus beau,
Les narines gonflées comme des coupes,
Sans avenir, sans souvenirs,
Me voilà assis ici, vous,
Amies très charmantes,
Regardant le palmier
Qui pareil à une danseuse
Se plie, s'incline, les hanches flexibles,
— On fait pareil, si on regarde longtemps!
N'a-t-il pas, pareil à une danseuse, comme il me semble,
Trop longtemps, dangereusement longtemps,
N'a-t-il pas été debout toujours,
Sur *une seule* jambe?
— N'en oublia-t-il pas
L'autre jambe, si je ne me trompe?
En vain, tout au moins,
Je cherchais la précieuse jumelle
Perdue, trésor perdu,
— A savoir l'autre jambe,

Dans la sainte proximité
De leur charmante et délicate
Jupette, toute pailletée, toute plissée, toute volante,
Oui, belles amies,
Si vous vouliez me croire tout à fait :
Il l'a perdue!
Elle est partie!
Partie pour toujours,
L'autre jambe.
Ô que c'est dommage pour l'autre jolie jambe!
Où peut-elle bien être,
Et se désoler, solitaire,
La jambe, toute seule?
Peut-être a-t-elle peur
D'un monde léonin,
Terrible, aux boucles blondes?
Ou peut-être est-elle déjà rongée, grignotée,
Pitoyablement grignotée, malheur, oh malheur! Selah.

Ô ne pleurez pas,
Tendres cœurs!
Ne pleurez pas,
Cœurs de dattes! seins de lait!
Petits cœurs
De réglisse!
Ne pleure plus,
Pâle Doudou!
Sois homme! Suleika, courage! courage!
— Ou bien faudrait-il ici
Un tonique, un cordial,

Une maxime pleine d'onction,
Un encouragement solennel?

Ah! redresse-toi, ma dignité,
Vertueuse dignité! Dignité d'Européen.
Souffle, souffle à ton tour,
Soufflet de vertu!
Ah!
Hurler une fois encore,
Hurler moralement!
Comme lion moral,
Hurler devant les filles du désert!
— Car les hurlements de vertu,
Charmantes fillettes,
C'est plus que tout, plus que
Ferveur d'Européen, plus que fringale d'Européen!
Me voilà debout,
Européen,
Je ne peux faire autrement.
Que Dieu m'aide!
Amen!

Le désert croît : malheur à qui recèle des déserts! »

LE RÉVEIL

1

Après la chanson du voyageur et de l'ombre, la
caverne, d'un coup, se remplit de bruit et de rire; et

comme tous les invités rassemblés parlaient tous en
même temps et comme devant de tels encouragements
l'âne lui-même ne put rester muet, Zarathoustra fut
pris d'une petite répugnance et d'un peu de moquerie à l'égard de ses visiteurs : bien qu'il se réjouît de
leur gaieté. Car elle lui semblait un signe de guérison. Aussi se glissa-t-il dehors et parla-t-il à ses animaux.

« Leur détresse, où s'en est-elle donc allée? dit-il,
et déjà il respirait soulagé de son petit mouvement
d'humeur, — auprès de moi, ils ont désappris, ce me
semble, à crier de détresse,

— mais malheureusement pas encore à crier. » Et
Zarathoustra se boucha les oreilles, car justement le
OUI-HAN de l'âne se mêlait curieusement aux hurle-
ments de joie de ces hommes supérieurs.

« Ils sont joyeux, recommença-t-il, et peut-être,
qui sait, le sont-ils aux dépens de leur hôte; et si je
leur ai appris à rire, ce n'est cependant pas mon rire
qu'ils ont appris.

Mais qu'importe! Ce sont de vieilles gens : ils guérissent à leur manière; mes oreilles ont supporté bien
pire et ne s'en irritèrent point.

Ce jour est une victoire : le voilà qui fuit déjà et
recule, *l'esprit de pesanteur,* mon vieil ennemi héré-di-
taire. Que la fin de cette journée qui commença si
mal et si pesamment, sera belle!

Et elle *veut* finir! Voici déjà venir le soir : le
bon cavalier chevauche par-dessus la mer! Comme
il se balance, lui, le bienheureux sur sa selle de

pourpre, lui le bienheureux qui rentre chez lui.

Le ciel le regarde, lumineux, le monde est loin dans les profondeurs : ô vous tous, les gens étranges qui venez à moi, cela vaut la peine, de vivre chez moi ! »

Ainsi parlait Zarathoustra. Et de nouveau on entendit sortir de la caverne les cris et les éclats de rire des gens supérieurs. Alors, il recommença en ces termes :

« Ils mordent, mon amorce est efficace, leur ennemi aussi les quitte, l'esprit de pesanteur. Déjà ils apprennent à rire sur eux-mêmes : est-ce que j'entends bien ?

Ma nourriture virile agit, ma maxime pleine de sève et de force : et en vérité, je ne les ai pas nourris de légumes qui font gonfler, mais d'une nourriture de guerriers et de conquérants : j'éveillai de nouveaux désirs.

Il y a de nouveaux espoirs dans leurs bras et leurs jambes, leur cœur se fait plus ample. Ils trouvent des mots nouveaux, bientôt leur esprit respirera le contentement.

Une telle nourriture, certes, n'est pas pour des enfants, ni pour de jeunes et de petites vieilles nostalgiques. Celles-là, c'est autrement que l'on s'y prend pour leur retourner les entrailles ; leur médecin et leur professeur, ce n'est pas moi.

Le *dégoût* s'écarte de ces hommes supérieurs : tant mieux ! Cela c'est ma victoire. Dans mon royaume, ils deviennent plus sûrs d'eux, toute sotte pudeur les quitte, ils s'épanchent.

Ils vident leur cœur, de bonnes heures leur reviennent, ils se reposent de nouveau et remâchent, — ils deviennent *reconnaissants*.

C'est *cela* que je tiens pour le signe le meilleur. Dans peu de temps, ils vont imaginer des fêtes et dresser des pierres commémoratives pour leurs vieux amis.

Ce sont des hommes *en train de guérir*. » Ainsi parlait Zarathoustra joyeusement à son cœur et il regardait au loin; mais ses animaux se pressaient autour de lui et honoraient son bonheur et son silence.

2

Mais tout à coup l'oreille de Zarathoustra fut effrayée : la caverne en effet, jusqu'ici pleine de bruit et de rires, fut soudain remplie d'un silence de mort; — son nez sentit une fumée parfumée, un encens, comme de pommes de pin brûlées.

« Que se passe-t-il? Que font-ils donc? » se demanda-t-il, et il se glissa vers l'entrée pour pouvoir regarder ses invités sans être remarqué. Mais, miracle des miracles, que dut-il voir de ses propres yeux!

« Ils sont tous redevenus *pieux*, ils *prient*, ils sont fous! » dit-il et s'étonna au-delà de toute mesure. Et, en vérité, tous ces hommes supérieurs, les deux rois, le pape hors service, le mauvais magicien, le mendiant volontaire, le voyageur et l'ombre, le vieux

devin, le consciencieux de l'esprit et l'homme le plus
laid : ils étaient tous, pareils à des enfants et à de
vieilles femmes croyantes, ils étaient tous agenouillés
et adoraient l'âne. Et voici justement que l'homme
le plus laid commençait à gargouiller et à souffler
comme si quelque chose d'inexprimable voulait sortir
de lui; mais lorsqu'il eut réussi à en venir aux mots;
alors voyez, ce fut une pieuse et étrange litanie en
louange de l'âne vénéré et encensé. Voici le son que
rendait cette litanie :

Amen! Et louange et honneur et sagesse et remer-
ciements et gratitude soient à notre Dieu, d'éternité
en éternité!

— Mais l'âne, là-dessus, de braire : oui-han.

Il porte notre fardeau, il prit silhouette de valet,
il est patient dans son cœur et ne dit jamais non; et
celui qui aime son dieu le châtie bien.

— Mais l'âne, là-dessus, de braire : oui-han.

Il ne parle pas : si ce n'est pour dire oui toujours
au monde qu'il créa : ainsi loue-t-il son monde. C'est
son astuce de ne pas parler : ainsi, il est rare qu'il
ait tort.

— Mais l'âne, là-dessus, de braire : oui-han.

Il va, discret, de par le monde. Gris est la couleur
du corps, il y enveloppe sa vertu. A-t-il de l'esprit,
alors il le cache; mais chacun de croire à ses longues
oreilles.

— Mais l'âne, là-dessus, de braire : oui-han.

Quelle sagesse sacrée est-ce là qu'il ait de longues
oreilles et qu'il ne dise que oui et jamais non! N'a-t-il

pas créé le monde à son image, à savoir aussi bête que possible.

— Mais l'âne, là-dessus, de braire : OUI-HAN.

Tu suis des chemins droits et tordus : peu t'importe ce qui nous semble à nous hommes droit ou tordu. Par-delà le bien et le mal est ton royaume. C'est ton innocence de ne pas savoir ce qu'est l'innocence.

— Mais l'âne, là-dessus, de braire : OUI-HAN.

Vois à ne repousser personne, ni mendiants, ni rois. Tu fais venir à toi les petits enfants et quand les mauvais garnements te séduisent, tu dis naïvement OU-I.

— Mais l'âne, là-dessus, de braire : OUI-HAN.

Tu aimes les ânesses et les figues fraîches, tu ne méprises pas les nourritures. Un chardon te chatouille le cœur, quand tu as faim. C'est là que l'on voit la sagesse d'un dieu.

— Mais l'âne, là-dessus, de braire : OUI-HAN.

LA FÊTE DE L'ÂNE

1

Mais à ce point de la litanie, Zarathoustra ne put se maîtriser plus longuement, il cria OU-I plus fort encore que l'âne et bondit au milieu de ses invités pris de folie. « Mais que faites-vous donc là, mes bonshommes ? » s'écria-t-il, en soulevant de terre ceux qui priaient. « Malheur si quelqu'un d'autre vous regardait que Zarathoustra :

Chacun jugerait que vous êtes avec votre nouvelle foi les pires blasphémateurs ou bien les plus folles de toutes les petites vieilles !

Et toi-même, vieux pape, comment cela s'accorde-t-il avec toi-même, d'adorer ainsi un âne ?

— O Zarathoustra, répondit le pape, pardonne-moi, mais pour ce qui est des choses divines, je suis plus au fait encore que toi. Et c'est bien ainsi.

Mieux vaut adorer Dieu sous cette apparence-là que sous aucune ! Pense à cette maxime-là, mon noble ami : tu devines vite, il y a de la sagesse en une telle maxime.

Celui qui dit « Dieu est un esprit », — celui-là fit jusqu'aujourd'hui, sur terre, le pas et le saut les plus grands vers l'incrédulité : il n'est pas facile de réparer une telle parole sur terre !

Mon vieux cœur saute et bondit à la pensée qu'il y a encore quelque chose à adorer sur terre. Pardonne cela, ô Zarathoustra, à un pieux vieux cœur de pape ! »

« Et toi, dit Zarathoustra au voyageur et ombre, tu te nommes et te juges un esprit libre ? Et tu te livres ici à ce genre de culte d'idoles et de curés ?

Pire encore, ta conduite ici, qu'auprès de tes vilaines filles brunes, mauvais nouveau croyant que tu es !

— C'est bien triste, répondit le voyageur et ombre,

tu as raison : mais qu'y puis-je! Le vieux Dieu revit,
ô Zarathoustra, tu peux dire ce que tu veux.

L'homme le plus laid est la cause de tout : c'est
lui qui l'a réveillé. Et même s'il dit qu'il l'a jadis tué :
la *mort* n'est jamais chez les dieux qu'un préjugé. »

« Et toi, dit Zarathoustra, toi, vieux magicien de
malheur, qu'as-tu fait! Qui donc en ces temps libres
pourra désormais encore croire en toi, si toi tu crois
en de telles âneries divines?

Tu as fait une bêtise; comment pouvais-tu, toi si
intelligent, faire une telle bêtise?

— Ô Zarathoustra, répondit le malin magicien, tu
as raison, ce fut une bêtise, — et cela m'a bien été
assez pénible. »

« Et toi même, dit Zarathoustra au consciencieux
de l'esprit, évalue bien et mets ton doigt contre ton
nez! Rien ici ne va-t-il contre ta conscience? Ton esprit n'est-il pas trop pur pour ces prières et les vapeurs de ces frères prieurs?

— Il y a quelque chose là-dedans, répondit le consciencieux, il y a même quelque chose dans ce spectacle qui fait du bien à ma conscience.

Peut-être n'ai-je pas le droit de croire en ce dieu :
mais ce qui est certain c'est que c'est sous cette forme
que Dieu me paraît encore le plus crédible.

Dieu est éternel selon ce qu'en témoignent les plus
pieux : celui qui a tant de temps devant lui, celui-là
prend son temps. Aussi lentement et aussi bête que
possible : *par là* il peut vraiment aller très loin.

Et celui qui a trop d'esprit, celui-là sûrement aimerait s'enticher de bêtise et de bouffonnerie. Réfléchis sur toi-même, ô Zarathoustra !

Toi-même — en vérité, toi-même par excès et par sagesse tu pourrais bien devenir âne.

Un sage accompli n'aime-t-il pas emprunter les voies les plus tortueuses, l'évidence l'enseigne, ô Zarathoustra — *ton* évidence ! »

« Et toi-même enfin, dit Zarathoustra en se tournant vers l'homme le plus laid qui était encore étendu sur le sol, levant les bras vers l'âne (il lui donnait en effet du vin à boire), parle, toi, innommable, dis, qu'as-tu fait là ?

Tu me parais transformé, ton œil brille, le manteau du sublime entoure ta laideur : *qu'*as-tu fait ?

Est-ce donc vrai ce que disent certains, que tu l'as réveillé ? Et à quelle fin ? N'avait-il pas été tué et éliminé à bon droit ?

Tu me parais éveillé toi-même : qu'as-tu fait ? Pourquoi t'en es-tu retourné ? Pourquoi t'es-tu converti ? parle, toi innommable !

— Ô Zarathoustra, répondit l'homme le plus laid, tu es un coquin !

S'il vit encore *celui-là* ou vit de nouveau ou s'il est tout à fait mort, — quel est celui de nous deux qui le sait le mieux ? Je te le demande.

Mais il y a une chose que je sais, — c'est de toi-même que je l'appris jadis, ô Zarathoustra : celui qui veut tuer le plus radicalement, celui-là *rit*.

« Ce n'est pas par la colère, mais par le rire que l'on tue », ainsi parlais-tu jadis, Zarathoustra. Ô Zarathoustra, toi, celui qui es caché, toi l'anéantisseur sans colère, toi le saint dangereux, — tu es un coquin ! »

2

Mais alors il arriva que Zarathoustra étonné de tant de réponses de coquins, bondit à nouveau vers la porte de sa caverne et se mit à crier d'une voix forte, tourné vers tous ses hôtes :

« Ô farceurs et bouffons, tous tant que vous êtes, pitres : qu'avez-vous à vous déguiser et à vous dissimuler à mes yeux !

Comme votre cœur à chacun en frémissait de plaisir et de méchanceté d'être enfin redevenus tels des enfants, à savoir pieux,

— de ce qu'enfin vous ayez fait encore ce que font les enfants, à savoir prier, joindre les mains et dire « Mon Dieu » !

Mais maintenant, déguerpissez de cette chambre d'enfants, ma propre caverne, où tant d'enfantillage, aujourd'hui, se sent chez lui. Rafraîchissez ici, dehors, votre présomption d'enfants échauffés et le tohu-bohu de votre cœur !

Certes : si vous ne devenez point comme les petits enfants vous n'entrerez pas au royaume des cieux. (Et des mains Zarathoustra montra le ciel.)

Mais nous ne voulons pas du tout le royaume des cieux : nous sommes devenus des hommes, — aussi voulons-nous *le royaume de la terre*. »

3

Et une fois encore Zarathoustra se mit à parler :
« Ô mes nouveaux amis, dit-il, — hommes étranges,
hommes supérieurs, comme vous me plaisez à
présent,

— depuis que vous êtes redevenus gais ! En vérité,
vous vous êtes tous épanouis : il me semble qu'à
des fleurs telles que vous, il faut de *nouvelles fêtes,*

— une vaillante petite folie, quelque service divin
et fête de l'âne, il vous faut quelque vieux et joyeux
bouffon à la Zarathoustra, un vent mugissant pour
vous nettoyer l'âme et vous la rendre claire.

N'oubliez pas cette nuit et cette fête de l'âne, vous,
hommes supérieurs ! Vous avez inventé *cela* chez moi,
je le retiens comme un bon signe, — de telles choses,
seuls ceux qui guérissent les inventent.

Et si vous la fêtez encore cette fête de l'âne, faites-le
par amour de vous et faites-le aussi par amour de
moi ! Et en souvenir de *moi*. »

Ainsi parlait Zarathoustra.

LE CHANT D'IVRESSE

1

Mais entre-temps, tous étaient sortis l'un après l'autre, à l'air libre dans la nuit fraîche et pensive ; mais

Zarathoustra lui-même conduisait l'homme le plus laid par la main pour lui montrer son monde nocturne et la grande lune ronde et les cascades argentées auprès de sa caverne. Les voilà alors tous debout, silencieux les uns à côté des autres, uniquement de vieilles gens, mais le cœur vaillant, consolé, et tout étonnés, par devers eux, d'être si bien sur terre; mais l'intimité de la nuit étreignait de plus en plus leur cœur. Et de nouveau Zarathoustra pensa en lui-même : « Ô comme ils me plaisent, à présent, ces hommes supérieurs! » — mais il ne le dit pas à voix haute, car il honorait leur bonheur et leur silence.

Mais alors arriva ce qui en ce long jour étonnant fut le plus étonnant : l'homme le plus laid recommença encore une fois, et pour la dernière fois à gargouiller et à souffler et lorsqu'il eut enfin réussi à trouver ses mots, voyez, il jaillit de sa bouche, rondement et proprement, une bonne question profonde et claire, qui remua le cœur de tous ceux qui l'écoutaient.

« Mes amis, tous tant que vous êtes, dit l'homme le plus laid, que vous en semble-t-il? Au nom de ce jour — *moi*, pour la première fois, je suis content, d'avoir vécu toute la vie durant.

Et de témoigner de cela ne me suffit pas. Il vaut la peine de vivre sur la terre : *un* jour, *une* fête en compagnie de Zarathoustra m'a appris à aimer la terre.

« Était-ce *cela* — la vie? » Voilà ce que je veux dire à la mort. « Eh bien, allons! encore une fois! ».

Mes amis, que vous en semble-t-il? Ne voulez-vous pas, pareils à moi, dire à la mort : « Était-ce *cela* — la vie? Au nom de Zarathoustra, allons! encore une fois! »

Ainsi parlait l'homme le plus laid; mais on n'était pas loin de minuit. Et que croyez-vous qu'il arriva? Aussitôt que les hommes supérieurs entendirent sa question, ils prirent, tout à coup, conscience de leur métamorphose et de leur guérison et surent qui les leur avait données : alors ils bondirent vers Zarathoustra, le remerciant, lui disant leur vénération, le cajolant, lui baisant les mains, chacun à sa façon : de sorte qu'il y en avait qui riaient et d'autres qui pleuraient. Mais le vieux devin en dansait de joie; et même, si comme le pensent certains chroniqueurs, il était plein de vin doux, il était, certes, plus plein encore de la douceur de la vie et il avait renoncé à toute fatigue. Il en est même qui racontent qu'alors l'âne a dansé : ce n'est pas en vain que l'homme le plus laid lui avait auparavant donné à boire du vin. Il a pu en être ainsi ou autrement; et si en vérité l'âne a dansé ce soir-là, il arriva alors des prodiges bien plus grands et bien plus étranges que ne pourrait l'être un âne qui danse.

Bref, comme le dit le dicton de Zarathoustra : « Qu'importe! »

2

. Mais tandis qu'il arrivait ces choses à l'homme le plus laid, Zarathoustra se trouvait là debout comme ivre : son regard s'éteignait, sa langue claquait, ses pieds vacillaient. Et qui pourrait deviner quelles étaient alors les pensées qui couraient à travers l'âme de Zarathoustra? Mais il était visible que son esprit reculait et s'enfuyait et qu'il était infiniment loin et « comme sur une crête élevée entre deux mers » ainsi qu'il est écrit, « entre deux mers, entre deux mondes,

— entre le passé et l'avenir, flottant tel un lourd nuage ». Mais peu à peu, alors que les hommes supérieurs le tenaient dans leurs bras, il revint à lui et des mains il repoussait la foule de ceux qui le vénéraient et se faisaient du souci et se pressaient autour de lui; cependant il ne parlait pas. Mais tout à coup, il tourna rapidement la tête, car il lui semblait entendre quelque chose : alors il mit le doigt sur la bouche et dit : « *Venez!* »

Et bientôt tout, autour de lui devint silencieux et mystérieux; mais des profondeurs sortait lentement le son d'une cloche. Zarathoustra l'écoutait tout comme les hommes supérieurs; puis une nouvelle fois, il mit le doigt à sa bouche et dit encore : « Venez, venez! minuit approche! » — et sa voix s'était métamorphosée. Mais il ne bougeait toujours pas de place : le silence devint plus profond et l'atmosphère plus secrète encore, et tout le monde écoutait, même l'âne, et les bêtes héraldiques de Zarathoustra, l'aigle et le serpent, tout comme la caverne de Zarathoustra et la grande lune froide et la nuit elle-même. Mais Zarathoustra, pour la troisième fois, mit la main à sa bouche et dit :

« Venez! Venez! Venez! allons maintenant, marchons!
C'est l'heure : allons, cheminons au cœur de la nuit! »

3

« Hommes supérieurs, minuit approche : aussi je
veux vous dire quelque chose à l'oreille, que m'a dit
à l'oreille la vieille cloche qui sonnait,

— aussi mystérieusement, de façon aussi terrible,
avec autant de cordialité que me le dit cette cloche
de minuit, elle qui a vu plus de choses qu'un être
humain :

— elle qui a compté les battements du cœur, les
battements de souffrance de vos pères, — ah! ah!
comme il rit en rêve le vieux minuit profond, si
profond.

Silence! Silence! On peut entendre maintes choses
qui n'ont pas le droit de se faire entendre de jour;
or maintenant que l'air est frais, et que tout le
vacarme de vos cœurs s'est apaisé,

— maintenant tout cela parle, on l'entend, tout cela
se glisse dans les âmes nocturnes, vigilantes : ah! ah!
comme il soupire! comme il rit en rêve!

— ne l'entends-tu pas, comme il te parle, terrible,
en secret, cordial, le vieux minuit profond, si
profond?

Ô homme, prends garde! »

4

« Malheur à moi! Où le temps s'en est-il allé? Ne suis-je pas tombé dans des puits profonds? Le monde dort.

Ah! Le chien hurle, la lune brille. Je préfère mourir, oui mourir, plutôt que de vous dire ce que pense à l'instant mon cœur de minuit.

Je suis déjà mort. C'est fini. Araignée qu'as-tu à tisser autour de moi? Veux-tu du sang? Ah! la rosée tombe, l'heure vient,

— l'heure où je frissonne, où j'ai froid, l'heure qui vient et interroge, interroge, interroge encore :

« Qui a assez de cœur?

— qui doit être le maître de la terre? Qui veut dire : *c'est ainsi* que vous devez couler, vous les grands et les petits fleuves! »

— l'heure approche : ô homme, ô homme supérieur, prends garde! Ce discours-là est pour des oreilles déliées, pour tes oreilles, — *que dit le profond minuit ?* »

5

« Cela m'emporte, mon âme danse. Ô ma tâche! ô ma tâche journalière! Qui sera le maître de la terre?

La lune est fraîche, le vent se tait. Ah! vous

êtes-vous déjà envolés assez haut? Vous avez dansé : mais une jambe, ce n'est pas encore une aile.

Bons danseurs que vous êtes, maintenant tout plaisir est passé : le vin devint de la levure, tous les gobelets se sont affadis, les tombes balbutient.

Vous ne vous êtes pas envolés assez haut : voici que les tombes balbutient : « Délivrez donc les morts! Pourquoi fait-il nuit si longtemps? La lune ne nous enivre-t-elle pas? »

Vous, hommes supérieurs délivrez donc les tombeaux, réveillez les cadavres!

Quoi donc? qu'est-ce que le ver a encore à fouiller? L'heure, l'heure approche,

— la cloche gronde, le cœur grince encore, le ver ronge encore le bois, le cœur. Hélas! Hélas! *Le monde est profond! »*

6

« Douce lyre! Douce lyre! J'aime ta sonorité, ta sonorité de crapaud énivré! — que ta sonorité vient de loin, de bien loin, des étangs de l'amour.

Ô toi, vieille cloche, douce lyre. Chaque douleur t'a déchiré le cœur, la douleur du père, la douleur des pères, la douleur des ancêtres les plus reculés; ton discours devint mûr,

— mûr, tel l'automne doré et l'après-midi doré, tel mon cœur d'ermite, — te voici qui te mets à parler : le monde lui-même a mûri, la grappe mûrit,

— la voici qui veut mourir, mourir de bonheur.
Vous, hommes supérieurs, ne le sentez-vous pas?
Secrètement un parfum se met à sourdre, à monter,

— un parfum et une odeur d'éternité, une odeur
rose-bienheureuse, brune et dorée de vin, odeur de
vieux bonheur,

— de bonheur de minuit enivré de mourir, qui
chante : le monde est profond, et *plus profond que
le jour ne le pensait!* »

7

« Laisse-moi! laisse-moi! Pour toi je suis trop pur.
Ne me touche pas! Mon monde, à l'instant, n'est-il
pas devenu parfait?

Ma peau est trop pure pour tes mains. Laisse-moi,
jour opaque, bête et pataud! Minuit n'est-il pas plus
clair?

Que les plus purs soient les maîtres de la terre,
les plus méconnus, les plus forts, les âmes de minuit,
qui sont plus claires et plus profondes que tout jour.

Ô jour, tu tâtonnes vers moi? Tu cherches à tâtons
mon bonheur? Je suis riche pour toi, solitaire, un
trésor, une chambre pleine d'or? Ô monde, tu me
veux, *moi*?

Suis-je assez du monde pour toi? Ai-je de l'esprit?
Suis-je divin? Mais jour et monde, vous êtes par trop
lourdauds,

— ayez des mains plus intelligentes! Tendez les

mains vers un bonheur plus profond, un malheur
plus profond, tendez les mains vers quelque dieu, ne
tendez pas les mains vers moi :

— mon malheur, mon bonheur sont profonds, ô
jour étrange, mais cependant je ne suis point un dieu,
je ne suis pas un enfer de Dieu : *profonde est sa douleur.* »

8

« La douleur divine est plus profonde, ô monde
étrange! Tends les mains vers la douleur de Dieu, non
vers moi! Que suis-je! une lyre en proie à une douce
ivresse,

— une lyre de minuit, un crapaud-cloche, que personne ne comprend, mais qui ne peut faire autrement
que parler, parler devant des sourds, vous hommes
supérieurs. Car vous ne me comprenez pas!

C'est fini, c'est fini! Ô jeunesse! Ô midi, ô après-
midi! Or maintenant sont venus le soir et la nuit et
minuit, — le chien hurle, le vent :

— le vent n'est-il pas un chien? il pleure, jappe,
geint. Ah! Ah! comme elle soupire, comme elle rit,
comme elle halète et râle, la nuit de minuit!

Comme elle parle sobrement, cette grande poétesse
ivre! Elle a certes enivré sa propre ivresse? devint-
elle sur-éveillée, rumine-t-elle?

— elle rumine sa douleur en rêve, la vieille nuit de
minuit vieille et profonde, et plus encore son plaisir.
Joie, en effet, quand déjà la douleur est profonde :

Le plaisir est plus profond encore que la douleur du cœur. »

9

« Toi, le cep de vigne! Tu me loues! Pourtant je te coupai! Je suis cruel, tu saignes : — qu'est-ce que ta louange demande à ma cruauté enivrée?

« Tout ce qui est parvenu à sa plénitude, tout ce qui est mûr — veut mourir! » Voici ce que tu dis. Béni, béni soit le couperet du vigneron! Mais tout ce qui n'est pas mûr veut vivre : douleur!

La douleur dit : « Péris! vas-t'en, ô douleur! » Mais tout ce qui souffre veut vivre, afin de devenir mûr et joyeux et rempli de désir,

— plein du désir de plus lointain, de plus haut, de plus clair. « Je veux des héritiers, ainsi parle tout ce qui souffre, je veux des enfants, je ne me veux pas *moi*-même. »

Mais le plaisir ne veut pas d'héritiers, pas d'enfants. Le plaisir se veut lui-même, il veut l'éternité, il veut le retour, il veut le tout, — éternellement — semblable — à lui-même.

La douleur dit : « Brise-toi, saigne, ô cœur! Vas, jambe! Aile, vole! Au loin! en haut! Douleur! » Allons, eh bien! O mon vieux cœur : *la douleur dit : « Péris. »*

10

« Vous, hommes supérieurs, que vous en semble-t-il ? Suis-je un devin ? Un rêveur ? Un homme ivre ? Un homme qui explique les rêves ? Une cloche de minuit ?

Une goutte de rosée ? Une brume et une odeur d'éternité ? Ne l'entendez-vous pas ? Voici que mon monde est devenu parfait, minuit est aussi midi.

La douleur est aussi un plaisir, la malédiction est aussi une bénédiction, la nuit est aussi un soleil, — allez-vous-en ou bien apprenez-le : un sage est aussi un fou.

Avez-vous jamais dit oui à un plaisir ? Ô mes amis, alors vous avez dit aussi oui aussi à *toute* douleur. Toutes les choses sont enchaînées, enchevêtrées, amoureuses les unes des autres,

— si vous avez jamais voulu une fois, deux fois, si vous avez jamais dit : « Tu me plais, bonheur ! Fuite ! instant ! » alors vous vouliez *tout* retrouver !

Tout de nouveau, tout éternellement, tout enchaîné, tout enchevêtré, amoureux, oh ! ainsi vous *aimiez* le monde,

— vous les éternels, aimez-les éternellement et tout le temps : et à la douleur aussi dites : « Péris, mais reviens ! » *Car toute joie veut — l'éternité.* »

11

« Toute joie veut l'éternité de toute chose, veut le miel, elle veut du levain, un minuit ivre, elle veut des tombes, elle veut un crépuscule doré,

— qu'est-ce que ne veut pas la joie! Elle est plus assoiffée, plus cordiale, plus affamée, plus effrayante, plus secrète que toute douleur, elle *se* veut, se mord elle-même, la volonté de l'anneau lutte en elle,

— elle veut de l'amour, elle veut de la haine, elle est d'une surabondante richesse, elle prodigue, jette, mendie, afin que quelqu'un la prenne, remercie celui qui la prend, elle aimerait être haïe,

— la joie est si riche qu'elle a soif de douleur, d'enfer, de haine, de honte, d'infirmité, de *monde,* — car ce monde; ô vous le connaissez!

Vous hommes supérieurs, c'est vous qu'elle désire, la joie, indomptable, bienheureuse, — c'est votre douleur qu'elle désire, ratés que vous êtes! C'est des ratés que désire toute joie éternelle.

Car toute joie se veut elle-même, c'est pourquoi elle veut aussi la peine du cœur! Ô bonheur, ô douleur! Ô brise-toi, cœur!

Vous, hommes supérieurs, apprenez-le donc, la joie veut l'éternité.

— La joie veut l'éternité de *toute* chose, elle veut une *profonde, profonde éternité!* »

12

« Avez-vous maintenant appris ma chanson, avez-vous deviné ce qu'elle veut? Allons! eh bien, debout! Vous, hommes supérieurs, chantez-la donc, ma chanson, ma ronde!

Chantez donc vous-mêmes la chanson dont le nom est « encore une fois », dont le sens est « en toute éternité », — chantez, vous, les hommes supérieurs, chantez la ronde de Zarathoustra!

Ô homme! Prends garde!
Que dit le profond minuit?
« Je donnais, je dormais,
Je me suis éveillé d'un rêve profond :
Le monde est profond,
Et plus profond que ne le pensait le jour.
Profonde est sa douleur, —
Et la joie, — plus profonde encore que la peine du cœur.
La douleur dit : Péris!
Cependant la joie veut l'éternité,
— Elle veut une éternité profonde, profonde! »

LE SIGNE

Mais le matin suivant cette nuit, Zarathoustra bondit de sa couche, mit sa ceinture et sortit de sa caverne, brillant et fort comme un soleil du matin venant de montagnes sombres.

« Toi, grand astre, dit-il, comme il l'avait dit jadis, grand soleil du bonheur profond, que serait tout ton bonheur si tu n'avais pas *ceux* que tu éclaires ?

Et s'ils restaient dans leurs chambres, alors que tu es déjà éveillé et que tu viens et que tu distribues tes dons : comment ta fière pudeur s'en irriterait-elle !

Eh bien ! ils dorment encore, ces hommes supérieurs, pendant que *je* suis éveillé, *moi :* ce ne sont pas les compagnons qu'il me faut ! Ce n'est pas eux que j'attends ici dans mes montagnes.

Je veux aller vers mon œuvre, vers mon jour : mais ils ne comprennent pas ce que sont les signes de mon matin, mon pas n'est pas pour eux — un appel qui éveille.

Ils dorment encore dans ma caverne, leur rêve boit encore à la source de mes chants d'ivresse. Cependant l'oreille, qui se tend vers moi, l'oreille *obéissante* manque dans leurs membres. »

Ceci Zarathoustra l'avait dit à son cœur lorsque le soleil se leva : alors, interrogateur, il regarda en l'air, car il entendait au-dessus de lui le cri aigu de son aigle : « Allons, s'écria-t-il, voilà qui me plaît, voilà qui me sied. Mes animaux sont éveillés, car je suis éveillé.

Mon aigle est éveillé et honore le soleil comme moi. De griffes d'aigle, il s'efforce de saisir la lumière nouvelle. Vous êtes les animaux qui me vont, je vous aime.

Mais il me manque encore les hommes qui me conviennent ! »

Ainsi parlait Zarathoustra ; mais il arriva alors qu'il

entendit les battements d'ailes d'innombrables oiseaux qui voletaient autour de lui, — mais le battement de tant d'ailes qui se pressaient autour de sa tête était si grand qu'il en ferma les yeux. Et en vérité, pareil à un nuage cela se déversa sur lui, pareil à un nuage de flèches qui se déverse sur un nouvel ennemi. Mais, voyez, ici c'était un nuage d'amour, et au-dessus d'un nouvel ami.

« Que m'arrive-t-il ? » pensait Zarathoustra dans son cœur ; étonné il se laissa lentement tomber sur une grosse pierre qui se trouvait près de l'entrée de sa caverne. Mais, pendant que ses mains se portaient autour de lui et au-dessus de lui et au-dessous de lui et qu'il se défendait des oiseaux tendres, voyez, il lui arriva quelque chose de plus étrange encore : en effet ses mains, à l'improviste, plongèrent dans une épaisse toison chaude ; mais en même temps devant lui un rugissement s'éleva, — un long et doux rugissement de lion.

« *Le signe vient* », dit Zarathoustra, et son cœur se métamorphosa. Et, en vérité, quand la clarté se fit autour de lui, un énorme animal jaune était étendu à ses pieds et frottait sa tête contre son genou et ne voulait pas le laisser à force d'amour et faisait pareil à un chien qui retrouve son vieux maître. Mais les colombes n'y allaient pas moins ardemment de leur affection que le lion ; et chaque fois, quand une colombe filait au-dessus du nez du lion, celui-ci hochait la tête, s'étonnait et en riait.

A tout cela Zarathoustra ne dit qu'un mot : « *Mes enfants sont proches, mes enfants* », — puis il se tut tout à fait. Mais son cœur était libéré et de ses yeux des lar-

mes coulaient et tombaient sur ses mains. Et il ne
prêtait plus attention à rien et il se tenait là assis,
immobile et sans même se défendre encore des animaux. Alors les colombes s'envolaient de temps à
autre et se mettaient sur son épaule et caressaient sa che-
velure blanche et ne se lassaient point de tendresse
et d'allégresse. Mais le lion plein de force ne cessait
de lécher les larmes qui tombaient sur les mains
de Zarathoustra et il rugissait et grognait en même
temps. Voilà comment se comportaient ces animaux.

Tout cela dura un long moment, ou un court
moment : car à vrai dire, pour les choses de cette
sorte il n'y a *pas de temps* sur terre... Mais les hommes
supérieurs s'étaient éveillés et se rangèrent en cortège
pour aller à la rencontre de Zarathoustra et lui offrir
leurs salutations du matin : car en s'éveillant, ils
avaient vu, qu'il n'était déjà plus parmi eux. Mais
comme ils arrivaient à la porte de la caverne et que le
bruit de leurs pas les précédait, le lion un instant en
resta ébahi, puis tout à coup se détourna de Zarathoustra et bondit en rugissant sauvagement vers la
caverne; mais les hommes supérieurs, en l'entendant
rugir, se mirent tous à crier comme *d'une seule* bouche et prirent la fuite et disparurent en un clin d'œil.

Mais Zarathoustra lui-même, abasourdi et étourdi,
se leva de son siège, regarda autour de lui, se tint
debout, là, étonné, interrogea son cœur, reprit ses
esprits et se trouva seul : « Qu'ai-je donc entendu?
dit-il enfin lentement, que m'est-il arrivé? »

Et déjà il lui vint le souvenir, et en un clin d'œil il

comprit tout ce qui était advenu entre hier et aujour-
d'hui. « Voici la pierre, dit-il et il s'essuya la barbe,
sur laquelle j'étais assis hier matin; et c'est ici que le
devin s'approcha de moi et c'est ici que j'entendis
pour la première fois le cri que je viens d'entendre,
le grand cri de détresse.

Ô vous, hommes supérieurs, c'est de votre détresse
que me parlait hier matin ce vieux devin,

— il voulait m'attirer à votre détresse, me tenter
par elle : « Ô Zarathoustra, me dit-il, je viens pour te
séduire pour ton dernier péché. »

Pour mon dernier péché? s'écria Zarathoustra en
riant, plein de colère de son propre mot : *que* me
resta-t-il épargné d'autre que mon dernier péché? »

Et une fois encore Zarathoustra s'absorba en lui-
même et se rassit sur la grosse pierre et réfléchit. Tout
à coup il se leva d'un bond :

« *Pitié! La pitié pour l'homme supérieur!* s'écria-t-il, et
son visage se fit d'airain. Allons! Cela — avait le temps!

Ma souffrance et ma compassion, — qu'importe!
Est-ce au bonheur que j'aspire? Ce à quoi j'aspire,
c'est mon *œuvre!*

Allons! Le lion vint, mes enfants sont proches.
Zarathoustra est devenu mûr, mon heure est venue :

Ceci est *mon* matin, *mon* jour commence, lève-toi,
lève-toi, grand midi! »

Ainsi parlait Zarathoustra et il quitta sa caverne,
rayonnant et fort comme un soleil du matin venu de
montagnes sombres.

COMMENTAIRES
par
Georges-Arthur Goldschmidt

L'originalité de l'œuvre

Il est peu d'œuvres philosophiques — car c'est bien de philosophie qu'il s'agit — aussi populaires qu'*Ainsi parlait Zarathoustra*. Mais il en est peu aussi qui aient donné lieu à autant d'interprétations fondamentalement divergentes. C'est peut-être le sens même de ce livre de susciter autant d'adhésions ferventes que de répulsions véhémentes et pourtant de rester toujours neuf, toujours à réinterpréter, quitte à faire apparaître *toutes* les interprétations comme autant de contresens. *Ainsi parlait Zarathoustra* remet l'homme en question et en cause comme peu d'œuvres auparavant. Totalement en rupture avec la pensée de son temps, tout en étant sa manifestation exemplaire, ce livre ne pouvait que s'exprimer sous la forme incantatoire et poétique qui est la sienne, forme qui elle-même n'est qu'un moyen.

L'un des thèmes qui dominent l'œuvre est celui de l'*éternel retour* figuré par une succession de départs et de retours, de déceptions et de régénérations. Il apparaît en toute clarté au début de la « Troisième partie » *(De la vision et de l'énigme)*. On a souvent vu dans ce thème l'un des centres de la pensée de Nietzsche, c'est qu'en effet il est annulation et abolition de l'histoire et des précédents sous lesquels la pensée a coutume de se ranger. C'est autour de ce thème de l'éternel retour que la pensée de Nietzsche, dans *Zarathoustra*, « se met en place ». L'éternel retour permet à la pensée de se continuer comme telle, si elle le veut, dans sa totale nouveauté, de se « déployer » selon des voies qui lui sont entièrement propres. Le sens profond du *Zarathoustra* de Nietzsche est peut-être de tenter de découvrir précisément non seulement des voies nouvelles mais des voies de la pensée indépendantes de tout système de référence et d'adhésion, de toute soumission à tel ou tel impératif, de toute appartenance à tel ou tel ensemble, de toute inclusion dans une évolution historique. C'est la raison de l'insurrection nietzschéenne contre l'histoire et la pensée historique tout entière. A une pensée mue, Nietzsche fait succéder une pensée motrice, créant son déroulement elle-même. Au mythe du « progrès » il oppose pour cette raison celui de l'éternel retour.

Le lyrisme de *Zarathoustra* est la marque de la violence de cette insurrection contre tout cet édifice momifié et gelé de la pensée occidentale de son temps. Comme le montre la réponse que Zarathoustra fait au bouffon d'*En passant* (« Troisième partie ») la satire du système, si acerbe soit-elle, sa dénonciation et sa critique quelle que soit leur véhémence y restent encore incluses; elles en sont une partie intégrante.

La grande signification du *Zarathoustra* c'est d'être justement parvenu jusqu'à un stade où aucune idéologie, aucun système, ni aucune civilisation ne peuvent plus se refermer sur le livre et le « récupérer ». A tous égards et toujours le *Ainsi parlait Zarathoustra* de Nietzsche sera toujours danger et ce n'est pas tant ce que dit ce livre qui importe, que cette « insécurité » née de lui. La provocation qu'il contient n'est pas là pour déblayer le terrain et préparer une philosophie nouvelle qui vieillirait à son tour, mais pour se conserver en tant que telle dans sa pérennité, interdisant à la pensée tout repos. Dès le prologue, en effet, Nietzsche s'en prend à ceux qui se contentent de peu et au « misérable bien-être », à tout ce qui arrête ou immobilise la pensée ou l'entraîne. D'où l'importance attachée par Nietzsche à la « volonté » (et non le « vouloir » comme on le voit parfois traduit) : tel est le leitmotiv du *Zarathoustra* : rejeter tout ce qui n'est pas voulu, conquis comme tel, tout ce qui est subi. C'est le sens du fameux « deviens celui que tu es ». Contre tout ce qui est abdication de soi-même, Nietzsche proclame la valeur du « je », mais tel qu'il doit se constituer lui-même et c'est là qu'il faut en venir au thème central du *Zarathoustra* sinon de l'œuvre entière de Nietzsche : le surhumain.

S'il n'a pas été possible de conserver le mot « surhomme » classique, c'est que le terme « homme » infléchit le mot dans le sens de virilité que le mot allemand n'implique nullement. Galvaudé et perverti le mot « surhomme » évoque infailliblement quelque malabar invulnérable sur qui les balles ricochent. C'est de surhumain qu'il s'agit chez Nietzsche, étape future vers laquelle l'homme doit par sa volonté et son effort se porter lui-même. Le surhumain n'est pas le terme extrême d'une évolution biologique mais l'aboutissement volontaire, justement, de l'homme tel qu'il a échappé au flux de l'histoire ou de l'évolution biologique. Le surhumain — d'où chez Nietzsche l'insurrection de la pensée contre l'histoire — est celui qui ne justifie pas son actualité au moyen du passé (*cf.* : « Troisième partie », *Des vieilles et des nouvelles tables*), celui qui ne fait pas du passé un pont menant à lui-même, mais qui devra tout à lui-même et à sa volonté.

Or cette volonté, où l'on a trop souvent voulu voir un vitalisme un peu brutal, en confondant naïvement énergie et volonté, est la conjonction rigoureuse de l'âme et du corps. Jamais Nietzsche ne dissocie l'un de l'autre (*cf.* : « Troisième partie », *Des trois maux*) et par là il se révèle extrêmement proche de Spinoza, le seul philosophe, peut-être, à avoir tenté le même effort de libération. Pour Nietzsche comme pour Spinoza la pensée est pensée du corps : *idea corporis,* pensée d'une réalité corporelle en d'autres termes « conscience de part en part » (R. Misrahi, *Spinoza*). Une lecture attentive révélerait une concordance à première vue surprenante entre la vision de l'homme chez Spinoza et du surhumain chez Nietzsche. Le désir (« Sehnsucht » chez Nietzsche et « conatus » chez Spinoza) est pour tous deux le moteur fondamental de leur œuvre. Le désir est chez Nietzsche poursuite de ce qui portera le corps et l'esprit à leur plus grande puissance et l'on retrouve là aussi Spinoza. Lorsque Spinoza dit qu'on ne désire pas une chose parce qu'elle est bonne mais qu'elle est bonne parce qu'on la désire, il est tout près de Nietzsche qui tout au long de son *Zarathoustra* ne tente que le même effort de libération de l'homme. Pour Nietzsche comme pour Spinoza la joie est essentielle et pour l'un et l'autre il n'existe pas de but ultime fixé, de fin objectivement établie (*cf. :* Misrahi, *Spinoza*, p. 73).

Le surhumain n'est pas une fatalité future, une sorte de finalité, de but vers lequel certains hommes élus seraient appelés : mais il est actuellement effort futur, surpassement continuel par lequel l'homme doit se surmonter sans cesse et radicalement récuser — dans le même acte — le carcan des lois, des obligations, des devoirs que dès le berceau on lui a imposés comme s'ils faisaient partie de lui-même. « On nous met presque dans notre berceau, déjà, écrit Nietzsche, des mots et des valeurs pesants : « bien et mal », c'est ainsi que se nomme ce don que l'on nous fait. En son nom on nous pardonne de vivre.

« Et c'est à cette fin que l'on fait venir à soi les petits enfants pour leur interdire de s'aimer eux-mêmes... » (*Zarathoustra*, « Troisième partie », *De l'esprit de pesanteur*).

Tout le livre de Nietzsche n'est que la tentative quasi surhumaine de retrouver, à travers tous les sédiments, la vie et la puissance (qui n'est pas la domination) se voulant elles-mêmes en tant que telles; en cela l'entreprise nietzschéenne s'inscrit à côté de celle de Marx (il faut relire à cet égard les textes de 1844) et de Freud dans la même volonté de destruction totale et de transmutation des valeurs. Mais, et c'est là que s'ouvre la pensée d'abîme de Nietzsche, c'est justement la radicalité de cette destruction et de cette transmutation qui est effort surhumain. La pensée d'abîme qui n'est pas sans ressembler au « grand désir » d'où tout procède, Nietzsche la formule, entre autres, à la fin de la « Troisième partie » de *Zarathoustra*, dépassement incessant : il n'y a de centre nulle part et partout. « Tout se brise, tout est redisposé; éternellement se construit la même maison de l'être. Tout se sépare, tout se retrouve; éternellement reste fidèle à lui-même l'anneau de l'être. » Tout ce passage (*Le convalescent*, III) n'est pas sans faire penser à Angelus Silesius. En apparence, cette pensée d'abîme, cette pensée d'éternel retour est en contradiction avec celle du surhumain, en réalité il n'en est rien et il est essentiel de bien voir que l'*un* est aussi l'*autre*. La pensée d'abîme de chapitres comme *De la vision et de l'énigme* ou *L'heure la plus silencieuse* exprime l'effroi de la vision du surhomme, effroi créateur, libérateur, cependant, dans cette vision d'éternité qu'est l'éternel retour, cet éternel re-commencement. Le mysticisme athée de Nietzsche n'est pas abandon, effusion mais exaltation et création, il est dimension de désir et non abandon à quelque chose.

Et voici retrouvée l'essentielle leçon de *Zarathoustra* : « Vouloir libère. » C'est justement à travers l'abolition du temps et du « flux » du temps par la pensée de l'éternel retour que peut se constituer la liberté où vouloir libère. Le mot célèbre « Dieu est mort » n'a pas d'autre sens que celui de cette libération dont le livre de Nietzsche est la première et ultime figuration. La volonté est création, c'est ce que Nietzsche ne cesse de redire et c'est le renversement de l'idée de temps, son retournement qui transmutant l'idée de but en origine délibérée, en volonté est justement le surhumain et le retour éternel tout à la fois. Parler de divinisation de l'homme serait malgré ce que l'association de termes a de tentant un contresens, l'homme recèle la volonté d'être origine du surhumain, d'être le créateur non d'une lignée mais d'un éternel retour de cette même volonté ; c'est là ce que Zarathoustra appelle ses enfants.

On ne trouvera pas dans *Zarathoustra* de doctrine ou de théorie et c'est là une autre originalité essentielle de la pensée de Nietzsche, toujours nouvelle, toujours reprise, sans cesse recommencée, elle est elle-même devenir (*Sur les îles bienheureuses*). Elle s'emporte, se surmonte elle-même dans cette création permanente : « Pour que le créateur soit lui-même l'enfant nouveau-né, il lui faut aussi vouloir être la parturiente et la douleur qu'éprouve la parturiente. » Or, cette pensée, par là, est en opposition avec tout ce qui est fixé, établi, définitif ou acquis. C'est pourquoi chez Nietzsche l'éternité (« Je t'aime, ô éternité ») est incompatible avec ce qui est prétendument immuable. Eternité et devenir sont inconciliables avec ce qui se donne pour établi et fixé, c'est-à-dire avec ce que Nietzsche appelle la « grande fatigue ».

La manifestation capitale de cette grande fatigue c'est l'Etat, l'Etat moderne créateur des multitudes et des mobilisations : « Oui, il a été inventé là une mort pour les multitudes, une mort qui se vante d'être la vie : en vérité un fier service rendu à tous les prédicateurs de mort. J'appelle Etat le lieu où sont tous ceux qui boivent du poison, qu'ils soient bons ou méchants... Etat le lieu où le lent suicide de tous s'appelle — « la vie ». » *(De la nouvelle idole).* Cette lutte contre l'Etat est d'ailleurs l'un des thèmes que l'œuvre entière de Nietzsche ne cesse de reprendre. D'où aussi l'opposition irréductible et constante à Hegel, contre qui, répétons-le, se dresse toute la pensée de Nietzsche.

Mais ce n'est pas l'Etat seul qui incarne la domination de ce qui est statique et figé : l'Eglise, elle aussi, n'est pour Nietzsche qu'une autre forme plus dissimulée de l'Etat; leur réciproque complicité a créé la vertu, c'est-à-dire le « bien » et le « mal », les vieilles tables immuables. Etre vertueux c'est se soumettre à ces valeurs, c'est progresser vers elles, selon une morale codifiée et établie. Dans leur dynamisme et leur renouveau perpétuel le surhumain et l'éternité (l'éternel retour) ne pourront qu'être par-delà le bien et le mal. « Pour eux (ceux que Nietzsche appelle les petites gens) est vertu ce qui rend docile et modeste : ainsi ont-ils fait du loup un chien et de l'homme lui-même le meilleur animal domestique de l'homme » (*De la vertu qui rend petit*). La vertu paralyse tout désir, toute création, toute joie, elle est voie du milieu, médiocrité, elle est comme le dit Nietzsche le frein, elle est police, elle est Etat. Incarnée par les prêtres elle est sanguinaire et justicière et Nietzsche écrit ces phrases capitales qui si on les avait lues auraient évité bien des sottises à propos de son œuvre : « Ils ont jalonné de signes sanglants le chemin qu'ils suivaient et leur folie leur enseignait que l'on prouve la vérité avec du sang. Mais le sang est le plus mauvais témoin de la vérité; le sang empoisonne même la doctrine la plus pure du venin de la folie et de la haine des cœurs » (*Des prêtres*).

De même, Nietzsche dénonce la cruauté vêtue des oripeaux de la justice : « C'est lors des tragédies, des combats de taureaux et des crucifixions que l'homme s'est jusqu'ici senti le mieux sur la terre; lorsqu'il s'inventa l'enfer, ce fut son paradis sur terre » (*Le convalescent*). Toutes les valeurs humaines sont de ce fait corrompues. C'est pourquoi tout est à réinventer, à redéfinir. Tout, à un moment donné, a contenu sa force de subversion, *sa vie* et toute la démarche de Nietzsche consiste à débarrasser l'esprit de l'homme de tout ce qui entrave son libre déploiement tel qu'il le veut.

Dès lors s'explique la revendication essentielle de

l'œuvre de Nietzsche et dans *Zarathoustra* en particulier, celle du droit à la différence. Zarathoustra est
l'incarnation de cette différence libératrice, il dit pour
cette raison : « Je suis Zarathoustra, l'impie, le
sans-dieu. » Bien plus qu'une figure de chef comme
on l'a parfois dit, Zarathoustra est l'incarnation du
rebelle, celui qui veut être véridique : « ... délivré du
bonheur des valets, débarrassé des dieux et des adorations, celui qui est sans terreurs et terrible, grand et
solitaire » *(Des sages illustres).*

C'est peut-être là l'aspect le plus « actuel » du livre
de Nietzsche : cet effort pour retrouver en l'homme
l'accès à lui-même, non pas quelque chose qui *le*
dépasse mais par quoi il *se* dépasse et par là éternellement se retrouve. « En vérité moi aussi j'ai appris à
attendre et je l'ai appris de fond en comble — mais je
n'ai appris à attendre que *moi*. » Le fameux
« égoïsme » de Nietzsche n'a pas d'autre sens : il est
désir, soif, appétit de soi-même comme le dit le mot
employé par Nietzsche *(Selbstsucht).*

Le personnage

Depuis dix ans Zarathoustra médite seul en montagne, en compagnie de son serpent et de son aigle. Il
descend maintenant, âgé de trente ans, auprès des
hommes, à la ville et y prêche la vérité conquise à la
foule qui ne le comprend pas et c'est l'épisode bien
connu du funambule. Zarathoustra, alors, retourne à

sa forêt pour y enterrer le funambule, il y passe — pour la troisième fois — près de la maison de l'ermite. Puis Zarathoustra, généralement accompagné de ses disciples prêche. Zarathoustra après avoir annoncé le Grand Midi et la mort de tous les dieux à ses disciples les quitte eux et la ville, voulant désormais être seul.

Il se retire — et c'est la seconde partie — de nouveau dans sa caverne pour plusieurs années. A la fin de cette seconde partie, après avoir séjourné dans l'île bienheureuse, il quitte encore une fois ses disciples, s'embarque sur l'autre rive et voyage quatre jours sur les mers pour aller de nouveau à sa caverne, dans la solitude. C'est alors la troisième partie, après une nouvelle régénération dans la solitude Zarathoustra retourne encore à la ville. Il rencontre ensuite tous les types d'humanité en route vers sa caverne et il chante avec les vieillards le chant d'ivresse. Enfin, une nouvelle fois, minuit approche puis l'aurore encore et la quatrième partie s'achève sur une invocation au soleil exactement parallèle à celle qui ouvre le livre et Zarathoustra, quoique devenu un vieillard, mais infatigable, redescend auprès des hommes. Ce n'est pas sur cette quatrième partie que le livre devait s'achever. Il existe de 1881 à 1886 quatre plans très contradictoires pour une cinquième partie. Mais il semble bien que, comme Hölderlin l'avait fait pour son Empédocle, Nietzsche envisageait de précipiter Zarathoustra dans l'Etna.

Souvent il apparaît aux côtés de personnages épisodiques ou de ses animaux. Mais tous n'ont qu'une existence quasi immatérielle.

En 1974 Jean-Louis Barrault a porté *Ainsi parlait Zarathoustra* à la scène, lui donnant cette existence et cette « théâtralité » qu'avait décelé Jean-Michel Rey dans *L'Enjeu des signes*. Barrault a concrétisé Zarathoustra et l'a rendu réel en le divisant en deux personnages, Zarathoustra I et II, le premier angoissé, le second « puissant et musical » (*cf. :* J.-L. Barrault, *Comme je le pense* pp. 231-249, « Idées », Gallimard). J.-L. Barrault y décrit admirablement le « scénario caché » de Zarathoustra.

Genèse de l'œuvre

Dans *Ecce Homo*, Nietzsche raconte la naissance d'*Ainsi parlait Zarathoustra*; il en a eu, dit-il à Surlej en 1881 et surtout à Rapallo en 1883, la vision soudaine et éclatante, vision dont l'intensité et la netteté ne sont pas sans rappeler, on l'a souvent noté, celle que rapporte le *Mémorial* de Pascal. Or, Nietzsche, dans *Ecce Homo* insiste, on verra que ce n'est pas par hasard, sur la fulgurance de sa vision et sur la rapidité extraordinaire de la composition de son *Zarathoustra* : « On entend, on ne cherche pas, écrit-il, on prend, on ne demande pas qui est celui qui donne; comme un éclair une pensée jaillit, nécessaire, sans hésitation dans sa forme — je n'ai jamais eu un choix à faire. » L'œuvre lui est venue tout entière en quelques jours dans un état d'exaltation indescriptible.

La première partie de *Zarathoustra* a été écrite à Rapallo en dix jours, du 1er au 10 février 1883, elle paraîtra en juin de la même année à Leipzig chez l'éditeur Schmeitzner. Cinq mois plus tard, ce sera également en une dizaine de jours, du 26 juin au 6 juillet 1883, à Sils-Maria, la rédaction de la seconde partie qui paraît en septembre chez le même éditeur. Nietzsche écrit la troisième partie du 8 au 20 janvier 1884, à Nice, elle paraît en mars de la même année chez Schmeitzner encore. Quant à la quatrième partie de l'œuvre qui ne devait pas pour Nietzsche être la dernière, elle fut rédigée un an plus tard en fort peu de temps aussi, de janvier à février 1885 à Nice. Cette dernière partie ne paraîtra plus chez Schmeitzner découragé par l'insuccès quasi total des trois premières parties. Elle paraît à quarante exemplaires chez Naumann, à compte d'auteur. Destin symptomatique que celui de cette œuvre haletante, née par à-coups et totalement méconnue aux premiers jours pour atteindre en très peu d'années une célébrité prodigieuse, elle aussi symptomatique par les ferveurs et les énormes malentendus qu'elle provoque.

Nietzsche prenait de nombreuses notes tout en marchant — le rythme de la marche à pied s'entend dans sa prose (tout comme on l'entend aussi chez Hölderlin comme l'a bien vu Pierre Bertaux). Nietzsche écrivait sur des carnets dont une grande partie a été retrouvée et éditée par les soins de Mazzino

Montinari et Giorgio Colli qui ont établi une édition enfin correcte de tous les écrits posthumes de Nietzsche.

Toute étude approfondie d'*Ainsi parlait Zarathoustra* est désormais contrainte d'avoir recours à ces *Fragments* publiés par Colli et Montinari portant sur les années 1882 à 1884. On y verra, une fois de plus les hésitations, les mouvements de la pensée de Nietzsche et on y verra aussi le travail sur le style et sur la conjonction rigoureuse entre fond et forme.

En elle-même, la forme de *Ainsi parlait Zarathoustra* repose sur une très longue confrontation luthérienne avec le style biblique et sans même recourir à l'*Empédocle* de Höderlin on peut trouver d'assez nombreux précédents stylistiques au livre de Nietzsche, ce qui d'ailleurs n'enlève rien, bien au contraire, à la transe qui l'habite. Mais là n'est pas l'important. Ce n'est pas par référence à la littérature allemande qu'il convient, ici, de situer le *Zarathoustra* de Nietzsche mais par rapport à l'œuvre entier de son auteur. *Zarathoustra*, en effet, n'est que l'éclatement sous une autre forme d'une pensée d'une foudroyante clarté.

A proprement parler la langue strictement philosophique, celle de Kant, de Fichte ou de Hegel est absente de l'œuvre de Nietzsche où alternent les fulgurances de la pensée et les véhémences du pamphlet. La poésie de *Zarathoustra* où l'on a un peu vite voulu voir une rupture par rapport au reste de l'œuvre est en réalité présente dans tout ce qu'écrit Nietzsche. Mais dans le *Zarathoustra* ce lyrisme n'est pas seulement forme mais contenu. L'écriture est ici autre puisque la pensée est autre. Il n'y a pas à partir de Nietzsche de neutralité, d'objectivité possibles du langage qui se révèle au contraire « complice ». La destruction du système de soumission tout entier exige — on retrouve ici la pensée d'abîme — aussi un nouvel emploi des mots car, dit Nietzsche : « La canaille [c'est-à-dire les vertueux] a même empoisonné les mots. »

Or cette nouveauté radicale de la langue c'est dans la Bible de Luther qu'il la trouve. *Ainsi parlait Zarathoustra* est tout entier issu de la langue de Luther. Des passages entiers utilisent des versets de *La Genèse*, des *Psaumes*, de *L'Exode*, de Matthieu, de Luc ou de Jean, etc. L'allemand de Nietzsche, proche à la fois de celui de Goethe et de celui de Heine, est aussi lumineux que sa pensée : l'un n'est que la clarté de l'autre. Enfin, au sein de son lyrisme *Ainsi parlait Zarathoustra* est parfois d'une vigoureuse drôlerie; bien des images cocasses directement venues de la langue parlée, ajoutent encore à la *vie* naturelle du livre.

L'influence de l'œuvre

De toutes les œuvres de Nietzsche, *Zarathoustra* est celle qui est la plus lue, celle dont l'influence est la plus grande. La passion, la ferveur, la véhémence qui l'habitent ne sont pas les seules raisons de cette universelle célébrité, non plus que la poésie de l'œuvre ou son rythme quasi biblique, il est pour cela des raisons plus profondes et plus révélatrices en même temps du contenu de l'œuvre elle-même. Ce que montrent en effet le livre lui-même et son extraordinaire diffusion : c'est l'ampleur même de la crise de *toute* la pensée européenne et occidentale dont *Zarathoustra* est le révélateur. Le nombre et l'étendue des contresens ou des divergences sur le livre de Nietzsche montrent bien à quel point son importance est fondamentale. Il est peu d'œuvres aussi peu nationales, aussi peu liées à une « terre » et dont le cosmopolitisme ait été aussi explicite.

Il est parfaitement compréhensible que Nietzsche ait été l'objet de toutes les falsifications : elles sont la preuve que la nature même de sa pensée est de constituer une menace, un redoutable danger pour toute pensée servile et serve, renonçant à elle-même et à sa liberté fondamentale selon les nécessités de tel ou tel impératif idéologique. Il est dès lors évident que les totalitarismes se soient professionnellement acharnés à défigurer la pensée de Nietzsche. Aussi est-il évident que les nazis se soient emparés de Nietzsche et tout particulièrement du *Zarathoustra*. Goethe, Hölderlin et bien d'autres seront d'ailleurs annexés avec le même cynisme et la même absence de scrupules. Des « écrivains » nazis tels que Ernst Bertram, Hermann Cysarz ou Alfred Bäumler, aidés en cela par la propre sœur de Nietzsche, défigureront sciemment toute la pensée de Nietzsche arbitrairement simplifiée et expurgée. Ils isoleront et citeront sans cesse certains passages, tel le chapitre *De la guerre et des guerriers* (dans la « Première partie » de *Zarathoustra*), soigneusement détachés de leur contexte et privés de leur signification symbolique. L'exaltation pathétique et la générosité de Nietzsche étaient un paravent par trop pratique.

Il faudra attendre 1976 et l'édition Colli-Montinari pour voir que *La Volonté de puissance* ou *L'Innocence du devenir* n'ont été que des projets de titres parmi d'autres. Il faut se garder de confondre le moindre passage de Nietzsche avec les élucubrations des Houston Stewart Chamberlain et autres Alfred Rosenberg de même acabit précisément dans la mesure où ils tenteront d'abriter leur nullité intellectuelle derrière le nom de Nietzsche. Qui donc a jamais été compromis par les citations faites par les imbéciles ?

Pour cette raison il est tristement caractéristique de voir de façon parallèle, quoique inversée — mais le contresens falsificateur est le même —, les préposés aux écritures de la grande peur stalinienne s'en prendre eux aussi à Nietzsche, Georg Lukacs en tête. Son livre célèbre *De Nietzsche à Hitler* (fragment publié à part de *La Destruction de la Raison*) est à cet égard une véritable anthologie de la sottise et de la mauvaise foi, d'autant plus grotesque que Lukacs feint à tout instant de placer la pensée de Nietzsche là où elle ne se situe pas : au sein d'un irrationalisme sommaire opposé à un triomphalisme politique tout aussi sommaire et que Nietzsche justement dénonçait tous deux.

Mais laissons là les épigones. Curieusement, hors du strict domaine philosophique, l'Allemagne a connu peu de très grands lecteurs de Nietzsche et de *Zarathoustra* en particulier, Thomas Mann et Hermann Hesse mis à part. Tous deux, on le sait, ont consacré le meilleur de leurs forces à une lutte incessante contre l'hitlérisme, or, tous deux se réclament expressément de Nietzsche. Leur œuvre n'est qu'une incessante confrontation avec Nietzsche; des *Considérations d'un apolitique*, ce grand livre de courage et de clairvoyance politique, au *Docteur Faustus*, il n'est pas de texte important de Thomas Mann où celui-ci ne revienne à Nietzsche. *Le Loup des Steppes* ou *Narcisse et Goldmund* sont nés en grande partie de la réflexion sur Nietzsche. L'un des textes politiques les plus importants de Hesse est précisément intitulé *Le Retour de Zarathoustra*.

Mais c'est sur l'évolution de certains grands écrivains français et peut-être de toute la littérature française contemporaine que l'influence de Nietzsche et de *Ainsi parlait Zarathoustra* ont été les plus sensibles. Gide, on le sait, se définit peut-être entièrement à partir de la découverte de Nietzsche. Dès 1899, Gide a écrit sur Nietzsche un texte d'une saisissante clairvoyance et qui reste — n'en déplaise à d'aucuns — l'un des textes les plus intéressants écrits sur Nietzsche. En effet, il décèle à la fois la portée et la nature de toute la pensée de Nietzsche mais montre aussi l'origine des attaques contre lui — toujours issues de la peur — « Oui, Nietzsche démolit, écrit Gide, il sape, mais ce n'est point en découragé, c'est en féroce; c'est noblement, glorieusement, surhumainement, comme un conquérant neuf violente des choses vieillies. » Gide a parfaitement vu la nature de la *joie* nietzschéenne et, dit-il, « il n'est jamais plus rouge de vie que quand c'est pour ruiner les choses mortelles ou tristes ». Mais cette joie, Gide pense surtout à *Zarathoustra*, est justement incompatible avec la modération et « la joie chrétienne » traditionnelle. « Oui, pour bien parler de Nietzsche il faut plus de passion et moins d'école; plus de passion surtout et moins de crainte » que n'en montraient les « spécialistes » de l'époque. Gide pensait au germaniste Lichtenberger.

Il est remarquable que l'essai de Camus *Nietzsche et le nihilisme* dans *L'Homme révolté* soit tout comme celui de Gide dans *Prétextes* précédé d'un essai sur Max Stirner auquel tous deux justement opposent Nietzsche. L'essai de Camus porte essentiellement sur « *La Volonté de puissance* » (on ne connaissait pas à l'époque de Camus d'autre classement des *Fragments posthumes*) mais vu à travers la lecture de *Zarathoustra*. Il est difficile de pleinement comprendre Nietzsche sans avoir lu l'essai d'Albert Camus qui à la fois cerne exactement la dimension même de Nietzsche et dissipe les innombrables malentendus que sa philosophie a fait naître. « Parce qu'il était l'esprit libre Nietzsche savait que la liberté de l'esprit n'est pas un confort, mais une grandeur que l'on veut et que l'on obtient de loin en loin par une lutte épuisante. » Camus a analysé la signification réelle du nihilisme de Nietzsche en en montrant la grandeur à la fois désespérée et joyeuse : « Nietzsche est bien ce qu'il reconnaissait être : la conscience la plus aiguë du nihilisme. » Mais il a vu aussi qu'à nul autre philosophe peut-être, Spinoza excepté, n'était échu un destin aussi injuste, c'est dire d'ailleurs l'aveuglante clarté de sa philosophie. Jusqu'à Nietzsche il était resté sans exemple que l'on souillât aussi ignominieusement un philosophe en donnant de lui une image aussi délibérément dénaturée, tronquée et falsifiée. « Dans l'histoire de l'intelligence, écrit Camus, exception faite de Marx, l'aventure de Nietzsche n'a pas d'équivalent; nous n'aurons jamais fini de réparer l'injustice qui lui a été faite. »

L'influence de Nietzsche a été fondamentale sur une large part de la littérature française de l'entre-deux-guerres et pas seulement sur Gide. Il y a chez Valéry du Nietzsche retenu, il suffit de lire *Tel Quel* ou *Mauvaises Pensées* pour le constater. De Nietzsche Valéry a écrit dans une lettre qu'il remarquait chez lui « je ne sais quelle intime alliance du lyrique et de l'analytique que nul encore n'avait aussi délibérément accomplie » (*Œuvres*, II, p. 1760). Leur conception de l'histoire est également assez semblable comme le sont celles de l'inéluctable et de la clarté (*cf.* : Edouard Gaède, *Nietzsche et Valéry*, Gallimard, 1963). Tous les livres de Malraux sont une constante confrontation avec Nietzsche, ses personnages vivent une aventure nietzschéenne. Plus tard, des écrivains comme Georges Bataille et Maurice Blanchot consacreront à Nietzsche des textes essentiels. Une grande partie de la réflexion philosophique française contemporaine, dans son effort de renouvellement, passe par Nietzsche sur qui Henri Lefebvre, Granier, Gilles Deleuze (*Nietzsche et la philosophie*), Pierre Klossowski, Georges Morel, Pierre Boudot et tant d'autres ont écrit des livres importants.

La philosophie de Nietzsche est très exactement l'inverse d'une doctrine, il n'est pas possible de la fixer ou de la définir. Elle est à elle-même, à tout instant, son propre avenir. C'est cela le sens de la volonté vers (*zur*) la puissance, comme le dit l'expression allemande, tout autre chose, encore une fois, que la volonté de domination. La volonté de puissance est expression de la liberté, elle s'affranchit des scrupules et des censures et à cet égard il est bien certain qu'elle s'inscrit assez bien dans l'optique du vieux préalable germanique de la liberté sur l'égalité. Par là même la pensée de Nietzsche n'est pas une pensée démocratique, ni même une pensée socialiste, c'est évident, mais elle prépare à la pensée de l'homme des voies si délibérément nouvelles, si délibérément autres, que toutes les idéologies contemporaines ne pourront apparaître que comme des vieilleries figées, comme les ultimes prolongements de cette « mort de Dieu » qu'incarnait déjà le christianisme finissant. Nietzsche inaugure avec Freud, Marx et peut-être

Wittgenstein une révolution comme il y en eut peu dans l'histoire.

C'est peut-être ce qui explique l'importance de plus en plus grande que prennent les livres de Nietzsche pour notre époque. Mais cette compréhension quasi neutre, objective et hautement compétente qui est la nôtre ne risque-t-elle pas à son tour d'effacer la portée essentielle de ce qu'a écrit Nietzsche : ce défi et cette provocation permanente qui en sont le contenu ? Ne vaut-il pas mieux davantage de contre-sens et moins de tentatives de neutralisation pieuse ou scientifique, visant à décapiter, à désamorcer la menace que constitue toute la pensée de Nietzsche ?

Pensées et phrases

Le *Zarathoustra* est comme la charnière de l'œuvre de Nietzsche, il lui donne sa coloration spécifique. A maintes reprises d'ailleurs Nietzsche reviendra sur son *Zarathoustra* tant dans *Par-delà le bien et le mal* que dans les tout derniers textes comme dans les « Aperçus » du *Crépuscule des idoles* où il écrit : « J'ai donné à l'humanité le livre le plus profond qu'elle possède, mon *Zarathoustra* » (n° 51). Dans *Ecce Homo* il dit qu'il est lui-même Zarathoustra et cette identification est d'autant plus importante qu'elle fait de toute la philosophie de Nietzsche une philosophie de chair et de sang; elle est à chaque instant dans sa formulation même à la fois corps et âme. On ne peut jamais situer la pensée de Nietzsche dans une dimension sans aussitôt la falsifier par l'omission de toutes les autres; allant du pamphlet à la forme poétique ou retournant au pamphlet, l'œuvre de Nietzsche le concerne, lui, Nietzsche, tout autant que son œuvre romanesque concernait Flaubert. Il n'est pas de phrases anonymes chez Nietzsche. Tout pour Nietzsche était à tout instant et l'un et l'autre, et le thème et l'auteur, et la poésie et la méditation philosophique.

C'est par là que Nietzsche se sépare si radicalement de tout ce qui le précède mais réhabilite aussi tout ce dont il se sépare : avec lui la philosophie perd son indifférence implacable, ce fonctionnement quasi mécanique qui fut souvent le sien en Europe depuis Leibniz. Avec Nietzsche la philosophie a retrouvé sa nature scandaleuse, son Zarathoustra est le philosophe par opposition à ceux que Nietzsche, par exemple dans *Par-delà le bien et le mal* appelle seulement les grands critiques et à qui il refuse le nom de philosophes. S'il dit de Kant : « Le grand Chinois de Königsberg lui-même n'était qu'un grand critique », c'est parce que chez Kant aussi la philosophie a cessé d'être philosophie pour se muer en une pure démarche objective et critique. « Les philosophes proprement dits, écrit Nietzsche, sont des gens qui commandent, des législateurs », et il ajoute : « Leur connaissance est *création*, leur création est légifération, leur volonté de vérité est *volonté de puissance.* Y a-t-il aujourd'hui de tels philosophes ? A-t-il déjà existé de tels philosophes ? Ne faut-il pas qu'il existe de tels philosophes ? Or, c'est Zarathoustra encore que Nietzsche décrit là et la volonté de puissance entendue comme la grande liberté dionysiaque, le grand oui dit à toute chose.

Toute l'œuvre de Nietzsche, même s'il met la pensée de Schopenhauer la tête en bas comme Marx l'a fait pour Hegel, ne cesse de graviter autour de lui. Dans *Le Gai Savoir* (357) il écrit : « Schopenhauer fut en tant que philosophe le premier athée autonome et inflexible que nous, Allemands, ayons eu : son inimitié à l'égard de Hegel trouve ici son arrière-plan. » Schopenhauer a posé les premiers jalons d'une philosophie que Nietzsche s'est chargé de continuer, pensée d'affranchissement mais qui chez Schopenhauer s'est arrêtée à mi-chemin en posant la question quant au sens de l'existence : la volonté de puissance n'en sera pour ainsi dire que la suite mais la suite par-delà toute réponse. Dès lors et à travers Schopenhauer (la représentation) apparaît la *fable*. La réalité est portée par la fable, conçue à travers elle. La pensée de Nietzsche s'emploie à retourner la fable, à la situer par-delà le bien et le mal. La fable ou la liberté de la philosophie. « Il me semble toujours plus, écrit Nietzsche dans *Par-delà le bien et le mal*, que le philosophe en tant qu'homme nécessaire de demain et d'après-demain se soit à chaque instant trouvé en contradiction avec son aujourd'hui, ou était contraint de s'y trouver : son ennemi, c'était à chaque fois l'idéal d'aujourd'hui. » On le voit, l'enjeu constant de Nietzsche, c'est la philosophie. Peut-être est-il l'un des seuls pour qui la philosophie ait été vraiment *vitale*. Or, c'est bien cette importance quasi biographique, existentielle de la philosophie, qu'exprime le *Zarathoustra* de Nietzsche.

L'œuvre de Nietzsche ne cesse jamais d'être polémique. Autour de lui l'Europe — à laquelle il ne cesse de revenir — s'identifie tout entière à son « idéal d'aujourd'hui », sur elle tombe la chape du « cérarisme démocratique » et de l'affadissement, de l'aplatissement de toutes les valeurs moralisées en vue d'une plus efficace servitude. Tout est rogné, réduit, rendu facile et accessible, défiguré et éteint par là même : prophétiquement, en fait, Nietzsche avait vu poindre à l'horizon de l'Europe les fascismes et les nationalismes contemporains.

Excepté le *Zarathoustra*, dont la forme délibérément biblique excluait toute référence, il n'est pas un livre de Nietzsche où il ne revienne à Goethe. Il est peu d'esprits en effet dont Nietzsche soit aussi proche. Tout ce qu'a écrit Nietzsche est dans une certaine mesure comme un regard goethéen. Ce qui sous-tend la pensée de Nietzsche est aussi ce qui sous-tend celle de Goethe. On a jusqu'ici assez peu senti, assez peu remarqué la fondamentale intimité de ces deux esprits : leur joie, leur commune béatitude, leur même lumière, leur mépris inquiet, le même « refus » qui les habite, issu de la même clarté. Il n'est pas possible, ici, d'aller plus avant. Pour s'en convaincre il suffit de lire ces quelques vers de Goethe, qui sem-

blent extraits de *Zarathoustra* (« Troisième partie »,
Le convalescent, 2) :

> *Que tout donc se meuve, agisse et crée*
> *Se forme d'abord et puis se métamorphose,*
> *En apparence, seulement, immobile par instants.*
> *L'éternité se manifeste en toute chose,*
> *Car tout doit s'effondrer en rien*
> *Si cela veut persévérer dans l'Etre.*
>
> Goethe (*Un et Tout*).

En donnant à *Ainsi parlait Zarathoustra* le sous-
titre « Un livre pour tous et pour personne », Nietzsche d'avance récusait ceux qui se réclamaient de lui.
A la fin de la « Première partie » de *Zarathoustra (De
la vertu qui prodigue)*, Zarathoustra enjoint à ses
disciples de se défier de lui et de s'éloigner de lui :

« Vous me vénérez, leur dit-il. Mais qu'arrivera-
t-il si votre vénération un jour tombe et se renverse ?
Méfiez-vous de ne pas vous faire écraser par une
statue ! »

Nietzsche ne mène personne nulle part, c'est ce
qu'on a nommé son nihilisme. Nihilisme dont Camus
dit si justement que ce n'est pas Nietzsche qui l'a
inventé mais qu'il l'a trouvé dans son époque car
depuis longtemps déjà « Dieu était mort ». Il ne
faudrait d'ailleurs pas que ce terme de nihilisme mas-
quât le « gai savoir » qu'est cette pensée prédatrice au
bout du compte, joyeuse et pleine de santé.

Cette santé, Nietzsche la définit tout au long du

Gai Savoir qu'il n'est pas possible de dissocier de *Zarathoustra*. Le dernier texte n° 342 du IVᵉ livre du *Gai Savoir* est une première version du début de *Zarathoustra*. Le *Gai Savoir*, c'est peut-être le livre que Nietzsche a voulu se donner la joie de récrire à travers son *Zarathoustra*. « Que dit ta conscience ? — Tu dois devenir celui que tu es », dit l'aphorisme 270 du *Gai Savoir*. « Où se trouvent tes dangers les plus grands ? — Dans la pitié » (271). « Qu'est-ce que tu aimes dans les autres ? — Mes espérances » (272). « Qui appelles-tu mauvais ? — Celui qui veut toujours faire honte. » Et enfin encore ces deux aphorismes essentiels : « Qu'est-ce qui est pour toi le plus humain ? — Epargner la honte à quelqu'un » (274), et : « Quel est le sceau de la liberté atteinte ? — N'avoir plus honte devant soi-même » (275). Ces aphorismes, qui définissent le *Zarathoustra*, expriment peut-être aussi ce qu'est la volonté de puissance dont Spinoza disait déjà (*Ethique*, I, xi : « Ne pouvoir exister, c'est impuissance, et au contraire pouvoir exister c'est puissance. » C'est le « soi » de *Zarathoustra*. C'est pourquoi tout ce qui s'oppose à cette puissance est finalement immoral, « tous les moyens par lesquels l'humanité jusqu'ici devait être rendue morale étaient fondamentalement immoraux », écrit Nietzsche à la fin d'un aphorisme du *Crépuscule des idoles*. Son hostilité au christianisme n'a pas d'autre raison d'être. La pensée de Nietzsche est d'ailleurs radicalement étrangère plus qu'opposée à la pensée chrétienne (par là encore, il rejoint Goethe).

Parcourant des chemins divergents d'abord mais qui se rejoignent toujours, la pensée de Nietzsche ne doit pas être parcourue fragmentairement, même si l'aspect non systématique de ses textes peut faire naître l'apparence contraire. Rien n'est plus trompeur qu'une citation de Nietzsche et ne dût-on lire qu'un seul de ses livres, il faut le lire en entier.

Nietzsche disait : « Ce qui est fait par amour se fait toujours par-delà le bien et le mal » *(Par-delà le bien et le mal)* et « le mépris est amour » *(Zarathoustra : Du grand désir)*. Il disait aussi : « L'égarement du bon sens (la folie) est chez les individus isolés quelque chose de rare — mais chez les groupes, les partis, les peuples, les époques, c'est la règle » *(Par-delà le bien et le mal*, 156). C'est entre ces deux pôles que ne cesse de graviter la pensée de Nietzsche, prise entre *sa* joie et l'inquiétude. Ce qu'a écrit Nietzsche n'a pas fini de cheminer dans la pensée des hommes et n'a pas fini de susciter en eux une liberté qui « vient sur des pattes de colombe » mais n'en est que plus indomptable.

« Nietzsche, écrivait Camus, n'a jamais pensé qu'en fonction d'une apocalypse à venir, non pour l'exalter, car il devinait le visage sordide et calculateur que cette apocalypse finirait par prendre, mais pour l'éviter et la transformer en renaissance. »

Biographie

Tout comme Hölderlin, cet autre créateur subver-
sif, Frédéric Nietzsche est fils de pasteur. En 1848,
quatre ans après sa naissance, son père meurt acci-
dentellement. De 1858 à 1864 il étudie à la célèbre
école de Schulpforta qui n'est pas sans ressembler
au Maulbronn de Hölderlin. Puis de 1864 à 1867 il
étudie la philologie classique à Bonn et à Leipzig
et découvre vers la même époque l'œuvre de Schopenhauer, rencontre intellectuelle déterminante.

En 1869, sans avoir encore soutenu sa thèse, il est
nommé maître de conférences à l'université de Bâle
où il deviendra professeur titulaire en 1870 à l'âge de
vingt-six ans. Il ne participera à la guerre de
1870-1871 que de façon épisodique et en tant qu'in-
firmier. En 1872, Nietzsche publie *La Naissance de la
tragédie* où le dionysiaque se trouve opposé à l'apollinien mais surtout Socrate à la pensée antérieure. En
1873, les principales des *Considérations intempestives*, sont déjà rédigées. Elles contiennent une
condamnation véhémente que Nietzsche ne cessera
de reprendre tout au long de son œuvre, et de la
victoire militaire de 1871 et du Reich allemand. Plus
prophétiquement encore, elles dénoncent la domestication désormais totale de la philosophie et de la
science par l'Etat.

1873 est aussi l'année du premier séjour en Italie.
Vers 1878 — année où sera écrit *Humain, trop*

humain — la rupture avec Richard Wagner sera totale et consommée. Il avait fait sa connaissance vers 1869 et s'était lié avec lui d'une amitié profonde; dans l'opéra wagnérien il voyait la renaissance de la tragédie grecque (l'une des *Considérations intempestives* lui est consacrée.) Mais dès 1876 déjà, Nietzsche avait avec inquiétude vu Wagner s'orienter vers un pangermanisme militant et le confusionnisme esthétique, il écrit (en français) : « Wagner est une névrose. » Ce sera trois ans plus tard la rupture définitive. Et s'il oppose désormais Bizet à Wagner, ce sera non seulement pour opposer la clarté méditerranéenne à l'opacité de la musique de Wagner, ce sera aussi pour dénoncer la mobilisation de l'art par le nationalisme et la politique.

En 1879, il donne sa démission de professeur à l'université de Bâle. Et ce sera, dès lors, jusqu'à la fin de sa vie consciente, en janvier 1889, une vie errante qui le mènera de chambre d'hôtel en chambre d'hôtel, de Nice à Sorrente et de Sils-Maria à Turin. En 1880, il écrit *Le Voyageur et son ombre* et *Aurore*. C'est ce que l'on nomme la seconde période de Nietzsche. Il passe une partie de l'année 1880 à Venise avec son ami, le musicien Peter Gast. C'est de 1881 que date, comme Nietzsche le rapporte dans *Ecce Homo*, sa première intuition de l'idée de l'éternel retour.

1882 est l'année du *Gai Savoir* où la pensée de Nietzsche se dégage et s'affirme avec une étourdissante netteté en tant que pensée. C'est aussi l'année où il tombe amoureux de Lou Andréas Salomé qui jouera un rôle considérable dans les lettres allemandes comme inspiratrice, entre autres de Rilke. En 1883 commence ce que l'on est convenu d'appeler la troisième période de l'œuvre de Nietzsche; celle de *Ainsi parlait Zarathoustra* mais aussi de *Par-delà le bien et le mal* (1886) et de *La Généalogie de la morale* (1887). La langue a atteint alors dans l'œuvre de Nietzsche, sa perfection extrême, sa fluidité et sa clarté suprêmes, sa pensée s'y affirmera claire et irréductible à toute autre, elle atteint ce point où de façon absolue elle est *rupture* totale avec toute autre forme de pensée.

L'année 1888 verra naître *Le Cas Wagner, Le Crépuscule des idoles, L'Antéchrist* et *Ecce Homo*. Dès 1886 Nietzsche avait commencé à travailler à *La Volonté de puissance*. 1888 en voit naître un grand nombre de fragments. Le livre n'existe qu'à l'état d'ébauches dont on attend une édition enfin complète et exacte.

En janvier 1889 c'est la crise de démence de Turin à partir de laquelle Nietzsche sombre dans l'inconscience totale et meurt à Weimar le 25 août 1900. Sur la folie de Nietzsche on a dit trop de choses fantaisistes. En réalité, Nietzsche, dans une maison de passe, a tout simplement contracté la syphilis et comme Maupassant, Heine et Baudelaire est mort de paralysie générale. Thomas Mann en a fait dans *Le Docteur Faustus* un récit détaillé à travers son personnage d'Adrien Leverkühn.

Georges-Arthur GOLDSCHMIDT.

NOTES

Les notes ci-après s'efforcent d'expliquer quelques termes allemands essentiels utilisés par Nietzsche.

Lorsqu'il sera fait référence à des textes non publiés par Nietzsche lui-même, nous citerons l'édition Colli-Montinari, dite *Kritische Studienansgabe* (de Gruyter, D.T.V.), dont le classement se fait par années, puis par cahiers, par exemple 1881, 1, suivi entre crochets [ ] du fragment isolé : 1882, 4 [12].

On retrouvera cette numération dans la version française de l'édition Colli-Montinari (Gallimard). Les diverses traductions de ces citations sont assurées par nous (G.-A. Goldschmidt) d'après le texte allemand cité ci-dessus.

Parmi la multitude d'idées et de concepts toujours très courants d'*Ainsi parlait Zarathoustra*, il a, naturellement, fallu faire un choix et laisser de côté d'autres idées ou d'autres termes ou associations de termes qui auraient tout autant mérité une explication. Il n'a ainsi pas, ou pratiquement pas été possible de tenir compte des centaines de jeux de mots auxquels s'est amusé Nietzsche.

P. 7.

* « Dieu est mort », cette formule est à l'origine de Henri Heine, elle termine le second livre de *Histoire de la religion et de la philosophie en Allemagne* où Heine écrit : « Entendez vous la clochette ? Agenouillez-vous. On apporte les sacrements à un Dieu mourant. » Il s'agit là d'ailleurs à l'origine d'un très ancien thème talmudique et cabalistique, *cf.* G. Scholem (*Le Golem de Prague et le Golem de Reniovot*). L'influence de Heine sur Nietzsche sera toujours considérable. Nietzsche dit de lui qu'il est le seul poète que l'Allemagne ait produit à part Goethe (*Fragments posthumes*, avril-juin, 1885, 34 [154], édition Colli-Montinari, la seule d'après laquelle Nietzsche sera désormais cité [éd. : C.M.]).

** « Surhumain » = *Übermensch*, une des notions les plus claires et les plus mal comprises de Nietzsche (voir commentaire et note page 79*. Nietzsche revient très souvent sur cette notion. Ainsi, dans *Ecce Homo* 1 (1), il écrit : « Le mot « surhumain » comme désignation d'un type de la plus haute perfection (*Wohlgerathenheit*) par opposition à l'homme « moderne », à l'homme « bon », aux chrétiens et aux autres nihilistes, un mot qui dans la bouche d'un Zarathoustra, l'anéantisseur de la morale devient un mot très réfléchi, a été presque partout compris, en pleine innocence, selon ces valeurs dont la figure de Zarathoustra est le contraire, je veux dire [qu'on y a vu] un type « idéaliste » d'une sorte supérieure d'humanité, à demi « saint », à demi génie... D'autres bêtes à corne savantes m'ont à cause de lui suspecté de darwinisme, on y a même reconnu le « culte du héros » rejeté par moi avec tant de virulence (Nietzsche fait ici allusion à *Aurore* § 298, « Le culte des héros et ses fanatiques » G.-A. G.) de ce grand faux-monnayeur sans le savoir, sans le vouloir, Carlysle. » Le surhumain est celui qui échappe, celui qu'aucune définition ne peut cerner.

Cette idée est, peut-être, profondément liée à l'idée de *Heuchelei*, « hypocrisie », qui en 1883-1884 (Giorgio Colli) occupe l'esprit de Nietzsche. L'homme européen est totalement modelé par des « valeurs » imposées et mensongères. La perpétuation du mensonge dans les structures mêmes de la pensée, telle que l'exprime la « culture » du XIXᵉ siècle, par exemple, est ce avec quoi il faut rompre (ce sera aussi l'effort de Freud); beaucoup des fragments de 1883-1884 qui entourent la composition de *Zarathoustra* tournent autour de la question de l'hypocrisie.

P. 8.

* Parmi les fragments de 1882-1884 (C.M. 5 à 29) il en est d'innombrables qui concernent directement *Ainsi parlait Zarathoustra*, passages entiers non retenus ensuite par Nietzsche ou notes brèves, phrases en cours d'élaboration. Toute lecture sérieuse d'*Ainsi parlait Zarathoustra* devrait s'accompagner de celle des *Fragments* de 1882 à 1884 (C.M., Gallimard). On y trouve des notes comme celle-ci :

« Vous voilez votre âme. La nudité serait une honte pour votre âme. Oh ! que vous appreniez pourquoi un dieu est nu ! Il n'y a pas à avoir honte. Il est plus puissant nu !

Le corps (ici Nietzsche emploie le mot *der Körper* [G.-A. G.]) est quelque chose de mal, la beauté est diabolique : maigre, laid, affamé, noir, sale, c'est ainsi que le corps (*der Leib*) doit apparaître.

Blasphémer le corps (*der Leib*), cela me semble être un blasphème à propos de la terre et du sens de la terre. Gare aux malheureux à qui le corps paraît mal et la beauté diabolique. » Ou ceci encore de 1881, *Fragments* 11 [95] « *Deus nudus*, dit Sénèque. Je crains qu'il ne soit tout habillé. Et plus encore : les habits ne font pas seulement les moines, ils font aussi les dieux. »

Ces fragments éclairent fort bien le chapitre *Des contempteurs du corps*, surtout dans la mesure où Nietzsche fait jouer les deux termes : *der Leib* (le corps), ce mot proche de *the Life* (la vie); le corps est donc le vivant à la différence du mot plus neutre, *der Körper* (le corps) d'origine latine. « Tous, je vous vis nus : et qu'est-ce donc qui peut bien vous différencier, vous les bons et vous les méchants ? » écrit Nietzsche en été 1883 (C.M. 13 [1]).

Nietzsche note un peu plus loin (C.M. 1882, 5

[31]) : « Derrière les pensées et les sentiments se trouve ton corps (*Leib*) et ton soi dans le corps : la *terra incognita*. A quelle fin as-tu ces pensées et ces sentiments ? Ton soi dans le corps veut en faire quelque chose. » On ne peut se défendre ici de penser à Freud dont Nietzsche fut le grand prédécesseur.

P. 10.

* L'idée du danseur de corde ne figure pas ici pour la première fois dans la philosophie allemande : il se peut que Nietzsche ait été inspiré ici par le préambule à *L'Essence de la liberté humaine* de F.W.J. Schelling (1809) où les nouveaux philosophes sont présentés comme des « héros du théâtre français » ou des « danseurs de corde ».

P. 31.

* Ce n'est pas par hasard que Nietzsche fait ici allusion au problème philosophique de la liberté qui depuis Luther ne cesse de préoccuper la pensée allemande. La pensée de Fichte, de Schelling ou de Hegel s'est constituée autour du concept de liberté. L'idée de liberté (elle repose pour une large part sur le *Selbstbewusstsein*, la « conscience d'être soi », ce que Jean-Jacques Rousseau nommait le « sentiment de l'existence ») revient à plusieurs reprises dans

Zarathoustra, par exemple dans *De l'arbre sur la montagne,* dans *De la voie du créateur* ou dans *Des vieilles et des nouvelles tables.*

P. 32.

* « La vache multicolore », *die Bunte Kuh,* l'oreille allemande songe ici à *Kuhdorf,* « village à vaches », c'est-à-dire « bled ».

P. 60.

* Ce chapitre souvent pris à la lettre se prête, bien entendu, à toutes les utilisations. Mais ici la littéralité, comme toujours chez Nietzsche, n'a pas de sens. La guerre est conçue en tant que joute philosophique, affrontement. Elle est essentiellement morale, elle a un sens purement figuré. C'est la guerre grecque telle qu'elle est aussi présente dans le *Hypérion* de Hölderlin. Une lecture attentive de ce chapitre montre bien que ce dont parle Nietzsche n'a rien à voir avec la guerre réelle. Voir à ce propos ce qu'il dit de la seule guerre qu'il ait vécue et dont il ne cesse de dénoncer les effets, celle de 1870-1871 contre la France (voir le § 1 de la première des *Considérations intempestives* consacrée à David Strauss) : il y condamne la victoire allemande et la militarisation de l'Allemagne dans les termes les plus nets. Voir aussi à

ce propos le célèbre § 104 du second livre du *Gai
Savoir* où il dit que les beuglements des officiers
allemands détruisent à jamais la musicalité de la langue allemande. Sur la condamnation sans cesse
reprise de la réalité sordide de la guerre voir
Humain, trop humain I, § 320 ou II, *Le voyageur et
son ombre* § 284.

P. 62.

* On trouve dans les *Fragments* de cette époque
(printemps 1884) beaucoup de notes tirées de Adol-
phe de Custine et qui concernent l'esclavage
moderne, c'est-à-dire la soumission aux autorités,
celle-ci par exemple : « La raison fait comme tous les
esclaves : elle méprise les maîtres pacifiques et sert
un tyran. Elle nous abandonne dans le combat avec
les passions violentes; elle ne nous défend que contre
de petites affections. »

Nietzsche note aussi : « *Sur l'esclavage moderne*,
de Custine tome II, p. 291. »

Le mot « esclave » doit, bien entendu, être compris
en un sens symbolique.

On peut rappeler à cette occasion l'influence exer-
cée sur Nietzsche par les penseurs et écrivains français, Baudelaire, par exemple, dont il recopie des passages entiers dans ses carnets, Stendhal et Voltaire
seront longtemps parmi ses auteurs préférés. Les

Fragments posthumes contiennent d'innombrables citations d'écrivains français.

P. 63.

* Ce chapitre est l'un des plus importants de cette première partie. Il ne faut pas oublier que Nietzsche est sensible comme personne aux tensions de son temps, à cette atmosphère impondérable mais omniprésente qui fait l'essence d'une époque.

Or, après 1870, — et on sait à quel point la victoire allemande de 1871 lui a fait horreur (il suffit à cet égard de relire le début de la première des *Considérations intempestives*) — Nietzsche voit naître un univers bureaucratisé — l'avenir le montrera absolument meurtrier — qu'il ne peut ni nommer ni identifier mais qu'il pressent : un premier signe en est l'officialisation de la « culture » et sa domestication, sa mise en carte par l'État moderne (Nietzsche ne fait que reprendre ici des idées qu'il n'a cessé de développer dès 1873-1874 dans ce style limpide et précis qui est le sien dès les *Considérations intempestives*).

Dans *Schopenhauer éducateur*, § 8 (la première des *Considérations intempestives*) Nietzsche écrit : « ... Je nomme cela une exigence de la culture de retirer à la philosophie toute reconnaissance officielle (*Staatlich*) ou « académique » et de décharger en général l'État et l'Académie (c'est-à-dire les institutions culturelles officielles) de la mission pour elles insoluble de distinguer entre philosophie réelle et philosophie apparente » ou un peu plus loin : « La vérité importe peu à l'Etat, seule lui importe une vérité qui lui est utile ou pour parler plus exactement tout ce qui lui est utile, que cela soit vérité, demi-vérité ou erreur. Une alliance entre Etat et philosophie n'a donc de sens que lorsque la philosophie peut promettre d'être sans conditions utile à l'Etat, c'est-à-dire de mettre l'intérêt de l'Etat plus haut que la vérité », etc. On voit à quel point Nietzsche s'insurge contre le totalitarisme qui déjà se profilait à l'horizon de l'Europe. Il est peu de penseurs à cette époque à avoir autant dénoncé d'avance stalinisme et nazisme mais que cinquante ans à l'avance ils ne pouvaient évidemment pas encore définir.

P. 64.

* Nietzsche reprend ici non seulement ce qu'il a déjà écrit dans les *Considérations intempestives*, et surtout dans la troisième (*Schopenhauer éducateur*), mais aussi dans *Humain, trop humain* I, VIII (*Un coup d'œil sur l'Etat*) § 438, 450, 472, 473 à 479. La confrontation avec l'Etat ne cessera plus tout au long de ce qu'écrira Nietzsche : dans l'Etat se conjuguent commandement, efficacité et affadissement, atténuation de toute forme de génie. Dès 1872, Nietzsche dans *L'Etat grec* (la troisième *Préface à des livres non écrits*) avait examiné la question des rapports entre le génie et l'Etat. L'Etat est pour lui la manifestation première du nihilisme dans la mesure où le génie et l'Etat se trouvent en contradiction. L'Etat idéal empêcherait par lassitude l'éclosion du génie (*Humain, trop humain* I § 235). Dès *Le Gai Savoir* § 377, Nietzsche avait vu dans l'Etat allemand né de la victoire de 1870 la première manifestation du nihilisme européen.

Nietzsche, qui était un lecteur assidu de Hölderlin (il le mentionne souvent dans les *Fragments posthumes*), avait peut-être lu dans *Hypérion* I, 1, les lignes que voici : « Par le Ciel ! celui-là qui vient faire de l'Etat une école des mœurs ne sait pas quel péché il commet. Car ce qui a fait de l'Etat un enfer c'est que l'homme en ait voulu faire son paradis. » Ces lignes ont été écrites en 1795.

P. 65.

* Allusion à l'opposition de Nietzsche au socialisme comme nouvelle forme du despotisme et du césarisme (*Humain, trop humain* II, VIII § 473 ou § 451, etc. (aussi de nombreux *Fragments* sur cette question). On voit bien se profiler déjà dans la pensée de Nietzsche à tout instant l'angoisse devant la montée des totalitarismes modernes.

P. 79.

* L'humain, c'est-à-dire « celui qui évalue ». On voit ici à quel point tout l'effort de Nietzsche porte sur le langage et sur le « sens » des mots. En allemand, en effet, le mot « homme » se divise en deux, d'un côté *der Mensch,* de l'autre *der Mann,* « l'homme » par opposition à « la femme » pour laquelle l'allemand possède également deux mots : *das Weib* et *die Frau. Das Weib* qu'on emploie aussi pour les animaux, « la femelle » (*das Weibchen*). Il utilise rarement le mot *die Frau* auquel il conserve par là même son sens « noble ».

Il ne faut jamais perdre de vue les doublets de l'allemand. *Das Weib* n'épuise nullement la question de la femme en tant que *Frau.* La présence d'un mot fait toujours jouer l'absence de l'autre.

Il en va de même pour *der Mensch* et *der Ubermensch,* « l'humain » et « le surhumain » en général, homme, femme, enfant, à l'origine le mot semble venir de la racine *men* : « penser », « évaluer », « juger » (latin : *mens, mentis*). La langue moderne — celle de Nietzsche, donc — ne confond jamais *der Mensch* et *der Mann,* l'idée de « surhumain » n'évoque pas l'idée de virilité ou de domination brutale; il s'agit là, répétons-le, d'un terme purement philosophique : d'une sorte de *direction,* de chemin de pensée qui permet à celle-ci de « tenir le cap », de ne cesser de continuer à penser.

P. 88.

* On se heurte ici à une impossibilité de traduc-
tion. L'allemand, rappelons-le, a deux mots pour dire
« la femme » : *die Frau* et *das Weib*. C'est ce dernier
mot qu'emploie Nietzsche par opposition à *die Frau*.
Das Weib (origine *veip*, « celle dont la tête est
enveloppée » est située entre « la femme » et « la
femelle » sans avoir la consonance noble du premier,
ni celle, injurieuse, du second (*cf.* note * de la p. 79).

Das Weib contient l'idée de sexualité à l'état pur,
ce mot joue un rôle déterminant dans la découverte
psychanalytique. Il n'a pas d'équivalent en français. Il
y a en allemand deux niveaux de sens très diffé-
renciés et Nietzsche n'emploie jamais l'un pour l'autre. Dans *De l'esprit de pesanteur* (« Troisième
partie »), Nietzsche emploie *die Frau* et non *das
Weib*.

P. 98.

* Seule allusion directe dans *Ainsi parlait Zarathoustra* à Jésus-Christ. Tout le Zarathoustra est
pourtant écrit contre le christianisme. A certains
égards l'œuvre de Nietzsche est une incessante remise
en cause du christianisme. Ce problème très vaste et
très complexe ne peut être abordé ici, même allusive-
ment. On ne peut que renvoyer le lecteur aux innom-

brables endroits de l'œuvre de Nietzsche où il en est
question.

Un précédent registre des concepts de Nietzsche
établi par Richard Œhler en 1926, *Nietzsche Register* (à une époque où la sœur de Nietzsche avait
tronqué et déformé toute l'œuvre posthume), consacre
dix pages à la seule énumération des passages où il
en est question dans les œuvres publiées par Nietzsche lui-même.

La troisième pièce de *Par-delà le bien et le mal*, les
§ 45 et 46, 48, 52, etc., résument assez bien la trame
de la pensée de Nietzsche, mais là non plus il n'y a
jamais d'arrêts, de réponses définitives.

Les *Fragments* de novembre 1887 à mars 1888
portent presque tous sur le christianisme, ils résument la pensée de Nietzsche sur ce plan.

P. 109.

  * Comme le notent Colli et Montinari, ce chapitre
devait d'abord s'appeler *La seconde aurore*.

Nietzsche hésite à de nombreuses reprises quant à
l'intitulé des chapitres. Les notes de 1882 à 1884 sur
Zarathoustra sont innombrables. N'en donnons que
ce seul extrait (fin 1882, début 1883 — C.M., nov.
1882 (5 [1] 244) : « Lorsque je voulus avoir le
plaisir de la vérité, j'inventai le mensonge et *l'apparence* — le proche et le lointain, le passé et le futur,
les perspectives. Alors je mis en moi-même l'obscurité

et l'imposture et fis de moi-même une tromperie pour moi-même. »

P. 135.

    * *Egalité* : Nietzsche dit en effet « égalité » mais le mot allemand *Gleichheit* signifie aussi et surtout « similitude ». L'idée qui domine la pensée de Nietzsche est celle de l'aplanissement, de la réduction à un seul type (*cf.* « l'Etat »). Ce qui domine, dans le terme allemand, c'est l'idée de nivellement, sinon d'indifférence : *Mir ist alles gleich* ou *Mir ist es egal*, « Cela m'est égal ! ». De plus on dit *Wir haben das gleiche Auto* : « On a une voiture pareille ». Nietzsche ne s'insurge pas tant contre l'égalité économique que contre le nivellement des différences. L'égalité qu'il critique est restrictive.

P. 157.

    * « Volonté de puissance » (*Wille zur Macht*) c'est-à-dire « volonté vers (*zur*) la puissance » (voir le « Commentaire V »). Volonté non de domination (*Herrschaft*) ni, à proprement parler, de pouvoir politique qui en allemand se confond avec *Gewalt*, la « violence ». Tout terme doit toujours être envisagé au milieu de ceux qui l'entourent, de même que « puissance » n'est pas « pouvoir », *Macht* n'est ni

Gewalt ni *Herrschaft*, comme nous l'avons signalé ailleurs (*Nietzsche pour tous et pour personne*, voir *Cahiers Renaud-Barrault*, n° 87). Cette notion de « puissance » est pour une large part issue du *conatus* de Spinoza, c'est-à-dire de l'effort pour « persévérer dans l'être ». Il semble même que la « puissance » en tant que telle ne se soit vraiment affirmée chez Nietzsche qu'après sa rencontre avec l'œuvre de Spinoza (*Lettre de Nietzsche à Overbeck* du n° 30, VII, 1881) : « *J'ai un prédécesseur et quel prédécesseur ! Je ne connaissais presque pas Spinoza. Que j'aie eu envie de lui justement maintenant, c'était une action instinctive...* (voir *Cahiers Renaud-Barrault*, n° 87, p. 94). Il ne cessera à de multiples reprises de revenir sur Spinoza (*Humain, trop humain* § 475), dans les *Fragments*, jusqu'en 1889.

La puissance : comme capacité « à faire certaines choses qui peuvent être comprises par les seules lois de la nature » se trouve, ne l'oublions pas, formulée de façon quasi nietzschéenne par Spinoza au début de la « Quatrième partie » de *L'Ethique*. Les passages où Nietzsche parle de la puissance ainsi comprise sont très nombreux (sur le plan politique, par exemple, *Aurore* § 189).

Der Wille zur Macht, la « volonté de (vers la) puissance » se retrouvera à maintes reprises entre 1884 et 1889 et ne perdra jamais son accent spinozien de « désir d'être ». Elle sera l'une des articulations fondamentales de la pensée de Nietzsche, la préposition *zur*, « vers », l'empêchant à tout jamais de se fixer sur le pouvoir, lequel en tant qu'acquis mettrait un terme au désir.

P. 169.

* « Innocence et avidité » (*die Begierde*) : « exigence passionnée », verbe *begehren* : « désirer irrésistiblement ». Là aussi la langue allemande distingue très nettement « l'avidité physique » du « désir » (*cf.* p. 279) (*Sehnsucht*). On est ici tout près d'une autre notion qui ne cesse de revenir dans l'œuvre de Nietzsche, présente dès *Aurore* (1881) § 38, celle de « pulsion », *Trieb*.

Il s'agit là d'une poussée intérieure que Nietzsche distingue de son synonyme *der Instinkt* (l'instinct), or le *Trieb* (la pulsion) est précisément l'un des concepts clefs de toute la pensée de Freud. Il est tout à fait instructif de comparer à cet égard le texte de Freud *Pulsions et destins pulsionnels* (*Triebe und Trieb-Schicksale*) avec, par exemple, ce que Nietzsche écrit en été 1883 (au moment donc de la rédaction de *Zarathoustra*) sur les pulsions (C.M. 1883, 7 [239]). Déjà dès l'automne 1881, Nietzsche avait pris beaucoup de notes sur les pulsions (*Triebe*), notamment C.M. 1881, 11 [5], 11 [19], 11 [124], 11 [130], chaque fois les rencontres avec Freud sont étonnantes. Par exemple, avec *Trois Essais sur la théorie de la sexualité*, I, 5 ou *La Morale « culturelle » sexuelle et le nervosisme moderne,* texte qui semble en droite ligne issu d'*Aurore* § 109.

P. 211.

* *Der Wanderer* : le voyageur, mais celui qui, bien entendu, se déplace à pied. Le *Wanderer* est une figure fondamentale de la pensée allemande dans son ensemble et particulièrement des romantiques. La plupart des œuvres des « romantiques allemands », Novalis, Tieck, Eichendorff, etc., sont construites sur ce thème du voyage (*Extraits de la vie d'un propre à rien* d'Eichendorff, *Sternbald* de Tieck ou *L'Homme sans postérité* d'Adalbert Stifter, etc.). Voir à ce propos la très belle étude de Marcel Brion, *Le Voyage initiatique,* sur l'importance du thème de la *Wanderung* (le voyage à pied) dans la littérature allemande; l'errance se retrouve d'ailleurs à toutes les époques, de Grimmelshausen au XVIIᵉ siècle à Peter Handke aujourd'hui. Karl Philipp Moritz Goethe, E.T.A. Hoffmann sont incompréhensibles sans ce motif du voyage (il suffit de songer à Schubert, sur le plan musical, *cf. La Fantaisie du voyageur*, voir aussi le roman de F.-R. Bastide).

Le thème du voyageur apparaît plusieurs fois dans l'œuvre de Nietzsche, avant *Ainsi parlait Zarathoustra* et particulièrement dans *Humain, trop humain* (1880), la deuxième partie du livre II s'appelle *Le voyageur et son ombre*, elle s'ouvre par un dialogue qui annonce déjà *Ainsi parlait Zara-thoustra*. De plus au début du *Gai Savoir* se retrouve un court poème intitulé aussi *Der Wanderer* : « Le voyageur ».

P. 219.

* C'est dans cette seconde partie de la vision et de l'énigme que s'exprime le plus nettement l'idée de l'éternel retour (*Wiederkunft des Gleichen*), l'une des articulations fondamentales de la pensée de Niet-sche. Par l'éternel retour Nietzsche pense le saisisse-ment philosophique, semblable au vertige de Pascal, devant l'inachèvement de toute pensée. Tout est à recommencer, la pensée n'est pas contenue dans son expression.

Mais l'éternel retour figure aussi la vieille idée de la circularité du temps (dans ce passage le nain le dit bien, « le temps est un cercle »). Comme le fait remar-quer Œhler, dès la seconde des *Considérations intempestives* : *Des avantages et des inconvénients de l'histoire pour la vie* : « Nietzsche pense déjà à l'éternel retour; il écrit : « Au fond ce qui fut une fois « possible ne pourrait de nouveau se présenter « comme possible une seconde fois, que si les pytha-« goriciens avaient raison de croire qu'avec une « même constellation des corps célestes, devaient se « répéter sur terre au détail près, les mêmes choses : « de sorte que toujours lorsque les étoiles occupe-

« raient certaines positions les unes par rapport aux
« autres un stoïcien devrait se lier à un épicurien et
« assassiner César et qu'à une autre position sans
« cesse Colomb découvrirait l'Amérique ». »

De plus le § 341 du *Gai Savoir*, préfigure aux
termes près cette seconde partie de *La vision et de
l'énigme* : « Cette vie comme tu la vis maintenant et
comme tu l'as vécue, il te faudra la vivre une fois
encore et d'innombrables fois; et il n'y aura rien de
nouveau, mais chaque douleur et chaque plaisir et
chaque pensée et chaque soupir et tout l'indicible-
ment petit et grand de ta vie doit te revenir et tout
dans la même disposition et la même succession — et
de même cette araignée et cette lune entre les arbres
et de même cet instant et moi-même. »

Cette idée de l'éternel retour, Nietzsche l'a peut-
être aussi déjà rencontrée chez Angelus Silesius
(1624-1677) dont *Le Voyageur chérubinique* (*Der
Cherubinische Wandersmann*) ne peut pas avoir
échappé à Nietzsche et où on lit (I) :

*Il n'est rien qui te mène, tu es toi-même la roue
Qui roule d'elle-même
Et n'a de cesse.*

L'idée de la roue qui tourne d'elle-même se trouve
dans *Zarathoustra*, pp. 84 et 94. Elle reviendra
encore p. 309.

L'éternel retour est une intuition libératrice qui
permet à Nietzsche de savoir d'emblée où se situe le

lieu de sa pensée, elle ne cessera dès lors de revenir tout au long des années 1884-1889 jusqu'à la crise ultime (1889).

Dans *Ecce Homo* où il consacre un chapitre à chacune de ses œuvres publiées, il commence le chapitre consacré à *Zarathoustra* par ces mots : « Je raconte maintenant l'histoire du *Zarathoustra*. La conception de base de l'œuvre, la pensée de l'éternel retour, cette formule la plus haute du dire-oui (*Bejahung*) qui puisse être atteinte — se situe au mois d'août de l'année 1881 : cette pensée se trouve jetée sur une feuille avec cette signature : « à 600 pieds par-delà l'humain et le temps ». »

L'éternel retour reviendra encore de nombreuses fois tout au long des *Fragments*, pensée philosophique majeure mais qui ne se laisse pas définir plus avant. Elle est en effet entièrement de l'ordre de l'intuition. Nietzsche a peut-être, curieusement, découvert « l'éternel retour » chez Auguste Blanqui, puisqu'on trouve dans les *Fragments* (octobre 1883, 17 [73]) cette note : « A. Blanqui, l'éternité par les astres, Paris, 1872. »

H. Lichtenberger avait déjà attiré l'attention sur cette source comme le fait remarquer Mazzino Montinari (H. Lichtenberger, *La Philosophie de Nietzsche*, 1899). Voir sur ce sujet l'article de Christine Buci-Glucksmann : « Walter Benjamin et l'Ange de l'histoire : une archéologie de la modernité », dans *L'Ecrit du temps,* n° 2, pp. 73-75.

P. 229.

* « Culpabilité », « faute ». Ce mot *Schuld* joue un rôle considérable dans la pensée morale de Nietzsche. Sa réflexion se trouve ici également conduite par l'attention portée à la langue.

Toute la conception nietzschéenne de la « morale-dette » est tributaire de la langue allemande où comme il le rappelle d'ailleurs lui-même dans *La Généalogie de la morale* (qui d'ailleurs s'appelle en allemand *Zur Genealogie der Moral*, c'est-à-dire *A propos de la Généalogie de la morale*, ce qui n'est pas la même chose) le mot « culpabilité » a son origine dans le mot « dettes ». « Dette » n'est que le pluriel de « culpabilité », en allemand *die Schuld* = la faute. *Die Schulden* (pluriel) = les dettes.

Déjà, dans *Le Gai Savoir*, Nietzsche avait fait allusion à cette origine étymologique du mot *faute* en allemand, § 252 : « Il vaut mieux rester coupable plutôt que de payer avec une monnaie qui ne porte pas notre image. »

P. 264.

* Il est très difficile de faire passer en français la différence que l'allemand fait entre *das Böse* (mot ici employé), « le mal » au sens de « méchanceté » et de « malin » et *das Schlechte*, « ce qui est mauvais ». La

séparation est en allemand très nette entre « le mal »
et « mal ». « J'ai mal aux dents » : *Ich habe Zähn-
schmerzen.* C'est le règne du mal : *Die Herrschaft
des Bösen. Das Böse* a toujours un sens moral. *Der
Böse,* c'est aussi le Diable. *Jenseits von Gut und Böse*
signifie « De l'autre côté du bon et du méchant »
plutôt que « Au-delà du bien et du mal ». De ce fait,
le problème du jugement moral au centre de la pensée de Nietzsche prend une sonorité toute différente
de ce qu'il est en français. La langue par elle-même
en fait un problème beaucoup plus crucial puisque le
« mal » s'y confond avec la méchanceté, relation qui
n'est pas perçue en français à cause certainement de
l'extension du mot mal : « J'ai mal compris » conta-
mine nécessairement la connotation du mot; en
allemand : *Ich habe schlecht verstanden* ; toute sonorité rappelant le « mal » de près ou de loin est
éliminée des phénomènes naturels, à moins de souli-
gner volontairement cet aspect : « Quel mauvais
temps » peut volontairement se dire *Ein böses Wetter,* on dit normalement *Schlechtes Wetter.*

** *Wollust, Herrschsucht, Selbstsucht. Wollust*
correspond très exactement à « volupté » (le suffixe
lust = plaisir, c'est la notion clef de la pensée de
Freud) et *Herrschsucht* à « appétit de domination ».
Herrschsucht et *Selbstsucht* sont composés sur le suffixe *sucht,* maladie (on le retrouve dans *Schwind-
sucht,* l'ancien nom de la tuberculose). *Selbstsucht* est
plus « désir de soi » que « égoïsme ».

P. 267.

* Nietzsche parle ici de maladie par allusion à l'origine étymologique de ce mot (*cf.* note, p. 264), *Selbstsucht* correspond plus à « amour de soi » qu'à « égoïsme » (encore que le registre *Œhler* des concepts de Nietzsche (*Nietzsche Register*) le classe avec l'égoïsme : c'est là l'une des inattentions fréquentes dans la lecture de Nietzsche). *Selbstsucht* porte sur l'être et non sur l'avoir, il aurait alors joué sur le radical *eigen* : *Eigensucht, Eigensüchtig*. Plus qu'à l'égoïsme, au sens de la possession, il s'agit ici de l'affirmation de soi (en somme de « l'investissement narcissique ») telle que l'entend, par exemple, Freud dans *Introduction au narcissisme* (*Zur Einführung des Narzismus*), dont l'égoïsme (*Eigensucht*) n'est qu'une composante. C'est la *philautia* du Moyen Age, l'amour de soi à certains égards si proche de « l'amour de soi » tel que le concevait Jean-Jacques Rousseau (*cf.* Georges-Arthur Goldschmidt, *Rousseau ou l'esprit de solitude*, éd. Phébus, 1978, chap. : *Le soi sans partage*).

P. 270.

* « Et celui qui proclame la santé et la sainteté du moi »... Si le français possède deux formes pronominales pour traduire la première personne du singu-

lier, « je » et « moi », l'allemand, lui, n'en possède qu'une, *Ich* et il ne peut pas opérer cette distinction capitale entre le « je », c'est-à-dire l'existence réduite à elle-même et le « moi », *sujet* de l'action, la personne dans son affirmation sociale. Tout le travail de Nietzsche consiste à dégager le *Ich* — je, du *Ich* — moi; déjà p. 81 (*De l'amour du prochain*), Nietzsche avait écrit « Le toi est plus vieux que le moi; on a sanctifié le toi mais pas encore le moi : c'est ainsi que l'homme se presse vers son prochain. »

Nietzsche prépare à cet égard les voies de Freud et à travers Freud (p. ex. le texte de Freud *Le Moi et le Ça*) Nietzsche reçoit un éclairage qui précise ses intentions. A bien des égards tout le *Zarathoustra* pourrait être compris comme une mise en route de la démarche freudienne, telle par exemple que la résume Jacques Lacan, au cours de son essai « La chose freudienne » (Ordre de la chose) dans *Ecrits*, pp. 414-418 (ou collection « Points » *Ecrits* I, pp. 223-228).

Freud, d'ailleurs, dit dans son *Autoportrait* (*Selbstdarstellung*) : « Nietzsche dont les intuitions (*Ahnungen*) et les aperçus (*Einsichten*) coïncident souvent de la manière la plus étonnante avec les résultats acquis à grand-peine par la psychanalyse, je l'ai justement longtemps évité pour cette raison; la primauté (de la découverte) m'importait moins que de conserver ma liberté d'esprit. »

En 1881, Nietzsche écrit (1881, 11 [21]) : « Décrire l'histoire du sentiment du moi et montrer comment dans l'altruisme aussi la volonté de posséder est l'essentiel. Montrer comment le progrès principal de la morale ne réside pas dans le concept « non-moi et moi » mais dans la saisie plus aiguë du bien dans l'autre, en moi et dans la nature, dans le fait de chercher toujours plus à débarrasser le . « vouloir-posséder » de l'apparence de possession et de possessions imaginaires, de nettoyer donc le sentiment du moi de la tromperie de soi-même... »

P. 275.

   * Le braiement de l'âne, en allemand, s'écrit *Iah !* C'est-à-dire ‹ Ia », ce qui signifie « oui » (*Ja*). Nietzsche utilise volontairement « Ia » pour son identité avec *Ja*.

P. 284.

   * L'un des innombrables jeux de mots de Nietzsche : « obéir » (*Gehorchen*) en allemand, vient de « prêter l'oreille » *Erhorchen* d'après le latin *oboediens* ; à l'origine « obéir » provient de *audire*, « entendre », « écouter » : celui qui obéit, est donc bien celui qui écoute (le français le dit d'ailleurs fort bien : « Tu n'écoutes pas ») et le jeu de mots se trouve rétabli.

P. 289.

* Jeu de mots sur « patrie », *Vaterland*, littéralement : « pays du père » par opposition : « *Kinderland* » « pays des enfants » (c'est-à-dire « fait par la postérité »).

P. 295.

* « La paresse, la pourrie. » Jeu de mots sur *Faul* « pourri » et « paresseux » et *Faulheit*, à la fois « paresse » et « pourriture ».

P. 318.

* *Sehnsucht*, « désir ». Le mot *Sehnsucht* se traduit difficilement. Jadis on le traduisait par « nostalgie » d'autant plus impropre que nostalgie veut dire « regret obsédant du lieu où l'on a vécu », « mal du pays » (ce que l'allemand traduirait très exactement par *Heimweh*). La nostalgie porte vers l'arrière alors que le désir exprimé par *Sehnsucht* se porte surtout vers l'avant, « *désir* » répond donc exactement aux intentions de Nietzsche, d'autant plus que le mot « désir » n'existe pas en allemand (*Gier, Begierde* est plus proche d'« avidité » que de « désir » et *Lust,* plus proche de « plaisir »).

Il est vrai que l'idée d'éternel retour donne à *Sehnsucht* une nuance très voisine de nostalgie, mais nostalgie incline par trop vers mélancolie et contient trop peu de désir pour qu'il rende compte de la pensée de Nietzsche. *Sehnsucht* est un sentiment très violent et fort comme l'indique une note citée par Colli-Montinari (K.S.A., vol. 14, p. 324) : « Que le désir (*Sehnsucht*) s'enfle en grondant — il se méfie de toute satisfaction petite — jusqu'à ce que lui-même, de loin, tire la barque par-dessus la mer. Jusqu'à ce que ton désir élève son chant qui gronde au point que toutes les mers se tairont pour t'écouter. »

P. 325.

  * Est-ce une allusion à la célèbre photo représentant Nietzsche et son ami Paul Rée attelés à une charrette dans laquelle leur amie commune Lou Andréas Salomé brandit un fouet, photo qui date de 1882 et qui est due à l'initiative de Nietzsche comme Lou Andréas Salomé le raconte dans ses souvenirs ? (cité par Ernst Pfeiffer, *Nietzsche, Rée, Lou von Salomé — Documents de leur rencontre —* Insel, p. 110).

P. 400.

* Nietzsche se livre ici à un jeu de mots intraduisible sur « allemand » (*Deutsch*) et « net » (*Deutlich*) : « parlons clair et net », « parlons allemand et clair ». Qu'on ne prenne surtout pas cela pour un éloge de la germanité. Nietzsche ne cesse de se battre contre l'expansionnisme allemand et le pangermanisme, rappelons simplement les § 240, 244, 246, 256, etc., de *Par-delà le bien et le mal* ou § 104, 105 du *Gai Savoir*.

P. 431.

* *Wissenschaft* : « la science ». C'est là un des problèmes majeurs de la pensée de Nietzsche qui s'inscrit au cœur de l'époque du scientisme et surtout de la naissance des « sciences humaines ».

Ce problème est l'un des plus vastes et des plus complexes de toute la pensée de Nietzsche. Ce serait un contresens majeur de faire de Nietzsche un irrationaliste, un prêcheur d'on ne sait quel retour à la nature.

Rappelons simplement ce que Nietzsche écrivait dans *Humain, trop humain*, par exemple : « Air vif — Ce qu'il y a de meilleur et de plus sain dans la science comme en montagne c'est l'air vif qui y souffle. Les amollis de l'esprit (tels les artistes) craignent

et calomnient en science à cause de cet air. »
(*Humain, trop humain*, II § 205, voir aussi le § 41
d'*Aurore*, etc.)

De plus *Wissenschaft* a une extension plus grande
que le mot « science » en français, il englobe les
disciplines de recherche littéraires, par exemple *Lite-
raturwissenschaft.*

TABLE

Table 529

TROISIÈME PARTIE

QUATRIÈME PARTIE

COMMENTAIRES

IMPRIMÉ EN FRANCE PAR BRODARD ET TAUPIN
7, bd Romain-Rolland - Montrouge - Usine de La Flèche.
LIBRAIRIE GÉNÉRALE FRANÇAISE - 14, rue de l'Ancienne-Comédie - Paris.

ISBN : 2 - 253 - 00675 - 0   ⊕ 30/0987/5